José Lorenzo Fuentes

Cuentos completos

José Lorenzo Fuentes

Cuentos completos

Alexandria Library
MIAMI

Cuentos completos
© José Lorenzo Fuentes, 2013

ISBN: 978-1492347781

Library of Congress Cataloging-in-Publication Data

Diseño tipográfico: Kiko Arocha

Ilustración de la portada: Gloria Lorenzo
Rutas, 30" x 40" óleo sobre canvas
Colección Imaginart
glorenzoart@yahoo.com

Fotos del autor: Ángela Toro

Este libro está a la venta en Amazon, tanto en papel como en eBook

Los cuentos de la presente edición aparecieron en tres títulos:
Después de la gaviota, Hierba nocturna y
El cementerio de las botellas.

www.alexlib.com

A Gloria y a José,
mis hijos.

Índice

A manera de introducción

José Lorenzo Fuentes (Santa Clara, 1928), profesor, periodista y metafísico, ha recibido diversos reconocimientos literarios, entre ellos el Premio Internacional "Hernández Catá", el Premio Nacional de Novela "Cirilo Villaverde", y en México, el Premio Literario "Plural". Esta primera edición de los *Cuentos completos* de José Lorenzo Fuentes contiene en su totalidad los tres libros del género considerados definitivos por su autor: *Después de la gaviota, Hierba nocturna* y *El cementerio de las botellas*. Cabe aclarar que esta última pieza, que titula el cuaderno homónimo y que pudiera ser considerada una noveleta por su estructura y extensión (en torno a las setenta páginas), ha sido incluida como un relato más a instancias de los editores.

Lorenzo Fuentes ha dedicado gran parte de su vida al estudio de la alquimia, el misticismo y la parasicología. Obtuvo una Maestría en Hipnología Multidimensional y Biolística Curativa, y recibió un curso de Medicina Tibetana y Autocuración Tántrica bajo la orientación del Lama Gangchen Rimpoche, de Sri Lanka. Su libro *Meditación* ha sido publicado inicialmente en español y en inglés por la editorial Llewellyn y posteriormente en Rusia, República Checa, Portugal, Grecia y la India.

Ha publicado, además de los libros mencionados, *El sol, ese enemigo, El hombre verde, Brígida pudo soñar, Meditación* y *Del sexo al amor,* entre otros. En 1992, tras recibir una invitación de la Universidad de Iowa, se radicó en Estados Unidos.

Primer libro
Después de la gaviota

Límites de la realidad imaginada
o los ámbitos vulnerados de la ficción
en José Lorenzo Fuentes

Amir Valle,

I

José Soler Puig se rascó la barbilla. Era un gesto típico en aquel viejo que, tantas veces, nos miró desde la complicidad del escritor y nos comentó que lo único que hacía falta para llegar a ser uno de los grandes era tener una tozudez a prueba de hijos de la grandísima... Madre que los parió, aunque él no se andaba por las ramas, como yo hago ahora, y soltaba la palabrota que aquí corresponde, en buen cubano.

Santiago reverberaba en ese calor del que tanto se habla, y que se escucha como algo seductoramente tropical hasta que se conoce. Nos refugiábamos del sol bajo los techos de tejas de la Casa Museo Heredia y fue allí donde alguien preguntó por libros de nuestras letras que hurgaran en lo fantástico de un modo diferente a lo que había establecido el boom literario latinoamericano. Fue allí donde el viejo Soler se rascó la barbilla, quedó pensando unos segundos y luego, en su tono reflexivo de siempre, pausado y con voz grave, nos dijo que él no sabía mucho de esas cosas, pero que había un par de libros que lo habían impactado mucho precisamente por el juego que establecían entre realidad y realidad escrita: *El escudo de hojas secas*, de Antonio Benítez Rojo y *Después de la gaviota*, de José Lorenzo Fuentes.

—Es un libro único. Y tiene, creo yo, un ambiente raro que lo baña todo. Y ese halón que siempre te dan los cuentos majestuosos —dijo, refiriéndose al segundo.

Fue la primera vez que oí hablar de este escritor. Un par de años después, cansado de buscar en bibliotecas santiagueras la vieja edición de aquel libro (era curioso que apareciera en todos los registros "*Después de la gaviota*, Editorial Casa de Las Américas, La Habana, Cuba, 1968", pero los ejemplares registrados no estaban en las estanterías), le pregunté a otro de los grandes cuentistas cubanos, Eduardo Heras León, y puedo decir que estuvo largo rato elogiando la majestuosidad de aquel libro. Heras León comenzó diciendo que en la historia del Premio Casa de las Américas existían libros importantes que se habían tenido que conformar con menciones pudiendo ser el Premio. Enumeró a *Las otras puertas*, del argentino Abelardo Castillo, a *Huerto cerrado*, del peruano Alfredo Bryce Echenique y a *Después de la gaviota*, de José Lorenzo Fuentes.

—Y *Los pasos sobre la hierba* —dije, pues sabía que su honestidad le impediría mencionar a su propio libro dentro de esos ya considerados clásicos del cuento latinoamericano.

Fue al estante de aquel apartamento estrechísimo donde vivía en la calle Marqués González, en Centro Habana, y regresó con un libro: *Después de la gaviota y otros cuentos*, Ediciones UNION, La Habana, 1988.

—Este acaba de salir de imprenta —dijo, y me extendió el libro—. Léelo. Es una clase magistral de cómo usar literariamente la imaginación.

Pude así entrar al universo de ficción del que hoy es considerado, sin discusión, uno de los grandes cuentistas cubanos del siglo XX, y es bueno hacer notar que ese sitio lo ganó con un solo libro de cuentos, precisamente este que el lector tiene en sus manos.

Después de la gaviota, desde hoy

Quiero retomar, entonces, dos de los aspectos que tanto Soler como Heras León mencionaron en sus elogios sobre este libro: "el juego entre la realidad y la realidad escrita", y "el uso literario de la imaginación", por entender que ellos sintetizan uno de los aportes de José Lorenzo Fuentes al cuento cubano y por constituir el elemento tipificador de su narrativa, como parte de lo que el narrador y ensayista Alberto Garrandés ha llamado "gótico esencial cubano".

El viejo Soler Puig no sabía explicar técnicamente a qué se refería, pero era un maestro en establecer, en sus libros, muchas variantes del juego entre la realidad y la realidad escrita (baste recordar *Un mundo de cosas* y *El pan dormido*). En su opinión, del justo equilibrio entre esos dos espacios dependía la vida o la muerte en una obra narrativa. También, que uno de los autores más realistas de nuestras letras (Eduardo Heras León) manifieste tan alta valoración sobre el uso literario de la imaginación en *Después de la gaviota* es algo que no podemos pasar por alto: ello responde, en mi opinión, al reconocimiento de una de las grandes ausencias, de una especie de enorme agujero negro en las letras nacionales, que podemos llamar "el trauma de la inmediata realidad".

Vapuleados por diversos factores extraliterarios (el triunfo de la Revolución de 1959 y su impacto en la conciencia social; las normativas sutiles o abiertas, indirectas o dirigidas, que establecían que el arte debía ser un reflejo del proceso social; el influjo maléfico de la corriente estética del realismo socialista y de las variantes tropicalizadas que intentaron aplicarse en la isla; la traslación al escenario intelectual y político cubano del debate internacional en torno al papel del intelectual ante la sociedad; y el fenómeno hoy conocido como "culpa del intelectual cubano", que extendió el credo de que no habían tenido una real participación en el proceso liberador, por lo cual debían exorcizar tal culpa lanzándose de lleno al torrente de la Revolución, etc.) los escritores cubanos se vieron compulsados, casi masivamente, a reflejar sucesos de la inmediata realidad política y social en la cual desarrollaban sus vidas, dando lugar a una predominante tendencia realista en ese primer período (década del sesenta). No es de extrañar que surgieran así, y en ese entorno socio-político, ciertas etiquetas para aquellos autores que, apartándose del cauce realista, continuaron su labor creativa en otras tendencias y zonas temáticas: bajo esos criterios drásticamente parcelarios autores como José Lezama Lima, Virgilio Piñera, Antonio Benítez Rojo, Ezequiel Vieta, José Lorenzo Fuentes y Miguel Collazo, por citar algunos, en distintos momentos y con diferentes grados de ensañamiento, tuvieron que portar numerosas etiquetas discriminatorias, entre las cuales la de "evasivos" resultó la más benigna. Y a pesar de esas etiquetas, de las que hoy muchos agraviadores prefieren no acordarse en un acto de blanqueamiento, cínico e inconcebible, de nuestra historia literaria, siguen anclados en la categoría de clásicos todos los cuentos de Lezama y Piñera; *Estatuas sepultadas* y *El escudo de hojas secas*, de Benítez Rojo; el mundo alucinado de Vieta que comienza en *Libro de los epílogos* y termina en su monumental novela *Pailock*[1]; *Después de la gaviota*, de José Lorenzo Fuentes, y la aportación de lo fantástico bajo el sello de Collazo.

Todavía en aquel 1988, cuando pude leer el clásico libro de cuentos de José Lorenzo Fuentes, se le consideraba un "raro", etiqueta que parecía desconocer con toda intención las incursiones de este narrador en la corriente "realista epocal", aún cuando sea cierto que las intrusiones de los aires "realistas" en *El sol, ese enemigo* (1962), *El vendedor de días* (1967) y *Viento de enero*, (también del 1967, premio Cirilo Villaverde de la UNEAC) se circunscribían a un espacio de mayor intimidad (la conciencia de los personajes, la bifurcación de la moralidad y la rebeldía ante mundos enfrentados, las persecuciones de quimeras del individuo) que el que surgía en otras creaciones literarias de tendencia realista en esos años.

José Lorenzo Fuentes, se ha dicho en varias ocasiones, es uno de los nombres imprescindibles para entender el desarrollo que tuvo dentro de la literatura latinoamericana la perspectiva ficcional que

---

1. Me refiero a la edición final publicada en 1992, que se alzó con el Premio de la Crítica entre las diez mejores obras publicadas ese año, puesto que la primera parte de ese libro estaba escrito y publicado en 1966.

Gabriel García Márquez convirtiera en el llamado "realismo mágico". No obstante lo anterior, no creo que la obra de Lorenzo Fuentes esté tan cercana a la del premio Nobel en esos aspectos, como también se ha dicho, debido a una diferencia esencial en esa perspectiva de afrontar el hecho creativo y en el resultado en sus obras, especialmente en *Después de la gaviota*.

Ante todo, la perspectiva

García Márquez convierte la Historia (y nótese la mayúscula) en mito caracterizador de la latinidad. Las lecturas de toda la obra del premio Nobel colombiano (específicamente sus cuentos) apuntan a la conformación de un mito que desgrane las tipicidades de "lo americano" en materias tan distintas como la naturaleza y las costumbres humanas en estas latitudes y comunique con un espacio cerrado que opera con leyes bien distintas a las leyes de otras culturas: se configura un espacio autóctono cerrado y detenido en el tiempo, no hay traslación ni desarrollo y mucho menos intrusión del cambiante mundo externo en esas historias. Aunque parezca un disparate, muchos críticos entienden ya que los cuentos de García Márquez, por todo ello, no alcanzan la pervivencia temporal que, por ejemplo, más de treinta años después tienen los cuentos de Julio Cortázar. Hoy, quienes leen esos cuentos de García Márquez (e incluso parte de su novelística), saben que asisten a un acto de pura arqueología literaria (con todo lo hermoso que conlleva una búsqueda arqueológica de esa clase), cosa opuesta a lo que ocurre cuando leen los cuentos de Cortázar, que simplemente parecen haber sido escritos ayer, o haber ocurrido ayer en la misma ciudad que habitamos.

José Lorenzo Fuentes en *Después de la gaviota* logra trasponer ese muro con una perspectiva en sentido opuesto: busca los signos mínimos de la cotidianidad del ser humano y los convierte en mito, les da una vida literaria que en la realidad no tienen, y esa especificidad en su mirada de escritor hace que sus cuentos (que por ello quedan detenidos en un tiempo y un espacio míticos, mágicos) puedan leerse en estos momentos del siglo XXI, es decir, cuarenta años después de haber sido publicados, sin que hayan envejecido, como le ha sucedido a muchos libros, también excelentes, de otros destacados cuentistas, que es necesario leer ubicándolos en el tiempo en que fueron escritos para no sufrir desilusiones, o simplemente para no subvalorarlos.

El resultado de la perspectiva garciamarquiana ha sido muy comentado por numerosos críticos, a lo largo de estos años: la creación de una "novela total" y de "escenarios totales", que facilitan el acceso a los códigos de un mundo que, hasta el momento en que estas obras fueron publicadas, se veía a través de un prisma folclorista esencialmente discriminatorio. Todavía hoy, lamentablemente, suele escucharse a ciertos catedráticos decir que "si Usted quiere conocer qué cosa es América Latina tiene que leer *Cien años de soledad*", obviando que de ese modo perpetúan un estereotipo universal cada vez más endeble y desconociendo que la realidad ha sido bien distinta: apenas tres años después de la publicación de esa novela, América Latina no tenía nada que ver con la que se vivía cuando García Márquez acarició el primer ejemplar impreso de su obra más genial.

Por su parte, el resultado de la perspectiva adoptada por Lorenzo Fuentes en *Después de la gaviota*, sin embargo, es diametralmente opuesto: Al hurgar en las pequeñas miserias humanas (p.ej.: "¿Te das cuenta?"), en los pequeños sueños ("Tareas de salvamento"), en los más íntimos deseos del ser humano ("Después de la gaviota"), etc., conformándoles un espacio también autóctono donde el escenario gravita en torno a esas circunstancias cotidianas en apariencia intrascendentes, insignificantes, se establece un diálogo permanente con el tiempo, abierto, inclusivo, que podrá ser captado incluso en las más actuales connotaciones puesto que su mensaje va a recrear un modo de comportamiento humano dentro de ámbitos de la realidad escrita, que son usuales, comunes, en cualquiera de las culturas que hoy habitan este mundo globalizado y cosmopolita.

En sencillas palabras: García Márquez prioriza la visión de la Historia como mito sobre el individuo; en tanto José Lorenzo Fuentes pone su visión sobre el individuo como elemento mitificable de la Historia. García Márquez hurga en la gran Historia para construir una historia ficcionada que mostrará la quintaesencia del universo histórico real en el cual se basa su ámbito de ficción; en tanto José Lorenzo Fuentes bucea en las más pequeñas esencias de la especie humana para construir una (otra distinta) historia ficcionada donde el individuo se convierte en su propio ámbito de ficción. Ambos autores coinciden en la estructuración de un mito sobre el objeto de cada una de sus perspectivas y, además, en la elevación del tiempo a categoría de elemento ralentizador (todo está como suspendido, a la espera, en un ciclo que se sucede sin interrupción, enrareciendo la atmósfera en la cual se desenvuelven la trama y los personajes).

Otra zona distinguible en estos cuentos (y que se traslada a buena parte de la narrativa de José Lorenzo Fuentes) es el manejo de la imaginación como sujeto (y a un mismo tiempo, como fuente) del cuerpo anecdótico de sus cuentos, tendiente a un fatalismo cíclico, que no termina, a una especie de rito alucinante que gravita sobre todas las historias: en *Después de la gaviota* el desbocado anhelo de la imaginería infantil convertida en trauma y prisión; en "Tareas de salvamento", la confluencia perniciosa entre el espacio onírico y el espacio real como engranajes que mueven la individualidad de Raimundo hasta el punto de esclavizarla; en "¿Te das cuenta?", las contiendas de la pasión y la superstición cotidiana como cáncer en la conciencia humana del infeliz Manirroto; en "La sombrilla de guinga", la incertidumbre del coleccionista de sombrillas y el azar girando como culpas alrededor del vacío familiar; en "Ya sin color", el salto y la permanencia en la muerte como escenario para exorcizar la ausencia; en "Señor García", la enajenación del fracaso, los vicios, la recurrencia en la futilidad como recurso de supervivencia, aunque vana; "En la página siete", la letanía del suicida desde el absurdo en un juego de roles intercambiables; y en "Patas de conejo"[2], la sincronía entre el cambio de posición en la vida y la búsqueda de las reales identidades que cada ser humano porta (en este caso, a través de la historia de matiz policial protagonizada por Artemio Paredes, el vendedor de patas de conejo).

Entiéndase así: la imaginación como ciclo, como mecanismo generador de situaciones que pasan por los distintos niveles del absurdo, como eje sobre el que gira una cansada rueca (ralentizada rueca según el tempo narrativo de las historias) que va tejiendo los sucesos que se narran. José Lorenzo Fuentes introduce, con esa mirada sobre lo fantástico, un ámbito escasamente cultivado hasta hoy en nuestra narrativa: la absurda cotidianidad, en tanto es a partir de asuntos del más cotidiano accionar humano desde donde se inicia el punto de giro de cada cuento. Punto inicial y continuidad del ciclo a un mismo tiempo: ninguna de las tramas ficcionadas por José Lorenzo Fuentes en *Después de la gaviota* alcanza un final delimitado, un justo tiempo de cierre, sino que continúan buscando esa eternidad que, tal vez, es lo que dota a este libro de su aplastante actualidad.

Hay en *Después de la gaviota* una uniformidad de estilo que lo hace distinguible: esa concepción del mundo literario, ese balance entre la realidad exterior (eso que algunos críticos llaman realidad real) y la realidad interior de la obra (llamada realidad ficcional). Hay, además, la marca individualizada de grandes personajes que (nos) trasmiten sus traumas y obsesiones, sus miedos y sus dudas, sus ingenuidades y sus perversiones, afectándonos porque nos hablan de asuntos que nos son muy conocidos, aún cuando son vistos desde la

---

2. Esta asunción de lo fantástico desde lo cotidiano como punto focal para la conformación del cuento sólo ha sido alcanzada con destacada altura literaria, en los últimos años, por los libros Casas del Vedado (1983), de María Elena Llana y Las llamas en el cielo (1981), de Félix Luis Viera; la primera inscribiendo, según Alberto Garrandés el "gótico profundo" como estilo personal, entretanto el segundo se mantiene considerado una "rara avis" en la cuentística nacional.

perspectiva del absurdo. Hay, hablando más pragmáticamente, cuatro piezas que se inscriben dentro del amplio listado de grandes cuentos de las letras cubanas de todos los tiempos: "Después de la gaviota", "Tareas de salvamento", "Señor García" y "Patas de conejo".

Esa uniformidad de estilo, esa marca individualizada mediante la construcción de grandes personajes, esa ubicación de la perspectiva en la absurda cotidianidad, esa realidad imaginada como vuelta de tuerca sobre la realidad que bulle afuera del terreno de la ficción, son cauces imprescindibles para que José Lorenzo Fuentes rompa los límites del ámbito narrativo en el cual usualmente los escritores encerramos nuestras historias y ofrezca tal multiplicidad de lecturas (la majestuosidad narrativa según Soler Puig, el rico entramado de los ambientes según Heras León, la inquietud constante por la libertad según Alberto Garrandés y la búsqueda ontológica hacia el interior del propio ser humano que es este narrador según la opinión de quien esto escribe). Fuertemente arraigado en el credo de que toda vibración del absurdo parte de la más cotidiana y natural realidad, el cuentista asume en estas páginas un cuestionamiento de todo lo humano, en circunstancias temporales definidas dentro de su propia vida (la Revolución, sus primeros años, pero como elementos figurativos, de escenografía o trasfondo), y en escenarios reales (algunas calles habaneras, la ciudad y pueblos de Santa Clara, etc.) que se difuminan y se diluyen confundiéndose con la niebla de mítica absurdidad que flota sobre personajes y situaciones. No hay frase más definitiva para el discurso filosófico que, como parte de la mirada inquisitiva del autor, recorre estos cuentos que aquella tan conocida: "Nada humano me es ajeno". Y no es errado asegurar que *Después de la gaviota* es uno de los libros de cuentos más filosóficamente reflexivos de nuestras letras: baste sólo con analizar que el muestrario de preocupaciones sobre las cuales se lanzan esenciales preguntas en estos cuentos va desde temas universales como la muerte, el amor, los sueños, los deseos y la locura hasta los modos del habla y los tics de convivencia de esa "variante" de la especie humana que somos los cubanos.

II o el fin

Salvador Redonet, en camiseta, me miró desde la vieja silla en la sala de su casa. A sus espaldas, un falso afiche de un torero famoso llamado "casualmente" Redonet me hizo disfrutar, otra vez, de esa sensación de respeto y afabilidad que muchas veces se posesionó del espacio que compartimos "el negro" y yo, en esa ocasión, mientras planificábamos una de sus tantas antologías: "Quiero ponerle algo así como *Las tres C* ", me dijo, y explicó: "Cuentos Cortos Cubanos".

Él se estaba ocupando ya de los autores considerados clásicos y a mí me había dejado la tarea que, en otros tiempos, él mismo hubiera realizado sin pedir ayuda: buscar en los más nuevos escritores buenos cuentos de no más de dos cuartillas.

Estaba enfermo. Y lo peor, se sentía enfermo, aunque me recibió con esa inseparable sonrisa suya donde se mezclaba la ingenuidad y la picardía. Como siempre hacíamos, también esa tarde, más calurosa que de costumbre en La Habana, intercambiamos criterios sobre los autores seleccionados. Le molestaba mucho que los grandes cuentistas cubanos tuvieran muy pocos cuentos cortos de donde escoger.

—Esos cabrones ... —se quejaba, aunque siempre sonriendo.

Y entre esos grandes estaba José Lorenzo Fuentes, después de Piñera y Cabrera Infante (a quien había puesto en lista aún sabiendo que no podría incluirlo, y lo decía en tono de queja también, por la negativa expresa de Guillermo de no ser publicado en Cuba hasta la caída de Fidel Castro).

—De José Lorenzo mi preferido es "Señor García" —dijo el Redo esa vez—. Y después "Patas de conejo"... Pero son muy largos. Por suerte ahí está "La sombrilla de guinga", una verdadera joyita.

Eso recuerdo: el viejo Soler, Heras León, Redonet, mis tres maestros de aquellos primeros años hablándome desde tiempos distintos;

imágenes que me aturdieron cuando, atravesando el mar real que separa a Berlín de Miami y navegando en el mar confuso de la internet, me llegó la solicitud de la editorial Iduna de que escribiera el prólogo a *Después de la gaviota*. Un miedo horrendo me hizo titubear: ¿estaría José Lorenzo Fuentes de acuerdo?, me gritaba ese miedo. Y cuando supe que el maestro estaba encantado con la idea de que yo escribiera este prólogo hice lo que ahora se lee. Este es, por eso, sólo un acercamiento desde el Hoy que habitamos a un libro que nos contempla desde una de las tantas esquinas que tiene ese Hoy. Su cubanía permanece inalterable, su latinoamericanidad es indiscutible, su majestuosidad (para decirlo al modo del viejo Soler Puig) es apasionante. Y ante libros que conserven vivos, como todo lo clásico, esos legados, el único gesto posible es la reverencia.

Después de la gaviota

Desde hace algunos años llevo una vida de esclavo pero, por suerte, como mi esclavitud les ha traído alegría a un hombre y a una mujer no me siento tan desgraciado. Mientras permanecen en la sala de la casa, los observo constantemente. Lástima que ya no están tan conversadores como al principio porque yo me entretenía mucho escuchándoles los cuentos que se referían a los primeros momentos de su felicidad, que tanto tenían que ver conmigo. A veces se sientan en el sofá frente al televisor, anudan sus manos y se abstraen en un programa donde otra pareja también hace el amor sentada en un sofá. Yo miro por encima de las cabezas de mi pareja tratando de descubrir si la otra tiene un retrato igual pero mi esfuerzo siempre resulta infructuoso. Salvo esos instantes frente al televisor, Estela y Raimundo no me proporcionan mayores oportunidades para la contemplación. Generalmente entran a la sala, a menudo con aires de disgusto, y se van a la habitación enseguida. Desde adentro me llega el rumor de sus voces como si fueran tiras de tafetán que crujieran. Nunca he podido darme cuenta exacta de lo que hablan en el interior del cuarto.

Como esa alegría de mi pareja se ha ido resquebrajando ya no le estoy encontrando tanto sentido a mi esclavitud. Por eso me doy a recordar con frecuencia mis primeros momentos en esta casa, cuando ellos llegaban de la calle sonrientes, se detenían frente a mí y se ponían a conversar.

—¿Recuerdas, querida? Ese fue el primer día que estuvimos juntos.

—Claro que lo recuerdo. Por cierto, no hay un lugar más hermoso en la tierra. ¡Qué palmeras, qué arena, qué azul tan intenso!

O me doy a recordar, todavía mejor, todo el tiempo anterior a mi esclavitud.

Mi desgracia me llegó, precisamente, de tanto amar la libertad. Yo era un niño rubio y pecoso que una tarde se cansó de ser rubio y pecoso y dejó de ir a la escuela para no oír esa descripción en boca de los demás muchachos.

—Eres blanco como una rana —me decían.

—Pareces un dulce de ajonjolí —me decían otros aludiendo al enorme número de pecas que mostraba mi rostro.

Entonces mi madre me cogió por la oreja y, arrastrándome, me llevó hasta la escuela sin atender al reguero de lágrimas que yo iba dejando por el camino.

—A usted se lo encomiendo, don Servando —le dijo mi madre al maestro—. Oblíguelo, déjelo en penitencia, haga usted lo que mejor le parezca. El caso es que estudie como los demás niños del barrio.

—Pierda cuidado, señora —dijo don Servando a tiempo que se aferraba él también a mi oreja y me la retorcía hasta convertirla en un tirabuzón.

Me senté en mi pupitre con una docilidad que nadie podía imaginar. Sacaba la lengua y me la pasaba por los labios para recoger las lágrimas y entretanto seguía pensando cómo se iba a realizar mi fuga. A las seis sonó el timbre y todos salimos al patio para saludar la bandera. Luego ingresamos en una larga fila que se dispersaba exactamente cuando los pies de los muchachos tocaban la calle. Entonces, lo que hasta ese momento había sido compostura y silencio, se convertía en corre-corre y gritos a todo pulmón. Cuando pasé junto a don Servando, que vigilaba siempre con mirada severa nuestra salida, me di cuenta que yo estaba destinado a escuchar un nuevo sermón.

—Psch... Es a usted, Lorenzo.

Antes de escuchar mi apellido alcé la vista hasta el maestro.

—Diga usted, don Servando.

—Acuérdese, quiero verlo aquí mañana temprano. Que no vuelva a ocurrir lo de hoy.

—Sí, señor —dije y eché a andar torpemente, cabizbajo, de nuevo mis mejillas mojadas por las lágrimas.

—Hoy la ranita está muy tranquila —escuché decir a mi lado. Se me pareció a la voz de Agustín o a la de Enrique. Pero ya no me interesaba saber quién lo decía. Al llegar a la calle Real, en lugar de doblar a la izquierda para seguir hacia mi casa, doblé a la derecha. La calle, en esa dirección, conducía a un pequeño puente de madera y más allá del puente empezaba el campo. Diez minutos después estaba sobre el puente. Me acodé en la baranda, miré a un lado y al otro, y dejé caer libros, lápices y libretas al río. La rápida corriente del río los hizo desaparecer en seguida de mi vista y tuve que volverme hacia la baranda opuesta del puente para ver todavía algunas libretas abiertas en dos, navegando sobre las aguas. Una de ellas se enredó a unos bejucos de la orilla y yo pensé que quizá sería la de matemáticas, asignatura que me era especialmente desagradable.

Sin esperar a que esta última libreta se hundiera en el agua empecé a caminar. Ya anochecía y las pequeñas casas campesinas que bordeaban el sendero por el que yo iba, envueltas en el crepúsculo, parecían figuras recortadas con tijeras en un papel negro y pegadas en un cartón rojizo. Con las primeras sombras fui llenándome de miedo, y al cabo de un rato sentí en el estómago la presencia del hambre. Tuve el instintivo deseo de entrar a una de esas casas y solicitar comida y cama, pero en seguida me dije que la gratitud conlleva siempre un poco la pérdida de la libertad y que era preferible seguir adelante, confiando en que el azar proveyera.

Dejé a mis espaldas las casitas que filtraban por mil grietas sus lucecitas de aceite y de queroseno. Avancé por entre árboles cada vez más copudos, el oído atento a los cantos de las lechuzas, al aleteo de yaguazas y codornices, a la veloz caída de los mangos en sazón, que abandonaban las ramas más altas para pintar inútilmente la tierra de amarillo. Extenuado, me dejé caer al pie de un árbol cuyas abultadas raíces me sirvieron de almohada.

A medianoche desperté sobresaltado tras un raro sueño en el que un perro me pasaba el hocico por todo el cuerpo. Pensé que mi sueño no podía ser más que el resultado de una de esas frecuentes asociaciones durante las cuales la imaginación es un calco exacto de la realidad y que, lógicamente, un perro debió haberme estado lamiendo mientras yo dormía. Sin embargo, ningún movimiento se apreciaba en la oscuridad a mi alrededor. Con los ojos agrandados, que debían emitir fosforescentes señales en la noche, volví a pensar en mi difícil situación, solo, hambriento y perdido en medio de la campiña.

—Hasta un perro lleva mejor vida que yo —dije y me puse a desear la vida de un perro. "Preferiría andar en cuatro patas", quise agregar pero sólo me salieron entrecortados ladridos. Traté de incorporarme y de echar a correr, ganoso de escapar a mis propios sonidos de perro. Ahora corría, en efecto, pero apoyando en la tierra los pies y las manos, con mi hocico rozando la hierba menuda y fina, empapada por el rocío de la madrugada. Cuando vine a ver, siempre corriendo, me encontré delante de una de las casas. La puerta estaba abierta y no me sentí capaz de detenerme y volver sobre mis pasos. Entré y me derrumbé debajo de una mesa, el rabo enroscado en una de mis patas traseras y la lengua afuera, acezante. La familia ya estaba despierta. Mientras la mujer colaba café en la cocina, el hombre, sentado en un taburete, se entretenía dándole vueltas entre las manos a un sombrero alón y conversando con un niño que no pasaba de los nueve años.

Durante un tiempo que no pude precisar —tan desconcertado me encontraba- nadie se fijó en mí. Pero cuando la mujer llegó de la cocina, el hombre se inclinó para tomar el café y nuestros ojos se encontraron.

—Eh. ¿Qué hace ese perro ahí? —preguntó.

La mujer y el niño también me miraron.

—Nunca lo he visto —dijo la mujer—. No es de ningún vecino que yo conozca.

—Mira qué lengua. Tiene rabia —dijo el niño.

El hombre se puso de pie y caminó alrededor de la mesa, observándome con cuidado.

—No, no está rabioso. Está cansado. Dale un poco de agua, Toño, anda.

El niño hizo sonar el tinajero y después de algunos gestos nerviosos me acercó un plato de peltre rebosante de agua. Comencé a amarlo como no había amado a nadie en la vida. Era un niño hermoso, rubio y blanco como yo lo había sido y llevaba un gracioso sombrero de guano echado hacia atrás, en la misma punta de la cabeza, como si un clavo en la nuca mantuviera ese difícil equilibrio.

—El perro es para mí —dijo el niño. Entró en la habitación contigua y regresó con una soga. Rodeó mi pescuezo con ella. Luego tiró de la soga con el propósito de que yo me pusiera de pie y lo siguiera, pero en ese momento no me era posible el menor movimiento. Traté de explicarle con la mirada que yo hubiera deseado complacerlo y que seguramente después de un buen descanso lo haría. Pero el muchacho estaba ganado por la impaciencia. Seguía tirando de la soga hasta hacerme daño. Como yo no me incorporaba tomó en sus manos un palo y me lo encajó repetidas veces en las costillas. Yo lancé un gruñido y mostré mis dientes en una simple actitud defensiva.

—Está rabioso de verdad —dijo el hombre. Le arrancó el palo de las manos al niño y comenzó a golpearme con furia. Saqué fuerzas de donde no imaginaba. De un salto abandoné la casa pero el hombre seguía detrás de mí, propinándome nuevos golpes. Al cabo lo perdí de vista. Seguí caminando todavía lleno de temor, con el rabo entre las piernas y las orejas gachas. Cuando escuchaba algún ruido cercano lanzaba un quejido, esquivaba el cuerpo y avanzaba con mayor premura, mirando a un lado y al otro sin cesar.

Así fue cómo me puse a pensar que yo debía ser un animal más fuerte y más grande y más digno de respeto, como el toro por ejemplo, y en seguida con mis pezuñas estaba golpeando, enfurecido, contra la tierra donde la hierba crecía casi hasta la altura de mi pecho. Me daba cuenta que sólo una semana atrás mi libertad había sido absoluta, que caminaba todo el potrero a mi antojo y que me paraba en dos patas y echaba sobre las vacas el peso de mi enorme cuerpo estremecido, pero que ahora me veía obligado a andar en círculo alrededor de una estaca a la que estaba amarrado por una gruesa soga.

No comprendí por qué ocurría aquello hasta que dos hombres —mis dueños— se me acercaron. Entonces los oí conversar. El gobierno, según comentaban, aconsejaba a los pequeños agricultores la cría del ganado de carne en lugar del ganado lechero. Y yo —lo supe en ese momento— era un espléndido ejemplar Brown Swiss.

—Es una lástima tener que venderlo —dijo uno de ellos.

—No, hombre. ¿Para qué? Nadie va a querer pagar ahora lo que vale. Y además en la finca necesitamos un buey.

Yo había deseado ser un toro, no un buey, y por lo mismo me negaba a seguir el destino que se me ofrecía. Para escapar a la crueldad que me esperaba, deseé convertirme en un zunzún, el pájaro más pequeño del que yo tenía noticias. Sin embargo, no pude conseguirlo pese a los esfuerzos que hacía, y me vi obligado a sentir el desgarramiento entre mis patas traseras y a aceptar mi triste condición de buey. Una tarde, cuando ya los dolores habían desaparecido, mientras rozaba con mis belfos la fresca hierba del potrero, me convertí en zunzún.

Fueron necesarias muchas experiencias como ésa para comprender que podía cambiar de perro a toro o de zunzún a gato, no cuando avizoraba un nuevo peligro sino justamente cuando ya concluía el sufrimiento que me reservaba cada encarnación escogida. No era lo más deseable, ciertamente, pero entre todos los males resultaba el menor.

Siempre hostigado por alguien o por algo fui sucesivamente conejo, caballo, grillo, araña y mariposa hasta que un mediodía, volando sobre la playa en forma de gaviota, me dije que estaba aburrido de todas las formas animadas y que quizá la mejor manera de ser libre era convertirme en paisaje.

La cabeza de un hombre está hecha de cosas que se mueven y de cosas que permanecen en su sitio: la mía, al menos, la formaban un trozo de mar que cambiaba constantemente de colores y de olas, y las piedras porosas y puntiagudas que le servían de barrera a ese mar. Unos arbustos —palmeras y uvas caletas— se afirmaban en la aridez de la roca y crecían milagrosamente para poner al viento las hojas y las pencas de mi cabellera. Mi cuerpo era una enorme franja de arena, blanca y fina, y mis piernas, la hierba que crecía en los canteros próximos a la calle. Un largo muro de piedras blancas me cruzaba el vientre como un cinturón.

A veces mi situación era para sentirse alegre. Me complacía saber que, sin salirme del lugar que me estaba destinado, podía entrar en comunicación directa con mucha gente, sobre todo en el verano. Meneaba un dedo y llenaba de arena el balde de un niño; estornudaba y volaban los sombreros de paja de las mujeres; y si lloraba, porque a menudo todavía soñaba con el niño que había sido, mojaba con mis lágrimas las parejas de enamorados que caminaban por la arena y después se aventuraban hasta las piedras de mi perfil en busca de mayor soledad. Pero a las parejas de enamorados no les molestaban las salpicaduras de mis lágrimas.

En el invierno yo no era realmente un paisaje feliz. No venía casi nadie a visitarme, salvo algunos arquitectos, acompañados de señoras gordas, que hablaban de techos y paredes, de portales y habitaciones, que amenazaban con construir viviendas sobre mi brazo izquierdo, pero que nunca pasaban de los proyectos. El último invierno que allí estuve solamente me visitó una pareja de enamorados.

Ella era trigueña y tenía el pelo largo, y yo todo el tiempo me lo pasé soplando y soplando para ver su hermosa cabellera levantarse como el ala de un pájaro y después caer sobre su nuca. El hombre era delgado y pálido y la miraba con unos ojos brillantes como si tuviera fiebre. Ella contestó una pregunta que, seguramente, él venía haciendo desde mucho tiempo atrás y la contestó del modo que más agradable resultaba al corazón del hombre porque de pronto él le tomó las manos y se las besó y luego la besó en la boca y finalmente, sin poder contener su nerviosismo, corrió hasta el automóvil que estaba detenido en la calle cercana y se apareció con una cámara fotográfica entre las manos.

—Sonríe, anda —dijo.

Fue lo último que dijo o lo último que oí. Entré entonces por un oscuro túnel, donde no veía mis propias manos ni podía encontrarme con mis propios pensamientos. Sentí tal confusión que no era capaz de imaginar si saldría de ese túnel en forma de niño, de perro, de gaviota o de paisaje. Pensé (de algún modo tengo que llamar a esa rara sensación que era algo más que un deseo y poco menos que un pensamiento) que lo más importante era abandonar aquella oscuridad que me aprisionaba y enfrentarme a mi nueva realidad, cualquiera que ésta fuera.

Varios días después, chorreando olores químicos por todos los bordes, me di cuenta que hasta ese momento había sido un negativo fotográfico y que ahora resucitaba en un papel Kodak número dos, entre uñas manchadas por el revelador. Ahora era un retrato: es decir, algo más que un paisaje: un paisaje al que se le había añadido el rostro de una mujer.

Me colocaron en un marco dorado y me pusieron en una repisa, en la sala de la casa. Ya conté al principio que durante algún tiempo fui feliz pese a mi esclavitud porque al menos mi presencia era motivo de alegría para la pareja. Pero luego el hombre y la mujer comenzaron a distanciarse hasta que un día hablaron de la separación definitiva.

—Me iré a vivir con mi madre —dijo la mujer.

—Claro, como que esta casa es un infierno.

—La casa no, tú —agregó la mujer.

El hombre apretó los puños y miró hacia todos lados, buscando algo en que pudiera descargar su furia. Entonces corrió hacia mí, me tomó entre sus manos y me lanzó contra el suelo.

—No quiero ver más este retrato —dijo.

Como el cristal estaba roto le fue muy fácil sacarme del marco. Me miró por un momento inexpresivamente y empezó a hacerme pedazos. Tanta era su furia que el mayor de mis pedazos no era nunca mayor que las uñas de las manos que me estropeaban. En el suelo pensé que había llegado el momento de ser libre. Intenté convertirme otra vez en niño. Pero como yo había sido alimentado por el amor de ellos dos y ya ese amor no existía, no pude reunir mis partes.

Tareas de salvamento

No niego que cuando entré al hotel me molestó el olor a cebollas, a manteca rancia y a trapos húmedos, todos esos olores confundidos en un solo olor intransferible, que únicamente tendría en el mundo el hotel de Gonzala, y acaso también el rostro de la dueña detrás de la carpeta y desde luego las paredes sucias y descascaradas, y la escalera (esto lo supe después, cuando ya había alquilado la pieza) que conducía hasta el segundo piso, con sus peldaños soltando pedazos. Pero uno se cansa de hacer cosas en la vida sin encontrarles explicación. O la explicación está en el deseo de llevarle la contraria a la gente. O simplemente no tienen explicación.

—Solamente hay agua de siete a ocho de la mañana, las tuberías son un puro salidero, hay ratones —dijo Gonzalo como si fuera la dueña del hotel de enfrente. Abría los brazos aparatosamente mientras hablaba y después, con los puños apretados, se los incrustaba en las amplias caderas. Por un momento hasta me figuré que estaba molesta de no encontrarse con mi arrepentimiento.

—Acepto —dije y comencé a caminar delante de ella, que me indicaba dónde debía poner los pies porque en la escalera (eso era lo que al subir me iba diciendo) había que sortear unos cuantos riesgos, nadie se aventuraba a pisar firme en los escalones séptimo y noveno, y el undécimo estaba por ver. "Hay ratones, sobre todo hay ratones", ascendía su voz hasta alcanzar mi rabadilla como un puntapié y con su voz el deseo de verme dar un respingo, solicitar la devolución del dinero y perdérmele de vista para siempre. Tenía que ser resultado de mi imaginación, pensaba yo al ganar cada peldaño, porque nadie está peleado con su negocio, pero lo cierto era que eso venía diciendo a mis espaldas. Entonces volví la cabeza, cuidando de afirmar mis manos en la baranda, y miré hacia abajo con el deseo de descubrir porque el rostro de Gonzalo se me hacía antipático. Detrás venía ella, sonriente, coloradota; a medida que ascendía su pecho se agitaba, parecía a punto de cortársele la respiración. Me dio lástima haber pensado mal de esta buena cara de tía, nodriza o madre dulcemente regañona, buena cara para despertarlo a uno todas las mañanas con una taza de café con leche.

—Esta es la llave —murmuró Gonzala ya en la puerta con un encogimiento de hombros que decía allá usted. Como el gesto no le pareció suficiente volvió a advertirme por enésima vez lo de los ratones. Yo le di la espalda y me dispuse a forzar la cerradura; con el rabillo del ojo la vi descender la escalera totalmente desalentada. Empujé la puerta con tanta violencia (las bisagras estaban herrumbrosas y hasta había un buen número de cachivaches apilados detrás) que se me pusieron calientes las mejillas, pero al fin arrastrado por mi esfuerzo me encontré bruscamente en el centro de la pieza. No estaba del todo desagradable, si uno se da a comparar, y hasta tenía una ventana pequeña con un postigo abierto y un pedazo de sol que me lamía los pies. Me eché en la cama, anudé los dedos de ambas manos detrás de la nuca y, como otras veces en que el puro capricho gobierna mis acciones, me puse a pensar.

El primer ratón cruzó la pieza tan velozmente que daba la impresión de una fotografía desenfocada. Entonces abandoné mis anteriores pensamientos y me di a recordar mis primeras andanzas como fotógrafo, era una cámara de cajón la que tenía (más tarde pude darme el lujo de una Speed Graphic) y si en la foto las manos estaban nítidas en cambio el rostro estaba detrás de un humo y viceversa, con lo cual adquirí cierta fama de mal fotógrafo que nunca logré deshacer del todo como si después de saber uno sigue siendo el que no sabe. Pero bien, el segundo ratón ya entró en confianza. Se acercó a las patas de mi cama y ni se asustó cuando me incorporé y le grité imbécil, no porque creyera que lo iba a ofender sino por la necesidad del ruido. Igual hubiera sido gritarle hermoso, lo importante era el ruido. Pero el animalito siguió mirándome con sus ojillos desagradables, hizo chuí chuí y apareció el resto. El resto, si mis matemáticas andan bien, eran unos cuarenta y cinco ratones. Todos eran grises, tenían los rabos largos, bigotes bien cuidados y ojillos desagradables.

De esto hace algunos días. A ver, yo creo que desde el jueves, tendría que levantarme y registrar en la gaveta de la vieja cómoda desportillada y leer la fecha en el recibo que me extendió Gonzala. Pero ahora prefiero seguir con los dedos anudados detrás de mi cabeza. Si me pidieran que jurara por mi madre, realmente no diría que el hotel es tan malo y hasta da gusto saltar en un solo pie los escalones tercero, quinto y séptimo (ahora los cuento de arriba abajo) en la misma forma que hacía de muchacho sobre los números que pintábamos con yeso en cualquier calle asfaltada. Primero se saltaba tratando de que el pie no cayera sobre los números pares y después a la inversa. Era un juego agradable que con el tiempo hubiera olvidado de no tropezar con el hotel de Gonzala, donde la única molestia es la presencia constante de los ratones. Cada día se asustan menos cuando salto de la cama al piso, aunque lo haga con los zapatos puestos, y me pregunten a grandes voces los inquilinos de abajo que qué pasó. Los ratones regresan apresuradamente a sus cuevas, es cierto, pero siguen con sus caritas asomadas, temblándoles los pelos del bigote, haciendo chuí chuí sin cesar, como si también me preguntaran.

—Ya usted lo ve. Se lo dije a tiempo —decía Gonzala cada vez que escuchaba mis comentarios. Ella estaba cansada de luchar con los animalitos. Había utilizado contra ellos todos los recursos imaginables. Las trampas se quedaban sin queso y no caía uno solo. Inútil también el veneno que había echado en los agujeros. El del 43 ofreció un remedio que consideraba eficaz: taponar con cera las cuevas. A la semana había más ratones y agujeros que antes. "Un verdadero calvario", decía Gonzala para resumir la situación.

Pero en fin, si voy a ser sincero, no son los ratones sino las pesadillas lo que más me preocupan. Después de todo los animalitos andan por el piso de tabloncillos del hotel, trasteando en busca de alimento o lo que sea, y yo estoy encima de la cama pensando, sin que la presencia de ninguno de ellos pueda alterar la rutinaria ordenación de mi mundo. Las pesadillas, en cambio, están bañando mis madrugadas de sudores fríos y preocupaciones y temores. Hoy, al cabo de la tercera, me he despertado más nervioso que de costumbre. Ocurre que todas las noches, quizás apenas pego los párpados o ya al filo de la madrugada (no he podido precisar bien) desciendo hasta una pesadilla donde Gonzala es siempre la compañera de mis aventuras. Comienza invariablemente la cosa cuando Gonzala toca a la puerta de mi pieza, entra sin necesidad de que yo la abra, se sienta en el borde de la cama y se dedica a conversar conmigo. Al principio yo la escucho con la cabeza bien hundida en la almohada, en la postura más cómoda que pueda encontrar, luego nos ponemos de acuerdo y vamos juntos a visitar otros lugares. En la primera pesadilla Gonzala me llevó por un estrecho desfiladero, con humo que ascendía desde las profundidades y escoltaba nuestro andar (no hay duda que esa escena la he visto en varias películas), y con un cielo donde la luna, las estrellas y el sol perdían su eficacia de lejanos mundos con vida para convertirse en ridículos adornos de hojalata que colgaban sobre nuestras cabezas. Por cierto que a menudo yo estiraba un brazo y con las yemas de los dedos apreciaba la textura de alguna estrella colgada más baja que el resto.

Gonzala, en cambio, no parecía conferirle especial importancia al extraño decorado, caminaba como si muchas otras veces hubiera tenido que transitar por el lugar. Miraba a un lado y al otro y saludaba gentes que yo no veía, con un gesto mecánico y entonces volvía a preguntarme lo de siempre.

—¿Verdad que aún no ha visto a nadie, Raimundo?

—No. A nadie —respondía yo con extrañeza.

—No me lo oculte. En cuanto vea a alguien me lo dice.

Al fin alcancé a ver, en un recodo del desfiladero, a un grupo de hombres. Estaban todos vestidos de negro y conversaban animadamente de espaldas a nosotros. Se los indiqué con alegría, apuntando con el dedo, el brazo extendido a la altura de sus ojos.

—Bien, regresemos al hotel —dijo Gonzala.

Volvimos sobre nuestros pasos.

—¿Quiénes eran?

—Los egoístas.

—No entiendo.

—Es muy sencillo, mi querido Reinaldo —explicó ahora Gonzala casi sonriente, con una exaltación que la convertía de repente en mi amiga—. Aquí todos ven a sus iguales, de esa forma sabemos hasta dónde han llegado los pecados de cada cual. Usted pasó junto a los criminales y no pudo verlos, tampoco a los ladrones ni a los lujuriosos. En cambio, a los egoístas los vio en seguida. ¡Alégrese, mi querido amigo! El egoísmo, después de todo, lo cultivan hasta los que van por el otro desfiladero, camino del cielo. A veces el bien se practica por puro egoísmo, para asegurar en vida o en muerte una situación de privilegio. ¡Ay, si yo no conociera los hombres!

Eso fue más o menos lo que ocurrió en la primera pesadilla. Llegados a cierto lugar en que el paisaje era lo menos importante (acaso, inexplicablemente, no había paisaje) Gonzala colocó una de sus manos sobre mi frente y el simple contacto atrajo una porción de recuerdos que yo había desechado por completo. Eran recuerdos lejanos y recientes que se apretujaban frente a mí como si una multitud pretendiera —hombres, mujeres y niños a la vez— ganar otra habitación a través de una puerta estrecha. De pronto se desbarató el nudo de brazos y piernas, y uno a uno aquellos recuerdos —que eran personas a la vez que recuerdos— se enfrentaron conmigo. El primero en hacerlo fue Virgilito, mi compañero de aulas en la escuela primaria, siempre con sus libros y libretas bajo la axila del brazo derecho, siempre el preferido de los maestros, el que contestaba siempre sin equivocarse las preguntas correspondientes a todas las asignaturas. ¿Por qué yo hurté la goma de borrar de María Elena y la coloqué cuidadosamente, sin ser visto por nadie, entre las hojas de una de las libretas de Virgilito? Era una hermosa goma de borrar, a colores, con la figura de Popeye el Marino, que ya había perdido la pipa y mostraba en ese lugar la porosa superficie de toda goma dañada, pero que por esa circunstancia no dejaba de ser Popeye, de comer espinaca y de amar a Rosario. ¿Por qué esperé, el corazón saltándome de gozo, que la maestra revisara las pertenencias de cada alumno, uno por uno, y al fin encontrara a Popeye en la libreta de Virgilito? ¿Por qué fui tan feliz esa tarde, si no me allegué ningún elogio, si sólo se los arrebaté a mi condiscípulo? Otros amigos, mayores y menores, se enfrentaron conmigo sucesivamente, al conjuro de la mano de Gonzala, pero ningún encuentro fue tan para quitarme el rostro como el que me tenía reservado la llegada de Regina.

Qué silencio en esta casa de portal frente a la playa, es mío hasta el rumor de las sábanas cuando Regina tiende la cama a la hora de la siesta, hasta los sentimientos se escuchan sin necesidad de que atraviesen el largo túnel del corazón a la boca. Ella vuelve a preguntarme y si la otra Regina aparece qué sucederá. Pienso que es sólo una idea, que tal Regina no existe, que es una sola la Regina que se acuesta a mi lado, que me hace cosquillas en el vientre con su dedo, que me despereza todas las mañanas echándome su aliento en la nuca y en las orejas. Pero es más agradable contestarle que me enamoraré también de la otra si tanto se le parece.

Fue una idea de Regina esta casa de Guanabo, la última del pueblo, con su portal sostenido por horcones de júcaro y sus dos cocoteros delante. Tampoco yo hubiera querido pasar estos días cercado por los familiares, escuchando las enhorabuenas de los conocidos, los amigos deseándonos un largo y feliz matrimonio. También pensé que lo mejor era la playa, el mar sonando como nuestros deseos, agitándose y calmándose como nosotros mismos.

Durante los seis meses de noviazgo ella no se atrevió a hablarme de la otra Regina. Tampoco durante los primeros días en la playa. Cogidos de la mano llegábamos todas las mañanas hasta el muro de rocas contra el que bramaban las olas, después de haber atravesado la arena voluptuosamente, hundiendo las plantas de los pies y escurriendo argentados chorros entre los dedos, y nos poníamos a conversar mientras volaban desordenadamente pensamientos y cabelleras. Nada revelaba algo más allá de su ternura y su alegría, de los dientes fuertes y parejos que fabricaban sus sonrisas, de los hoyuelos que se le formaban en las mejillas. Pero una tarde los labios se le pusieron blancos como si los apoyara en un cristal, una vena mostró su abultamiento desde la raíz del pelo hasta el encuentro de las cejas, y sus ojos no fueron capaces de encontrarse con los míos en esa directa comunicación de siempre.

—¿Qué te pasa? —pregunté.

—Nada.

—Si te sientes mal, dímelo.

—No, te juro que no. Si acaso un ligero dolor aquí, en la sien derecha —dijo y su uña, deseosa de señalar, rasgó su piel, dejando una estela primero blanca y después encarnada. Íbamos a regresar cuando empezó su llanto, y mi mano se dedicó a untarle la espalda y los hombros de una caricia que anhelaba ser protectora.

—Dime la verdad, Regina. ¿Qué te sucede?

Entonces se aferró a mi brazo y hundió su cabeza entre mi barbilla y el pecho, sin apoyarla, sólo con el deseo de no mirarme mientras hablaba. Desde muy niña veía a Regina, conversaba con ella, jugaban en el portal de su casona del Cerro, rezaban y se acostaban juntas como dos hermanas mellizas; despertaban a la vez y repetían su diaria aventura imposible. Al principio los padres rieron, complacidos de lo que consideraban un incidente de gran fuerza imaginativa entre todas las travesuras imaginarias de la niña; después se opusieron a que ella volviera a hablar de la otra Regina que nadie más veía, a la que nadie tendía los brazos para arrullarla y que, sin embargo, respiraba y caminaba y estornudaba como ella, como la Regina solitaria que para los demás ella seguía siendo. Dejó de hablar de la otra y el placer fue mayor, la comunicación más estrecha. Todo lo que hacían quedaba en el mundo reducido e ilimitado de las dos. Así crecieron usando las mismas medias blancas, los mismos zapatos de charol, las mismas batas de lino, los mismos lacitos de guinga apresando el mechón cuidadosamente peinado, que les hacía lentas cosquillas en la nuca cuando cada pelo del mechón había crecido demasiado.

Llegado a este punto Regina no quiso seguir adelante, como si los demás detalles le parecieran innecesarios; sólo quiso agregar que cuando me conoció y nos hicimos novios ella temió que yo pudiera enamorarme de la otra Regina que tanto se le parecía. Por eso la convenció para que se fuera a otra ciudad por un tiempo.

—Si lo deseas no volveré más —le dijo la otra Regina.

—Eso no. No hables así.

—Bueno, será por un tiempo como tú dices.

—Ahora necesito pensar a solas, por mi propia cuenta. Será la primera vez en la vida que lo haga.

—Yo tampoco sé cómo podré pensar si ti.

—¿Ves? Es preferible hacerlo por el bien de las dos. Ya no somos niñas. Debemos aprender a no necesitar la una de la otra.

Pero ahora Regina estaba convencida de que la otra Regina iba a regresar, sus emociones no podían engañarla, la voz de la otra Regina entre las propias voces de su mente no le dejaban lugar a dudas de su proximidad. "En cualquier momento, me decía, la otra Regina aparecerá, alzará los brazos para separar las pencas de los dos cocoteros como si fueran cortinas y llegará hasta el portal, cuidando de que sus tacones no hagan ruido en los mosaicos, deseosa de darme la sorpresa de su presencia". Yo la miré y sonreí.

—Abandona esas ideas. Tú lo has dicho: no eres una niña.

Regina echó la cabeza hacia atrás, frunció el entrecejo y volvió a entregarme su recta mirada, otra vez sin temor, casi desafiante, una mirada que me decía hasta dónde yo acababa de herirla.

—Bien, si ella viene nada sucederá —me apresuré a decir. La arruga entre las cejas desapareció, no supe distinguir si Regina estaba ahora a punto de llorar de nuevo o de reír.

—¿Te enamorarás de ella?

—Sí, si tanto se te parece, sí —respondí—. Pero no puede ser igual a ti. No puede haber otra mujer igual.

Ya la otra Regina estaba entre nosotros; Regina me lo decía y yo tenía que aceptarlo, aceptar que había hablado sin ver el movimiento de unos labios, que se sentaba en un balance al que nadie le quitaba su quietud, aceptar la cercanía de esa otra mujer que podía mirarme si intentaba llegar desnudo hasta la sala como era mi costumbre.

—Por favor, Regina. Está bueno ya —dije sin ocultar mi creciente molestia, decidido de repente a no prolongar la mentira, exasperado porque ella acababa de preguntarme si había perdido la vergüenza y obligado a ponerme los pantalones apresuradamente porque la otra Regina podía verme así.

Se dejó caer en un sillón, las manos como una máscara sobre su rostro.

—¿Crees que estoy loca? —preguntó sin quitarse aquella máscara móvil, de dedos largos, finos, en los que parecía refugiarse todo su nerviosismo.

No supe qué responderle. Lleno de confusión, queriendo calmarla, nada mejor se me ocurrió que sentarme en el mismo sofá en el que ella me había dicho que estaba la otra Regina y reconocer, al fin, que yo también sabía de su presencia en nuestra casa.

—Es tan hermosa como tú —dije y al conjuro de esas palabras Regina alzó su rostro, lentamente, con tracciones casi imperceptibles respondiendo a la sonoridad de cada una de mis sílabas, como un muñeco mecánico lo puede levantar a impulsos precisos de un resorte, incapaz de imitar el gesto limpio y majestuoso de los músculos y la piel de una persona. Se me quedó mirando, la boca entreabierta, jadeante, transfigurada, mientras yo alzaba el brazo y modelaba en el aire la figura de la otra Regina: su perfil, sus senos, sus caderas, sus pantorrillas; mi mano acariciando el aire, a la otra Regina, aire que cobraba aliento y carne estremecida bajo mi mano. Pensé que mi mano no había sido torpe y que, aun con los ojos cerrados —tanto había acariciado a Regina— podían mis movimientos responder a los entrantes y salientes de su figura sin la menor equivocación.

Incomprensiblemente la vi guardar silencio. También permaneció sin hablar la primera vez que le dije que la otra Regina no estaba en la sala sino allí, en nuestro cuarto, de pie junto a la cómoda, mirándonos hacer el amor. Por un momento se deshizo de mi abrazo, me quitó la boca y miró asustada; después regresó al cálido encuentro de nuestros cuerpos, confiada en que yo no hacía más que mentir. Otro día yo estaba boca arriba, y ella a mi lado, en la búsqueda preparatoria de las sensaciones, cuando le dije de nuevo que la otra Regina no estaba en la cocina, metida entre el ruido de los calderos como ella afirmaba, sino frente a nosotros, observándonos.

—¿Dónde? —me preguntó.

—Sentada en el piso.

—¿Qué hace?

—Se lima las uñas y nos mira.

—No es cierto. Está en la cocina. Dime que no la estás viendo —se tapó, pudorosamente, los senos con la sábana.

—No puedo decirte una mentira, Regina. Mírala.

Ahora meneaba la cabeza para negar mis palabras. Miraba, los ojos agrandados, hacia el sitio que yo le señalaba, y volvía a mover la cabeza, negando. Entonces, de súbito, comprendí que los celos de Regina me habían hecho feliz, que los estaba buscando a costa de su sosiego. Me acodé en la cama y le di la espalda a Regina, toda la atención puesta en ese espacio de la cama, a mi lado, que nadie ocupaba.

—¿Qué haces? —escuché la pregunta, su pregunta como acariciándome, despertándome placeres inesperados.

—Qué hermosa eres —dije.

—¿Quién? —su voz era más angustiosa que nunca antes.

—Tú, Regina.

Después no supe si acariciando a la otra Regina delante de Regina yo buscaba tan sólo sus celos. Sus dedos, encajados en mi brazo derecho hasta hacerme daño, se soltaron. Volví el rostro y la vi con la cabeza hundida en la almohada, los ojos cerrados, sudorosas las sienes, delgada la respiración, flojos los brazos. Impresionado me tendí a su lado, gozando la extraña frialdad de su piel, necesitado más que nunca de una siesta reparadora. Cuando abrí los ojos las primeras sombras del anochecer llenaban las persianas, pero una bombilla, encendida en el centro de la habitación, impedían que avanzaran hasta mi cama. Llamé a Regina. No me contestó. Me vestí atolondradamente, sin dejar de llamarla a grandes voces, y la busqué por la casa inútilmente. Salí a la playa. Divisar un grupo de personas sobre el muro de piedras al que tantas veces fuimos Regina y yo, fue suficiente para darme la noticia que ahora, ese hombre que me detiene en medio de la playa, que hace incomprensibles señales con los brazos, que habla sin mirarme a los ojos, pretende resumir con palabras torpes:

—Le gritamos que no...desde lejos la habíamos visto...allí las rocas están casi a flor de agua...bueno, usted lo sabe...

Durante la tercera pesadilla, Gonzala estuvo más comunicativa conmigo que de ordinario. Hablaba y sonreía constantemente, guiñaba los ojos para subrayar la intención de alguna frase y bromeaba asegurándome que el recorrido de hoy no me traería tantos sinsabores como el anterior.

—¿A dónde vamos? —pregunté.

—Al encuentro.

—¿Al encuentro de qué?

—Simplemente al encuentro. Todos necesitamos encontrar, ¿no es cierto?

Quise saber si en esta oportunidad el paisaje tendría importancia como la primera vez que salimos juntos o si, por el contrario, el encuentro no necesitaba paisaje.

—El paisaje lo proporcionan los recuerdos.

—No entiendo.

—Por eso el encuentro puede ser donde mejor nos agrade. Aquí, por ejemplo.

Pensé que además de conversadora, Gonzala estaba también más enigmática que de costumbre. Quise buscar en su rostro la explicación del hecho y por primera vez observé que en su frente, justo en el nacimiento de la cabellera entrecana, brotaban dos cuernos pequeños y pulimentados.

—¿Y eso? —pregunté señalando los raros aditamentos.

—Qué ingenuo es usted, mi querido Reinaldo. Pero bien, ya que no se ha dado cuenta de su situación me veo en la necesidad de explicársela. Mi hotel es la antesala del infierno, digamos un lugar al que concurren exactamente las personas que Satanás no reclama con insistencia. Usted, por ejemplo, no está entre los reclamados, pero como hizo todo lo posible por alquilar una habitación, pese a mis advertencias en contrario, debe ser porque tiene sus razones desconocidas o secretas, o como quiera llamarlas usted, para ser sometido a una investigación...La tercera fase de esa investigación es la que llamamos el encuentro.

En seguida Gonzala agregó que mirara a mi alrededor. Efectivamente tampoco había paisaje y los ojos se perdían en una ilimitada sucesión de luces y colores a través de los cuales no emergía ninguna forma.

—¿No ve nada? —preguntó Gonzala.

—No.

—Entonces el encuentro será con usted mismo.

Entre las luces lejanas, como un bote encajado entre las olas, divisé una cama. Era apenas un punto en la lejanía cuando la vi por primera vez; después se mecía entre las ondas de luz y avanzaba poco a poco pero sin ninguna señal de que pudiera detener su tránsito.. Estaba ya la cama a unos metros de nosotros cuando observé mi rostro entre las sábanas. Alrededor de la cama estaban también ahora médicos y familiares en inútiles tareas de salvamento: antibióticos, plegarias y promesas me eran suministrados al mismo tiempo, en una idiota indecisión entre la ciencia y la fe. Sólo Gonzala y yo —lo supe de repente— estábamos convencidos de que yo iba a morir.

—Basta —dije y desperté.

Unidas a las molestias de los ratones aquellas pesadillas ya eran demasiado. Después de haber aceptado la habitación y de encontrarla a menudo hasta agradable, ahora se me hacía intolerable. Caminé hasta la cómoda, abrí la gaveta y releí el recibo que me extendió Gonzala. Pensé que quizá podía exigir la devolución de una parte del alquiler pero concluí pensando que no tendría ánimos para discutir mucho rato con la dueña y que, a fin de cuentas, lo más aconsejable era abandonar cuanto antes aquel lugar.

Eché mis cosas en la maleta de cuero carmelita, me afeité y me vestí cuidando de que mi presencia, como debe ser en toda despedida, fuera la mejor. Cuando terminé, me agaché para tomar la maleta pero el desaliento me detuvo. Di unos cuantos pasos por la habitación y finalmente me tiré en la cama.

Uno trata de engañarse constantemente, con una complacencia que es como una lástima de sí mismo. De ahí que yo me vistiera con tanto esmero, en la esperanza de abandonar el hotel de Gonzala. Eso es todo lo que puedo decir como explicación de mi actitud. Porque yo sabía que ninguna de las tres veces estaba soñando.

¿Te das cuenta?

Cuando me dieron la noticia sólo alcancé a pensar en Manirroto: en las cosas que él me había dicho. No le di tantas vueltas al asunto de ella, de su mujer. El caso era que alguna vez se tenía que morir: podía ser que explotara un fogón de brillantina, como ahora, o que la cogiera una enfermedad y la doblara y se la llevara. Qué le vamos a hacer: eso es lo de todo el mundo.

—Salió a la puerta de la calle gritando —me dijeron—, parecía una bola de candela que caminaba. Vinieron los vecinos y le echaron un montón de colchas y trapos encima, pero igual que nada. Se murió en seguida.

—¿Y Manirroto? —pregunté.

—Está como loco.

Entonces fue cuando pensé en el hombre y en lo que me había dicho. Primero en el hombre y después en lo que me había dicho. Resulta que por el año pasado me dio por ir a Guanabo donde no todo eran mujeres en chort por la calle o en trusa sobre la arena y música en el bar y humo de cigarrillos americanos comprados como era debido. Por debajo de ese cascarón había un mundo que nadie se ponía a mirar a menos que la vida nos golpeara duramente como un boxeador puchindrún, en el pecho, en el estomago, dondequiera. Yo entré a Guanabo con el cuerpo amoratado y me fui donde Manirroto, que ya tenía su historia bien asentadita y una linda lancha para el negocio, y fama de que no iba a andarse con arrepentimientos a última hora. Cuando le dije que venía de socio con él, me echó los ojos a los pies y me los subió sobándome el cuerpo con la mirada como para achicarme los humos y demostrarme lo poca cosa que yo era. Luego, con un aire que le restaba importancia a la pregunta, quiso saber quién me había mandado a su lado. Yo le dije que nadie y que si su fama no bastaba. Se echó a reír halagado y me dijo que yo comenzaba con buena pata porque le caía bien.

—Entonces hacemos el trato —dije.

—Eso no es así, compadrito.

Esa fue la primera vez que me dijo ¨compadrito¨ y ya no se preocupó más de averiguar mi verdadero nombre ni hubo modo de que se enterara porque en Guanabo nadie me conocía y la gente supo luego de mí por Manirroto y se creyeron efectivamente que yo me llamaba Compadrito. Más tarde me enteré que él era así para todo, se hacía ideas de una cosa y ya no se le ocurría pensar que fuera de otro modo. A lo mejor eso le daba el aire de seguridad que en seguida se advertía en él. Eso y su manera de caminar sobre los tablones del muelle con más aplomo que nadie, haciendo que sus pies descalzos sonaran como si trajera zapatos puestos.

—Mira, date tus vueltas por ahí. Ahora tengo socio y en el negocio no hay cabida para nadie más.

—Yo quiero saber si hay chance —atajé.

—Date tus vueltas por ahí, ya te lo dije.

Tres días después me topé de nuevo con Manirroto en el muelle, pero yo andaba con otras ideas y no me acerqué a él para rogarle. En definitiva todo se reducía a conseguir cuatro tablas para el bote y un motor y un poco de gasolina y hacerse amigo de la gente de los barcos porque el coraje lo ponía yo.

—¿Qué pasa, compadrito? —me saludó.

—Ahí —contesté sin ánimo de alargar la conversación.

—Quiero hablar contigo —me dijo después de mirarme como sorprendido de mi falta de interés hacia su persona. Yo eché a andar a su lado por el muelle porque me hizo señas de que quería hablarme a solas. Dejamos atrás los tablones que resonaban bajo sus pasos y cruzamos la franja de arena y fuimos a sentarnos en unas piedras blancas desde donde se divisaba, entre mangles y caletas, la línea de agua encandilada por el sol y que no dejaba de menearse un momento sobre la arena. Manirroto echó a un lado la soga que tenía entre las manos, se hurgó en uno de los bolsillos de la camisa y sacó una caja de cigarrillos. Encendió uno y se puso a fumar tratando de fabricar anillos en el aire. El sombrero de guano le llenaba el rostro con pintas de sol que cambiaban de lugar al más ligero movimiento de su cabeza, de modo que la que estaba ahora en su nariz podía enseguidita correrse hasta el cachete y la del cachete posarse en una oreja. Como lo veía pensando, me puse en guardia porque seguramente iba a preguntarme las cosas necesarias para aceptarme como socio. A la verdad, yo no tenía experiencia de contrabandista, sólo me imaginaba cómo era, eso sí, porque como chofer de alquiler se aprenden también muchas diabluras y se le curte la piel a uno igualitico que bajo el sol.

Entonces fue cuando, de sopetón, empezó a hablarme del socio que quería quitarse de encima y, hasta tratando de que yo lo aconsejara, permitió que ante mis ojos el miedo le chupara tamaño a la fama que se había ganado. No se trataba de miedo físico, claro está, porque sus puños eran tan poderosos como los de cualquiera y porque el cuchillo en sus manos lo mismo servía para el trabajo que para otra faena. Era un miedo que no se sabía por qué costado llegaba. Bueno, no por gusto en Guanabo vivía Quique, un viejo pescador que ya había hablado un montón de cosas que luego se cumplieron, y Manirroto, jugando, se puso a decirle que le adivinara algo, y Quique se negaba, se negaba, pero él insistía, insistía y al fin Quique se decidió a hablar.

—Primero me habló del socio —me dijo Manirroto—, de su modo de ser, de los lugares en que había vivido y de las cosas que le habían pasado. Nadie lo sabía en Guanabo y el socio una tarde me dijo que todo aquello era verdad y que cómo yo lo sabía. No quise decirle lo de Quique porque uno tiene en sus manos al que le sabe cosas, sobre todo si parece que no hay un agujero por donde enterarse. Pero yo seguí yendo a lo de Quique y el viejo entonces entró en el presente y me contó lo que me iba a pasar si seguía con él de socio.

—¿Qué cosa?

—Una puñalada por la espalda.

—¿Y qué vas a hacer?

—Dejarlo. Ahora eres tú mi socio. Ya está decidido.

Así fue ni más ni menos cómo empezó la cosa. Al principio me entraron deseos de decirle la verdad, lo que todo el mundo sabía: que Atanasio, su socio, no era capaz de matar una mosca y que el único modo de conseguir que se cabreara era ése: haciéndole un desaire. Pero luego pensé que no me convenía, porque al lado de Manirroto se ganaba buena plata (para eso todos nos estropeamos el lomo y nos enfangamos el alma: para conseguir la plata) y no iba a echar a perder la cosa por un escrupulito de conciencia. De modo que me callé y seguimos saliendo mar afuera y haciendo nuestros negocitos de lo lindo.

Por la noche Guanabo era todo bombillas encendidas y música a todo trapo, y Manirroto y yo éramos ya la sombra y el cuerpo y nos metíamos en Malverde a putearnos el dinero. Las tres o cuatro mujeres de siempre ya nos conocían y en cuanto llegábamos preparaban el jaibolito de añejo con su tapa de limón encajada en el borde del vaso, y se sentaban a la mesa de otras veces con el filo de la rodilla a ras de la mesa para que no tuviéramos ni que pedirles ese adelanto. Manirroto soltaba a chorro los níqueles para la vitrola y después de cada tres o cuatro piezas en las que sonaban los cueros y los metales, pedía siempre que le pusieran el mismo bolero dulzón, que se quedaba escuchando en silencio. Cuando estábamos a punto de dejar Malverde se metía la mano en los bolsillos, contaba los billetes que le quedaban y los doblaba varias veces. Luego se los echaba por el escote a las mujeres.

—¿Y eso? —le preguntaba alguna que otra vez.

—¿En qué mejor lugar puede estar el dinero? —me preguntaba entonces a mí con una sonrisa.

—Pero casi hay que jugarse la vida para ganarlo.

—No importa, compadrito. No tengo a nadie y el día menos pensado...—se pasó el dedo por la garganta— bueno, uno tiene que morirse, ¿no?

Contrabandear no era tan difícil si se miraba bien la cosa y hacía mucho tiempo que las autoridades del puerto se estaban haciendo la vista gorda para dejarle el terreno limpio a los que andaban en negocios todavía mayores. El caso es que por las noches salíamos con el motor fueraborda llenándonos de espuma las manos, la camisa y la cara, y allá afuera recogíamos algún paquete que nos dejaban caer del barco y después a feriarlo todo para irse a gastar la plata en Malverde. Era la mejor vida que se le podía ocurrir a un cristiano. Eso le dije a Manirroto. No lo halagaba. De verdad que me estaba gustando aquella vida.

—Pues mira, compadrito, esto para mí se está acabando.

Y se acabó. A las afueras de Guanabo alquiló un chalecito, con tres o cuatro arecas a la puerta, y se llevó a Clara a vivir con él. Las noches que yo no iba a Malverde o que teníamos que preparar alguna salida mar afuera me ponía a conversar con los dos en el portal del chalecito mientras miraba las hileras de bombillas que parecían flotar en el agua. A Manirroto le daba en seguida por ponerse a hablar de Clara y de lo que siempre le gustó. Me acordaba entonces de la Clara de antes: la que vendía los cigarrillos en Malverde y mostraba los muslos por debajo del tablero en que llevaba los cigarrillos. Ahora era distinto: se sentaba en el sillón frente a mí y se estiraba la saya hasta por debajo de las rodillas. Cualquiera sabe si Manirroto está en lo cierto ahora y lo mejor es tener una mujer en la casa que cuide de no enseñarle las rodillas a nadie más. Eso pensé.

Fue entonces cuando tuvimos una racha mala y perdimos dos o tres paquetes en alta mar y hasta un guardacostas nos sorprendió en el viaje de regreso sin un solo avío de pesca a bordo para disimular.

—Bueno, ándense con cuidado —nos dijo el de la gorra con la visera que le brillaba como un peje mojado—, de ahora en adelante no les vamos a perder pie ni pisada.

—Pierda cuidado, teniente —contestó Manirroto—, somos gente buena de verdad, gente trabajadora y buena.

—¿Qué tú crees, Manirroto? —le pregunté cuando el guardacostas ya no dejaba escuchar el ruido de su motor.

—Que nos ha caído la salación encima. ¿Tú sabes quién tiene la culpa?

—No. ¿Quién?

—Mi mujer.

Me eché a reír, pero Manirroto se puso de lo más serio y entonces agregó que había gente con mala sombra, y era una lástima porque él estaba muy enamorado. Eso me dijo y después hicimos un negocio bueno y yo creí que se le había olvidado lo de Clara y la mala sombra. Así me pareció. Pero de verdad que la racha de tropiezos seguía y no encontrábamos el modo de ganar la plata suave como antes. Una noche hasta nos pescaron mar afuera y nos trajeron detenidos a la Capitanía del puerto. Pero la desgracia era también nuestra buena suerte: no había un solo paquete a bordo.

—Tuvimos suerte —le dije a Manirroto cuando nos dejaron en libertad.

—¿Suerte? Eso me lo va a pagar Clara —dijo y se pasó la mano por la garganta con una decisión que no dejaba lugar a dudas.

Ya en el velorio volví a pensar en esas cosas. Por la tarde, cuando me dieron la noticia, estuve a punto de creer que Manirroto tenía que ver con esta muerte mucho más de lo que yo mismo podía suponer. Recordaba nuestra conversación allá en la lancha, bajo las estrellas que parecía que se iban a caer, que casi podíamos cogerlas con la mano de tan cerca que estaban, y el ruido del motor metiéndose entre nuestras voces: "No me va a quedar más remedio, compadrito." "Pues mira, te desgracias, eso sí que es una salación." "Es que no puedo dejarla. Y si se va con otro hombre es peor." Luego me borré esa idea pasándome la mano por la frente. No era posible que Manirroto lo hubiera hecho y además ahí estaba el fogón que había explotado. El fogón: eso era lo cierto. Anduve primero por la sala, junto a la caja en que estaba Clara, en medio de los gritos de las mujeres y el calor de las velas que ya chorreaban esperma por todos los bordes de los candelabros. Habían atornillado la tapa del cristal y pensé que era lo mejor, que nadie la viera como ahora estaba la pobrecita.

—¿Viste ya a Manirroto?

—No.

—Está en el traspatio.

Lo vi de lejos, sentado en un taburete, con la cabeza entre las rodillas, sollozando de tal modo que su camisa parecía movida por el viento. A veces se ponía de pie bruscamente y varios hombres lo sujetaban por los brazos, forcejeaban con él un rato y lo regresaban al asiento. Entonces desde donde yo estaba se escuchaban sus lamentos envueltos en un ruido raro como de agua que le chapoteara por dentro contra un arrecife. Regresé a la sala, pasé junto al calor de las velas y me metí luego entre las arecas del portal a desentenderme de las ideas con la conversación de la gente.

Entonces se conversó de la última corrida de chernas, de las plomadas y los curricanes, del motor que se le había dañado a Dásimo y de la venta de los pejes que ya no daba ni para vivir. Yo asentía con la cabeza, me daba una palmada en la frente cuando se trataba de algo de reír o engurruñaba los ojos cuando otra vez volvía a los sufrimientos que iban a pasar los hijos de cada cual Pero, con todo, no podía desprenderme de Manirroto así como así. Me parecía que de un momento a otro iba a llegar a mi lado.

—Oye, compadrito, ¿te das cuenta?

—¿De qué, Manirroto?

—El fogón hizo el trabajo por mí.'

A veces era eso lo que pensaba. Era una idea molesta, que necesitaba arrancármela de la mollera: una idea sucia. Otras veces entraba a la casa y miraba de nuevo hacia el traspatio y veía a Manirroto con su cabeza entre las piernas, derrumbado, sollozando, y me daba cuenta de que era imposible que él viniera a decirme eso. Al cabo me decidí a ponerle la mano encima y a enfrentarme a sus ojos, que no se cansaban de chorrear lágrimas.

—Qué desgracia, compadrito.

—Bueno, cálmate, anda.

Estuve un buen rato junto a él, con mi taburete recostado al muro del traspatio, y luego me di unas vueltas por Guanabo tratando de desentumecerme las piernas. A la hora del entierro ya Manirroto estaba más calmado: hasta pudo decirme sin lágrimas en los ojos, que me quedara con la lancha, que él no iba a salir nunca más mar afuera.

—¿Por qué, Manirroto?

—Cosas de uno.

Ahora, aquí en Malverde, con un jaibolito delante, con la rodilla de una de las mujeres de siempre bajo la palma de mi mano, es de Manirroto y de Clara de lo que me acuerdo, porque en la vitrola alguien ha puesto ese bolero dulzón que a él tanto le gustaba y porque aquí también la conocí a ella y lo vi a él por última vez. Manirroto entró, buscó la mesa en que yo estaba y se sentó a mi lado.

—¿Cómo va el negocio? —preguntó.

—Más bien que mal.

—Vaya, me alegro.

—¿Y tú qué haces?

—Bueno, lo de siempre: vivir.

Se sonrió cuando me lo dijo y yo aproveché para decirle lo que de todos modos tenía que decirle. O se lo decía o reventaba:

—Necesito un socio como tú, Manirroto.

—Qué va, compadrito, no puedo. Además, entré aquí sólo para despedirme de ti. Me voy de Guanabo.

No quiso tomarse el jaibol que le ofrecí. Lo acompañé hasta la puerta. Se detuvo, volvió la cabeza, miró hacia todos lados y al fin, haciendo un gran esfuerzo, salió. Afuera, antes de regresar a la música y a mi jaibolito, volví a preguntarle:

—¿De verdad que no puedes, Manirroto?

—Claro que no, compadrito. ¿Te das cuenta? ¿Te imaginas si todo nos empezara a salir bien?

La sombrilla de guinga

Una vez me puse a coleccionar sombrillas como un filatelista colecciona sellos postales o cualquiera otro colecciona sonrisas de azafrán. Llegué a tener ochenta y cuatro sombrillas. Como no era posible tenerlas a todas desplegadas en la sala, conservaba muchas de ellas envueltas en el mismo papel celofán de la tienda, pero cada cierto tiempo yo las desempaquetaba, hacía saltar el broche y las abría sobre mi cabeza. Observaba minuciosamente las varillas, con el temor de que hubiera aparecido la herrumbre, y después las regresaba al papel celofán.

La suerte era que mi casa no la visitaba casi nadie y yo podía, sin muchos tropiezos, atravesar la sala llena se sombrillas y entrar a mi habitación. Pero a veces algún visitante inoportuno se quedaba desconcertado frente a la profusión de colores de mis sombrillas.

—¿Las vende? —llegó a preguntar alguno.

—No. Las sombrillas son mi entretenimiento.

El visitante entonces se encogía de hombros.

Hay sombrillas que silban y sombrillas que se quejan y otras que seguramente piensan y desean cosas, pero de todos modos me aburrí de mirarlas y en cuatro meses me deshice de mi colección.

Algunos años después conocí a Raimundo. Vivía a dos puertas de mi casa pero yo estoy convencido de que no tenía noticias de mis sombrillas pues comenzó a vivir allí mucho después de que me desprendiera de la última y además nunca me hizo una sola pregunta sobre el asunto.

Una noche, paseándonos por el Parque Central, Raimundo me preguntó si deseaba conocer a Rebeca.

—¿Quién es Rebeca?

—Una médium —me respondió—. Es fantástica.

—¿Podemos ir ahora mismo?

—Claro, hombre.

La médium me extendió su mano, apresó la mía y lanzando un quejumbroso resoplido me dijo:

—Lléveme a su casa.

—¿Cómo...?

—Mentalmente, quiero decir.

—Ah.

Entonces pensé en la puerta de mi casa.

—Tan rápido no —me dijo la médium—. Hágalo como usted acostumbra, por las calles que siempre transita.

Cuando hube efectuado el recorrido que me solicitó y me encontraba frente a la puerta, la escuché decir:

—Ahora, entre.

Entré.

—En la sala hay muchas sombrillas —dijo la médium.

—No. No hay ninguna.

—Usted no entiende. Es un espíritu que así se manifiesta porque ésa era la actividad en su vida.

—Perdón, usted se ha equivocado.

—Es su padre.

De golpe recordé que efectivamente mi padre se había ido de Cuba dos meses antes de yo nacer y que en Costa Rica abrió un negocio de sombrillas. Como eso nadie lo sabía en La Habana —yo mismo no me acordaba en ese momento— la piel se me llenó de supers ticiosos erizamientos. Me desprendí de su mano, negado a escuchar otra palabra, y regresé a la casa de lo más preocupado.

A partir de ese momento empecé a ver sombrillas en la sala de mi casa, forradas con telas de los más diversos colores. Para escapar a la alucinación volví a comprar sombrillas reales, también forradas de los colores más diversos. Logré una colección increíble, donde la preferida, pese a las nuevas adquisiciones, era siempre una sombrilla de guinga, cuyos cuadritos en rosa y negro destacaban ingenuamente entre todos los demás colores.

Una noche mi madre se me apareció y me dijo que eso no estaba bien; que era como decir que yo había tenido muchos padres y que debía, por lo mismo, quedarme con una sola sombrilla. Rechacé su mandato y pensé que todo aquello sucedía a causa de mis nervios estropeados, pero mi madre continuó apareciéndoseme todas las noches y quejándose de lo mismo.

Poco a poco fui deshaciéndome de las sombrillas hasta que, aterrado, me llegó la idea de que hacerlo al azar era la peor de las torpezas y que, sin darme cuenta, podía echar de la casa a mi padre. Ni siquiera estaba convencido de que él fuera la sombrilla de guinga que tanto me llamaba la atención.

Ya sin color

Cuando cumplí los tres años me llevaron a vivir a casa de Angelita. A los siete ya no recordaba quiénes habían sido mis padres y tampoco me atrevía a preguntarlo como si yo pudiera tener la culpa de las cosas malas que presumiblemente ellos habían hecho para quedarse sin hijo. A esa edad me pasaba el día desnudo, encaramado a los escaparates más altos y soñando con lianas que me pudieran trasladar de un árbol al otro. Don Jacinto, un amigo de Angelita, apenas se enteró de mi entretenimiento, la cogió con pararse en medio de la habitación, la cara vuelta hacia arriba y las manos a la cintura, convencido de que yo era un bicho raro. Una vez lo escuché decir que yo padecía algún complejo y que debían tener mucho cuidado conmigo. Angelita, en cambio, nunca se disgustó con mis maromas y cuando al cabo yo me aburría de andar pegado al techo de la casa, bajaba, me vestía y me iba con ella al traspatio a oír cantar sus pájaros.

Ella tenía colgadas las jaulas en las ramas de un viejo framboyán y debajo del árbol colocaba varios taburetes donde podíamos sentarnos a gozar del espectáculo. Entonces Angelita me contaba todo lo que había aprendido sobre la vida de los pájaros y hasta me asombraba de vez en cuando con alguna observación que yo nunca hubiera imaginado como aquella de que los animalitos se quedaban pensativos igual que cierta clase de personas.

—¿Y cómo usted lo sabe, Angelita?

—Por la forma en que cantan.

—¿Cómo cantan cuando están pensando?

—Eso es más difícil explicarlo. Es necesario escucharlos durante años y años para darse cuenta.

Sin embargo, Angelita no era mi madre y a los catorce años, sin darle una sola explicación, me largué a trotar por el mundo. Por aquella época me angustiaba demasiado la idea de saber quiénes eran mis verdaderos padres y varias veces estuve tentado de preguntárselo a Angelita. Nunca logré acumular el suficiente valor para hacerlo y finalmente (eso fue lo que ocurrió) me vino el convencimiento de que ella era la culpable de todo: de que yo no supiera quiénes eran mis padres y hasta de que yo no tuviera padres.

Quizás para satisfacer mi resentimiento estuve veinte años sin verla. Durante ese tiempo mi figura cambió por completo (la voz se me puso ronca, me salió la barba y logré dominar mi endiablada cabellera que tanto se me alborotaba) y también aprendí varios oficios antes de ingresar al ejército. Vestía por primera vez el uniforme de caqui y las calurosas polainas de cuero, cuando alguien se me acercó en la calle, algún amigo de mi pueblo, y me dijo que Angelita estaba muy grave. Creo que estuve un buen rato meneando la cabeza y pronunciando palabras torpes como si la noticia me hubiera conmovido. Luego, en el campamento, me di cuenta que efectivamente en ese momento los ojos se me habían aguado y que ahora lloraba como un niño, aguantando los sollozos para no despertar a los soldados que dormían en mi misma barraca, en unos catres de madera tan debiluchos que crujían al menor movimiento del cuerpo. La corneta de diana se metió junto con la claridad del alba en la barraca y yo comprendí que no había dormido en toda la noche pero que tampoco lloraba: mis ojos simplemente sudaban por el esfuerzo de la vigilia. Me levanté primero que los demás, hundí la cara en el agua de la palangana y me dije que lo mejor era pasar un telegrama a Santa Clara para saber si valía la pena echarse a llorar. No envié el telegrama. Tampoco en los cinco años que han pasado se me ocurrió volver a pensar en ella.

Y, sin embargo, una mañana me desperté recordando mis maromas sobre los escaparates y atrapado por la necesidad de ver a Angelita. Llamé a mi chofer y le dije que saldríamos inmediatamente para Santa Clara. "Teniente, de aquí a Santa Clara son seis horas de viaje —me dijo Gustavo— antes de salir hay que cambiarle el aceite al Oldsmobile y llenar el tanque de gasolina". Le contesté que entonces saldríamos después de almuerzo. Gustavo se encasquetó la gorra hasta los ojos y tiró furiosamente la puerta de mi despacho. Cruzó el patio de cemento y se metió entre las barracas de los soldados mirando constantemente hacia atrás. Me imaginé que tenía una cita con alguna amiga y que yo acababa de malograr su proyecto.

Era de noche cuando llegamos a Santa Clara. Con el motor en ralentí, el auto dobló la esquina, a la derecha, y descendió por la calle pedregosa, solitaria. "Aquí es", le dije a Gustavo. El chorro de luz de los faros se esparció sobre la acera: un gato, que estaba ovillado junto a un latón de basura, retrocedió blandamente y gruñó enfurecido, mostrando sus pequeños dientes parejos. Luego los faros se apagaron y comenzaron a brillar en la oscuridad los ojillos del animal como dos botones de cobre increíblemente fosforescentes. Gustavo detuvo el carro y me dijo que estaba cansado mientras se estiraba en el asiento, bostezando. Aflojó el cuello permitiendo que su cabeza, suelta, descansara en el nylon de que estaba revestido el asiento, apoyó los codos en el vientre y con una sonrisa de satisfacción (la misma que adoptaba siempre que iba a entrar en el sueño) estableció de nuevo contacto con el timón rozándolo tan sólo con la yema de los dedos. Cuando yo abrí la portezuela y salí, ya Gustavo ampliaba su sonrisa y sin transición, despierto todavía, casi idiotamente, empezaba a roncar. Eché a andar por la acera en busca de la casa de Angelita con la idea de que yo no era más que un bulto prieto o un gato que crecía de súbito desmesuradamente, un bulto también con brillos metálicos, casi fosforescentes, con muchos más ojos que el gato, en la gorra, sobre los hombros, sobre las solapas del uniforme de gala, con ojos (eso iba pensando) que me había costado ganar.

Crucé la calle y avancé por la acera opuesta, buscando entre puertas y ventanas, a la escasa luz que la luna proporcionaba, el número 63. Podía, sin embargo, prescindir de la avara ayuda lunar y hasta de las placas de hierro con los trazos, gruesos, blancos, de sus números sobre un fondo azul. Me hubiera bastado recorrer a tientas todas las puertas de aquella cuadra, las maderas agrietadas donde varias generaciones habían calado con cuchillas nombres y fechas, y descubrir al fin la aldaba de la casa que buscaba. El simple contacto de las manos me lo diría: "aquí vive Angelita". Era una aldaba de bronce, pulida por el roce, que años atrás debió haber sido el calco exacto de una mano que apresaba una bola, pero que ahora mostraba el meñique y el anular como una sola superficie desgastada.

Había dos momentos de la aldaba que yo no podía olvidar. Tocaron y yo fui a abrir y una mano arrugada, de dedos largos, de uñas prietas, estaba sobre la aldaba. Cerré la puerta y corrí hasta donde estaba Angelita, gritando. Junto a la mano, mirándome a través de la puerta entornada, había visto un ojo, uno sólo, colgando como un extraño adorno del aire, ajeno a todo rostro, un ojo que me sonreía engañosamente. Trataron de calmarme después diciéndome que era un mendigo. El otro momento estaba lloviendo y Lidia y yo tocábamos fuertemente, temiendo que si no nos abrían en seguida íbamos a coger un resfriado. Las tres manos se unían, tocaban a la vez. Mi mano y la de Lidia. Después me ha molestado tener entre las mías otra mano de mujer, el recuerdo porfiando por no convertirse en un roce que pudiera ocurrir todos los días.

Encontré la puerta entornada, escurriendo un hilo de luz que rayaba la acera y pintaba de ceniza las piedras de la calle. Inesperadamente me molestó que la aldaba se hiciera innecesaria, pero de todos modos la apresé con mis dos manos para empujar la puerta con el mayor cuidado, tratando de que las bisagras no chirriaran al dejarme pasar. Sentada en un sillón de mimbre, en medio de la sala, estaba Angelita. De momento me pareció que la circundaba una luz increíble, venida a través de las ligeras tablillas de una persiana; una luz que la alejaba de los objetos esparcidos a su alrededor y la entregaba a la vista con una lejana quietud como si fuera un maniquí en una vitrina. Miré la bombilla que colgaba en el centro de la sala y vi la misma luz golpeando en la pantalla, fugándose por numerosos agujeros, dibujando una pantalla mayor en las carcomidas tablas del techo. Volví a pensar que habían pasado veinte años y que ella tenía ahora sesenta y cinco, pero estaba como la víspera de mi fuga, envuelta en carnes y sonrosada, las agujetas moviéndose ágilmente entre las manos y la bola de estambre sobre su falda, perdiendo grosor a medida que la mano reclamaba más hilo.

En cuanto Angelita me reconoció dijo: "Ah, Virgilio, eres tú. Ya sé que andabas persiguiendo a los rebeldes en la Sierra Maestra". Lo dijo sin prestar la menor atención a mis condecoraciones y en seguida torció el rumbo y empezó a hablarme de todo lo que le había ocurrido desde que yo me fui de su casa. Mencionó algunos dolores en las articulaciones, la muerte inesperada de Don Jacinto (en sus últimos días no cesaba de pensar en mí), un catarro que la tuvo en cama durante tres semanas y la visita de tres o cuatro vecinas que le contaban chismes de otras tantas vecinas. Me pareció que era muy poco aquello que me contaba para que cubriera veinte años, pero en seguida lo justifiqué pensando que cuando no se lleva una vida aventurera el tiempo pasa sin dejar apenas asideros para el recuerdo. De todos modos me extrañó que los ojos y los brazos de Angelita se movieran con exagerada rigidez como si las manos de un titiritero accionaran dentro de ella y sus movimientos respondieran a los tirones de unos hilos que sustituían el complicado tejido de músculos, tendones y arterias. Durante la charla volvía a mi mente la impresión del maniquí en la vitrina y entonces me quedaba esperando que su rostro se alzara levemente y la luz brillara sobre aquella imitación de material plástico que era ahora su piel.

Al cabo de un rato, esas ideas, nacidas seguramente a causa de mi emoción, cedieron el paso al recuerdo de mi niñez en aquella casa. Quizá para demostrar que conservaba una prodigiosa memoria, Angelita no se cansaba de referirme anécdotas, amontonando en mi imaginación los más diversos y menudos sucesos en que yo había tomado parte. Finalmente, acaso ya agotada la nómina de mis intervenciones en su existencia, empezó a hablarme de los pájaros.

—¿En qué piensan ahora?

—Lo mismo que siempre. En su libertad.

—¿Y por qué no los suelta, Angelita?

Se encogió de hombros y, tratando de que olvidara esa crueldad, me dijo que últimamente ella había hecho muchos progresos. Ya no necesitaba sentarse bajo el framboyán a oírlos cantar para saber lo que estaban pensando. Desde la sala y sin que saliera el menor ruido de las jaulas se comunicaba con los pájaros.

—Ahora mismo escuchaba a uno que se quejaba de su mala suerte —agregó.

Iba yo a argumentar que no podía ver qué diferencia había entre la suerte de un pájaro y otro, cuando me acordé del telegrama que nunca llegué a pasar.

—No importa —me dijo.

—¿Qué?

—Lo del telegrama.

—Yo no le dije nada, Angelita.

—Ah, entonces lo estabas pensando...Eso fue en noviembre del 49. Los médicos decían que yo estaba muy grave.

Apartó el tejido de su regazo y lo colocó sobre una silla a su lado. De golpe la bombilla se desprendió de la pantalla y cruzó entre Angelita y yo, lentamente, como pudiera hacerlo la pluma desprendida de un ave; luego la luz comenzó a proyectarse a la inversa, desde debajo de la falda de Angelita, a través de su piel, de sus vestidos ya sin color. Tuve la impresión de que Angelita se estaba convirtiendo en una bombilla. Lo increíble era, sin embargo, que tanta transparencia no impedía que la silueta de la mujer, ahora de pie, bailoteara todavía pasmosamente en las paredes, en las maderas del techo, fragmentada en numerosas sombras iguales.

Salté de mi asiento como un muñeco disparado por un resorte. Sin mirar hacia atrás, salí a la calle y corrí hasta el auto. Gustavo seguía durmiendo, desnucado sobre el asiento, con sus dedos apoyados levemente en el timón. Lo sacudí hasta que abrió los ojos.

—Estamos muertos, Gustavo —le dije.

—No, teniente, eso ocurrió en el sueño que acabo de tener.

Me contó que había soñado mi conversación con Angelita. No se le escapó un solo detalle, ni siquiera el de las jaulas como frutos sonoros del framboyán. Pensé que ya no había nada más que hacer, salvo aceptar la idea de que estábamos muertos y comportarnos como tales. Gustavo me dijo que ésa era una idea idiota. Entonces le pedí que me explicara lo sucedido en nuestra última operación militar (yo únicamente recordaba el viento barriendo las montañas, los disparos que chicoteaban en la corteza de los grandes árboles y la orina metálica de los casquillos que caían a nuestros pies). Gustavo aproximó las cejas para facilitar el nacimiento de una larga arruga en su frente y me contestó que él tampoco recordaba nada más. Insistió, sin embargo, en que ninguno de los dos estaba muerto.

—Trata de salir del auto sin abrir la portezuela —dije.

Gustavo trató de hacerlo y no pudo. Lo apremié con la mirada, levantando las cejas, para que repitiera la operación y lo sentí de nuevo golpear, jadeante, contra la portezuela.

—Ya lo ve, teniente —dijo e intentó sonreír con ese entusiasmo infantil que ponemos en parecer alegres cuando acabamos de tener un accidente y más vale echarnos a llorar bajo la magulladura. Volví a levantar las cejas, tercamente, y Gustavo concluyó lanzándome una húmeda mirada de impotencia mientras se frotaba de arriba abajo el brazo izquierdo, seguramente dolorido.

—¿Habrá algún programa musical ahora? —pregunté buscando con la espalda la comodidad del asiento, vencido por la evidencia.

—Son sus nervios, teniente —dijo Gustavo a tiempo que encendía el radio. Puso en marcha el carro y se sonrió cuando le dije que nos quedaríamos en Santa Clara esa noche, en cualquier hotel. De repente sentí deseos de abrazarlo pero me contuve. Incomprensiblemente me llegó también la idea de encontrármelo en la calle, un día de lluvia, y cubrirlo con un periódico. Luego me conformé con darle una palmadita en el hombro, arrepentido de haberle estropeado la cita con una amiga.

—Será mañana —dije.

—¿Qué cosa?

—Cuando podrás ver a tu amiga...

—Usted sabe mucho, teniente.

Gustavo llevó otra vez su mano hasta el botón del radio y la aguja se deslizó sobre la esfera. Se escuchó la voz de un locutor:

Esta tarde serán los funerales del teniente Virgilio Montejo, muerto heroicamente en el cumplimiento de su deber...El último comunicado del Estado Mayor del ejército dice: El teniente Virgilio Montejo está vivo. Los héroes nunca mueren. Viven eternamente en el recuerdo emocionado de su pueblo.

—¿Están hablando de mí, Gustavo? —pregunté distraídamente. Sacaba mi rostro por la ventanilla y lo hundía en el aire como en una almohada.

—Sí, teniente. Ya usted ve. Yo se lo dije: no tenía por qué preocuparse.

Señor García

Elpidio me llamó por teléfono. "A las siete quiero verte", me dijo. Le contesté afirmativamente y eso que no debía hacerlo. Si no me interesaban los placeres de que él me hablaba ni estaba a gusto en compañía de la gente que él frecuentaba, no sé por qué se me ocurrió responder que sí. De todos modos durante un buen rato me olvidé de la cita que había concertado. En la oficina el trabajo no era mayor que otras veces pero me entretuve observando a Dinorah, con sus párpados azules y su motera y ese modo tan suyo de untarse el polvo en las mejillas. Por debajo del buró mostraba unas piernas largas (siempre asocio las piernas largas con la despreocupación en la mujer) que se cruzaban alternativamente una sobre la otra mientras hablaba por teléfono. Cuando ella terminaba de trabajar, exactamente a las seis de la tarde (a las seis menos cuarto ya comenzaba a mirar con impaciencia el reloj, vigilando los saltos del minutero) me acercaba al auricular y olfateaba su perfume durante un buen rato. Ganaba lo mismo que yo pero una mujer puede privarse de muchas cosas excepto de un frasco de perfume. Son los detalles que uno va aprendiendo con los años a costa de una profunda observación.

Antes de las seis de la tarde volvió a llamarme Elpidio. "Hoy no podemos vernos", me dijo. "Está bien", dije sin poner entusiasmo en las palabras. "¿Te molesta?", me preguntó. "No, de ningún modo". "Entonces la semana entrante nos veremos. Volveré a llamarte".

A las seis se levantó Dinorah de la butaca, echó un capuchón de nylon sobre la máquina de escribir, se retocó las mejillas y dijo adiós a los que quedábamos en el salón con un guiño de ojos. Yo me acerqué a su auricular, a olfatearlo como siempre, y Demetrio me miró con ojos de sorpresa y yo levanté los hombros como si dijera qué le vamos a hacer. Luego me acerqué a Demetrio, afectando un aire de indiferencia, y le dije que mi teléfono tenía un ruido raro. "Repórtalo", me dijo. "Sí, mañana", repliqué y salí a la calle sin agregar otra palabra.

En la calle San Rafael tomé la ruta 27 y me bajé en los Muelles de Caballería. Bordeando el malecón caminaba una pareja con las cinturas enlazadas, de modo que sus brazos por detrás formaban una x. Tres muchachos empinaban sus papalotes. Soltaban hilo, lo recogían, movían las manos fuertemente, tratando de desviar los papalotes del sitio que ocupaban. Me imaginé que deseaban tocar con el rabo de los papalotes la chimenea de un barco atracado.

—¿Quiere que le lea las manos? —me preguntó la mujer al cruzar a su lado. Estaba sentada en el muro, y tenía unas trenzas largas y negras pero no era gitana.

—No, no me interesa —contesté. La mujer insistió y sin explicarme por qué le dije que si ella no era capaz de mejorar su destino no veía como podía hacer algo en mi favor. "Yo no le enderezo la vida a nadie. Sólo le adivino el porvenir", me contestó. Sonreía dejando escapar unos extraños chasquidos como si uniera la lengua al paladar y la separara y volviera a unirla a intervalos regulares y precisos. Cuando yo iba a hablar de nuevo, uno de los muchachos tropezó conmigo y me dejó sin palabras. Caminaba de espaldas halando el hilo del papalote. La tarde estaba sin viento y el papalote descendía rápidamente. Quizá el rabo había rozado el agua y estaba mojado y pesaba demasiado. O quizá se debía sólo a la falta de viento.

—Son cincuenta centavos nada más —dijo la mujer.

—Ya le dije que no me interesa, señora.

—Yo le oí decir que sí.

Saqué las monedas y puse la palma de mi mano frente a sus ojos. "Primero la izquierda", me dijo. "En la izquierda está escrito el pasado. En la derecha, el porvenir". Una mujer se acercaba a nosotros taconeando fuertemente. Traté de retirar la mano pero la tenía aprisionada. "Yo no creo en nada de esto", dije exactamente cuando la mujer cruzó a mis espaldas. Se volvieron a escuchar los chasquidos. ¿Se burlaba o simplemente se reía?

—Deje ver la derecha.

Se la extendí.

—¿Ve esta línea?

No contesté.

—Todo el mundo no la tiene así. Observe las manos de cuantas personas usted conozca. Puede sentirse contento. Ah, la línea del corazón. Está cortada aquí. Sí, indica una separación. Ha sido como un desgarramiento.

—¿Cómo es la mujer?

—Trigueña.

—Es suficiente —dije y pude retirar la mano. Sentí la voz detrás diciéndome que regresara. Las olas saltaban el muro y el agua se encharcaba en las aceras. Matilde, la encargada del hotel, también gustaba de adivinarle la vida a uno, sólo que no cobraba. Cuando me veía llegar salía desde detrás de la carpeta y me miraba con ojos chispeantes. Yo me hacía entonces el entretenido, daba los buenos días o las buenas tardes y me deslizaba hacia la escalera. En el primer peldaño me alcanzaban las palabras. "Señor García, señor García", llamaba Matilde a mis espaldas.

—Dígame señora.

—Anoche soñé con usted. Un buen sueño, ¿sabe?

—No me diga.

—Así como lo oye. Soñé que usted manejaba un Cadillac, largo, dorado. Es una buena señal.

Yo le daba las gracias como si hubiera hecho algo a mi favor, y subía el resto de la escalera. Al principio el modo de hablar de Matilde me fastidiaba un poco, pero con el tiempo me atrapó el encanto de sus equivocaciones. Nunca acertaba en sus vaticinios. "Hoy tendrá un buen día". Perdía el ómnibus y llegaba tarde al trabajo. "Hoy tenga cuidado, señor García, es un día, ¿cómo se dice?, adverso". No era un día excelente porque nunca he tenido días excelentes, pero tampoco resultaba peor que otras veces. Uno concluye siempre por amar la irrealidad. Y aquel señor García que yo no era y del que hablaba Matilde con tanto entusiasmo se me hizo simpático. "Usted llegará lejos en política, señor García, yo no me equivoco". "Pero si nunca he aspirado a nada. Y además no me gusta la política". "¿Y qué? Eso no importa. El mundo está hecho de sorpresas". Era cierto. Ella hacía sus vaticinios y yo me encontraba con la sorpresa de algo totalmente diferente. Pero, en cambio, la mujer con trenzas de gitana había metido la mano en mi pasado y sacó una verdad como si fuera una moneda del bolsillo. Si la dejaba hurgar en el futuro habría que decirle adiós a las sorpresas. Y nada es tan aburrido como jugar a las verdades.

¿Cómo demonios pudo saber si no lo de María Elena? Yo la conocí una tarde en el Ten-cents de Galiano y San Rafael. Me preguntó que dónde vendían las horquillas. Yo le contesté que no sabía. "Se usa para las tendederas". Yo le dije que eso sí lo sabía, pero que no me había entendido. "Yo no soy empleado del Ten-cents". "Ah, es verdad, aquí sólo trabajan mujeres. Perdón". "No tenga pena, señorita". Me miró a los ojos en una forma que me hizo pensar que ella no se había equivocado y que simplemente deseaba entablar conversación conmigo. Un mes después me confesó que era verdad. "Me gustaste desde el primer momento, monada". Salíamos juntos dos o tres veces a la semana. Íbamos al cine y después alquilábamos una habitación en un hotel. "¿Por qué no vamos al tuyo?", me preguntaba. "No me lo van a permitir. Todos saben que soy soltero". Ella me decía que si era porque tenía otra mujer. Yo le contestaba que no. "Pues mira, di que te casaste conmigo y me voy a vivir definitivamente para allá". Me gustó la idea. Con el mismo alquiler tendría mujer todos los días. Pensé en el gasto de la comida de otra persona y calculé que podía alcanzarme el dinero. Después de pensarlo durante una semana le dije que sí.

En el hotel todos me desearon felicidades. "Qué oculto se lo tenía usted, señor García", me dijo Matilde. Para los demás la cosa pasó con más naturalidad. Me acostumbré sin papeles a la vida de casado. A regresar al hotel apenas concluía mi trabajo. A comprar dos fritas en la calle Neptuno en lugar de una y a llevarme la segunda en un cartucho, deseando que no se enfriara demasiado en el trayecto. Un día María Elena desapareció del cuarto. La fui a buscar a casa de su familia y me explicaron que no tenían noticias de ella. La madre se alarmó tanto que quería avisarle a la policía. Yo le dije que era mejor esperar. "¿Esperar a qué? Bien se ve que usted no es madre", me gritó. Se notaba que estaba molesta conmigo. Yo le dije que tenía razón pero la convencí para que esperara. A los tres días recibí un recado de María Elena. "Me fui con Jacinto, que es el hombre de mi vida. Mándame la hornilla eléctrica", me decía en su carta. Me daba la dirección a dónde mandársela. Yo estaba enfurecido. "Qué se habrá creído. Que no cuente con la hornilla eléctrica". Luego empaqueté la hornilla y la dejé en un rincón. Que la viniera a buscar o que mandara por ella. Yo no me iba a molestar en llevársela.

Estaba pensando en estas cosas mientras dejé la acera del Malecón y atravesé el parquecito en busca de la Plaza de la Catedral. En la Plaza me olvidé de María Elena. A esa hora me gustaba taconear sobre los adoquines y escuchar el ruido ascendiendo hasta las viejas paredes del campanario. El ruido no asciende simplemente. Cada una de las pisadas se amplifica, va adquiriendo fuerza según sube, y más allá de los tejados, en lugar de confundirse con los demás ruidos de

La Habana Vieja, parece cobrar vida independiente. Pero esa tarde no tenía suerte. El enorme cuadrilátero de adoquines, circundado de balcones, enrejados, piedras de cantería y aleros voladizos, estaba más frecuentado que de ordinario. Si taconeaba iba a hacer el ridículo delante de tanta gente. Me puse a dar vueltas despaciosamente, mirando hacia lo alto como si fuera un turista. Trataba de disimular y de dar tiempo a que se fueran. Como demoraban demasiado me desalenté y tomé el camino del hotel.

Matilde salió desde detrás de la carpeta.

—¡Señor García!

—Diga usted —contesté desde el primer peldaño sin voltear apenas el rostro.

—¿A que no sabe quién estuvo a verlo?

—No me imagino.

—¿No? ¿Se da por vencido? ¡María Elena!

Me encogí de hombros y le di las gracias después de preguntarle qué quería ella. Matilde me dijo que no se lo explicó. "¿No dijo si iba a volver?" Matilde me contestó que no, no había hecho otro comentario. Subí al cuarto y pensé que venía por la hornilla eléctrica. Después tuve un sobresalto."!Las fotografías!", me dije. Yo le había tomado varias fotografías sin ropa y con toda seguridad se lo había confesado a Jacinto. Cuando ella se fue pensé que lo mejor era destruirlas, pero luego me dije que si Jacinto y ella las reclamaban y yo no las entregaba podían pensar que me estaba negando. Las conservaba dentro de un sobre de Manila en el escaparate. Abrí el escaparate, tomé el sobre y saqué las fotografías. María Elena tenía una hermosa figura. Recordé que mientras la retrataba la excitación hacía presa de mí como si nunca antes la hubiera visto desnuda. Era inexplicable, pero después de dos o tres tomas siempre íbamos a la cama.

Luego pensé que no, que posiblemente ella se había olvidado de las fotografías y venía sólo por la hornilla eléctrica. En realidad yo no la había comprado. María Elena la trajo cuando vino a vivir conmigo.

Durante una semana estuve llegando más temprano al hotel. Pensaba que María Elena podía regresar y deseaba saber qué quería. En la oficina se dieron cuenta de mi apuro. "Estás como Dinorah, vigilando a que den las seis para irte", me dijo Demetrio. Cuando me olvidé de María Elena comencé a quedarme hasta más tarde, organizando los papeles en la gaveta, atento siempre al teléfono de Dinorah. Hubiera querido preguntarle qué perfume usaba pero nunca me atreví. Tenía la impresión de que todos estaban pendientes de mi actitud y un día Demetrio me lo confirmó. "Se están riendo de ti. Dinorah dice que se va y sigue en la persiana hasta que te acercas al teléfono. También dice que te quedas bobo mirándole las pantorrillas". No volví a descolgar su teléfono, aunque estaba tentado de hacerlo para que creyeran que siempre lo había hecho porque el mío no andaba bien. Dinorah terminó por no volver a cruzar nunca más las piernas.

Elpidio siguió llamándome por teléfono. Me invitó a salir varias veces con unas amigas y yo le contestaba que me sentía indispuesto. Una tarde acepté. Fuimos a un bar en la playa de Marianao. En la acera había muchos quioscos donde vendían pan con lechón. Elpidio compró cuatro y los devoramos mientras tomábamos cerveza. Elpidio siempre pedía Hatuey. Cuando le traían otra marca trataba de pelear con el camarero. Le decía animal y otros insultos por el estilo. Pero esa noche estaba distinto. "Mi hermano, cámbiamela", decía ante la equivocación. La mujer que me tocó en suerte no era fea pero me aseguraba que no le interesaba otra cosa que conversar y darse tragos."¿Y si yo te digo que me he enamorado de ti?", le pregunté. "Te tendría lástima", me contestó. "¿Por qué?" "Siempre me dan lástima los sentimentales." Yo le aseguré que no había que ser un sentimental para enamorarse, eso podía ocurrirle a cualquiera. "Mejor háblame de otra cosa", atajó. Pensé que lo decía sólo para justificarse pero que era como las demás. Traté de tocarla por debajo de la mesa. "Qué va, muchacho. No pierdas el tiempo", me advirtió.

Le dije a Elpidio que iba al baño porque había tomado mucha cerveza. Se rió. "Volveré dentro de unos minutos", agregué. "Apúrate, hermano. Mira que esto se está poniendo bueno". Yo le dije que sí y repetí que iba a volver dentro de unos minutos. En lugar de entrar al baño salí por la otra puerta del bar. En la esquina tomé la ruta 32. Al otro día Elpidio me llamó y me dijo que nunca más me volvería a invitar y que yo no era un hombre de ley. Me hice el ofendido y colgué con fuerza el auricular. Me quedé esperando un nuevo timbrazo. Iba a decirle que me perdonara. Pero no volvió a llamar.

Esa noche María Elena estaba esperándome en el cuarto. Me contó que Matilde le había dado la llave porque ella le aseguró que habíamos hecho las paces. Le expliqué que no era verdad. "Pero tú me vas a perdonar, ¿verdad, monada?" Me puse muy serio y le dije que no. "Yo dejé a Jacinto por ti. Tú eres el hombre de mi vida". "No te creo". "Pues créelo, monada". Se me colgó de los hombros y me besó. Me acordé de la mujer con la que había estado en el bar. "No soy un sentimental", dije desprendiéndome de sus labios. "¿Tú sabes que Jacinto está celoso contigo? No hace más que hablar de ti. Debías de ir a buscarlo y darle una buena golpeadura". Le comenté que no conocía a Jacinto ni él a mí, y que no veía por qué tenía que golpearlo. "¿Así que vas a dejar que te saque las tiras del pellejo?". "Olvídate de Jacinto". "Es verdad, qué tonta soy", dijo y me volvió a besar.

Volví a adaptarme a la vida en compañía y a comprar dos fritas a la salida del trabajo y a llevarme una en el cartucho. Aumentaron las fotografías en el sobre de Manila. Trataba aún de explicarme por qué la miraba en el lecho sin otras consecuencias y en cambio cuando era a través del visor me entraba aquel desasosiego. Ella se reía. "Es que te gusto". Yo le decía que era verdad pero que no bastaba esa razón para explicar el hecho. Abríamos la puerta que daba al balcón para tomar las fotografías con suficiente claridad. Como enfrente no había otras casas sino el mar llegué a tomarle fotografías en el balcón completamente desnuda. Un vecino me dijo que Matilde se había enterado y que no me llamaba la atención porque le daba pena. "No lo volveré a hacer. Dígaselo usted, a mí también me da pena". El vecino me dijo que no entendía mi actitud, que mejor era en la cama. "Pero en fin, cada cual tiene sus gustos", agregó. "Sólo la estaba retratando", contesté muy serio. "Comprendo, comprendo", dijo como si no lo creyera.

Una tarde legué al hotel y María Elena no estaba en la habitación. Me extrañó. Bajé y le pregunté a Matilde por ella. "Creo que la vi salir hace unas dos horas, señor García", me dijo. Subí de nuevo a la habitación después de mirar un rato hacia la calle. Esa noche dormí solo. Esperé un nuevo papel solicitando la devolución de la hornilla eléctrica pero no me llegó. Tampoco estuve en casa de la familia de María Elena para avisarle de su desaparición.

—Yo siempre pensé que esa mujer no le convenía -me dijo Matilde. Tenía la cabeza gacha mientras me dijo esto.

—Yo también lo pensaba.

Alentada acaso por mi opinión agregó:

—Hasta llegué a pensar que podía engañarlo.

—No, eso sí que no. María Elena es incapaz. Sólo que no nos llevamos bien.

Le di las buenas tardes y salí. Matilde me alcanzó en la escalera. "Perdone, señor García, no quise decir eso". Yo le dije que no valía la pena. Quiso insistir en la excusa. Entonces le pregunté que si había soñado conmigo. "No, señor García", me respondió sorprendida y apenada como si estuviera en la obligación de hacerlo. Me pareció ridículo pero le dije: "Bueno, vamos a ver si lo consigue mañana".

Volví a quedarme hasta más tarde en la oficina y a enterarme como siempre de nuevas cosas sobre mi persona. En horas laborables apenas podíamos hablar. Demetrio me dijo que estaban enterados de lo de María Elena. "Creo que no volverás a recogerla, ¿eh, chico?" Yo le aseguré que de ningún modo. También me contó que Dinorah no me mentaba por mi nombre.

—¿Cómo me llama?

—Naricita.

—¿Por qué?

—Ay, chico, por lo del teléfono.

Toda la noche estuve pensando en lo que me dijo Demetrio. Dinorah me llamaba "naricita". María Elena, "monada". Elpidio, "hermano". La mujer que estuvo en el bar conmigo, "muchacho". Me sentía molesto. Dieron las dos de la madrugada y todavía estaba despierto. A la siguiente mañana me desperté más optimista. Pensé que después de todo yo tenía mucha suerte. Contaba con un buen empleo en una empresa particular. No dependía de los vaivenes de la política. Nadie me echaría a la calle. Fue tal mi cambio de ánimo que hasta busqué en mi libreta de direcciones y llamé a Elpidio por teléfono.

No me gustaban aquellos bares de la playa pero Elpidio siempre insistía en ir al mismo lugar. Las vitrolas metían un ruido endemoniado y había que enamorar a voz en cuello. A veces sentía el temor imposible de que me escucharan en la mesa de al lado. Una vez salimos con dos mujeres muy hermosas. La que me correspondía mostraba una cabellera larga y unos dientes parejos y fuertes. Me confesó que era casada cuando le pregunté por qué miraba constantemente hacia todos lados. "Estoy preocupada. Si Juanelo me ve aquí es capaz de matarme". Salimos a la calle en busca de un taxi y ella se ocultaba tras de mí cada vez que observaba a lo lejos un hombre alto y delgado. "Igualito que Juanelo", decía. Elpidio me propuso llevarlas a mi habitación y yo le dije que sí. En la puerta del hotel me arrepentí. Elpidio se puso frenético. "Es que ahí está la encargada", le decía tratando de calmarlo. Levantó el brazo como si me fuera a golpear y lo bajó. "Te tengo lástima". Llamó a un taxi y se fue con las dos.

Entré. Lo que Elpidio me pedía era imposible. Desde hacía casi una semana Matilde me estaba interesando enormemente. El primero en darse cuenta fue el vecino que me advirtió lo del balcón." ¿No se ha fijado cómo lo mira Matilde? Dichoso que es usted, hombre", dijo mientras me palmoteaba la espalda. En efecto, Matilde me miraba de un modo muy especial. Caí también en la cuenta de que tenía buena figura. Una mañana que la estaba mirando a través del visor de mi cámara me excité.

—¿Qué le sucede, señor García?

—Nada —dije torpemente y salí a la calle. Mientras caminaba por la acera la observaba a través del cristal de las ventanas. Un pedazo de pared me la quitaba de los ojos y después un nuevo cristal me la entregaba. Ella tampoco me perdía de vista. Pensé entonces que Matilde era más difícil de enamorar que el resto de las mujeres y casi estuve tentado de renunciar a la empresa.

Matilde comenzó a preguntarme si estaba preocupado. Hasta me dio a entender que temía por mi salud. "Está siempre sentado en un sillón. Sale usted muy poco, señor García". Yo le decía "imagínese", sin explicarle nada más, con el secreto deseo de que me comprendiera y me ayudara. Una noche me topé con ella en el pasillo frente a mi habitación. Volví el rostro hacia todos lados y no había nadie más. Nos mirábamos sin hablar. Pensé que lo mejor era invitarla a pasar, cerrar la puerta y declarármele. No me atrevía. Ella me preguntó que si estaba a gusto en mi habitación. Yo le dije que "sí" mientras reflexionaba sobre la naturaleza de las mujeres. "Casi siempre toman la iniciativa", me dije. En seguida me preguntó que si no prefería una habitación del ala derecha. "La semana que viene se va a desocupar". Comprendí entonces que me estaba hablando la encargada y no la mujer.

Iba a desearle buenas noches pero me contuve. La indecisión me atrapaba. "Por favor, señor García. Sea sincero. ¿Qué le sucede?", preguntó conmovida. Yo le contesté que la amaba. Se rió y dijo: "Entonces cásese conmigo". A las tres de la madrugada, después que todos los huéspedes estaban dormidos, ella vino a mi habitación como habíamos convenido. Con los primeros ruidos de la mañana salió sigilosamente y yo me qué en la cama sin poder conciliar el sueño, rememorando los acontecimientos.

Antes de que transcurrieran quince días decidió arrostrar la situación y venirse a vivir conmigo a la vista de todo el mundo. No se cansaba de repetir: "Amorcito, estoy loca por ti". Caminando desnuda por la habitación me cocinaba deliciosos dulces de arroz con leche en la hornilla de María Elena. Comenzó luego a decirme que yo estaba cambiando. Al principio se quejaba con las palabras más dulces: "Dime lo que te pasa, amorcito". Yo le contestaba que nada, que ése era mi carácter. Al cabo rompió con quejas más amargas. Me preguntó que si no podía olvidar a María Elena o que si estaba enamorado de otra. A la primera pregunta contesté que no y a la segunda permanecí en silencio. "Dime la verdad. ¿Estás enamorado de otra?" Yo seguía sin responder. Me echaba en cara lo que había hecho por mí. "Lo he sacrificado todo", decía. Yo le dije que era verdad, lo comprendía pero que no podía ser de otro modo. Ante mi actitud se llenó de abnegación. "Hagamos un esfuerzo, amorcito. Todo esto ha sido demasiado hermoso para que termine así como así".

Volví a llamar a Elpidio y a salir con él y otras dos mujeres. Como siempre fuimos al bar de la playa. De regreso se lo conté a Matilde. Me dijo que eso no me lo perdonaría nunca. Salió llorando de la habitación. Me miré al espejo para ver si necesitaba rasurarme y sentí lástima de mi mirada. Pensé de nuevo en Matilde, en todas las veces en que me llamaba "señor García, señor García" cuando yo ganaba la escalera. Me encogí de hombros. Pensé en seguida que se me hacía tarde para el trabajo. Me rasuré apresuradamente (aunque lo haga despacio siempre me corto con la máquina de afeitar) y salí.

Inexplicablemente me sentía contento. No tuve temor de levantar el auricular del teléfono de Dinorah y olerlo como antes. Me importaba poco lo que pudiera pensar Demetrio. A las siete salí rumbo al hotel. En el Malecón varios muchachos todavía empinaban sus papalotes a pesar de que muy pronto caería la noche. Pero no me detuve a mirarlos. Tampoco quise ir a la Plaza de la Catedral y eso que seguramente a esa hora no había nadie allí. A través del cristal de la ventana observé a Matilde en la carpeta. Cuando entré alzó los ojos y me vio. Llegué al primer peldaño de la escalera y esperé. Subí pensando que se le pasaría. Ya hace cuatro meses. Siempre me detengo en el primer escalón y espero inútilmente.

En la página siete

Pudo haber tenido la idea desde mucho antes pero fue una tarde cuando mi amigo me dijo que lo mejor del mundo era dedicarse a alquilar presumibles suicidas. Yo le contesté que había demasiados, que leyera las estadísticas, que el dinero no le iba a alcanzar y, después de todo, para qué. Mi amigo no hizo caso de mis argumentos, movió la cabeza de un lado a otro como siempre que un pensamiento no lo satisface del todo y salió dando un portazo. Entonces yo salí también y eché a andar por la calle apresuradamente, en la mano mi sombrero de paño azul. Tropezaba con la gente y la saludaba con alegría idiota, balbuceando "muchas gracias" cada vez que alguien me daba un empellón pero el caso era llegar cuanto antes. En el mayor puente de la ciudad estuve esperando cerca de dos horas, después de haber recorrido infructuosamente otros puentes menores. Encendía los cigarrillos con una frecuencia malsana y luego los tiraba al río cuando aún era posible fumarlos un poco más. Pensé que los cigarrillos navegarían corriente abajo, destripados, las picaduras y el papel cada cual por su lado, y que podía acabar con diez cajas sin que apareciera una sola persona dispuesta a suicidarse. Entonces vi que se acercaba un hombre, vestido todo de gris. Primero avanzaba sigilosamente, más tarde dio un salto y empezó a caminar no sin cierta premura hacia donde yo estaba, a tiempo que me hacía señas con la mano para que me le acercara. Mi desilusión fue total cuando comprendí que era mi amigo.

—¿Qué haces? —me preguntó.

—He recorrido todos los puentes de la ciudad inútilmente.

—Ése no es el modo, Emérito.

—¿Qué crees que debo hacer?

—Poner un aviso en los periódicos. Es lo que hace todo el mundo.

Le di las gracias y regresé a la casa. Acodado en la almohada, me puse a redactar el texto que esa misma tarde enviaría a los periódicos. *Se solicitan presuntos suicidas. Si no quiere su vida, alquílemela.* Me pareció un texto excelente. Sobrio y capaz de convencer a cualquiera.

Por la mañana leí el aviso en el periódico. Ocupaba aproximadamente media pulgada de texto, en la tercera columna de la página siete, bajo un título a bodoni que decía escuetamente: "Solicitudes". Era un aviso desconcertante, sin duda, pero de todos modos no me fue difícil acomodarme a la idea. Grabé en mi memoria el nombre y la dirección del solicitante: Emérito Díaz, Concordia 63, apartamento D. Nunca me ha gustado llevar periódicos doblados en los bolsillos o debajo del brazo. Me parece de pésimo gusto, aparte de que si para alguien no es fácil grabar en la memoria el nombre y la dirección de otra persona es preferible no colocar avisos en los periódicos.

Caminé por toda la calle Concordia mirando los números hasta que di con el 63 que buscaba. Subí las escaleras ágilmente, sin necesidad de apoyar las manos en la baranda. En el primer descanso pasó a mi lado una mujer y me saludó con una sonrisa como si me conociera o como si yo le agradara. Era una verdadera lástima tener que morir después que le hayan regalado a uno toda una hilera de dientes tan perfectos como si se tratara de una sonrisa postiza, pero la aventura que me proponía Emérito Díaz no era para ser desechada. Me detuve frente al apartamento D. Mi mano se inmovilizó, me entró una desazón inesperada. Ya yo tenía decidido suicidarme y era posible que aquel señor desconocido me propusiera todo lo contrario: es decir, seguir viviendo. De otro modo, ¿qué objeto tenía su aviso en el periódico? Si era por el simple deseo de coleccionar cadáveres no tenía necesidad de apelar a los suicidas; en cualquier lugar es posible conseguirlos a un precio más módico y sin el inconveniente de que los suicidas, por lo general, no se llevan muy bien con los adquirientes. Iba a volver sobre mis pasos y bajar las escaleras cuando se me ocurrió la peregrina idea de hacerme a mí mismo la maldad de presentarme a Emérito Díaz.

Toqué a la puerta repetidas veces y nadie me contestó. En el apartamento contiguo, el marcado con la letra C, se abrió la puerta y salió un rostro que también me pareció haberlo visto antes en algún lugar: un rostro de viejo calvo que se me quedó mirando con las cejas muy tiesas. Noté que le temblaba el labio inferior. Creo que lo escuché decir mientras tosía: "las cosas de Emérito". Después cerró la puerta con la mayor delicadeza.

Al fin, como no me abrían extraje la llave del bolsillo y entré. Sentado en el sofá, acariciando con la yema de los dedos la superficie moteada de la tela que le sirve de forro, tuve la idea cierta de que no pasaría mucho tiempo sin que alguien llegara respondiendo a mi solicitud. En efecto, escasamente a los diez minutos escuché golpes en la puerta. Abrí. Mi amigo entró, me miró torciendo los ojos y agachando la cabeza, es decir metiendo la mirada por entre las dos filas de pestañas, y después de dar varias vueltas por la sala se dejó caer en el butacón.

—¿Nada? —me preguntó.

—Hasta ahora, nada.

—Yo tú me daba por vencido.

—Eso sí que no —le contesté—, si has venido para echarlo todo a perder es mejor que te vayas.

—No hables así, Gustavo. A fin de cuentas el que te dio la idea del periódico fui yo.

—Gracias. Lo importante, convéncete, es tener paciencia. Vamos a esperar hasta las doce del día.

Yo me di cuenta que Gustavo se sentía nervioso. Cada cinco minutos se paraba y caminaba hasta las repisas adosadas a la pared, y se ponía a observar las figuritas de porcelana. Luego regresaba al butacón y encendía un cigarrillo tras otro; yo creo que tenía la caja de fósforos entre los dedos sólo para menearle constantemente y escuchar el sonido de maraca que es posible arrancarle a toda caja de fósforos si se tiene imaginación.

A las doce Gustavo me dijo que habíamos fracasado y que no iba a esperar un segundo más. Se guardó los cigarrillos y los fósforos en el bolsillo izquierdo del saco, revisó el nudo de su corbata y salió con su sombrero de paño azul en la mano.

De eso hace tres días. No me había sentido en disposición de leer nuevamente el periódico pero hoy, al buscar la página donde colocan los avisos —creo que es la siete— comprobé que alguien hacía una extraña solicitud: presumibles suicidas. Lo peor del caso era que el aviso estaba calzado con mi nombre y dirección. Era una broma que algún amigo me estaba gastando, sin duda, pero de todos modos lo más correcto era visitar al tal Emérito Díaz para saber por qué se le había ocurrido semejante idea.

Salí a la calle. Como soplaba mucho aire, tenía que aguantarme el sombrero con la mano para no perderlo. Recorrí otra vez todos los puentes de la ciudad sin ningún resultado. Con visible desaliento entré en la redacción de un periódico y puse el mismo aviso de siempre. Regresé a la casa y me senté a esperar. Sonaron las doce campanadas del reloj y desesperado porque el hombre que puso el aviso en el periódico no acudía a la cita, abandoné su casa ya sin la menor ilusión. Era lamentable no haber podido aprovechar esa oportunidad que me ofrecía.

Patas de conejo

Artemio Pereda hubiera querido quedarse en la cama hasta las diez. Como todas las mañanas se sentía cansado. Estiró los brazos, sin embargo, desperezándose, trató de incorporarse lentamente, apoyó un codo en la almohada y extendió el otro brazo hasta el velador para hacerse de fósforos y cigarros. Dio tres golpes pequeños, imperceptibles, con la punta de un cigarrillo en la sábana, se lo puso en la boca y lo encendió dificultosamente sin dejar de seguir acodado en la almohada. Desde hacía algunos años la mañana lo sorprendía con un raro cansancio como si durante el sueño se hubiera dedicado a múltiples andanzas, a un incesante recorrido por la ciudad que extenuaba sus músculos y dejaba adoloridos sus huesos. Tampoco despertaba del todo con facilidad y era necesario encender varios cigarrillos antes de darse cuenta con exactitud del mundo que lo rodeaba y se entregara a pensar con la lucidez acostumbrada. Al cabo, sintió que el brazo en que estaba apoyado se le entumecía y se incorporó con mal humor, sentándose en el borde de la cama donde se dedicó a frotárselo de arriba abajo y de abajo arriba hasta que el molesto cosquilleo desapareció. Entonces, sin soltar el cigarrillo de la boca, encorvó el cuerpo hacia delante para ponerse los calcetines y anudarse los zapatos, torciendo el rostro a medida que el humo se le metía en los ojos obstaculizándole la labor.

En la pared, un almanaque colgaba de un enorme clavo destinado originalmente, con toda seguridad, a un esfuerzo mayor que sostener la lámina de colores vivos y las hojas menudas donde aparecían marcados con tinta negra los días laborables y con roja los domingos. Artemio miró despaciosamente la litografía: un niño rollizo, su pecho cruzado por una banda de seda china donde estaba inscripto el año, sonreía enigmáticamente como si se viera obligado a revelar un júbilo que no compartía. Lo había mirado otras muchas veces sin prestarle la menor atención pero ahora hubiera deseado que ese rostro le ganara por completo el interés. De ese modo, contemplándolo, aplazaría el instante de comprobar que era viernes y que, como todos los viernes, debía salir a la calle con su pequeña quincalla ambulante. Los lunes, los miércoles y los viernes eran los días destinados a ganarse el sustento; el resto de la semana lo empleaba en no hacer nada, en calentar la cama hasta bien entrada la tarde o en dejar constancia en su diario, con una letra menuda, de cuanto observaba y pensaba. Al principio el diario lo provocaba con exigencias nunca satisfechas y lo apremiaba a saltar de la cama para tachar una palabra que no resultaba grata a sus oídos o para agregar un adjetivo más apropiado, pero con el tiempo esa exigencia se fue debilitando y ahora se acercaba a la libreta sobre el velador y buscaba la hoja en blanco correspondiente sólo para complacer la rutina. En definitiva, muy poco tenía que contar.

Los días destinados a trabajar en la calle quedaban sin anotaciones. Generalmente se levantaba muy temprano, a las siete o a más tardar a las ocho, pasaba por encima de su cabeza la gruesa correa, se la apoyaba cuidadosamente en los hombros y afirmaba el tablero sobre su vientre. Entonces miraba hacia la mesita en que había estado descansando el tablero: una mesita que se plegaba accionando sus patas como unas tijeras y que al abrirse ofrecía un buen sustento de tiras de lona. Meneaba la cabeza como compadeciéndola por el esfuerzo que tendría que realizar y, al fin, la plegaba, se la echaba dejado del brazo y salía a la calle. Cuando regresaba, ya de noche, no tenía fuerzas para sentarse en una silla frente al velador y escribir aunque fueran un par de líneas apresuradas. Los lunes, miércoles y viernes podían ser los más provechosos para las anotaciones: conocía gente, hablaba con hombres y mujeres, entraba a un gran número de casas y hasta a menudo le referían historias interesantes. Pero esos días el cansancio lo paralizaba o la certeza de la inutilidad de un esfuerzo adicional, y a la mañana siguiente ninguna de las observaciones o de las historias que le fueron referidas conservaban su tentadora frescura.

El mayor enigma del almanaque no estaba, sin embargo, en la sonrisa del niño litografiado sino en la tinta negra para señalar los días laborables y la roja para los domingos. Esta distinción, sobre la que pasaban los ojos de muchas generaciones sin advertirla, cargaba a Artemio de numerosas interrogantes. Para él trabajar podía ser también una satisfacción y necesariamente no había que utilizar el negro para expresar lo contrario. El-ganarás-el-pan-con-el-sudor-de-la-frente no implicaba una maldición. Era tan sólo una advertencia: bajo las gotas de sudor podía también la boca abrirse y reír aunque al final de la aventura quedara en los labios, en la lengua impaciente, el recuerdo quemante de una sal sucia. ¿Y el rojo? Tampoco conseguía explicarse por qué el domingo rojo era el primer día de la semana y no el negro como debía ser: inicio del esfuerzo, comienzo de la batalla cuya victoria estaba destinada a festejarse el día séptimo con el rojo del vino o de la sangre que cumplió su misión. Trataba de zafarse de estas reflexiones y de mirar, por ejemplo, un trecho de pared donde la pintura se desprendía en láminas dejando al descubierto una pintura anterior. Daban vueltas sus ojos y como no encontraba un mejor asidero para sus miradas, las regresaba al almanaque. Entonces se ponía de pie. Siempre le ocurría como hoy. "Es viernes", pensó. "Trabajaré toda la mañana, hasta las doce. Almorzaré a esa hora o un poco después, en algún lugar donde al pasar el olor de un buen potaje o de una rueda de pescado me lo aconseje". Caminó hasta el velador y se encontró la libreta abierta, con una hoja en blanco esperando, con una simple anotación que no le robaba espacio a un largo relato: viernes, 23 de febrero. Recordó que la noche anterior había escrito la fecha del día siguiente para obligarse a trabajar justamente en el momento en que las observaciones eran más provechosas, en que las historias referidas no habían perdido su vivacidad. Sonrió con amargura pensando que seguramente no iba a poder cumplir consigo mismo y que, al regreso, el cansancio como siempre se lo iba a impedir.

Miró en el centro de la habitación el tablero donde llevaba las baratijas (sortijas de acero níquel, collares de semillas silvestres, azabaches, bolitas de vidrio, patas de conejo pintadas de azul, rojo o verde, toscos llaveros hechos con la cadena de un tapón de lavabo), luego observó con mayor curiosidad la mesita con sus patas abiertas formando dos x, la madera barnizada que exhibía la rugosidad de tres o cuatro nudos prietos y, finalmente, las hilachas que colgaban de las viejas tiras de lona. Llevaba diez años con aquellos objetos en torno suyo y no podía dejar de concederles el privilegio de la novedad. Aunque ya estaba vestido y dispuesto para salir se sentó en la silla junto al velador, tomó en sus manos el lápiz y escribió sobre la página que se había destinado pero sin rozar el papel: nombres, verbos y adjetivos dibujados en el aire a ras de la rayada superficie de la libreta, una rápida escritura invisible. "Ya está", dijo y se puso de pie. Sabía que era la única forma de lograr que al regreso la afilada punta del lápiz lo obligara a trabajar, a traducir en blanco y negro una tarea ya cumplimentada. Se imaginaba las palabras vivas en el aire, impacientes por alcanzar su ropaje de grafito.

Abrió la puerta de la calle con cuidado, tratando de que el tablero no tropezara y se desordenaran las baratijas. El sol entró de repente, le arrugó el rostro y alargó su silueta por la habitación: al llegar a la pared su sombra se incorporaba, la cabeza se doblaba simulando un ajusticiado. Volteó su mirada en busca de la calle. El aire batía los toldos del hotel de enfrente, costaba leer el letrero pintado de azul, saltaban a la acera hojas de un periódico abandonado y se enroscaban a los pies de una mujer. "Buena suerte", se dijo. Siempre se deseaba buena suerte al salir.

Sonaron las campanadas de un reloj, las cuatro una detrás de la otra, el viento llevándose el ruido isócrono, instalándolo en los tejados cercanos, metiéndolo por puertas y ventanas: las cuatro. Artemio alzó la cabeza y buscó el reloj con la vista, convencido de que estaría en alguna iglesia cuya familiar arquitectura no encontraba o en algún edificio público, adosado a su fachada, fragmentando el tiempo inútilmente. Pero Artemio andaba por un barrio de pequeñas edificaciones, de casitas con techos de dos aguas y de cafetines que tentaban a entrar y ocupar redondas mesitas de mármol: simplemente no había en los alrededores ajetreos de burócratas ni de creyentes. Y sin embargo, estaba seguro de haber escuchado las campanadas provenientes de un reloj para uso colectivo, que no podía ser de ninguna de esas casitas, de ninguno de esos cafetines. Meneó la cabeza sin comprender y sonrió. Amaba esos barrios hechos para la tranquilidad, donde no hay madres asomadas a las puertas con el cuidado-que-te-coge-un-carro, donde los árboles crecen en las aceras y rompen con sus raíces el pavimento sin provocar ruido, donde las gentes duermen la siesta panza arriba y disfrutan sus plácidos sueños recurrentes, sin el acoso de moscas y sudores. Artemio pensó que lo mejor era meterse en un cafetín, desembarazarse de su tablero y su mesita por un buen rato, y hartarse de helado. Tres o cuatro helados de distintos sabores: sabor blanco, sabor rojo... Se preguntó si habría algún helado color azul. No, no lo había. Muchas veces lo pensó y nunca pudo encontrarlo.

Atravesó la calle sin mirar hacia los lados, ganó la otra acera y entró al cafetín. Caminó entre las mesas con el propósito de ocupar alguna de las menos expuestas a la claridad. Al fondo, todas estaban ocupadas, había un enjambre de voces en la penumbra, y Artemio hizo un gesto de disgusto y regresó hasta las que estaban casi pegadas a la acera. Miró las tres sillas de alto respaldo y se acomodó en la que tenía más cerca después de desplegar la mesa portátil y colocar el tablero encima. Había vendido una buena porción de cosas y se sentía complacido. El camarero vino y le preguntó qué quería. Comenzó por el rojo: helado de mamey. Desde que llegó, el mármol lo invitaba a pasar la mano por la pulida superficie, era algo que siempre le había gustado hacer, pero ahora sus ojos descubrieron un corazón pintado a lápiz, y su mano se paralizó con el temor de borrarlo. Pensó que antes de servirle el helado el camarero vendría a limpiar la mesa con un trapo y que el dibujo desaparecería. Se cambió de silla y se sentó en la que estaba justo en el lugar donde el corazón había sido dibujado: colocó los brazos alrededor del corazón para defenderlo, para evitar que el trapo se lo llevara como un tizne más. Cuando le sirvieron el helado se sintió más tranquilo, pues la rutina del camarero no se haría sentir de nuevo hasta que él pagara y se fuera. Mientras se llevaba la cuchara a la boca se dedicó a descifrar los nombres escritos dentro del corazón. Al fin se dio cuenta que decía Ernesto y Elvira. Con toda seguridad hasta un poco antes los dos habían estado sentados a esa mesa. Dibujar un corazón con lápiz en una mesa de mármol es no tenerle amor al amor. Recordó Artemio que cuando él era joven, y se enamoraba, lo que le acontecía con frecuencia, también dibujaba corazones pero calándolos con una cuchilla en el tronco de un árbol. Escribir con una cuchilla los dos nombres era más difícil, a veces se lastimaba los dedos, pero la inscripción quedaba para siempre: un tiempo después, si el árbol era nuevo, el corazón y los nombres habían crecido tanto como el hastío y la indiferencia, o tanto como el amor si uno era capaz de amar seguido mucho tiempo, o tanto como el olvido, que es lo que más crece entre dos que se aman. Se sintió molesto de haber defendido la huella dejada por alguien que no sabía lo que era el amor, llamó al camarero y le pidió que limpiara la mesa.

Poco a poco el cafetín fue perdiendo la tranquilidad. Entraron albañiles y estudiantes, mecanógrafos y vendedores de billetes de lotería, reían y hablaban en alta voz como si las diferentes ocupaciones no levantaran un muro entre ellos, hacían gestos amistosos con las manos, conversaban animadamente de mesa a mesa. El que al principio le pareció un albañil era en realidad carpintero, en el bolsillo trasero del pantalón llevaba un metro de ésos que hacen trac-trac al cerrarse, lo que puede indicar cualquiera de los dos oficios, pero su pantalón azul no estaba manchado de cemento ni de cal. Prestó atención y enseguida lo escuchó hablar de libreros, mesas y ataúdes: el ataúd, como siempre, lo mandó hacer un vivo, dijo y se rió, pero para su sorpresa, añadió, el último librero que acababa de fabricar se lo encargó mediante testamento un buen señor que deseaba ver a su hijo convertido en intelectual. Apenas acabó de disfrutar su ración de helados, Artemio se levantó después de pagar y se inclinó frente al tablero para pasarse la correa sobre los hombros. Cuando se irguió alguien tropezó con él, se sintió golpeado por la espalda, pasaron a su lado voces y enseguida varios hombres corriendo, le gritaron que estaba estorbando y otro más expresivo que quitara el culo de en medio. Artemio hizo un gesto instintivo para defender su tablero, buscando con los ojos la mesita portátil en la que alguien enredaba sus piernas y lanzaba contra la pared después de maldecir. A toda prisa la recogió, sin saber lo que estaba sucediendo, lo empujaban ahora por los hombros, por la cintura, por las nalgas, lo llevaban a rastras en tanto él no dejaba de mirar sus baratijas, para cerciorarse si los collares seguían en su lugar, si no había caído algún anillo al suelo, si un Rafles de mala muerte aprovechaba la ocasión para meter la mano y llevarse lo que fuera en el alboroto. Sin explicarse cómo, Artemio estaba ahora frente a una puerta donde todos se habían detenido en actitud expectante, formando dos filas paralelas con el presumible propósito de cederle el paso a alguna persona. Muy pronto salió un hombre echándose hacia atrás el pelo que le caía en la frente, abotonándose la camisa y fajándose el pantalón, todo a la vez como si tuviera más de dos manos; detrás venía una mujer envuelta en una sábana, la cabeza gacha, su rostro hecho una máscara de sangre. Un policía que los esperaba en medio de la acera abrió la portezuela de un automóvil (sin duda el primero encontrado a mano) y dejó pasar al hombre y a la mujer. "Dos testigos", dijo después. "A ver, usted mismo, ah, y usted". Obligó a Artemio a entrar al auto. Se acomodó Artemio junto al chofer con muchísimo trabajo, el tablero sobre sus piernas. Miró al que se sentó a su lado, se encogió de hombros y el otro le contestó que él tampoco sabía por qué. Como Artemio apenas lo escuchaba lo dijo a todo pulmón, y el policía los mandó callar desde el asiento trasero, sin necesidad de usar la voz, tocándolos en la espalda y alzando el brazo en señal de amenaza.

Torciendo el cuello, Artemio volvió a mirar a la mujer que iba detrás, que sin duda ahora estaba llorando: la vio acercar su rostro ensangrentado a la ventanilla, descruzar una pierna y dejar al descubierto un muslo y parte del vientre y quizás la oscuridad del pubis (cuando se sabe dónde está el pubis puede verse en el menor descuido pero también imaginarlo), vio la mano del hombre tratando de taparla, la mano bajo su voz: "ten cuidado", una mano sobre la que caían gotas de sangre como una lluvia inquietante. Artemio giró de nuevo el rostro, confundido, miró hacia delante y hacia atrás, y otra vez hacia delante, levantó el tablero que ocultaba el cuentamillas del auto porque le pareció demasiada la velocidad a la que transitaban y necesitaba confirmarlo, y cuando fue a colocar de nuevo el tablero sobre sus piernas frenó el auto y las baratijas se desordenaron lamentablemente.

Se bajó del auto pensando que la casa de socorros más cercana debía siempre estar más cerca y pensando en sus baratijas que le llevaría tiempo ordenar y pensando que la mujer estaba desnuda cuando se hirió. Apenas el grupo ascendió los tres escalones que separaban la acera de una amplia sala encharcada de olores antisépticos, dos hombres con batas blancas se echaron sobre la mujer, la suspendieron en el aire ensayando un acto de rutinaria levitación y la dejaron caer en una camilla que rodó un buen trecho sin ruido. Golpeó luego la punta de la camilla en una puerta y todos entraron por ella: los batientes, enmohecidos, chirriaron sin abanicar como Artemio esperaba.

Alguien ("ah, el policía", se dijo) lo agarró por un brazo y lo arrastró hacia otra habitación cuyos batientes tampoco abanicaban. Había un buró, sobre el buró una máquina de escribir y detrás un hombre de rostro cetrino, investido por la ley, pensó Artemio, que le recorría con una activa mirada todo el cuerpo, desde la cabeza hasta los pies.

—¿Este es el otro testigo? —preguntó.

—Sí —contestó el policía sin desprenderse de su brazo. Artemio miró a su alrededor. Efectivamente, de todos los que venían en el auto era él el único que se había quedado rezagado en la sala, observando la rápida actuación de los hombres vestidos de blanco. Artemio no veía la razón por la que el policía continuaba aferrado a él y no al otro testigo o al hombre que venía con la mujer. Con su mano izquierda comenzó a desprender los dedos del policía, que continuaban presionando sobre la manga de su camisa. El policía lo miró. "Por favor", dijo Artemio. "Es verdad, perdone". Sonrió. Por primera vez Artemio lo vio sonreír.

Comenzaron a sonar las teclas de la máquina de escribir.

—¿Nombre?

—Mario Granados.

—¿Demás generales?

—Casado, veintiún años, periodista, vecino de Concordia ciento setenta y ocho...

—Refiera lo que sucedió.

—Estábamos en la cama...

—¿En la cama?

—Es lo más natural. Pero, por favor, ustedes no van a pretender que yo lo cuente delante de todo el mundo, ¿verdad?

Lo obligaron a salir. En la sala había cuatro bancos de granito y Artemio se sentó en uno de ellos sin mirar a su alrededor para no tropezar con el espectáculo de un jovencito con el brazo en cabestrillo o de un anciano con un aparato de esos que estiran el cuello apretando contra la quijada. No quería ver nada que pudiera deprimirlo o entristecerlo. De pronto recordó que antes se había demorado en la sala no sólo mirando a la mujer cuando la subían a la camilla sino también colocando el tablero en un rincón donde suponía sus baratijas a buen recaudo. Chasqueó la lengua contra el paladar como siempre que olvidaba algo, caminó hasta el rincón y cargó con sus pertenencias. Se volvió a sentar en el banco, y se dio a la tarea de ordenar las baratijas dentro del tablero. De ese modo podía emplear con alguna utilidad el tiempo que demoraran en llamarlo.

Al cabo de un rato una persona se sentó a su lado en el instante en que él comprobaba que los amuletos (aquellas patas de conejo embutidas por su parte superior en un casquillo metálico y que la gente colgaba de las trabillas del cinturón con una cadenita) eran lo que más había vendido. Artemio giró la cabeza. Era Mario Granados, el que venía con la mujer herida. "¿Ya?", le preguntó Artemio. "No sé", respondió el hombre. Artemio se dio cuenta que la respuesta tenía que ver con otra pregunta, no con la que él ideó sobre si el interrogatorio había concluido, sino con la que posiblemente el otro se formulaba en torno a la mujer. "¿No será grave, verdad?" agregó Artemio tratando de ayudarlo. "Espero que no". Tamborileaban sus dedos en el banco de granito. "¿Qué vende usted?", le preguntó a Artemio también con el propósito de ayudarlo. "De todo". Progresivamente necesitaban uno del otro, Mario de Artemio, Artemio de Mario, la respuesta de la pregunta, la pregunta de la respuesta. Al fin el tú se abrió paso. Hablaron para ser ellos mismos. No había ya necesidad de ayudarse.

Al principio, creyéndolo un capricho pasajero de Susana, no pude negarme al juego de los retratos; después, después ya no me era posible hacerlo aunque quisiera. Susana, en la punta de los pies imitando el giro de un vals o sencillamente porque no alcanzaba a llevar sus manos hasta la altura de la pared en que estaban los retratos, descolgaba los marcos empercudidos, adornados de telarañas.

—Juguemos a este hombre y esta mujer —decía.

Yo arrugaba el entrecejo y aceptaba, negado por inexplicables razones a decirle, como deseaba, que estaba bueno ya de juegos miserables, pero ganado también por la repentina fascinación de deshojar vidas anteriores, de resucitarlas o de inventarlas con el mismo resultado. Me arrodillaba a su lado, en el suelo, sin cuidarme de colocar un pañuelo bajo mis rodillas como las primeras veces, tan ansioso estaba de observar sus rostros con familiar cercanía profanatoria, con una avidez que libraba enseguida al cristal de su capa de churre (luego teníamos necesidad de frotarnos los dedos, de pasarlos por nuestras ropas para deshacernos de horruras de moscas todavía increíblemente húmedas, pegajosas). De él, del hombre (con los demás a veces me ocurrió de un modo parecido), lo que menos me llamó la atención no fueron sus bigotes como manubrios de bicicletas, ni el cuello de pajarita, ni el traje evidentemente del siglo pasado, ni el bastón de caña con su empuñadura de plata exquisitamente trabajada; de ella tampoco su larga túnica de tafeta amarilla (¿o blanca?) llena de pliegues y encajes y vuelos y pasacintas, a causa de lo cual Susana, riéndose, la llamó el Hada Madrina, con un desenfado que no atraía mayores explicaciones, con una definición que se completaba a sí misma y anulaba la búsqueda de nuevas interpretaciones. De momento no supe qué me llamaba realmente la atención, qué me conmovía o qué me trastornaba, pero me puse en pie, desconcertado, acaso más disgustado que de ordinario y le pedí que volviera a colgar los retratos en su lugar.

—Eres un bobo —me dijo.

—Piensa lo que quieras.

—¿Le tienes miedo a los muertos?

Me quedé mirándola sin contestar: estaba tan cerca de mis pies, todavía arrodillada en el centro de la enorme habitación, los retratos entre sus manos intranquilas, doblegada la espalda, frágil, como si hubiera envejecido de repente, olvidada de sus diecisiete años, blanca hasta la raíz del pelo, así yo la imaginaba o la veía.

—Esos no son muertos, son retratos —pude decir al fin.

Irguió la cabeza y se echó a reír.

—Es cierto, Mario, ¿entonces por qué no quieres?

Ahora era el retrato de la mujer el que estaba entre sus manos, las uñas presionando el cristal, entregada a una contemplación que la arrastraba y me dejaba a solas. Comprendí que nunca antes el juego fue tan peligroso, tan sin riberas, tan hacia lo profundo y desconocido, y que de la inmersión ella y yo, los dos, ella o yo, cualquiera de los dos, íbamos a resultar dañados. Hacía esfuerzos por decírselo, por retenerla a tiempo en esta orilla, por no dejarla escapar pero las palabras no me obedecían. Cada vez era menos ella y más la otra, lo sabía sin necesidad de ninguna explicación ni de escuchar nada cuando ella, Susana, se pusiera de pie, tensa, y se me acercara, cuando Susana hablara ya no siendo Susana.

—¿Crees que nuestros padres regresarán pronto? —pregunté. Sacudió los hombros y se incorporó, lentamente, como una planta que creciera desprendiéndose de grumos de tierra, piedrecitas incrustadas y podredumbres que la habían ayudado a vigorizar sus ramas. Pasó a mi lado con el entrecejo fruncido, anhelosa de hacerme comprender su disgusto, de demostrarme con más evidencia que nunca antes mi irreparable torpeza. "Lo has echado todo a perder", pensé que me iba a decir cuando se sentara en el butacón, todavía lejana, salida de sí misma, sin encuentro inmediato con los metales inconfundibles de su voz.

—No sé —respondió como si el tiempo no hubiera pasado y todavía pregunta y respuesta se encontraran frente a frente, tocándose con las yemas de los dedos.

—Llevan una semana sin aparecer.

—Sí, ya no deben tardar mucho.

Yo quería que Susana estuviera más en nuestra situación, que me hablara de sus padres y de mi padre, que me preguntara más a menudo sobre el regreso de ellos, que la prolongada ausencia la angustiara o, por el contrario, la llenara de alegría pensando que así podíamos acostarnos en una misma cama de la planta alta y hacernos cosas sin que nadie nos vigilara. "Aquí se acostaban a hacer hijos", le dije el primer día que estuvimos solos. Susana se echó a reír. "¿Costará trabajo, verdad?", preguntó mirando la cama de altos postes. "¿Qué cosa?" "Hacer un hijo". Pensé que podíamos comprobarlo pero no se lo dije. Bajamos en silencio la escalera, yo con una timidez que ocultaba al fabricante de futuras generaciones, ella transfigurada por mi alusión a los que allí vivieron, sintiéndolos supersticiosamente en torno nuestro. "¿Estarán bajando ellos también la escalera?", me preguntó. "¿Quiénes?" "Ay, chico, esos que tú decías que se acostaban..." En la planta baja descubrió, fascinada, los retratos: es decir, comenzó a verlos de un modo diferente. Ya no eran burlonamente para ella, como al principio, el viejo bigotudo o la señora gorda, el General Cabeza de Huevo o la Señorita Avestruz. Sin transición dejó de burlarse del hombre de nuez tan pronunciada que, decía ella, parecía llevar dos nudos en la corbata, o del jovencito encorvado que, misal en mano, sonreía con toda su boca llena de saliva. Tampoco permitió desde ese momento que yo lo hiciera. Si me escuchaba reír en seguida preguntaba, alarmada, el motivo de mi explosiva alegría. "Júrame, Mario, que no te has reído de ninguno, que no ha sido por ellos". "Te lo juro". "Gracias, nunca debimos, ¿verdad?, nunca debimos". Trataba de sustraerla de ese mundo rival y no podía. "Tú que tienes imaginación, Susana, inventa un nuevo juego". Agrandaba los ojos para darme a entender que no me comprendía. "Juguemos al amor". Se lo propuse, mis dedos rozando la felpa del butacón en el que ella se refugiaba. Susana sonreía a mi solicitud, una difícil sonrisa se le posaba en la boca. "Ni el amor ni la muerte son un juego", fue su respuesta. Perdía las esperanzas de recuperarla. Y sin embargo, ahora, de repente, con sólo mencionar a nuestros padres, tuve la impresión de que ese regreso iba a ser posible. Comencé a referirle, como si ella no lo supiera, que nuestros padres andaban de embajada en embajada, diciendo que sus vidas peligraban, que tenían enemigos en el nuevo gobierno. Para darle mayor verosimilitud al relato imitaba la voz de un hombre, grave y bordeada de toses: "Peligra también la vida de nuestros hijos, no sabemos de ellos hace un semana". Luego trataba de imitar la voz de una mujer: "Se lo pide una madre". "Mamá, pobre mamá", oí quejarse a Susana, conmovida. Pero a ellos le iban a salir bien las cosas (era yo el que hablaba para alegrarla) y nosotros no pararíamos hasta Estambul, Roma estaba demasiado cerca, Buenos Aires no, que era del mismo continente, ¿cuál prefieres?, puedes escoger, París tampoco, quizá en Anatolia o en Mohenjo-Daro, lugares que no sabíamos a ciencia cierta si existían y dónde estaban. Allá nos llamarán los exiliados, que según cuenta la historia dondequiera sopla el viento de los prejuicios y la intolerancia. "¿Es verdad que Cuba es sólo palmas y maracas?". Susana, tú crees que te moleste esa pregunta? Es la que nos van hacer, ya lo verás. Y también de ron, tabaco y café, les responderemos, y de gentes como en todos lados, gentes que respiran por dos huecos que tienen en la nariz. Nos reiremos de ellos ¿verdad, Susana? El mundo cabe en esta bola, aquí estamos nosotros, acércate, la voy hacer girar, del otro lado vamos a buscar ese sitio que nos gusta, hay que desechar siempre el azul que sólo indica el mar, dime si lo prefieres amarillo, rojo o anaranjado.

Entonces, cuando imaginé que estábamos más alejados de los retratos, logró abandonar el butacón y caer de rodillas. "¿Por qué no quieres?", me suplicaba. Estaba cerca de mis pies, frágil, como si acumulara años sobre sus espaldas, dos lágrimas rodaban por sus mejillas. La bola del mundo seguía girando bajo el impulso de mi mano. "¿Qué te recuerda este rostro, Mario?". "El mío, Susana, tengo miedo" "¿Y este otro?" "El tuyo, sólo lo diferencia esa cicatriz en la barbilla". "Atiéndeme, no contestes de pronto, piénsalo antes de decirlo, cómo te llamas? ¿No lo sabes todavía? Te lo diré yo: Leopoldo Arcay. Y tú, tú te llamas Ada". "¿Ada qué? Por favor, ¿Ada qué?"

Ada, así simplemente Ada. Como cuando jugábamos de niños en la enorme casa de campo, con portales para todas las brisas. Hay cosas que se quedan en la memoria: una vez interrumpió nuestros juegos la noticia de que habían fusilado a ocho estudiantes de medicina. Oí nítidamente la voz: "Un oficial español, en señal de protesta, rompió su espada en la acera del Louvre" Era la voz de mi padre. "Se llamaba don Nicolás Estévanez". Era la voz de un visitante de la casa. Jugábamos con nueces y avellanas en Navidad. "También los primos a veces se casan". Era ahora la voz de tu padre. "A esas cosas no se juega. Leopoldo y Ana son como hermanos". Era la voz de mi madre. Recuerdo el susurro de su vestido almidonado. "A esas cosas no se juegan, muchachos" Jugábamos también a los entierros, las cuatro velas en tapas de güiras cimarronas que abríamos por la mitad y, en el centro de los cuatros cirios, un trozo de ácana simulando un ataúd. Salía el sol cuando estaba lloviendo. "Se casó la hija del diablo", decíamos a la vez. Con otra zona de la percepción, no con la que me dice que somos Leopoldo y Ana, me doy cuenta por la referencia histórica que esas palabras fueron pronunciadas en 1871, casi un siglo atrás. También comprendo de golpe que en las dos riberas ya está la irrealidad, puesto que no somos Mario y Susana (aunque quisiera creerlo no puedo) pero tampoco estamos en 1871 y por lo mismo no es posible estar escuchando esas palabras. Más confundido que nunca antes me dejo arrastrar por nuevas sensaciones. Después, ya tenías dieciocho años. Estaba lloviendo y no había sol cuando te casaste. "No sé qué le encuentras a Eugenio", estuve por decirte. Desde Madrid no te llegó una sola carta mía. A todos los demás les escribía con regularidad para que supieras por qué sólo a ti no te llegaban unas letras del otro lado del mar. Pero ahora salta de nuevo el tiempo: acabo de regresar a Cuba. Mis dedos hacen crujir bajo la tela del bolsillo, estrujándolas, las cartas que escribí sin ánimo de enviarlas, sin estampillas, sin el cuño redondo de la estafeta que le permitieran la travesía hasta tus manos. "¿Y Eugenio?", te pregunto con fingida indiferencia: igual te hubiera podido preguntar por la jaula del canario cuya ausencia me ha llamado tanto la atención. "¿No lo sabes? Anda con la tropa de Maceo". Es idiota haber pensado que sintieras el orgullo presumible de su patriotismo, ese repentino temor es idiota. "No sé cómo se las arreglará Eugenio en el monte, él, que es así, tan poca cosa, tan..." Ahora no estrujo las cartas en el bolsillo, las acaricio. Sí, me alegró lo que acabas de decir, pero los augurios de una alegría no tienen necesariamente que cumplirse, puede que nos engañe ese pálpito afortunado. Sin embargo, continúas hablando toda la tarde olvidada de Eugenio mientras yo empiezo sin la menor resistencia a imaginar hacia dónde vamos, quién lo hubiera dicho un poco antes, nadie, mucho menos yo mismo cuando concebí la idea de visitarte, sin que en la cabeza me diera vueltas de alucinado la sospecha cierta de que íbamos a entrar el uno en el otro así de fácil, hasta penetrarnos como los dedos de dos manos que de repente se anudan. "¿Vas a volver?", me preguntas. He vuelto, estoy de nuevo a tu lado, vine sin avisarte, dos horas antes de lo convenido, que a la impaciencia del corazón no hay quien le ponga freno. "Eres un tonto, me dice, hiciste bien en llegar antes de tiempo". Todo está previsto, no debes temer la cercanía de alguien espiando, el único posible es el jardinero, pero sus ojos no le dan más allá de los gladiolos que tiene entre las manos. Ada, esto lo he estado deseando desde hace cuánto tiempo, dicen que soñar no cuesta nada y, sin embargo, ahora me doy cuenta que soñando se consigue lo más valioso, sólo es cuestión de armarse de paciencia y confiar en los designios del cielo. Ada me toma de la mano. Subimos la escalera ágilmente, como si flotáramos, andando en la punta soberana de los pies. Entramos a tu recámara y con nosotros el viento que hace aletear las sábanas. "Si piensas que estuve antes con otro, no lo hagamos" Apago tu voz con mis besos. No sé qué has descubierto en las honduras de mi mirada, qué arruga entre las cejas te lo dice. Pero siento que Eugenio está entre nosotros, su recuerdo me molesta, su ausencia preside nuestros actos: Eugenio mirándonos desnudos en la cama de altos postes, su propia cama, sobre la que hasta hace muy poco bostezaba, desperezándose, todas las mañanas. Trato de olvidar con un gesto instintivo, poniendo las manos donde el pudor lo aconseja, y eres tú entonces la que olvidas todo menos mis manos, que apresas entre las tuyas. Eres tú la que, estacionada sobre mi cuerpo, te llenas de sudores y quejidos.

—Susana, te quiero.

—¿Qué dices? —la escucho preguntar como si todavía no entendiera, pero bajo el agobio de la confusión alcanzo con la debida dificultad a darme cuenta que ya no somos Leopoldo y Ada sino otra vez Susana y Mario. Ella repasaba con una mirada de sorpresa la recámara, los pliegues de la sábana, nuestras piernas lacias, momentáneamente vencidas. De golpe se tapó los senos y se ovilló como un recién nacido. Miraba los pormenores de su cuerpo con el temor de que realmente fuera el suyo.

—Por favor, Mario, no mires.

—Quédate a mi lado.

—No, no es posible. Júrame que no me vas a mirar.

La escuché vestirse, calzarse y bajar la escalera, sin prisa, buscando sin duda el auxilio del pasamanos, cada pisada más cerca del silencio. Yo permanecí en la cama, inmóvil, preguntándome (entonces tenía sólo quince años, ni uno más) si las primeras humedades que provocaba en un sexo de mujer (no las de ella, lubricadoras: las mías, más esponjosas, salidas a borbotones mareantes) podían concebir un hijo. A menudo pensaba que para lograrlo debía tener dieciocho años cuando menos, o veinte, y el pubis cubierto de vellos, toda la ingle hasta el ombligo, sin embargo otras veces me decía que con las primeras efusiones podía ser suficiente, las que mojaban desde poco tiempo atrás, casi todas las noches, espontáneamente, las sábanas y dejaban manchas en el colchón. Pensé que sí, que iba a ser posible, y que sería un hermoso muchacho y que debía llamarse Mario como yo.

Entonces, con las manos anudadas detrás de la cabeza, empecé a destrenzar fantasía y realidad, a regresar los acontecimientos al mundo cierto que me rodeaba. ¿Qué había sucedido? Experimenté una furiosa necesidad de explicármelo, de reconstruir lógicamente nuestra situación. Susana y yo éramos primos, nuestros padres (volvía a repasar la idea con un ahínco excesivo) pensaban que el nuevo gobierno haría imposible sus vidas en el país, acaso podían encarcelarlos o darles muerte. Una tarde decidieron dejarnos en una vieja casona del Cerro, una casa como un castillo, con altos muros y afilados guardavecinos que a todas horas nos ofrecían protección, teníamos en la alacena alimentos cuando menos para dos semanas, y Susana cocinaba, todo era cuestión de esperar a que nuestros padres regresaran y nos dijeran en cuál embajada habían tenido buen éxito sus gestiones. Hasta aquí la explicación no podía ser más sencilla, lo difícil comenzó inmediatamente después de la aparición de los retratos. ¿Habíamos dejados de ser nosotros mismos para entrar (era la única palabra disponible) en la vida de Leopoldo y Ada, fallecidos cualquiera sabe cuántos años atrás? ¿Con sólo mirar sus retratos lo habíamos conseguido? Mientras la situación no fuese aclarada, yo sentía la obligación de volver una vez y otra sobre los hechos, repitiendo las mismas ideas casi en alta voz hasta quitarle el efecto a las palabras, de modo que al cabo de un rato aun lo que al principio me parecía casi explicable ingresó al mundo de la irrealidad. No podía dejar de pensar que aquellos dos rostros éramos nosotros mismos y que, por una suerte de regresión imposible, habíamos actualizado un instante desprotegido, que rodaba despacio hasta las honduras del olvido. Sólo me quedaba comprobar si Susana lo recordaba como yo o si había salido de mis brazos sin la huella de una sola caricia. Esto último era lo que realmente me había parecido cuando me dijo que volteara mi rostro para vestirse, temerosa de que yo pudiera verla desnuda, como si no la hubiera visto.

Me vestí y bajé la escalera pensando en lo que otras veces había oído decir, que las mujeres saben simular mejor que los hombres. Luego, la explicación más inmediata era ésa: Susana estaba simulando. Se había valido de una original treta para acostarse conmigo y besuquearnos como si fuéramos otras personas. Ya en la planta baja miré hacia la pared y descubrí que todos los retratos habían regresado a su lugar: incomprensiblemente imaginé a Susana colgándolos con premura, sostenida de puntillas en difícil equilibrio, decidida a no repetir el juego que me la entregaba. La oí trajinando en la cocina y me acerqué a la puerta entornada, que sólo permitía observar la punta desportillada del fregadero y los azulejos que cubrían la pared hasta la altura del pecho de un hombre. Dentro de la cocina escuché un sonido inconfundible, que conservaba desde cuándo en la memoria: Susana estaba sorbiendo en el agujero hecho a una lata de leche condensada y lamiéndose los labios, sólo faltaba la voz de su madre: "Muchacha, quítate esa manía, mira que después todos vamos a tomar de tu saliva". Faltaba esa voz para regresarnos en el tiempo e instalarnos en la cada donde ella vivía. Pero ahora estábamos los dos en esta casona del Cerro, ella en la cocina preparando la comida y yo junto a la puerta, tratando de descifrar por los ruidos lo que estaba haciendo y pensando que ya Susana no era una niña, que era mi mujer y, como yo, recordaba lo que había sucedido allá arriba.

Entonces comenzó el asedio. Durante el resto de aquella tarde y parte de la noche (nos acostamos a eso de las diez, más temprano que de costumbre, la lluvia con su espeso rumor tamborileando en los cristales de las ventanas, los relámpagos simulando noches de fiesta con fotógrafos que accionaban a intervalos sus lámparas). No me atreví a exteriorizar de viva voz mi deseo: lo hacía sólo con los ojos que volaban hasta los retratos, sugiriéndolo. Susana, desentendida, parece darle tiempo al tiempo o que el tiempo no le interesa, y sólo hace mención del futuro cuando menciona a nuestros padres o demanda de mí un relato sobre los países que íbamos a visitar. Al día siguiente me atreví a preguntarle si deseaba continuar el juego y ella se encogió de hombros. Alentado por ese gesto arrimé una silla a la pared e intenté subir hasta la altura de los retratos.

—No, déjalo para otro momento —la escuché decir.

—¿Por qué?

—Ahora no van a venir —respondió. Tuve la idea de que estaba mintiendo, que acaso nunca había pensado que aquella casona estuviera habitada por alguien más que nosotros. De repente comprendí que en el fondo de su fingida indiferencia había algo de verdad: Susana recordaba perfectamente lo ocurrido y no quería volver a la cama conmigo. ¿Por qué? ¿Sería posible? Me preocupó la idea de que allá arriba no me había comportado como un hombre. Mientras regresaba a mi asiento quise imaginar qué hubieran hecho Humphrey Bogart o Rodolfo Valentino en una situación igual, o aquel Yarini que tanta fama alcanzó antes de que lo atravesara el cuchillo de un chulo francés.

Tres días después la convencí. Ella estaba diciendo que no pero yo acerqué la silla a la pared, ajeno a sus ruegos, descolgué los cuadros y los puse en el suelo.

—Ven, acércate —dije.

La vi ponerse de pie y caminar como si ya no fuera Susana quien venía a mi encuentro sino aquella otra que en sueños insistía en explicarme el final de la historia. Yo escuchaba todas las noches un relato diferente. Entonces, saltaba de la cama y me hundía en un butacón, las manos yertas cubiertas de sudor, luchando por no cerrar los ojos, por no dormirme otra vez, esperando con angustia que la mañana entrara por las persianas. Ahora no era sólo el deseo de quitarle la blusa a Susana y ver saltar sus senos, de subirle la falda, de saberla desnuda a mi lado. Quería también —acaso más, necesitaba— completar la historia, no las tres que Ada me contaba como burlándose (¿o tentándome a descubrir la verdad?), una historia distinta cada noche, sino la nuestra, la auténtica, que en algún sitio respiraba, negada a la desaparición. Recordé que en una playa o en un campo en horas de mucho sol, había mirado fijamente el rostro de un amigo y luego cerrado los ojos: al hacerlo veía al amigo con todos sus pormenores invertidos, negra la piel, transparentes los cabellos, dos inquietantes puntos blanquísimos, como agujeros en un negativo donde debían estar las pupilas. Podía el amigo gesticular, cambiar de posición, huir, pero bajo mis párpados cerrados seguía inmóvil hasta que lentamente la imagen desaparecía. Alertado por una inmediata asociación de ideas, intuí que ese negativo cinematográfico, con un registro minucioso de todos nuestros actos, no se perdía sino simplemente alguien lo archivaba en gavetas de una inmensa cómoda, y que Susana y yo habíamos descubierto el modo de que ese alguien nos lo proyectara en una pantalla. O todavía mejor, que habíamos dado con la habilidad de habitar esas imágenes, dentro de las que además estábamos obligados a convivir con personas que ya no existían.

Descubrí cierto placer pernicioso en que Ada me contara historias diferentes. La primera vez me dijo que habíamos escapado juntos, viajado a España y terminado nuestros días con canas y arrugas comunes. En otra ocasión, que nunca más volvimos a acostarnos, que el amor nos estaba prohibido, que cuántos sufrimientos nos costó aquel único instante de placer. Y la tercera, que durante un tiempo, desafiando chismes y temores, habíamos hecho el amor en aquella misma cama hasta el momento en que no sentimos la menor necesidad de seguir haciéndolo. Pero ahora, estaba convencido de que iba a saber la verdad. Ahora, regresando al pasado, lo sabría. Y Susana me estaba ayudando después de tantas evasivas, al fin se arrodillaba y tomaba el retrato en sus manos, empezaba a dejar de ser Susana, a zurcir sobre sus ropas los encajes, volantes y pasacintas del Hada Madrina, a permitir que la cicatriz de Ada, la que mostraba en el retrato, se prendiera a su barbilla.

—¿Quién eres? —susurré.

—Ada —me respondió.

Se escucharon golpes de nudillos en la puerta, golpes que apremiaban, en los que no lográbamos advertir júbilo o temor. Años más tarde todavía recordaba, sin la menor explicación, de que aquel regreso, contra toda previsión, pudiera haberme contrariado tanto. Eran los padres de Susana y mi padre. Los padres de ella diciendo que ese mismo día partirían hacia Europa; en cambio, mi padre, muy alegre, diciéndome *si vieras, qué tontería, ¿eh?, si yo no tengo problemas*, no teníamos necesidad de abandonar el país.

Con el tablero sobre las piernas, Artemio carraspeó dos o tres veces y se rascó, con la uña del índice, la sien derecha. Era el modo de demostrar su desconcierto. Si se lo exigieran, no podría decir qué hilo lo guió por el dédalo de la historia que acababa de conocer. Mario estaba a su lado, con la cabeza gacha y sin trazas de haber pronunciado una palabra en largo rato. Y sin embargo, para completar el absurdo, Artemio se resistía a pensar que la historia hubiera llegado hasta él por una vía distinta.

—¿Y qué más pasó? —preguntó, sin atreverse a mirar al hombre a su lado. Mario levantó la cabeza, y Artemio, casi a la vez, bajó la suya, con el pretexto de estar ordenando las baratijas en el tablero. Entonces escuchó de nuevo la voz (sin la menor duda la de Mario) refiriéndole que tan pronto Susana partió de Cuba él entró en una de esas etapas en que los jóvenes no saben si están sufriendo o exagerando el sufrimiento o inventándolo. Se tumbaba en la cama boca arriba durante horas, mirando pasar las nubes por la ventana de la habitación, diciéndole a los familiares que no apetecía almorzar y comer, sí, que iba a morir de hambre, que no lo molestaran más. Así hasta los dieciocho años, sueltos los latidos del corazón en cada ocasión en que veía en los bordes de un sobre de correos las rayas rojas y azules que indicaban la correspondencia aérea, siempre con el pálpito de que las cartas de Susana (acaso no había escrito bien la dirección postal) anduvieran dando vueltas por el mundo, extraviadas en las maletas de los carteros.

Justo al cumplir los dieciocho años fue cuando la tuvo en el centro de su mirada por primera vez. Trabajaba la muchacha en una floristería y desde detrás de los cristales ella parecía sonreírle cuando él se detenía en la acera para mirarla con la ilusión desaforada de que ella también lo estaba mirando. Supo que ella llegaba al trabajo a las ocho de la mañana, salía a las doce, regresaba a las dos y concluía su labor a las seis. Pero nunca se atrevió a dirigirle la palabra y mucho menos a seguirle los pasos para averiguar dónde vivía. Se conformaba con mirarla desde la acera, pensando que ella leería al revés *La Dalia, florería* escrito con letras doradas en el cristal de la vitrina, y que a menudo se aburriría de oler tantas dalias, azucenas y orquídeas amontonadas en el reducido local.

Con el corazón fortalecido de tantos deseos que había conseguido reprimir, al fin le llegó la decisión. Se acercó a ella y la muchacha le permitió acompañarla durante un rato pero con la condición de no seguir juntos más allá de una cuadra antes de llegar a su casa. Entonces la miró de cerca por primera vez y se dijo que era igual a Susana, o igual a Ada, la del retrato, que también era igual a Susana, sólo que se había agregado una cicatriz en la barbilla.

—¿Cómo te llamas? —preguntó. Él mismo se respondió: "Susana". Pero de todos modos esperaba por la voz de la muchacha.

—Susana —contestó ella.

Al siguiente día volvió a pasar frente a la florería. La miró como siempre dentro de la caja de cristal, con su falda azul y su blusa blanca, con lacitos de guinga apresándole las trenzas, y se dijo que la adoraba. Entonces ella lo miró también, como sorprendida de verlo en la acera frente al establecimiento pero con el presentimiento de que las dos miradas, la de él y la de ella, estaban destinadas a perturbarles el corazón hasta el fin de sus vidas. Ella hizo un gesto afirmativo y él sonrió halagado: era la respuesta que esperaba. Y como supuestamente ya eran novios, Mario ensayó unos pasos torpes y acercó sus labios al cristal. Le hizo señas a la muchacha de que hiciera lo mismo. Durante los minutos de ansiedad que le parecieron eternos, la vio al fin dar unos pasos en su misma dirección. Las dos bocas empañaron con su aliento el cristal. Asustado aún por el delirio de su audacia, regresó a la acera, sin volver a mirarla porque más que en ella estaba pendiente de las manchas de aliento en el cristal. Eran sus besos. Sus besos hasta que la reverberación del mediodía se los llevara.

Después de casados recordaban a menudo el incidente y por lo mismo que ya no tenían necesidad de besarse a través del cristal como en la primera ocasión, hacerlo se convirtió en un rito preparatorio de tantos acoplamientos que besarse de otro modo era casi nada. A uno de los dos se le ocurrió la idea, o a los dos, se rieron calculando que ya no era imprescindible besarse en un establecimiento comercial, las dos bocas separadas y unidas por un cristal, y después esperar a llegar a casa para hacer el amor. Ahora se acostaban con el cristal entre las dos caras, hacían el amor empañándolo. Pero aquel día el cristal se rompió, un gesto acaso más brusco que otras veces, y ella, boca arriba, herida, comenzó a llorar.

"¿Así que eso fue todo?", pensó Artemio, sus manos puliendo con una badana las sortijas de acero níquel. Observó a Mario pero le habló como si no lo mirara.

—No hay que preocuparse —balbuceó—, ahora con la cirugía, ¿cómo se llama?...cirugía plástica, eso es.

—¿Cómo?

—Cirugía plástica. Eso es.

Sin separar los ojos de sus baratijas, escuchó en la voz de Mario, o en su no voz, quién lo iba a saber, que a Susana sólo le faltaba la cicatriz en la barbilla y que, gracias al accidente, ya la tenía. Artemio se rascó la nuca, como el que no quiere entender, se puso de pie, cargó con la mesita portátil y el tablero, ya era demasiado lo que había esperado, y caminó hasta el local en el que estaban el buró y la máquina de escribir.

—¿Qué quiere? —le preguntó un hombre detrás del buró.

—Yo soy un testigo.

El hombre golpeó en el buró con la mano cerrada, dijo cuatro palabrotas, sería idiota, y lo mandó salir. Artemio ganó la calle pensando que, efectivamente, él no podía ser testigo en un asunto tan para dos.

Raimundo era pequeño y cabezón. Más que un muchacho o que un enano parecía uno de esos globos rosados que nos venden en los parques y después arrastramos por el aire tirando constantemente de un hilo. Artemio no sabía si la comparación era porque lo conoció en un parque, Raimundo sentado a su lado en actitud meditativa y Artemio sin saber recoger sus ojos de los lugares en que los había dejado caer. El caso era que un banco de hierro nunca dio mayor sensación de lejanía entre dos personas, pero como todo estaba dispuesto para el encuentro al poco rato ya Artemio había recuperado sus ojos y se los echaba encima a la diminuta figura, creyendo imposible que desde el principio no le llamara la atención, en tanto que Raimundo rompía esa cáscara de silencio con que envuelve la mayor parte de sus presencias en calles, bares o parques. Así, mutuamente convencidos, se dispusieron a aceptar que se conocían desde mucho tiempo atrás.

Cuando se habla de Raimundo (eso pensaba Artemio mientras caminaba aparentemente a la deriva) no se pueden hacer frases sin utilidad inmediata. Si Artemio ahora pensaba que en el mismo momento de ese encuentro ya creían en una amistad pasada, era porque Raimundo, sin muchos aspavientos, sólo levantando las cejas y entornando los párpados, había viajado hasta Antes y extraído la correspondiente información con la eficacia de una máquina calculadora. Eso, al menos, es lo que Artemio estaba obligado a reconocer si quería ser su amigo y visitar, como Raimundo se lo propuso enseguida, su vieja casona en las afueras de la ciudad.

Artemio arrastraba los pies, cansado, sintiendo que la correa del tablero le molía la piel del cuello, y allá abajo, casi a la altura de sus rodillas, iba Raimundo chachareando todavía, asegurando que ya su casa estaba cerca. Cuando llegaron, Raimundo se acomodó en una mecedora de mimbre con las piernas estiradas, sin llegar siquiera con sus zapatos al borde del asiento donde se doblan las corvas de una persona de estatura normal. Artemio miró a su alrededor. El techo abovedado de la sala, el patio central con numerosas habitaciones en torno, las puertas y ventanas interiores con vitrales en lo alto, le hicieron pensar que mejor le resultaba a Raimundo una casa de juguete con todos los cachivaches al alcance de su mano. Miró hacia el librero, a la derecha, y se encogió de hombros. Le parecía realmente imposible que Raimundo pudiera trepar por entre las altas repisas y hacerse del tomo que deseara leer.

Ahora Artemio recordaba que su amigo, el día en que se conocieron, no cesaba de atosigarlo con palabras del más oscuro significado. Luego, en posteriores ocasiones, se veía claramente que cualquier otro tema no lo entusiasmaba demasiado y que incluso su observación de lo cotidiano carecía de toda agudeza. Al fin, como quien toma aire para una larga zambullida, Raimundo se decidió a decirle que no sólo en la última encarnación sino en muchas otras anteriores, ellos habían sido amigos. Artemio pensó que era más de lo que cabía esperar, se puso de pie y caminó hasta la ventana. Se acodó y miró hacia los edificios de enfrente: una mujer que buscaba la claridad para rematar un zurcido, cuya mano derecha era un movimiento incesante en persecución de la aguja, acaparó todas sus miradas. Después se volvió, incapaz de prolongar la ansiedad de Raimundo. "¿Quién fui yo?", preguntó. Apenas Raimundo mencionó tres o cuatro nombres, Artemio dejó escurrir una sonrisita de incredulidad y dijo que no se explicaba por qué en todas esas vidas él había sido un personaje histórico.

—Eso no quiere decir nada —objetó Raimundo— ahora vales más que antes aunque parezcas inferior a los ojos de los demás.

Después entró en el silencio y no recuperó su locuacidad hasta el momento en que Artemio decidió irse: entonces Raimundo sonrió amablemente y le dijo que le agradecería una nueva visita. De eso hacía ya cerca de seis meses. Artemio lo visitaba todos los viernes y aunque casi siempre la conversación no iba más allá de las noticias contenidas en la primera página de un periódico, a menudo Raimundo contaba alguna de sus raras experiencias como cuando fue a colocar un clavo en la madera del escaparate y el martillo quedó paralizado en su mano. De momento se le ocurrió pensar en la vida de la madera o en las posibles vidas a las que esa madera tendría acceso. ¿No habitará en ella un hijo futuro, un nieto, un sobrino? Más claro aún, ¿no serían las fibras, las arrugas de la madera, un modo de expresar su pensamiento aquel que todavía no era persona? ¿No nos estaría hablando con ese mudo lenguaje? ¿El clavo y el martillo no atemorizarían a la madera? ¿Recordaría vagamente ese temor el nieto o el sobrino? Mientras Raimundo hablaba, Artemio lo miraba con repentino temor y, sin embargo, tan impresionado que pasaba la vista por su piel como si fuera a encontrar en ella rastros de la madera que había sido. Tan entusiasmado se encontraba Raimundo que, olvidando sus últimas reticencias (apenas quería hablar de vidas anteriores pensando que su amigo no lo iba a entender), se frotó las manos con alegría (entre las dos no lograba una mano de tamaño normal) y dejó escapar otro nombre de los que a Artemio en el pasado le habían pertenecido. "Si sigo así —pensó Artemio con el entrecejo fruncido— acabaré también llamándome Calígula, Fouché o Ronsard". Como vio que a Artemio le chocaba la referencia a otro personaje más que conocido, Raimundo agregó que en esa ocasión él, en cambio, había sido un bufón cuyo nombre siquiera le fue revelado en la investigación.

—Lo único que sé —agregó— es que entonces era enano como ahora, y que tú y yo nos conocimos en el palacio de César Borgia. ¿Sabes una cosa? Desde esa ocasión siempre he encarnado en un cuerpo pequeño como modo de saldar una deuda contraída por haber cometido sabe Dios cuántas monstruosidades.

Llegado a este punto, como hacía con frecuencia, Raimundo dio un giro a la conversación y se puso a preguntarle a Artemio cómo andaba la venta de baratijas, quiénes eran los que compraban amuletos y quienes bolitas de vidrio o sortijas o llaveros. Parecía vivamente interesado en el tema y hasta dijo que quizá no existiera oficio más provechoso que el de vendedor ambulante. ¡Qué mundo él se estaba perdiendo a causa de sus piernas cortas! Porque indudablemente a él le estaba vedado cargar con un tablero y con una mesita plegable, que les aventajaban en tamaño. Mientras miraba por la ventana otras casonas como la del amigo, Artemio se dijo que con toda seguridad Raimundo se negaría a abordar el tema pero que él lo convencería. Sus últimas experiencias, las de esa tarde, requerían un viaje a Antes para ser verificadas. ¿Cómo entender si no la historia de Mario y la mujer herida, y la historia aún más enmarañada de los retratos?

Aunque el incidente le había robado mucho tiempo a su habitual caminata (en la casa de socorros estuvo sentado durante casi tres horas), Artemio se sentía cansado. No obstante, porque así acostumbraba todos los viernes y porque ahora tenía razones más poderosas para hacerlo, Artemio recorrió el último tramo hasta la casa de Raimundo. En la puerta se entretuvo un rato mirando hacia la casa contigua, en cuya ventana había aparecido una niña regordeta con sus crenchas recogidas a cada lado del rostro. "Parecen las orejas lanudas de un perro", pensó Artemio y como la niña le mostró la lengua, burlándose, Artemio pensó que la lengua parecía también la de un perro. Le dio la espalda a la niña, tocó a la puerta y entró. Colocó la mesita plegable y el tablero en un rincón son decir palabra y siguió de pie un buen rato frente a la mecedora de mimbre que ocupaba Raimundo.

—¿Alguna experiencia nueva? —preguntó al fin.

—Siempre hay nuevas experiencias —contestó Raimundo distraídamente— aunque si se miran bien no son tan nuevas.

—Pues, cuéntame algo.

—¿Has tenido buena venta? —preguntó Raimundo. Como en las últimas semanas, se veía que no estaba dispuesto a concederle la menor oportunidad.

—Depende. Nadie compra anillos ni cadenas ni llaveros. En cambio las patas de conejo vuelan. Es decir, caminan cuando el animalito está vivo y vuelan cuando yo las vendo como amuletos.

—Me alegro.

—No debías alegrarte. Es preferible que la gente confíe menos en los amuletos y más en su mollera.

—Lo decía por tus buenas ventas. No me entendiste.

—Sí, te entendí, pero por no perder una frase soy capaz hasta de perder un amigo. Ahora, en serio, gracias.

En seguida Raimundo explicó que aunque el talismán no era más que un modo de encauzar el pensamiento en aquellas personas que no saben utilizar sus propios poderes, él no tenía nada contra las patas de conejo y, en cambio, le gustaría llevar una colgada de su cinturón. "Son muy bonitas", agregó. Artemio fue hasta el tablero, escogió una pintada de azul y se la dio a Raimundo. "¿Cuánto vale?" Artemio sonrió y luego hizo un gesto con la mano diciendo que no faltaba más, mientras Raimundo se colgaba el amuleto en la trabilla del pantalón. Artemio comprobó que su amigo era aun más pequeño de lo que imaginaba pues la pata de conejo casi le llegaba desde la cintura hasta la rodilla.

En señal de agradecimiento y sin necesidad de que Artemio preguntara nada (era como para creer en los avisos de los telépatas) Raimundo le explicó que el caso de aquellos dos jóvenes que tanto llamaban su atención era una prueba evidente de que podemos vivir sucesivamente hasta alcanzar la perfección.

—Has hablado de los amuletos con desdén —agregó Raimundo— y si embargo tu historia demuestran lo necesarios que son. Los retratos en la primera parte de la historia eran amuletos, también el cristal de la segunda parte. Vivimos reverenciando los objetos, qué le vamos a hacer. Nuestra existencia no tendría sentido sin ellos. Y esos objetos, bien sea una pata de conejo, un retrato, un cristal, nos entregan la fuerza y la confianza…O a veces también, como en el caso de los retratos de que te hablaron, sirven para visitar Antes y aprender a conocernos realmente.

Artemio guardó silencio. Pugnaba entre demostrar su asombro y preguntarle cómo sabía de esa historia sin que él la refiriera, o en pedir perdón por aquella sonrisita de incredulidad que despertó la referencia a los personajes históricos. Pero ya Raimundo hablaba de nuevo y Artemio no podía perderse una sola de sus frases.

—Igual que en la cáscara no está lo mejor del fruto —dijo Raimundo— lo mejor de nosotros no está en los cuerpos de nuestras vidas anteriores. Pero como nada se logra sino es mediante el conocimiento, muy poca cosa somos si aún no hemos viajado a Antes y descubierto lo que hemos acumulado en millones de años. En cambio, cuando ya conocemos esas vidas es señal de que las deudas están saldadas y podemos gobernarnos...No te extrañe por eso verme convertido cualquier día en un hombre normal. Ya he saldado mis deudas, ¿sabes?

Artemio se echó a reír. Raimundo-bufón-Stendhal-emperador-Racine-Aníbal-qué sé yo. ¿Artemio lo dijo o lo pensó? Ahora Raimundo agachaba la cabeza, la metía entre sus rodillas y sollozaba, más pequeño que nunca, tan globo en su mecedora de mimbre. Artemio se sintió conmovido, y pensando que su amigo lloraba ante la imposibilidad de alcanzar una estatura normal, le dio una palmadita en la espalda.

—Lo conseguirás, Raimundo.

Apenas pronunció esas palabras se sintió avergonzado: con toda seguridad Raimundo lloraba, compadeciéndolo, sólo a causa del descreimiento que él acababa de demostrar. De todos modos se despidió de la mejor forma posible y anunció otra visita para el próximo viernes.

Salió a la calle. Necesitaba que el aire batiera su rostro, oír la bocina de un automóvil, pasar junto a aquel joven que enamoraba pegado a la acera con la bicicleta muerta entre las piernas, lanzar su pregón de patas de conejo, llaveros anillos de acero níquel. Necesitaba la vida que entraba por la yema de los dedos, por los ojos del vecino, por la cháchara de los amigos... Tomó un ómnibus y fue a sentarse al final, donde los asientos estaban vacíos ofreciéndole buen espacio para la mesita y el tablero. Miró por la ventanilla y calculó que serían las ocho, porque en las tiendas comenzaban a encenderse los anuncios luminosos.

Ya en su casa desplegó la mesita en el rincón que le tenía destinado y colocó encima el tablero. Sonrió satisfecho pensando que a pesar de los contratiempos sus ventas no habían sido del todo malas. Se frotó las manos expresivamente como todo comerciante al que le salen bien las cosas, dio varias vueltas por la habitación y finalmente se sentó en la silla frente al velador. Sabía que el diario lo estaba esperando y que de todos modos esa noche tendría que escribir. Cuando escuchó que tocaban a la puerta, había llenado tres páginas con aquella su letra menuda que le permitía aprovechar incluso los espacios en blanco entre raya y raya, multiplicando los renglones a su antojo. Volvieron a tocar y se puso de pie, disgustado. Qué bien iba saliéndole todo, nunca antes había escrito con tanta pasión, con tanta confianza en que las palabras escogidas eran precisamente las más apropiadas para redondear el pensamiento. Abrió la puerta. Era un vendedor de globos. Sobre el brazo izquierdo, doblado como si lo llevara en cabestrillo, el vendedor tenía extendidos numerosos globos sin inflar. En lo alto, junto a s cabeza, otros globos rosados estiraban sus hilos alrededor del cuerpo del vendedor, globos en los cuales habían pintado ojos, narices y bocas, con trazos gruesos, negros, hacia arriba o hacia abajo, que pretendían revelar diferentes estados de ánimo. Uno de los globos, no supo por qué, le recordó la cara de Raimundo. Artemio pronunció unas cuantas palabras sin sentido, que significaban una negativa aunque el vendedor no las hubiera entendido, y cerró la puerta. Regresó al velador diciéndose que había que ser verdaderamente idiota para vender globos de casa en casa, ¡y a esa hora! Mientras escribía volvió a recordar el globo que tanto se le pareció a Raimundo. Entonces, para tranquilizarse, se dio a pensar que su primer encuentro con Raimundo en el parque provocó esa asociación entre su amigo y un globo. Pero como el sosiego no llegaba se preguntó cuál podía ser la causa.

Reconstruyó mentalmente la escena. Abrió la puerta, era un vendedor de globos, los globos estaban pintados simulando caras, una cara se le pareció a la de Raimundo...Se aferró a esta última imagen, sobresaltado: aquel globo, aquella cara no tiraba de un hilo, estaba sobre un cuerpo, el vendedor llevaba una pata de conejo que colgaba en la trabilla de su pantalón.

Segundo libro
Hierba nocturna

Hierba nocturna, el texto entendido como historia

Julio Palomino

Durante mucho tiempo se ha venido insistiendo que las novelas de Gabriel García Márquez, José Lorenzo Fuentes y Eliseo Alberto, tienden a la retórica y a la ralentización del discurso, como consecuencia de una altisonancia en sus construcciones oracionales. Es decir, la manera de apuntalar un suceso, según el crítico costarricense Manuel Octavio Azcuy, "parece lastrado por figuras poéticas poco felices", que son, en últimas, "su estructura central o núcleo diegético; de ahí el error".

Sin embargo, el profesor Azcuy obvia que esta supuesta acusación de poetización de la narrativa, es perfectamente funcional en determinados contextos de la prosa, tal vez, como una manera de profundizar en las caracterizaciones psicológicas y los ámbitos espaciales de las historias.

Quizás fue Alejo Carpentier el primero de percibir, con mejor suerte que los novelistas *de la tierra*, la desmesura y diversidad de los contextos latinoamericanos, tan diferentes a los europeos y americanos y, tal vez, sólo igualitarios, frente a los africanos y asiáticos en su no correspondencia de significados en las lenguas occidentales. Es decir, existe una urgencia verbal que justifica una manera de la prosa que necesita de la poesía para nombrar una realidad, que el lenguaje no consigue abarcar.

Y tanto García Márquez, como José Lorenzo Fuentes, —y ya menos Eliseo Alberto (la decadencia del epígono multiplicado)—, se ocupan, justamente, en sus modos narrativos de esa percepción *poética* del espacio. El primero, a pocas líneas del comienzo de su novela insignia, mal que les pese a muchos y al propio autor, *Cien años de soledad*, reclama para sí tal necesidad: "El mundo era tan reciente, que muchas cosas carecían de nombre, y para mencionarlas había que señalarlas con el dedo".

De lo que se deduce, que la novela habrá de versar (nunca mejor colocado un verbo) sobre acontecimientos acaecidos en los albores de la civilización, de esa época ignota y distante, cuando los idiomas comenzaban a formarse y no existían palabras para nombrar todo lo existente ni todo lo sucedido. Pero no, *Cien años de soledad* posee una clara, y posterior, ubicación espacial y en la segunda página ya leemos: "Exploró palmo a palmo la región, inclusive el fondo del río, arrastrando los dos lingotes de hierro y recitando en voz alta el conjuro de Melquíades. Lo único que logró desenterrar fue una armadura del siglo XV con todas sus partes soldadas por un cascote de óxido, cuyo interior tenía la resonancia hueca de un enorme calabazo lleno de piedras."

"Una armadura del siglo XV", precisa el autor, párrafos después de haber anunciado la juventud del mundo y con ella, la escasez de palabras para denotar sus acontecimientos. Y lo que podría entenderse como una contradicción en el discurso del narrador, no es otra cosa que una declaración de intenciones textuales. La realidad, *ese mundo* que se enuncia, necesita de una forma tan nueva como él, de ser contado. El español, lengua que, precisamente, del siglo XV al XVII[3] produciría su mejor literatura, resultaba incompleta para tal fin. Se hacía necesario, por tanto, un idioma tan nuevo y complejo como aquello que debería de ser descrito.

---

3. Desde la publicación de la Gramática castellana de Antonio de Nebrija (1492) hasta la muerte de Calderón (1681).

Y la solución la encuentra, primero García Márquez y posteriormente, José Lorenzo Fuentes, en la poesía. Y me explico, en el empleo del tropos poético dentro del contexto de una narrativa que estaba marcada por las oraciones filosas y nervudas de, pensemos en Hemingway, o por los profusos párrafos al mejor estilo de Tom Wolfe o William Faulkner; por solo citar a tres escritores norteamericanos, de notable influencia en la literatura mundial a partir de los años de entreguerras.

Pero aquí se plantea una clara diversificación en los discursos de García Márquez y Lorenzo Fuentes. Uno emplearía el artilugio poético para narrar la cotidianeidad; el otro, la historia.

Y es, justamente, en este libro que nos ocupa, *Hierba nocturna* (Editorial Iduna, Miami), donde el autor cubano de un título tan memorable como *Después de la gaviota* parece haber encontrado su consolidación como maestro de la historia entendida como mito y éste, como comprensión del hombre. Es decir, de la historia conformada por las grandes constantes de la civilización y la poesía: el rito, el sueño, la reiteración y el deseo.

En *Hierba nocturna* queda la maestría de una forma de contar, la exploración de cuanto pudo suceder en el pasado olvidado u oculto de nosotros mismos, en nuestros miedos y osadías. Y de ahí su grandeza. Alegra que en la Cuba de afuera, todavía y a pesar del doloroso peso que también supone el exilio para la literatura, los escritores como José Lorenzo no dejan caer el pulso de su obra. ¡Salud, maestro!

Hierba nocturna

Se alejaba de la costa el *San Miguel*, impulsado por rachas obstinadas, cuando Alfonso Humara pensó que acaso no volvería a escuchar nunca más el tintineo de las esquilas en los crepúsculos malvas, porque ya le era imposible mirar hacia atrás y descubrir en la distancia, por encima de torreones, chopos y olivares, el tejado de alguna casa amiga, ahora arropada en la neblina del amanecer. Luego, mientras se pasaba la mano por la barba a fin de componerse la cara con una sonrisa, se dijo que los suspiros de congoja estaban reñidos con su condición de soldado. Sin embargo, como se trataba de uno de los primeros viajes a las Indias, menudeaba a bordo la gente arrepentida muy pronto de haber abandonado un puerto seguro, previendo tormentas apocalípticas en alta mar, imaginado vientos feroces que desgarraban el velamen y olas turbulentas que inundaban la escotilla, gente a la que hubo necesidad de explicar y volverle a explicar que aquella era una embarcación bien ataviada para la larga singladura, con un piloto de vasta experiencia en el cántabro mar, en aguas mediterráneas y, según Alfonso deliraba, en perrerías contra los moros en el Estrecho de Gibraltar. Oyendo el bordoneo de una vihuela, fue Alfonso Humara el que más ponderó, posiblemente para ahuyentar los fantasmas de su propio miedo, la buena suerte de contar con grumetes de pelo en pecho y con ciento ochenta hombres entre soldados, veedores, escribanos y clérigos, a la mayoría de los cuales, o a casi todos, no les temblaba el pulso, y por más detalles con un contramaestre picado viruelas que había sido cabo de vara en la cárcel de Cayena, y con un andaluz deslenguado que hacía las veces de barbero, todo esto sin enumerar las ovejas, el trigo, los barriles de vino, los quesos y los embutidos que viajaban empozados en la panza del velero.

Apenas sintió de nuevo la tierra debajo de sus pies, Alfonso Humara cayó en la cuenta de que sus corazonadas no lo habían estado engañando cuando, a bordo, le pronosticaban que su vida iba a tomar en adelante otro sesgo bien diferente. En efecto, descendido en el puerto de Santiago de Cuba, en medio de un barullo de imprecaciones y de arcabuces entrechocados, de alborotosos escribanos que bajaban desenrollando papeles y de sacerdotes que se hincaban para pronunciar plegarias, todo lo que de pronto vio a su alrededor le trajo la enigmática revelación instantánea de que nunca más regresaría a la patria, ahora sí sin la menor posibilidad de que un destino veleidoso le ofreciera más tarde la opción que acaso tampoco deseaba. Comenzó a ver lo que nunca había visto, con tanta avidez, con tan desordenado entusiasmo que, un día, absorto en la contemplación de una encalada vivienda indígena que refulgía al sol como la plata, lo sorprendió la noticia de que debía viajar hacia la villa de Trinidad sin haber podido cruzar siquiera dos palabras con el gobernador Don Diego Velázquez, quien acaba de dictar la orden de su partida. Navegando en una canoa por toda la costa sur de la Isla, en compañía de otros dos soldados, Alfonso Humara, sin necesidad de preguntar el motivo del viaje inesperado, se enteró de que iban a unirse a los hombres del capitán Hernán Cortés, a quien estaba destinado el privilegio de iniciar una temeraria empresa. ¿Cuál?, interrogó Alfonso sin sacar la vista del paisaje. El soldado que estaba junto a él, casi codo con codo, le refirió que Hernán Cortés había recibido la orden del gobernador de partir hacia la Nueva España, para rescatar, agregó el soldado rascándose las mejillas, todo el oro y la plata que pudiese. ¿Sólo para rescatar oro y plata?, volvió a preguntar Alfonso Humara, ya demasiado preocupado, por lo que oía decir, con la idea de que la misión inicial de convertir idólatras a la fe cristiana había sido olvidada sin dificultad por quienes entraban con la manga al codo en saqueo de riquezas y degollinas de indios, que le provocaban profunda repugnancia. Alfonso Humara continuaba rumiando sus pesadumbres mientras él y sus dos compañeros remaban sin cesar, día y noche, ajenos a cualquier designio meteorológico, lo mismo bajo el fuego solar que ensopados por una lluvia tenaz o azotados por ráfagas de ciclón. Por lo visto nunca va a escampar, pensó, pero ya salió de nuevo el sol y seguimos remando, no hay ninguna otra cosa en qué ocupar la mente ni nada más qué hacer, salvo mirar los árboles de la costa cercana, las playas de arena sin hollar, donde nadie ha puesto un pie ni encendido nunca una fogata. En breve, todo lo que ocurre se transformará en pasado, en motivo de recuerdo deleitoso o lacerante, según él quisiera aceptarlo, pero en este momento no hay otra cosa en qué afanarse salvo remar y remar, salvo reclamarle a bíceps y pectorales un nuevo esfuerzo, una nueva cuota de alacridad y de sudor ahora que está llegando a su final la travesía, ahora que hay un cambio súbito de escenografía y entre las aguas mansas, que el remo puede hender con facilidad, los primeros vestigios de vida humana anuncian su cercanía con los olores que salen de una cocina, con las carnes de cerdo o de tortuga puestas a freír, el caldo de gallina y los pescados en salmuera que tanto contribuían a despertarle el apetito. Pero en la villa de Trinidad pudo corroborar algo que estaba poco a poco aprendiendo a saber, que las contrariedades de la vida son inagotables y por tanto el final de cualquier travesía es siempre un nuevo comienzo, un nuevo punto de partida. Por boca del propio Hernán Cortés pudo enterarse de que sus aprensiones no eran infundadas. Como los afanes de evangelización y colonización pacífica, al parecer, no eran gratos al gobernador, a ellos los aguardaba ahora la oscura tarea de navegar cada vez más hacia el norte en busca de tierras donde no tendrían necesidad de ponerse a fundar villas y nombrar alcaldes y regidores, puesto que el único propósito era regresar enseguida con las inmensas riquezas a las que pudieran echar mano. Aunque se aceleraban los preparativos y ya se izaban bastimentos a las naves, la partida hacia la tan mencionada Nueva España se pospuso una vez y otra porque el gobernador, era lo que todos comentaban, receloso de Cortés por razones ignoradas, acababa de revocarle el mando de las naves y designado en su lugar a Vasco de Porcallo para encabezar la empresa. Mientras se desentendía de esos pormenores, confiando en que su buen destino dictara el curso de los acontecimientos, Alfonso Humara empezó a disfrutar, por primera vez en su vida, de los favores de una mujer, una india garrida que le llenaba el rostro de húmedos besos insaciables desde el alba al ocaso, y de cuyos brazos salió, de mala gana es cierto, sólo dos semanas después, cuando uno de sus compañeros, que lo buscaba afanosamente por todos los lugares, apartó las pencas que cubrían un tálamo de hojas de plátano y semillas silvestres, con la noticia de que estaban a punto de zarpar las naves. Acezante, con los ojos enrojecidos por el llanto, la india intentó sin fortuna impedir su partida, corriendo tras él con los brazos extendidos mientras profería lamentos y gimoteaba angustiosas palabras que Alfonso no alcanzaba a entender. "Yo vine para servir a mi Rey y Señor, no a fornicar como un desesperado", le gritó Alfonso sin volver el rostro, sin lástima o fingiendo no tenerla, sin profundizar en sus verdaderos sentimientos, unas cuantas palabras de las que en el silencio de su corazón muy pronto se arrepintió, que acaso no había podido evitar cuando agobiado por las miradas de la tripulación deseó complacer a los demás, pronunciadas sólo para provocar la risotada entre los soldados, qué horror.

Ya subían a la nave los primeros soldados, iban pensando en lo que les reservaba el futuro incierto, acaso enfrentamientos con un enemigo desconocido o muerte repentina, cualquiera sabe, hay enfermedades que no avisan y calamidades que no puedan pronosticarse, pero Alfonso Humara ascendía a trompicones pensando en otra cosa, recordando los tiempos idos, siempre un año después del otro, en vertiginoso retroceso, hasta que pudo verse de pie en un remoto dormitorio con sus bombachos de doce años y su camisa de cuello marinero, y sin transición yendo de un lado a otro en una casa a cuya construcción asistió en medio del inevitable abejorreo de albañiles, carpinteros, empapeladores y yeseros, donde fue educado por una madre olorosa a baptisterio y por una tía de rostro entre cirios perennemente crepitantes, rezando todas las noches durante horas y horas, porque siempre hay pabilo en la palmatoria para seguir rezando, una tía a la que él prefería recordar cuando junto a la cama se ponía el blusón de dormir no tan precipitadamente como para que él no alcanzara a verle los prodigiosos senos, los pezones morados, aquellas dos monedas vivas que él miraba con creciente avidez por entre un escarceo de pestañas inquietas y un susurro del organdí que clausuraba el paraíso hasta la noche siguiente.

Para su sorpresa, después de tres días de estar navegando, Alfonso pudo ver a Hernán Cortés en la cubierta de una de las naves más próximas, dirigiendo las operaciones. Pensó enseguida que el bravo capitán, dado en los últimos días a enviarle almibarados mensajes a Diego Velázquez, se las ingeniaba para recuperar el terreno perdido, pese a que en corrillos de clérigos y escribanos se cuchicheaba que todo aquel apuro en levar anclas, bajo un cielo de pésimos augurios, se debía a la decisión adoptada por Cortés de poner mano a la acción, contrariando la voluntad del gobernador. No me gusta este hombre, alcanzó a decirse Alfonso Humara en instantes en que, despejada la cubierta de grumetes y soldados inquietos, se le entregó completa la imagen de Hernán Cortés. Hierático, sus ropas de terciopelo infladas por el viento, mesándose la barba cuidadosamente cortada en horquilla, miraba a su alrededor con un ceño tan voluntarioso que la sostenida aproximación de las cejas no hacía más que subrayar la arrogancia mal disimulada de otras ocasiones. Será un azote en las tierras que lo aguardan, murmuró Alfonso que muy pronto cambiaría de opinión al verlo entregado, con el mayor de los entusiasmos, a la fundación de la villa de Veracruz. Durante semanas, Cortés animó en las caleras a quienes fabricaban tejas y ladrillos, se acercó con derroche de bromas a los improvisados albañiles que levantaban las paredes de la iglesia a ojo de buen cubero, y finalmente, siempre del mejor humor, le pidió que hiciera gala de toda su elocuencia, cuando oficiara la primera misa, al padre Fray Bartolomé de Olmedo, quien había interrumpido durante días los servicios religiosos a causa de un pertinaz dolor de muelas que lo mantenía obligado a sacar sus ojillos grises por entre hojas emolientes que le enmarañaban el rostro desde el mentón hasta los pómulos.

Durante su paso por aquellas tierras Hernán Cortés no se cansaba de decir que su presencia ahí, por expresa voluntad de su Majestad el Rey, respondía al único propósito de defender a los naturales. Tanto lo dijo y repitió que para hacer valederas sus afirmaciones condenó a la horca a un soldado que se apropió de dos gallinas en una vivienda indígena, y si el castigo no se cumplió, lo comentaba más tarde con ancha sonrisa, fue sólo gracias a la oportuna intervención de Pedro Alvarado, que se apiadó del infeliz y le cortó la soga con su espada. Sin embargo, a Alfonso volvió a desagradarle el capitán cuando vio que Cortés, gentil y agradecido con los indios que le traían regalos, mostraba una crueldad bárbara con aquellos que le oponían la menor resistencia. Sonrientes cuando recibían presentes de indios y obligados a matar sin piedad cuando la ocasión lo aconsejaba, es lo único que podemos hacer pensaban los soldados, no hay un modo mejor de conservar la vida, y entre los que lo creían o aparentaban creerlo, sin perderle pisada a Hernán Cortés, Alfonso Humara anduvo por pueblitos que llevaban los eufónicos nombres de Tabasco, Socochima, Tejutla y Champotón, admirándose de ver, con una mezcla de curiosidad y de estupor, verdaderas montañas de calaveras y otros huesos de muertos, apilados metódicamente en las proximidades de casuchas levantadas a cal y canto que servían de adoratorios, donde viejos sacerdotes de cabellera blanca y larga, apelmazada con la sangre de los sacrificios, andaban alrededor de braseros de barro, entre las vaharadas de sahumerio del copal, implorando la protección de deidades que tenían el aspecto de serpientes, de culebras tan enroscadas sobre sí mismas que parecían estarse mordiendo las colas. Motivado por insaciable curiosidad, muchas veces detuvo sus pasos para observar de cerca a los sacerdotes, admirado de nuevo al verles las mantas negras prendidas al hombro con un broche de bronce, con bolsas que llevaban a las espaldas llenas de tabaco mientras vigilaban el movimiento de esclavos que dejaban al pie de los ídolos preciadas ofrendas: plumas de papagayos, mantas de algodón, cuchillos de jade y camarones y lagartos labrados en oro. Así supo que el más importante de aquellos ídolos se nombraba Quetzalcóatl, una deidad en ocasiones representada por una serpiente emplumada y en otras por una figura de hombre, tocado con una mitra de piel de tigre y el rostro cubierto con una máscara de mosaico color turquesa, cuya boca se abría con dramática ferocidad de tarasca. Y mirando con fijeza y ansiedad a Quetzalcóatl tuvo conocimiento también de la profecía hecha por la deidad acerca de los hombres de cara pálida y ojos celestes, venidos del otro lado del mar, que se confundirían aquí con los hombres de piel de canela. Él, Alfonso Humara, no tenía los ojos azules, sino verdes, pero su piel era blanca y su barba tenía destellos cobrizos, por lo que se daba perfecta cuenta de que le era imposible renunciar a la avasalladora realidad de los hombres que estaban viviendo y sufriendo dentro de la profecía de Quetzalcóatl. Siguiendo el hilo de esas deducciones, pensó que no había sido casual que él hubiera escuchado años atrás, mientras trasquilaba ovejas en un cortijo, el nombre de Cartagena de Indias, como no eran casuales su empadronamiento en la Casa de Contratación de Sevilla y su presencia, ahora, en el Nuevo Mundo. Con el pecho oprimido por una mezcla inusual de sentimientos que iban de la incertidumbre a la desazón, ideó que hasta ese momento sus pasos no habían estado guiados por su propia voluntad sino por la fascinación de los ojos de la serpiente emplumada, que lo miraban fijamente, que lo habían arrastrado, desde tan lejos, no para que viniera a destruir viejas creencias sino a aceptarlas, a prosternarse, cohibido y trémulo, ante lo que él consideraba el mayor de los enigmas.

Pese al supersticioso temor que le infundían los ojos de la serpiente emplumada, Alfonso Humara participó, porque era su obligación, porque ninguna otra cosa le estaba permitido hacer, en cuantas degollinas de indios reclamó su presencia. Pero ninguna de sus aventuras bélicas le dejó un saldo de cenizas tan irremediables en la caja del cuerpo como su participación en uno de los tantos zafarranchos que debían concluir con buen éxito, trocado muy pronto en degollina de conquistadores: el asedio de Potonchán, un pequeño caserío indígena que sería bautizado por nosotros como Costa de la Mala Pelea, donde nos vimos rodeados de indios que llevaban las caras pintadas de almagre, ferozmente provistos de rodelas y espadas, que empezaron la batalla a distancia, disparando flechas y piedras con sus hondas, sin temor al fuego acompasado de nuestras escopetas, al trueno nunca antes escuchado de las lombardas. Los indios libraron la lucha con tanto ardor que los conquistadores, puestos a la desbandada, se dieron a buscar la protección de los bajeles. Pero no contentos con ese triunfo, entraron en el mar persiguiéndonos, escenificando la más encarnizada batalla en medio del oleaje fragoroso, peleando cuerpo a cuerpo casi con lascivia, como si estuvieran haciendo el amor y no la guerra, hasta que sólo unos pocos sobrevivientes pudieron ser izados a bordo, chorreando sangre, alguno que otro ya moribundo, con una flecha atravesándole el cuello, heridos con saña en antebrazos y muslos por quienes todavía, allá abajo, proferían ensordecedores gritos de victoria, levantando los brazos en señal de nuevas amenazas, blandiendo por encima de las aguas sus primitivas armas de algodón, braceando contra el oleaje alrededor de los navíos.

Para Alfonso Humara no fue una sorpresa lo que estaba ocurriendo, lo esperaba, sabía que el día menos pensado los acontecimientos le darían la razón a Xicotenga el Zono, quien tenía merecida fama de adivino y acababa de vaticinar que ninguno de nosotros iba a escapar con vida, y aunque Cortés lo mandó a ahorcar en Tezcuco para que no siguiera metiéndonos miedo, Alfonso Humara nunca había olvidado aquellos pronósticos de mal agüero. Eran tantos los muertos izados a bordo que difícilmente él no ocupaba un lugar entre los cuerpos mancillados. Para confirmarlo se llevó la mano al cuello y palpó la flecha. Aunque navegaba en charcos de sangre se negó a aceptar que estuviera muerto, no experimentaba dolor, qué es lo que estoy sintiendo que no puedo entender ni explicar, se decía. En todo caso, si realmente estaba muerto, era una muerte soportable, aquel era uno de los mejores momentos de su vida, su cuerpo lo envolvía un extendido olor a mujer, por supuesto que estaba vivo, tienen que creérmelo, el miembro le abultaba el pantalón, sabía que esa noche iba a dormir mal si no procuraba su propio placer solitario, estaba anocheciendo, las estrellas ya eran un reguero de luces en lo alto, pero acá abajo las penumbras se van espesando, el entorno comienza a desaparecer, Alfonso ya no ve nada a su alrededor, ningún uniforme de soldado, se mira las manos y tampoco puede vérselas, pero para algo todavía han de servirle, acaricia el aire oscuro como si acariciara a una mujer, sale hacia donde sea, sin rumbo fijo, trastabillando, olfateando la hierba nocturna, buscando un lugar donde pueda echarse boca arriba, unos pasos más y se derrumba, se desabotona la bragueta, le parece escuchar una voz remota que acaso nunca oyó, la admonición imaginaria del párroco de su pueblo natal, del padre Laurentino Rodicio, deja tranquila esa mano muchacho, mira que masturbarse es pecado, qué quiere que haga padre, no puedo hacer otra cosa, estoy viendo otra vez los pezones morados, las dos monedas vivas, estoy viendo a Maruca desnuda, ya está aquí, a mi lado como otras tantas veces, estoy oyendo su jadeo, estoy sintiendo cómo caen en mi piel sus espesas gotas de sudor, yo le puse el nombre de Maruca cuando la derribé sobre la hierba aquella primera vez porque sólo lo que puede ser nombrado existe, ese nombre la ha hecho existir hasta hoy en el fondo de todos

mis deseos. Ay tía, ay Maruca, Alfonso cierra los ojos, las estrellas des-
aparecen, desaparece el mundo, todo desaparece salvo Maruca.

Años más tarde se comentó que Alfonso Humara no había muerto en tierra mexicana sino en el Cuzco, a manos del capitán Juan de
Piedrahita, durante una oscura reyerta originada por la posesión de
una mujer. Todavía dicen que mi fantasma recorre la villa de Trinidad
hasta el filo de la madrugada, todavía dicen que Alfonso Humara vaga
desnudo con un sexo descomunal entre las piernas abriendo surcos en
los hierbazales aledaños, eso es mentira, yo estoy vivo, yo nunca luché
contra nadie por la posesión de una mujer y menos contra Piedrahita
que era mi amigo, la única mujer que de verdad a él le inflamaba el
sexo era Maruca, a las demás las amó sólo para darle gusto al cuerpo,
ese uniforme manchado de sangre que vio en el Cuzco no era el suyo,
esa boca de labios exangües del hombre yacente no era la mía, estar
vivo es tener dedos para introducirlos entre las hebras de la barba
cobriza y yo los tengo, estar vivo es sentir el animal impaciente bajo
la tela del pantalón, y a mí me sucede todos los días, qué verga tan
infatigable y desmesurada poseo, Maruca lo sabe muy bien, lo sabe
toda la legión de indias que derribé bajo un cobertizo de estrellas par-
padeantes, lo saben todas las Citlali, Maxtla y Xuchitl, que encontré
a mi paso, a las que les arranqué el huipil a dentelladas hambrientas,
esos detalles de mi hazaña no quedarán en el círculo reducido de las
personas que me conocieron, se sabrá en el mundo entero algún día,
lo dirá la historia y saldrá en todos los periódicos cuando yo muera de
verdad, no ahora, en algún tiempo futuro la gente dirá que el primer
cubano erótico, el más libidinoso, no era cubano, nació en Galicia, en
el arciprestazgo de Nogueira de Ramuín, soy yo.

Desde el asedio de Potonchán, en el que milagrosamente no perdió la vida, Alfonso se sintió dominado por el temor de morir con el
cuello traspasado por una flecha de indio y decidió regresar a Cuba,
donde imaginaba que aún lo estaría esperando Maruca, probablemente empreñada. Vino a favorecer sus planes la codicia del infatiga-

ble aventurero que era Hernán Cortés, cada vez más encandilado con los presentes de un Moctezuma que le entregaba a manos llenas plata de buena ley y oro del que no se dobla en el colmillo, como decía el conquistador con una sonrisa de oreja a oreja. Hernán Cortés estaba convencido de que la ruta trazada por su destino lo comprometía a quedarse en México aunque temblara la tierra y tuviera que desafiar con todos sus riesgos inmedibles las órdenes del gobernador, expuestas en términos muy precisos: *desde que hubiereis rescatado lo más que pudiereis, os volveréis.* Pero Cortes había reaccionado con la determinación extrema de quemar sus naves para no concederle oportunidad al arrepentimiento. Por supuesto, también había gente a su alrededor dispuesta a hacerse de un barco, grande o pequeño, con el cual viajar hasta Santiago de Cuba, aprovechando el menor descuido, para irle con el chisme al gobernador. Entre los conjurados estuvo enseguida Alfonso Humara. Mientras se aseguraba el bastimento para la travesía, se verificaba la tensión de los estayes y se echaba una última ojeada a la gavia del trinquete y al mastelerillo del juanete de proa, siempre con el mayor disimulo para no despertar sospechas, Alfonso Humara se vio ganado por la impaciencia cuando cayó en la cuenta de que algunos de sus compañeros podían echarlo todo a perder con ínfulas de machos insaciables que, en momentos que reclamaban el mayor sigilo, se daban a refocilarse con indias que tenían un hermoso trasero, es cierto, pero no tanto como para correr el riesgo de que Cortés los redujera a prisión, con gruesas cadenas en muñecas y tobillos, suerte ya corrida, para ejemplar escarmiento de los que no escarmentaban, por Pedro Escudero, Diego de Ordaz y Escobar el Paje. Al fin crujieron los cordajes, el viento infló las velas, la nave se desperezó, empezaba el mar intenso, dejamos atrás el azul para ingresar al verde, y apenas llevaba unas cuantas horas a bordo, a veces despatarrado sobre una cordelería muerta, o en lo más oscuro de un sollado donde los soldados se calentaban el gaznate con pellejos de vino, hurtándole el cuerpo a las posibles miradas de los demás, Alfonso Humara desprendió la hebilla que ceñía el correaje, introdujo la mano ávida entre la piel del vientre y la tela del pantalón, no tuvo necesidad de cerrar los ojos para verla porque el recuerdo estaba superpuesto al paisaje, ocultando el entorno para que nadie más pudiera ver lo que él estaba viendo dentro de las ráfagas de salitre que pintaban de azul su respiración, lo que nadie más alcanzaba a ver, los muslos infinitos de Maruca, las compuertas que se abrían en el mar profundo para permitirle la entrada al paraíso o para darle consistencia al mito.

Cuando la nave arribó al puerto de Santiago de Cuba, Alfonso Humara, que no pretendía irle con chismes al gobernador, salió corriendo sin escuchar las llamadas de sus compañeros que hacían bocina con las manos gritándoles que a dónde iba, siguió corriendo como si lo persiguieran, miraba a un lado y otro sin detenerse, metió los ojos entre mástiles y velas remendadas, al fin pudo apropiarse de una canoa y navegó bordeando la costa sur de la Isla, en dirección inversa a su anterior travesía, concluida no recordaba cuándo, padecía la obsesión de morderse la cola como la serpiente emplumada, volviendo siempre al punto de partida, confundiendo el final con el principio, pero sus ceremonias de salvación y reencuentro no eran descabelladas, corrían rumores de que Cortés ya no estaba en Trinidad, había tomado rumbo a México, iba a la cabeza de una armada compuesta de once navíos que llevaban a bordo dieciséis caballos, catorce cañones de bronce, cuatro falconetes de hierro, tres escopetas y treinta y dos ballestas, tenía bajo su mando a quinientos soldados y cien marineros, que la suerte lo acompañe, es lo menos que puedo desearle si no le da por entorpecer mis planes. Sólo necesitaba que lo dejaran seguir a su arbitrio de alucinado remando en una canoa hasta dar con el tálamo de hierba que lo esperaba en la última curva de su destino. Cortés podía cogerse para él toda la otra gloria, la gloria de la historia o la del poder, si es que alguien puede disfrutar la gloria sin tener un cuerpo de mujer al alcance de la mano, cosa que él dudaba. La canoa surca bien el mar, parece que el agua de las profundidades está ayudando,

Alfonso pensó que aunque no llevaba velas el viento también ayudaba, comía poco y mal, remaba como un desesperado, imaginó su llegada a la villa de Trinidad mientras a lo lejos se escuchaban las lánguidas campanadas del Ángelus, atravesó los arrabales sin preguntarle el rumbo a la gente que no lo veía pasar, nadie reparaba en aquel gigante loco que atronaba las calles dormidas con sus botas transparentes, nadie lo veía, estaba hecho de viento como los pájaros del anochecer, iba dejando a su paso un rastro húmedo como la niebla de la madrugada, aceleró el paso sin escuchar la voz de alguien dispuesto a decirle dónde podía guarecerse a estas horas una india cuyo verdadero nombre Alfonso ignoraba, entró en un hierbazal que le daba al pecho, apartó las primeras espigas doradas, se escuchó preguntándose cómo era posible que los arbustos espinosos no le arañaran el rostro, la encontró en el mismo lugar en el que la había dejado, la india se había hecho de cuatro troncos de júcaro para levantar su casa sobre el paño de tierra del último tálamo, del último lecho de hojas de plátano y semillas silvestres donde retozó con Alfonso hasta el alba de la despedida, Alfonso se le acercó, la miró directo a los ojos, contempló su propio rostro en aquellos ojos vidriados por lágrimas de felicidad, la víspera ella había soñado el regreso, sus sueños nunca la engañaban, le mostró con orgullo un niño de poco más de un año, mira cómo se parece a los dos, los labios son como los tuyos pero los ojos son como los míos, no Maruca, al revés, Alfonso Humara le alargó los brazos, lo separó del piso, el niño flotó entre algunas hilachas de aire anaranjado, asustado de su repentina ingravidez, sin mano que lo suspendiera, Alfonso volvió a mirarlo: tenía los ojos verdes. Es un Humara, exclamó.

El verde secular de los humara

Durante casi dos siglos que mediaron entre la colonización y las guerras de independencia, la familia de los Humara accedió a varias generaciones de hombres abúlicos, ignorados sin esfuerzo hasta por sus propios hijos y por los hijos de sus tataranietos y por los choznos de sus bisnietos, cuyas pisadas se extraviaron en la espesa neblina de sus rostros irreconocibles, de sus nombres irrepetibles, de las ignoradas aventuras a que fueron arrastrados a pesar de su desidia, probablemente cinco generaciones de los Humara con un promedio de ochenta y dos años de vida en épocas en que un hombre de veinticinco era un anciano perseguido por el remordimiento de no haberse muerto al sobrevenir la última epidemia de cólera que arrasó con sus demás familiares, casi un centenar de invisibles Humara que en medio de tantas calamidades vivieron ajenos a enfermedades más mortíferas que el cáncer y más antiguas que la lepra y a riesgos tan inmedibles como los de transitar —siglos más tarde— por vertederos de residuos nucleares, involuntaria hazaña lograda gracias a los temperamentos glaciales de que fueron provistos en algún milagroso y oscuro desviadero de genes y cromosomas que los volvieron invulnerables a las pasiones pueriles de desear la mujer del prójimo, de retar a duelo y de intervenir temerariamente en reyertas multitudinarias, en una simple riña con un vecino, tan indiferentes a sí mismos que lograron salir incólumes, sin pronunciar ensalmos, de múltiples desgracias de temblores de tierra, embates de ciclones y otras asechanzas no menos pérfidas de la naturaleza, y también de las asechanzas urdidas por sus contemporáneos que se tradujeron en guerras de rapiña y guerras punitivas declaradas mientras ellos se miraban el ombligo, en cruentas batallas libradas a su lado mientras ellos se preguntaban acorazados en una providencial ceguera transitoria de dónde provenía aquel ruido de mil demonios, y en indispensables armisticios durante cuyas celebraciones no aclamaron héroes ni aplaudieron entre las multitudes frenéticas que, enardecidas por el patriotismo y las libaciones, promovían degollinas mayores que las de la guerra, de modo que hubieron de pasar más de ciento cincuenta años para que al fin se volvieran a hacer visibles los rostros de otros dos Humara dominados por la pasión de la historia. Uno de ellos, Esteban de la Caridad, durante sus correrías por el continente y después de vestir en Carabobo la casaca verde y las charreteras doradas de los ejércitos de la República de la Gran Colombia, trabó amistad con Manuela Sáenz, no en la época en que más lo hubiera deseado, sino cuando aquella mujer de arrasadora belleza, ya envejecida y pobre, al trote de un burro de pelambre gris vendía ristras de ajo en las calles ociosas del remoto puerto peruano de Paita, adonde se detenían los barcos balleneros, antes de salir al Pacífico, para aprovisionarse de carne de venado, tabaco y verduras. Esteban de la Caridad la visitó también durante meses en su casita de madera, compungido, a punto de que se le saltaran las lágrimas al verla hundida en su hamaca con una cadera rota a causa de un traspiés en la escalera, de un peldaño roído por el comején que se desmoronó bajo su peso. Llegaba a su lado con una mezcla de compasión y de deseos de no verla más en ese estado, pero seguro de que iba a repetir sus visitas todos los días, todas las veces que fuera necesario, mientras pensaba en las veleidades de la fortuna y calculaba el obvio final reservado a aquella anciana desvaída que, apenas volvía el rostro hacia el cohibido visitante, entraba en el delirio de los recuerdos de sus amores volcánicos con Simón Bolívar —"porque en su tiempo no hubo hombre tan rijoso y tan solicitado de mujeres como él", decía— y en la lucidez sobrecogedora del increíble relato de los enmascarados que asesinaron por la espalda al circunspecto y paciente James Thorne, el marido —lo decía con tristeza— que mientras ella cabalgaba los Andes se consolaba recibiendo los favores de la viuda del general Orué. Y sin renunciar a la conmiseración, Esteban de la Caridad siguió visitándola hasta el mismo día en que Manuela murió fulminada por la difteria, víctima de una epidemia que, para evitar males mayores, obligaba a estibar los cadáveres en un carro de dos ruedas y sepultarlos en la fosa común con la mayor prontitud. Justo en el momento en que se disponía a visitarla por última vez, observó con estupor a dos hombres también enmascarados del cuerpo de sanidad que llevaban el cadáver de Manuela envuelto en la hamaca escaleras abajo, mientras frente a la casa se improvisaba una pira y eran lanzadas a las llamas sus pertenencias, entre ellas el cofre revestido de cuero que contenía las cartas de amor que le escribió Simón. Aterrorizado por el espectáculo, huyéndole al fantasma de la muerte que lo perseguía con el olor de los miasmas de sus propias ropas de seguro contaminadas, logró introducirse de polizón en un barco ballenero de los que no aceptaban pasajero alguno por temor al contagio, permaneció días y noches en su encierro, con las piernas entumecidas y las manos yertas, sin moverse, sin quejarse, oyendo, en cubierta, el cuchicheo de los marineros, las órdenes del capitán y un indescifrable ruido de hierros arrastrados, escondido entre lonas embreadas y extraños objetos que en la penumbra tenían el aspecto de básculas, de catalejos marinos, de relojes de sol, una semana o dos sin probar bocado, tan atormentado por el hambre que, de haberlos atrapado, hubiera disfrutado de un glorioso festín de ratones y cucarachas, y tan necesitado de tomar un poco de agua que a menudo pensaba en la difteria al sentir sus labios resecos y aquel intolerable dolor de garganta, hasta que se sintió desfallecer y regresó a la vida en un amanecer de aire diáfano y gaviotas sonámbulas, en una playa irreconocible, bajo un cobertizo colgado de enredaderas hojosas con flores azules, atendido solícitamente por una india garrida de largas trenzas, en un paraíso del trópico donde aprendió a paladear el cochayuyo y el piure, y de donde escapó tan pronto recuperó sus fuerzas y encontró la ocasión, a pie por regiones sembradas de estremecimientos telúricos, dejando atrás villorrios de pescadores, páramos barridos por los vientos australes, maulerías donde enlazados por una soga pendían de las vigas del techo como ahorcados los ponchos multicolores, conventos de monjas afelpadas que a esa hora se apiñarían en el locutorio, tambos con sus lámparas de aceite encendidas apenas se ocultaba el sol, procesiones de penitentes, casas donde bailaban alborotosos lugareños y se escuchaba el bordoneo de una vihuela, siempre escapando de nada bajo el impulso sin tregua de un delirio de persecución que no lo abandonó siquiera cuando ya estaba de regreso en Cuba.

Calculando, con el ejemplo de Manuela Sáenz a la vista, el trágico final que acompaña a ciertas celebridades —y él, sin modestia, lo era por el simple hecho de su participación junto a Simón Bolívar en la batalla de Carabobo—, su primera idea para burlar el destino fue la de cambiar sus señas de identidad, adoptando el nombre de Inocencio Montejo, pero como desconocía la suerte corrida por su hermano Hildebrando y como barruntaba con buena lógica que a esa hora estaría muerto y sepultado en un desfiladero estriado por pezuñas de chivo, tal como lo había soñado durante tres noches seguidas antes de tener la confirmación por boca de una pitonisa en Paramaribo, decidió reservarse su nombre y apellido verdaderos para garantizar al menos, con un hijo, la continuidad de su estirpe. Pensaba que sin renunciar a llamarse Esteban de la Caridad Humara, para alcanzar una vejez venturosa y el final feliz que de otro modo le serían negados, bastaba con ocultar los episodios de su existencia más comprometidos con la historia, viviendo a partir de ese momento al margen de toda desgracia en el limbo de flores de trapo y estrellas de hojalata de los abúlicos Humara. Dijo que era el hijo de un relojero suizo y de una devota dama que en la misma iglesia donde se hincaba frente al altar engañó a su marido con el sacristán. Dijo que su inclinación de niño por los sextantes y los círculos de reflexión lo llevó a recorrer todos los mares del mundo a bordo de bergantines, urcas, carabelas y fragatas. Sin vanidad y sólo para darle mayor verosimilitud a su relato, dijo que había tenido tormentosas aventuras de faldas con las más espléndidas bellezas egipcias, turcas y senegalesas, con la bisnieta de un príncipe dinamarqués en su almenado castillo de Elsinor, con la hija de un próspero comerciante noruego, con una gitana que conoció en una aldea cercana al Danubio y con una brasileña que en las islas de Cabo Verde lo obligó, en noche de luna llena, a cavar un profundo hoyo al pie de un cocotero donde ella aseguraba que estaban enterrados los tesoros del pirata Nao el Olonés. Dijo que a los treinta años lo atrapó la urgencia de sentir la tierra firme debajo de sus pies y terminó casándose, durante su segundo viaje a Cuba, con una habanera, viuda y madre de tres hijos, a la que sólo puso como condición que no asistiera a misa ni siquiera un Domingo de Ramos. Lo único cierto de toda la narración era su matrimonio con la viuda Orquídea Vidal, una mujer todavía joven y de buen ver, que lo atrajo de inmediato con sus caderas paridoras y su vientre liso a pesar de sus sucesivos embarazos y sus senos que desafiaban la gravedad, y con su promesa de proporcionarle un hijo.

Aunque empezó a amarla sin consultar el corazón, a los seis meses ya estaba imaginándola cada vez más bella en la penumbra del mosquitero y viéndola a la luz del día mucho más bella de lo que imaginaba. Para tirar de la vida, se hizo de una yunta de bueyes con la que aró pacientemente una parcela tomada en arriendo, y después de largas jornadas de trabajo al sol, en los atardeceres gualdas regresaba a la casa, donde los hijos de Orquídea estaban esperándolo para que les contara las fabulosas historias de las andanzas por el mundo que se había inventado para burlar el destino. Con el propósito de agradar a Orquídea y también porque ya les había cobrado cariño, Esteban de la Caridad se los sentaba por turno en las piernas y les calentaba la imaginación con múltiples extravagancias geográficas en las que el Himalaya era el sombrero de Michoacán, y el Cuchivero —con sus aguas donde flotaban los caimanes como troncos a la deriva—, ubicado sorpresivamente en la Polinesia, ya nunca más sería un afluente del Orinoco. Y tras los relatos de hombres envueltos en sarapes, vestidos con túnicas beduinas o tocados con una boina en una llanura manchega donde se dejaba desgreñar por el viento una insólita palmera, Esteban de la Caridad volvía a hacerlos felices con la enumeración de los animales que conocía: la jicotea, el sijú, el gavilán, el caballito del diablo —helicóptero de zoológicos presagios que cuando nos acerca el vértigo de sus alas obliga a poner los dedos en cruz—, la tojosa, el tomeguín y la jutía carabalí, para concluir enumerando los animales de enciclopedia que nunca vio: el canguro, el oso hormiguero, el hipopótamo, el orangután, el dromedario y el caribú, uno solo de cuyos dientes —decía con un guiño malicioso— servía a los esquimales de amuleto para alejar el hambre. Se sintió tan feliz con sus cuentos y con el amor de Orquídea que una tarde aspiró de repente una fragancia de majaguas y pinos recién talados y en lugar de seguir el rastro del olor de las resinas que lo conducirían al monte, pensó que las puertas y ventanas de su casa estaban vivas, y esperó sin asombro un estallido de retoños vernales en la madera. Aunque el tiempo pasaba sin que se hicieran presentes las señales de la aparición del hijo esperado, visto mil veces en sus sueños más plácidos, ya individualizado en el verde secular de los ojos de los Humara, seguía pensando que, gracias a Orquídea, era fácil lograrlo con sólo frotar la lámpara de Aladino de su vientre, con sólo respirar junto al pubis el perfume de su fecundidad, y persiguió el milagro cotidiano de los frecuentes embarazos de pobres a lo largo de la historia, sin hacer concesiones a una realidad menos generosa, sin darle pábulo a los comentarios rodados últimamente por la plebe hasta su oído, sin poder creer en las pesadillas recurrentes donde Orquídea lo estaba engañando. "Siempre el último en enterarse es el cornudo", oyó decir muchas veces a sus espaldas. "A menudo las lenguas malintencionadas, por desgracia, son portadoras de la verdad", le dijo el cura del pueblo. Y al ver que Esteban de la Caridad hacía un gesto de ira: "Aunque todos no podemos, como Jesús nuestro Señor, poner la otra mejilla, te aconsejo prudencia, hijo mío". Un amigo, para magro consuelo, le dijo: "Tu mujer te está engañando, Esteban de la Caridad. Es cierto, pero arregla esa cara. No hay mal que por bien no venga".

Hasta entonces había vivido tan arrobado en la contemplación de la belleza de su mujer que nunca se preguntó si el amor era en efecto un sentimiento recíproco como le habían advertido, ni tuvo la menor duda de que en su casa ese sentimiento estuviera dividido en mitades desiguales, ni reparó siquiera en las primeras señales de catástrofe que le entregaban los bostezos de Orquídea cuando él la acariciaba, cuando sus manos de altos hornos candentes bajaban del pecho al vientre —del pezón de cerámica al ombligo— para llegar decepcionadas al regazo de nieves perpetuas que lo esperaban sin esperarlo bajo el mosquitero de las largas noches insomnes subrayadas por ásperos perros que rascaban sus sarnas en los testeros y por grillos acróbatas que frotaban sus alas bajo la luna, hasta el prodigioso instante en que la vio suspirando en la ventana al caer la tarde y tan absorta en sus íntimas congojas que cuando la leche hervía se le derramaba delante de los ojos, otras señales inequívocas de que al fin se estaba enamorando, y todavía pensó que él podía ser el objeto de tantas miradas lánguidas y tanta necesidad de emperifollamiento y tantas flores rosadas en la cabeza y tanta mano en el pelo y tanto sueño despierta.

Sostenido por esa audaz solución ilusoria, despreñado de angustias recientes, pese a que los comentarios volvieron a rodar hasta su oído, también para darle oportunidad al tiempo decía que confiaba ciegamente en ella. Sin embargo, como no podía ocultar los síntomas evidentes de la decepción, ese año aró la tierra pero no la sembró. Y cuando en el otoño se desprendieron las primeras hojas maduras de los árboles, Orquídea lo abandonó para siempre, dejándole una esquela donde le rogaba, sin mayores explicaciones, que cuidara de sus tres hijos.

Se sintió tan solo entre los muchachos que ya no lo alegraban, y tan envejecido cuando veía aquellos pelos blancos en la navaja de afeitar, que no se animó a buscar otra mujer. Gradualmente renunció a la obsesión de defender la continuidad de su estirpe, pensando que la mejor disciplina que podía imponerse era aceptar la realidad. En un crepúsculo de vacas pastando, para consolarse, se entregó al recuerdo de su hermano Hildebrando, que quizá no había muerto más que en los pronósticos de la pitonisa de Paramaribo, y a partir de entonces persistió cuantas veces pudo en el éxtasis irremediable de imaginar que en un vástago de su hermano pudiera repetirse la estampa monumental del primero de los Humara. Alucinado, volvió a acogerse a esa posibilidad por décima vez en el mismo día mirando a los hijos de Orquídea en un solar yermo, en el momento de empinar un papalote que apenas subía se llenaba de fláccidos giros y regresaba a tierra, incapaz de sostenerse en el aire inválido de las seis de la tarde. De vuelta a la casa, Esteban de la Caridad descubrió en la puerta, después de casi haberlo olvidado, envuelto en el aura amarilla de imágenes de santos, al hijo irreal que no le proporcionó Orquídea pero al que podía distinguir fácilmente de los demás hijos procreados en los sueños sucesivos de los otros hombres, el hijo ausente durante los últimos días turbios de su desilusión que regresaba ahora para apuntar con un dedo hacia el armario de cedro en una de cuyas gavetas había guardado años atrás la casaca verde con charreteras doradas que en su despavorida fuga por todos los equinoccios del delirio de persecución llevó siempre al hombro dentro de un morral, y que él se aseguró de no perder mientras corría confundiendo los martes con los domingos y el alba con el ocaso y la necesidad de regreso a la patria con un momentáneo temor al contagio, temor olvidado muy pronto —lo recordaba ahora con creciente nostalgia— en el paraíso de cochayuyo y piure.

De pronto se sintió distinto, invadido por una intolerable felicidad, como si pudiera mirarse por dentro y descubrir sus riñones pintados de azul. Sin transición cayó en la cuenta de que si había huido no para escapar a las asechanzas de una epidemia de difteria, sino de las zancadillas de un destino histórico, de una envidiable celebridad de mal agüero como la de Manuela Sáenz, de la gloria alcanzada bajo los pendones rojos del ejército de Bolívar, a marcha forzada entre los vientos helados de la puna, cubriéndose el rostro con la mochila para evitar los granizos que pegaban en las mejillas, hiriéndolas, como voladoras balas perdidas, ahora, ya atrapado por el destino adverso, resultaba innecesario ocultar la verdad, encubrir con historietas de aventuras de faldas su verdadera historia de hombre, en la misma forma que al principio de su regreso a Cuba se percató de que resultaba innecesario cambiar sus señas de identidad y llamarse Inocencio Montejo. Abrió el armario y extrajo el morral. Sacó del morral, lamentándose de no haberlo hecho antes, la casaca verde, olorosa a pasado y olvido y fervores que se renovaban, con el tufo de las cosas largamente arrumbadas, la libró con la mano de arrugas frenéticas, la oreó en las mañanas recién estrenadas a la sombra de un limonero del patio, y se dejó ver con ella puesta un viernes a las tres de la tarde, en la puerta de su casa, con las gloriosas charreteras al sol, y se mostró con ella durante un rato en el portal, caminando de un lado al otro, mientras refería por primera vez que había peleado junto a Simón Bolívar en Carabobo, mientras lo decía con la voz firme con que se pronuncian las verdades elementales, mientras hablaba de una Manuela Sáenz ignorada por quienes comenzaban a mirarlo con curiosidad y luego con estupor y más tarde con lástima, y que al cabo escucharon el relato mirándose de reojo, hasta acceder a los guiños maliciosos y a los cómplices golpes de codo del vecindario que no podía renunciar a la única y verdadera historia de su vida que ya habían aceptado. Y porque deseó que la noticia no se quedara en el círculo de asombro de sus vecinos más próximos, Esteban de la Caridad salió a la calle con su casaca verde y su nueva historia, y regresó dos horas después perseguido por primera vez por los muchachos que le lanzaban naranjas podridas y semillas de marañón al soldadito de plomo que se disfrazaba con aquella casaca color de cotorra, y que siguieron lanzándole desperdicios y otras ofensas cada vez que lo vieron en cualquier esquina del pueblo, mientras los viejos sentados en los portales decían que, por favor, dejaran tranquilo al pobre loco, y las beatas se persignaban y los rostros unánimes lo buscaban con renovado asombro para verle la casaca verde y las charreteras doradas y el paso marcial de su demencia del mal de amores de Orquídea Vidal.

Mejor que imaginarlo

Aunque desde su llegada fue asediado a preguntas, Pastor Humara nunca relató con anchura los pormenores ciertos del recorrido por medio globo terráqueo que le permitió salir de Galicia a finales de un siglo y arribar a La Habana a principios del otro, justo el mismo día en que para subrayar la independencia del dominio colonial, los cubanos izaron por primera vez la enseña nacional en el mástil del Castillo del Morro, una fortaleza toda rodeada de azules, azul del mar y azul del cielo, erigida casi cuatrocientos años antes por disposiciones del Rey de España para ponerle coto —decía Battista Antonelli, el ingeniero militar que la construyó— a las depredaciones del pirata Francis Drake y de otros filibusteros que intentaran degollinas y saqueos en el futuro.

Sin embargo, para satisfacer la capacidad de asombro de sus colocutores y sin que nadie pudiera percatarse de que apelaba a las inagotables reservas de su imaginación, con frecuencia Pastor fantaseaba acerca del resultado de sus zancadas vertiginosas desde el Río Bravo a la Patagonia, sin contar las dos veces que extravió sus pisadas mientras transitaba Brasil desde Pernambuco hasta Minas Gerais. Cuando eran sólo los hombres quienes interrogaban, llegaba a decir, alucinado, que durante meses vivió en Ecuador, donde tuvo numerosas aventuras de faldas, incluidos los fugaces besos prudentes que a la salida de la Catedral le arrancó a una hermosa quiteña, nieta del hijo, no reconocido por la historia, que en sus delirios de amor concibieron Simón Bolívar y Manuela Sáenz mientras cabalgaban los Andes. Con el mismo rostro de no estar pronunciando mentiras, refería que se internó en selvas, vadeó estercoleros y lagunas insomnes, estuvo a dos pulgadas de ser mordido por una de las tarántulas más venenosas en las márgenes del Orinoco, anduvo a pie por regiones de espanto, nunca antes holladas por la intrepidez de una persona, donde nadaban en ríos de sangre los unicornios grises y se escuchaban los aullidos feroces de los fantasmas medievales, y sin prestarles una segunda atención que hubiera podido inundarlo de repentino miedo, continuó su imperturbable marcha aventurera, dejando atrás villorrios de pescadores, vallados, tambos y cañizales, antes de hacerse de nuevo a la mar en una embarcación que cabeceó en todas las islas alborotadas del Caribe hasta dejarlo en La Habana. ¿Sería verdad que estuvo a punto de morir durante una multitudinaria reyerta callejera en Curazao?

Tenía veintidós años cuando por fin pisó la tierra que le estaba destinada provisoriamente. Hasta los treinta estuvo trabajando en la bodega de un tío emigrado mucho antes, detrás del mostrador a todo lo largo del día, entre pencas de pescado en salmuera y barricas de manteca, agradecido del país que le daba albergue pero con las ráfagas del viento de la nostalgia a sus espaldas, azotándolo sin tregua, diciéndole que estaba bien desplegar todo su entusiasmo febril en la tarea diaria y pretender forrarse de dinero como el tío, que ya andaba en tratos para comprar una nueva bodega, pero por nada del mundo debía olvidar que el compromiso con su corazón era regresar, apenas estuvieran colmadas sus aspiraciones, a Nogueira de Ramuín, el terruño donde nació, en Orense, y donde debía asistir, sin sofocos económicos, a los lentos finales de su vida.

Cumplía su deber con la Iglesia asistiendo a misa varias veces a la semana. A menudo ayunaba o comía menos de lo apetecido para atemperar el pecado de la gula, que era el único que se reconocía, y no dejaba que en la cama, durante algún prolongado insomnio, la mano rastreara desde el ombligo a la entrepierna para retribuirse los placeres que por firme voluntad no se procuraba con otras personas. Así que era casi un aprendiz de santo cuando zapateando las callejuelas de La Habana Vieja, desde la calle del Campanario hasta la del Obispo, se detuvo como bajo descarga eléctrica para mirar, con la respiración trajinada por el asombro, a la mujer más bella que nunca había visto, santo Dios, una negra con la que intercambió guiños a distancia sin llenarse de valor para intentar el primer paso, hasta que ella, sonriente, con el resplandor de sus dientes perfectos, empezó a comunicarle que sí, que se acercara, por fin se le acercó venciendo la timidez, y era ella, Florinda González, la mujer señalada para torcerle el destino, de pie en la acera, arrimada a un farol del alumbrado público, con sus senos sueltos bajo la blusa, la angosta cintura para ceñirla con el brazo y atraerla hacia su cuerpo, sin las holgadas caderas de las españolas pero con las empinadas nalgas africanas que invitaban a hacer el pecaminoso sexo por la vía menos socorrida, que él nunca había practicado ni en sus sueños más desatinados, por supuesto que no había cometido ese desaguisado en su larga o corta vida de insatisfacciones. Pecaminoso sin duda era cabalgar una mujer en reversa, calculaba rememorando los apercibimientos del enlutado párroco de Nogueira de Ramuín, recuperando en el recuerdo uno a uno los santos de yeso que escoltaban, entre los chisporroteos de la palmatoria, sus temores nocturnos. Sin embargo, dos semanas más tarde, incapaz de detener sus impulsos, con todos los sentidos en insólita agitación, en una cama de pobre, invadió la negra anatomía de la mujer que se le entregaba sin imponer condiciones —contra, pero si era virgen—, sin pedir nada a cambio, como un armisticio antes de empezar la contienda.

La noche en que Pastor Humara regresó a casa después de haber estado yacente con Florinda, se dio cuenta que al fin lograba entender el amor mejor que cuando trataba de imaginarlo, porque el hambre, pensó, se quita comiendo y la sed tomando agua o sorbiendo limonada, pero el deseo de revolcarse en la cama con Florinda no concluía, lo comprobó gracias a los latidos incansables que le abultaban la entrepierna. Tal vez era eso lo que motivaba los sermones del párroco de su pueblo contra los pecados de la carne, seguía pensando Pastor, echándole una ojeada a sus santos de yeso y a las velas que en la habitación contigua a la bodega aún tenían pabilo para varias horas, pero cediéndole espacio a las explicaciones de Florinda, que él repasaba casi de memoria, para afirmarse en la nueva idea de que la evidencia de felicidad que lo invadía no era compatible con ningún sentimiento de culpa, ni podía serlo. Dios no pudo crear el cuerpo para rechazar sus urgencias, ni los deseos para ser expurgados del cuerpo, ésa era más o menos la noción que le trasladaba Florinda cuando entre cópula y cópula, le decía que sus santos africanos, para él desconocidos hasta entonces, Changó, Ochún y Babalú-Ayé, no los reprobaban por lo hecho: debía saber que Changó era rijoso y pendenciero a más no poder, y que Ochún se colmaba de alegría cuando una de sus hijas terrenales hacía el amor. Con la memoria fresca de las cuatro horas de pasión en el aposento de Florinda, mientras se sacaba la ropa y se tumbaba en la cama, hasta donde llegaban los olores rancios de la bodega, tomó la determinación, por fulminante acaso irreflexiva, de trabajar cada día con más ahínco y hacer fortuna para merecer la confianza que en él había depositado Florinda, para sacarla de la miseria, para darle sentido al verdadero hogar que desde tanto tiempo le faltaba. Como no durmió en toda la noche, al amanecer seguía pensando lo mismo.

El chivo y el brigadier

Apenas el brigadier lo tuvo delante de sus ojos sintió que le corría por el esternón un agradable sentimiento de superioridad porque él —estaba más que seguro— iba a ser el único que no se dejaría mecer por la leyenda de que Apolonio Vargara no era el simple y natural resultado de los amores entre un hombre y una mujer, y por ahí andaban todavía los hijos de los que conocieron a la madre de Apolonio, que no se llamaba María del Carmen ni Cecilia ni Rosa ni Isabel sino Eskamanda, porque tampoco había nacido en Cuba sino en un país del otro lado de la Tierra donde salía el sol cuando nosotros nos echábamos a dormir, y era tan linda como sólo podían serlo las mujeres de su país, ay del que cayera en el agua negra de sus ojos decían los hijos de los que conocieron a Eskamanda, cómo se ahogaban los hombres allá adentro, cómo tragaban de aquella agua prieta antes de morirse igual que peces en la orilla, como tiburones que daban agónicos coletazos en la arena, ya acostumbrados a respirar únicamente dentro del agua de sus ojos, pero Eskamanda no era una mujer alegre de risas a los cuatro vientos como usted puede pensar, brigadier, qué triste mujer la que caminaba mirando a los hombres con aquellos ojos de aguas negras que no se cansaban de rogar y rogar que le hicieran el favor, porque cuentan los que cuentan las cosas que deben ser contadas que Eskamanda era tan fogosa que nunca pudo ser calmada por caricia de hombre y dicen los que saben esas cosas que ejércitos enteros después del estruendo de las batallas pasaban por su cuerpo porque a ella la entregaban como botín de guerra al ejército vencedor y el ejército entero salía derrotado de aquel encuentro con Eskamanda, y los soldados ya no servían nunca más para esa guerra ni para la otra, dicen que andaban con aquello muerto para toda la vida entre las piernas, brigadier, que se suicidaban engatusados por la melancolía de los ocasos, y los que no tenían el valor de suicidarse se quedaban para siempre queriendo ver en la oscuridad como las lechuzas o pretendiendo fumar colgados por las piernas de las vigas del techo como los murciélagos. Y había hombres con todo el orgullo de macho colgado al pecho como una medalla que se preparaban para estar con ella y comían sesos de gorrión que es lo mejor para estar con mujeres pero terminaban igual que los soldados, brigadier, y cómo se quedaba Eskamanda cuando el hombre que comía sesos de gorrión se daba por vencido, cómo se quejaba de su mala suerte, cómo resollaba, cómo lloraba aguas negras, hasta que se fue a ver Eskamanda con una curandera y después de escrutar en el fondo de una taza de agua clara donde flotaban unas hojitas que parecían de perejil pero olían como albahaca, la curandera le dijo: "Ay, Eskamanda, hija mía, búscate un chivo, échatelo de marido, Eskamanda, un chivo vale más que cien hombres, al chivo no se le enfría nunca el hierro, mira que yo sé lo que te estoy diciendo, Eskamanda". Pero Eskamanda hacía un gesto como quien dice qué asco cuando pensaba que un chivo podía ser su solución porque a Eskamanda le gustaban mucho los hombres, brigadier. Entonces alguien le dijo a Eskamanda que en América los hombres tenían un hierro así de grande, brigadier, un hierro que no se enfriaba nunca como decía la curandera que era el hierro de los chivos, brigadier. Ay Eskamanda, qué confiada y qué alegre venías hacia acá; hasta en el barco en que Eskamanda viajaba a América los marineros cayeron en las redes de las aguas negras de los ojos de Eskamanda y se ahogaron sin poder desprenderse de las redes, y cómo se quejaban luego los marineros mirando sus pobres hierros derretidos, cómo se lamentaban, brigadier. "En América hay un lugar que se llama Cuba donde los hierros son así de grandes y no se derriten nunca, Eskamanda", le decían, y a Cuba vino Eskamanda en otro barco que por poco naufraga porque dicen que a los marineros no sólo se les derritieron los hierros sino las manos de tanto tocarle el calor a Eskamanda, y no podían ya con el timón del barco y el barco andaba a la deriva como un barco loco en el que ni las brújulas funcionaban, y así llegó Eskamanda a Cuba, en aquel barco loco que de casualidad pudo dar con el puerto de Batabanó, vestida como una egipcia como una escandinava como una hindú, y en la mano traía un canasto tejido con cortezas de abedul donde guardaba el albornoz de un árabe, la petaca de un cosaco que había peleado a las órdenes de Tarás Bulba y a quien ella conoció cuando ambos conducían rebaños a la estepa, y envuelto en un trozo de piel de armiño un diente de caribú que le proporcionó un esquimal como amuleto para alejar el hambre, pero a Eskamanda la alegría se le fugó del pecho apenas saltó a tierra y los pescadores de esponjas le hicieron saber que en Cuba los hierros eran así de grandes como le habían dicho pero se derretían igual que los más pequeños, brigadier, y entonces no le quedó otro remedio a aquella pobre mujer que esconder por un momento el agua negra de sus ojos bajo unos párpados pensativos mientras exhalaba un suspiro de tanta desesperación que daba lástima no poder complacerla. Ay Eskamanda que ya no podía pensar en los hombres bullangueros de Santiago, ni en los ariscos campesinos de Cumanayagua que hacían el amor con balanceos de toro, ni en los vendedores de raspadura de Santa Clara, ni en los ganaderos de Morón siempre bajo sus sombreros alones y con espuelas que relampagueaban al sol, ni en los negros que tocaban tambores en Guanabacoa abrillantados por el sudor, ni en los carboneros de la Ciénaga de Zapata, en ningún cubano desde la punta de San Antonio al cabo de Maisí, porque cuantos tropezaban con ella se quedaban como volcanes apagados y sin embargo con un hambre de mujer más grande que la que nunca antes experimentaron, de modo que los vendedores de raspadura se ahorcaban en las farolas del Parque Vidal, y los ganaderos se internaban en los campos y se caían de las monturas de sus caballos y se morían tapados por la hierba de Guinea en cuyas espigas estallaban ese año unas flores azules que se quejaban cuando la brisa las movía y que no tenían la forma de flores sino de senos de mujer y cuando las reses se alimentaban de aquellas flores se morían también mirando las puestas de sol. Ay Eskamanda que tenía que buscarse un chivo como única solución porque así lo había aconsejado la curandera de la taza de agua y las hojitas de perejil, y porque ningún hombre ni ningún ejército de hombres, esa es la verdad, podía sostener en alto aquel techo de amor que Eskamanda quería procurarse para todas las horas del día y de la noche, y se fue al campo Eskamanda y caminó y caminó mientras la saya se le constelaba de guisazos y el pelo ya no le olía a pelo de mujer sino a pomarrosas y guayabas silvestres, y al fin en una ceja de monte se encontró con un chivo blanco así de grande, brigadier, y lo trajo y se lo echó de marido y se pasaba las lunas y los soles encerrada con su chivo. "Ay mi chivo lindo", le decía. "Vales más que diez ejércitos juntos", le decía. Y así nació Apolonio Vergara, sin ayuda de hombre, brigadier. Qué lindo muchacho y qué normal. Y el brigadier miraba a Apolonio Vergara y se reía burlonamente sin darlo a entender, mirando la cabeza calva como una bolla de billar de Apolonio Vergara, mirando sus mejillas lampiñas, mirando sin asombro aquellos pelos blancos ahora que Apolonio Vergara debía tener setenta y siete años cuando menos, aquellos pelos largos y blancos que le colgaban del mentón y que era lo único parecido a un chivo que Apolonio tenía. "¿Y tú qué sabes, Apolonio?", le preguntó el brigadier. "Todo lo que saben los chinos de la China", contestó Apolonio Vergara. "Y todo lo que saben los alemanes de Alemania", pensó otra vez burlonamente el brigadier. "¿Y qué saben los chinos de la China?", preguntó el brigadier. "Saben que usted no cree en mí, brigadier". "Y que yo me voy a creer el cuento del chivo, hierro le hubiera dado yo a Eskamanda", pensó el brigadier. Así que el brigadier se quedó mirando a Apolonio Vergara que estaba sentado en un sillón desvencijado todo lleno de remiendos de tablas como si las patas del sillón —con su espacio para un perro ovillado— fueran las piernas entablilladas de un tullido que se quejaba a cada balanceo con un sonido furioso de masticar alambres, miraba su cabeza de bola de billar, sus pelos largos de falso chivo desde el mentón hasta donde debía de estar el ombligo, miraba el altar donde un San Lázaro de yeso parecía flotar en una reverberación de cintajos de todos los colores y velas apagadas y encendidas y aburridas lágrimas de esperma, miraba su casita idéntica a la de los indigentes de verdad, no mayor que la celda de un condenado a muerte y con la misma oscuridad aposentada en los rincones y el mismo no saber por dónde escurría el tiempo preciso de los relojes y los almanaques, miraba el brigadier mientras lo envolvía una fetidez de altar donde Apolonio Vergara oficiaba sin cuchillo de carnicero arrancándole con las manos rabiosamente las cabezas a gallos y palomas que le traían como ofrenda hombres y mujeres enfermos o desesperados que creían en él como en Dios mismo, miraba un plato de peltre descascarado por los bordes, una lata de leche condensada convertida en taza de tomar café, todo aquel artificio de la miseria desplegado como una trampa de cazar incautos cuando Apolonio Vergara, ese era el cálculo de los que sabían lo que estaban diciendo, no se dejaba matar por cien mil pesos. Y mientras miraba, el brigadier pensó en su innecesario apremio dentro del carro para que Muñequito, su ayudante, preguntara dónde vivía el mierda ése, no sólo porque antes de que él, el brigadier, decidiera proceder al arresto de Apolonio Vergara ya Muñequito había rondado el lugar en varias ocasiones, investigando, metiéndose furiosamente en la vida de Apolonio, sino porque allá afuera estaba ese alboroto de feria de los que venían desde La Habana, desde una punta a la otra de la Isla, en auto o a pie, bajo sombrillas multicolores, los que venían a implorar, a pagar, a lo que fuera, para que Apolonio Vergara me sane a ese hijo único de mi alma que nació con las piernas torcidas y yo creo, ay, que nunca va a poder caminar, para que Apolonio se decida a santiguarme el estómago porque me voy a morir de tantos vómitos, y allá afuera estaban la esposa de un notario, la esposa de un almacenista, la esposa del dueño de un ingenio azucarero de Camajuaní, esperando dentro de un Cadillac, dentro de un Buick, dentro de un Mercedes Benz, allá afuera el brigadier había visto el rostro pálido de una anciana que había visto antes en una fotografía de la crónica social. "Carajo, qué bribón —pensaba el brigadier—, qué negocio más lindo se ha buscado este bribón". Y mientras pensaba que era el bribón más grande del mundo y le examinaba la cabeza de bola de billar asperjada de grandes pecas color café, mientras miraba a Apolonio Vergara que lo miraba a él también sin hablar, el brigadier pensó que aquel hombre era capaz de hacer todo lo que decían que había hecho y mucho más, echarse un rifle al hombro para asaltar tratantes en ganado durante la medianoche de las guardarrayas plateadas débilmente por la luna, a los que despojaba hasta del último centavo que llevaban en las alforjas de las monturas de sus caballos después de condecorarlos con un certero balazo entre ceja y ceja, entrar en los bohíos campesinos con un pañuelo hasta los ojos para plagiar doncellas con senos como mangos y muslos de hojas de plátano con las que se nutrían los prostíbulos de La Habana, dislocar a golpes de mandarria las vías férreas para descarrilar trenes y despojar de joyas y dinero a los pasajeros moribundos que lo miraban hacer por entre los cortinajes de sangre que les cubría el rostro como si lo miraran robar a otros pasajeros y no a ellos, a otros pasajeros de un tren que fue descarrilado dentro de una pesadilla de sangre, desollar perros callejeros o gatos sarnosos para suministrarle carne a los puestos de fritas de la calle Zanja. Ah y esa suprema hazaña entre todas tus hazañas de porquería, pensaba el brigadier, ese olvidarse de los sesos de gorrión que no era el mejor de los afrodisíacos como se había comprobado, ese experimentar con la sopa de grillos, ese tomar sopa de huesos de rana, guisar testículos de ahorcados, beber sangre menstrual, y todo para que el hierro no se le derritiera, brigadier, para que en el fragor de la batalla los ejércitos se enardecieran con todos los himnos marciales de los preciados alimentos ya convertidos en sangre de su sangre, para que los ejércitos que fueron derrotados en tierras donde salía el sol cuando nosotros nos echábamos a dormir ganaran ahora la guerra sobre el cuerpo de las nuevas Eskamandas, a las que se les muere el corazón y se les seca el agua de los ojos si no encuentran el hombre para un amor de nunca terminar. Y qué hierro tiene Apolonio Vergara a los setenta y siete años, brigadier, dicen los que saben las cosas que se pueden decir que Apolonio Vergara ha estado sobre una mujer hasta una semana entera sin parar y hasta más de una semana, brigadier, y que por amor al sagrado recuerdo de su pobrecita madre Eskamanda que en gloria esté no suelta a esa mujer hasta que logra apagarle en las entrañas los carbones que fulguran con el último deseo de amar. "Ah qué cabronazo", pensaba el brigadier.

El cielo del general

Tras el golpe militar, provisionalmente incruento, el Tirano se deslizó a través de días y noches interminables durante los cuales se vio obligado a persuadir y a conmover, a correr de la fortaleza de Columbia a Palacio y de Palacio a la fortaleza de La Cabaña, a conversar y conversar hasta la necesidad de acudir al trago de ron para aclararse la voz, a reírle las gracias al nuevo embajador, a redactar decretos con su propia mano puesto que los hombres de uniforme que lo rodeaban eran una verdadera lástima de analfabetos, y a reunirse cada semana con los periodistas para declararle a la prensa que una vez restablecido totalmente el orden se convocaría a elecciones al amparo de la Constitución —"lo juro, palabra de hombre"— como si hubiera olvidado deliberadamente que el sagrado texto había sido sustituido a pocos minutos de la asonada por unos estatutos que le negaban toda capacidad de movimiento a quienes no estuvieran dispuestos a colaborar con él. Estaba tan alucinado con la nueva conquista del poder que, como en su juventud, realizaba todos los movimientos con matemática precisión. Apenas descabezaba un sueño de dos horas y ya se le veía de nuevo dando órdenes minuciosas y maldiciendo cuando su voluntad no se cumplía inmediatamente al pie de la letra. Pero sólo tres meses después el Tirano se percató, alarmado, de que ya no era el mismo de antes, puesto que una repentina dolencia, con los signos diagnósticos de una simple gripe —de ésas, muy frecuentes al romper el invierno, de las que él siempre se desprendió fácilmente con dos aspirinas— ahora lo mantenía con la espalda atornillada al lecho. Jarabes de vistosa etiqueta que eran verdaderos vomitivos al lado de los perfumados cocimientos de hojas de naranjo con los cuales su madre lo curaba de niño, le fueron suministrados a quien se sentía peor a cada momento, con aquellas sudoraciones en medio del delirio de la fiebre esquimal, como si estuviera sobre un témpano a la deriva, de cara a un cielo que no era su cielo, con el amuleto de un diente de caribú encerrado en la palma de la mano para hurtarle el cuerpo al fantasma de la miseria que lo perseguía en el fondo de los delirios de todas sus fiebres, provocados por una niñez tan rota como imaginaba que nadie la había padecido igual. Una tarde, en la que le pareció escuchar el canto de una siguapa dentro de su habitación, emergió del delirio con una extraña lucidez sobresaltada por el temor de haber envejecido cinco siglos en cinco minutos. Pidió un espejo de mano para mirarse y, en efecto, se vio las arrugas en las sienes plateadas que nunca se había visto, y las mejillas erosionadas por la ventisca del paso de los años durante una sola noche de cuarenta grados en las axilas. "Qué horror", pensó convencido de que nunca más se iba a acostumbrar a su nueva cara de anciano, decidido a no mirarse otra vez en el espejo aunque le dijeran que pronto estaría más fuerte que un toro. Durante las pocas horas en que lo acompañó la fragmentaria lucidez, y durante toda esa semana de no hacer nada en el lecho de enfermo, se daba unas veces a revisar página por página su colección de revistas viejas, donde estaba detenido el tiempo por el magnesio de las cámaras de trípode, en cuyas fotografías sí era un toro de juventud el que embestía contra los acoquinados civiles que se echaban a un lado para que él ascendiera fácilmente al trono del poder ilimitado, y otras veces se daba a recordar que había nacido en un pueblito con un toldo de cometas empinadas del alba al ocaso, donde él se pasaba el santo día mirándole el rabo a las despabiladas chiringas, llevando en papeles de envolver café la cuenta de las que ya no iban a volar más, de los pobres barriletes perseguidos por los gritos de "se fue a bolina" de los abuelos que se sentaban en troncos de palma a mirar la fiesta de los papeles voladores, y pensando que las navajitas de afeitar puestas en los nudos de las tiras de mosquiteros de los rabos kilométricos no olvidarían el viejo oficio de convertir papalotes en lentos pájaros moribundos que viajaban en la agonía tricolor del papel de vejiga hasta caer en los tejados de las casas más próximas. Ahora, a tantos aguaceros de distancia, el Tirano se decía que si no fuera por las posibles risotadas a sus espaldas de ministros y ujieres — "que para el caso es lo mismo"— y por el benemérito brillo de las medallas de la guerrera en que estaba encorsetado, cualquier día de éstos iba a trepar por el enredo de tantas escaleras de caracol pintadas de verde hasta las mismas azoteas del Palacio Presidencial, pues para eso era el que mandaba, para echar a volar la cometa de franjas amarillas y negras que tenía en la imaginación desde los años remotos en que se vio obligado a abandonar el pasatiempo favorito para ponerse a vender tamales y tayuyos de puerta en puerta, para ponerse a pregonar en el parque los vasitos de garapiña de a tres centavos, todo para que su madre y sus tres hermanitos barrigones no se murieran literalmente de hambre en aquella casita de las afueras del pueblo, de techo de zinc, agobiada por el peso de las ramas de una enorme mata de mango, de donde había escapado el padre sin dejar la menor noticia de su rastro, ni el rastro de la noticia de dónde pudiera averiguarse su paradero, íntimamente convencido del cuento de marinero en tierra que les hacía a sus hijos, para dormirlos, todas las noches, con la explicación de que aquel pueblito estaba rodeado del verde de una hierba tan fina que por allí se podía llegar descalzo hasta el fin del mundo.

Desde ese momento vivió acosado por las lamentaciones de una madre que no se atrevió nunca a llevar otro hombre a la casa, pues si el marido regresaba intempestivamente la iba a moler a palos como si ella fuera una verdulera y no una madre dispuesta a defender hasta con las nalgas el presente de sus hijos, ya que del futuro tendría que encargarse el Elegguá que abre los caminos, aquel coco seco de ojos saltones puesto entre granos de maíz tostado detrás de la puerta, al que ella le encendía velas todas las noches. Pero también durante esa época le nació la idea de que cuando quisiera echarse una mujer, después que le salieran la barba y el bigote, tendría que ir a buscarla en otros sitios donde nadie le conociera el reverso de la medalla de los turbios relatos echados a rodar por los despalilladores de tabaco y los tratantes de ganado y los tarugos de los circos efímeros que pasaban por el pueblo, quienes estaban dispuestos a jurar que la contingencia de defenderle el presente de los hijos hasta con las nalgas de la espléndida mulata nunca fue una remota posibilidad hipotética sino la solución desesperada que la pobre encontró para encender el fogón y servir la mesa. Durante años pensó en la mujer de sus primeros sueños, que podía ser encontrada al final de aquellos raíles del ferrocarril sobre los cuales ahora trabajaba de fogonero, mirando desde la locomotora los apeaderos, las casitas de adobe que quedaban a sus espaldas, desde donde le decían adiós con las manos las muchachas que se acostumbraron a los tres pitazos del tren con que él las hacía asomarse a las ventanas, hasta que se dijo que ninguno de aquellos pueblitos miserables de la costa, mordidos por los cangrejos de los interminables manglares, era el lugar señalado para dejarle cuatro niños en el vientre a una mujer y luego salir corriendo como su padre, descalzo, por un césped que no conducía a ningún lugar.

Cuando se bajó en el andén de la estación del ferrocarril de La Habana y se internó en el dédalo de las primeras calles de la capital, el miedo a lo desconocido le heló la sangre en las venas. Pensó que nunca el corazón le había brincado tanto en el pecho como en esa ocasión. Pero se equivocaba. Su miedo a la vida era el mismo de siempre. Y si ahora, como otras tantas veces, lograba sobreponerse al instintivo impulso de no seguir adelante con sus proyectos era por la certidumbre de que peor sería aun regresar por la cuerda floja del

destino a la casita de techo de zinc y a la venta de los vasitos de garapiña en el parque de aquel desteñido pueblito remoto donde nació,
cuyo pavimento —eso era lo único que de pronto recordaba— estaba
pintado de blanco por las cagadas de los pájaros del atardecer. Sin
embargo, a medida que atravesaba avenidas y observaba balcones, el
blasón tallado en piedra de una casa señorial, arbotantes, todo lo que
para él no eran más que extravagancias arquitectónicas, el susto iba
cediendo y era apenas el ruido de una mínima gotera cayendo en el
silencio del corazón cuando se sintió completamente aturdido por el
prodigio de nuevos cimborrios y zócalos de mármol que le salían al
paso. Durante el viaje de su pueblo hasta la capital, mientras miraba
desaforadamente por la ventanilla de un vagón de tercera clase, todos
los sitios por donde pasó —mucho mayores que los que él conocía—,
se le figuraron pueblos de fábula, con tíovivos en los solares yermos,
y con portales donde la gente se arracimaba para escuchar melodías
sacadas del rollo perforado de una pianola. Pero en La Habana vio lo
que nunca había visto —ferreterías con anuncios luminosos, gimna-
sios, el león de piedra a la entrada del Paseo del Prado, los edificios
con azoteas casi entre las nubes, las floristerías, la cúpula del Capitolio
Nacional—, las cosas que no se cansaría de mirar ni en la cúspide de
su poder, con el asombro campesino tan bien disimulado que muchas
veces el edecán sintió deseos de preguntarle la causa de aquella grave
preocupación que le molía los sesos, imaginando que la contemplación absorta, durante la que ni siquiera pestañeaba, la provocaba algún enredo en la balanza de pagos, alguna ruptura de relaciones con
algún país de misteriosos climas que el solícito edecán buscaba en la
cartografía de las arrugas del entrecejo del General.

Nunca soñó que su ascenso en la vida iba a ser tan meteórico.
Seis meses después entraba al ejército, de soldado raso, gracias a la
recomendación de un teniente de artillería al que le hizo el favor de
avisarle a tiempo que las ruedas de un auto que se acercaba a toda velocidad, al pasar por un charco de agua, podían levantar una cortina

de fango que le estropeara las lustrosas botas. Y un año más tarde, poco antes de ganarse el grado de sargento, la tropa a su lado no cesaba de preguntarse qué diablos le sucedía al indio de engolada voz de mando que estudiaba taquigrafía por las noches en lugar de darse la gran vida, como ellos, en el burdel de Pancracio, donde olvidaban el agobio del cuartel entre los movimientos sísmicos de una docena de pelirrojas, y donde una mulata fondilluda bailaba hasta el alba la danza de los platanitos de Josephine Baker. Y cinco años después, tras dirigir la rebelión de los sargentos contra una oficialidad vencida por el peso de sus medallas decrépitas, ya era el jefe del Estado Mayor del ejército. La operación había sido fulminante y sorpresiva, pero cuando la oficialidad cayó en la cuenta de la enorme desgracia que significaba la pérdida del poder quiso oponer resistencia y se refugió en un hotel, desde donde exigió la capitulación de los insubordinados. Sin pensarlo dos veces, el antiguo fogonero dio órdenes de destruir el edificio a cañonazos. La hazaña le valió el cargo de presidente de la república. Mandó a confeccionar enseguida banderas de franjas amarillas y negras, que desde ese momento serían el símbolo de todo su poder, y viéndolas flamear en lo alto de las fortalezas militares como los papalotes de su niñez, mirándolas aletear por encima de todos los tejados de las casas de un vecindario que no podía siquiera quejarse de haber perdido con aquellos trapos pintarrajeados los mejores pedazos del azul del cielo de una patria cada vez más pequeña, gobernó el país a su antojo durante varios años, al cabo de los cuales convocó a elecciones pensando que iba a continuar en la poltrona presidencial por la voluntad del pueblo. Pero el resultado de las urnas le fue adverso. Ahora, de pronto, pudo escuchar en las calles, y a través de los canales de la televisión, las voces de quienes ya no se ocultaban para llamarlo asesino. Sintonizó la radio y escuchó, sin despegar los labios para proferir exclamaciones de asombro, con las cejas fruncidas y las manos yertas, el múltiple relato de hombres del pueblo que atestiguaban que un niño de sólo seis meses de nacido había sido desollado vivo por un policía a las órdenes del Tirano. "Más que tirano es una víbora inmunda", aseveraba uno de los denunciantes. Por primera vez comprobaba la verdadera consistencia y alcance del odio acumulado contra él. Temeroso de perder la vida, sin arreglar las maletas, tomó el camino del exilio.

Aunque alardeaba de que podía estar hablando durante toda una vida de lo que vio y aprendió en su recorrido por la tierra de nadie de los que viven obligatoriamente fuera de su país, a su regreso a Cuba, seis años después, no pasó nunca de mencionar una cacería de patos en los pantanos de la Florida y la visita a una alucinante ciudad de California donde todo era de mentira: el vientre de celuloide de las jovencitas impúdicas, el cielo de estrellas de hojalata que podía tocarse con las manos, el agua de vidrio de una cascada estática, y un tigre de terciopelo, relleno de inocente paja, al que él fue aproximándose con el mayor descuido, convencido de que los feroces rugidos eran un artificio más de la ingeniosa juguetería, y continuó aproximándosele hasta que lo sobrevoló un zarpazo que de puro milagro no lo abrió en canal. Había vuelto al país al amparo de la promesa de respetarle la vida hecha por un nuevo gobernante que, en los fastos de su segundo año en procura de la concordia nacional, concedía la libertad a los presos políticos, restituía el derecho a la huelga y permitía el regreso a la patria de los que demasiado habían purgado yerros y delitos —eran sus palabras— bajo cielos de niebla y cierzo. En medio de la desaforada ovación de las muchedumbres, ese mismo gobernante había anunciado también una voluntad de renuevo en la vida política de un país necesitado, según decía, de quedarse sin pícaros, truhanes, oportunistas, bergantes, rateros y bufones, pero dos años más tarde sucumbió a la desgracia del escándalo público provocado por las constantes francachelas en cierta habitación del Palacio presidencial, desde la cual muchas noches algún ministro circunspecto, algún ujier que no se cansó de comentarlo en todas las esquinas, vio salir en tropel mujeres desnudas, deseosas de poner sus tetas al aire entre bustos de próceres y de multiplicar sus nalgas hasta el infinito en la pesadilla del Salón de los Espejos.

El Tirano, hasta entonces a la sombra de furtivos conciliábulos con gente de uniforme que le seguía siendo fiel, que en los cuarteles no ocultaba a la tropa la posibilidad real, inmediata, de ponerle coto al desorden, a la abulia —"a tanto abejeo de putas donde no debe ser"— consideró llegado su gran momento. Y una madrugada en la que ya no pudo resistir más al reclamo de la historia, entró de nuevo en el amarillo del pantalón de caqui no usado durante muchos años, devuelto por aquel caprichoso giro del destino; se puso la guerrera constelada de triángulos, rombos y poliedros de metal dorado —la Medalla del Mérito Militar y la Medalla del Mérito Naval, que pendían de una cinta tricolor—, aplacó el lacio pelo aindiado, ya nevado en las sienes, con la gorra de charolada visera bajo el escudo de la República, y llevándose la mano a la frente, unió sus talones imperiosos. "A las órdenes, General", resonaron unánimes las voces de quienes lo rodeaban.

Tras la asonada militar poco debió importarle la devastación fulminante del rostro durante una noche de fiebre de volcanes, puesto que el espejo de la bruja de Blancanieve de la gente que le era incondicional, sin necesidad de ser interrogado, respondía que no había otro tan varonil, tan apuesto y tan solicitado de mujeres como él en todas las satrapías del Caribe. Sin embargo, demasiado preocupado a partir de ese momento por su cara de anciano y por su repentina incapacidad para empuñar él solo las riendas del poder, pensó en dar los pasos imprescindibles para atraer a su gobierno a los hombres más ilustres del país, a todos los que se habían apartado con no disimulada repugnancia del fogonero que inundaba la diáfana atmósfera institucional con el humo negro de la locomotora castrense. "No hay que pensarlo tanto, qué carajo", exclamó en el instante de decidir una reunión de su gabinete para dar la noticia.

—Muchachos, vengo a hablar de la concordia nacional, pero esta vez es en serio —comenzó diciendo—. La patria necesita de todos sus hijos, de todos los corazones, de todas las voluntades, de todas las inteligencias. También el porvenir de las futuras generaciones exige echar a un lado los idiotas resquemores que separa a los que, indisolublemente unidos, seríamos imperecedero ejemplo de sensatez.

Pensó que su discurso funcionaba y que en muchos años la elocuencia no había sido para él esa hembra fácil que ahora casi podía acariciar con las mismas manos de gesticular y gesticular mientras hablaba de los colores de la bandera, del himno nacional, de los honores póstumos, del ejemplo de la historia, del héroe epónimo, del sacrificio hecho por los padres de la patria durante las dos guerras de independencia. Se sintió tan feliz jugando con las palabras que, en una brecha de su discurso, llegó hasta imaginarse en una caminata por las céntricas avenidas de la capital, sin guardia personal, sin un solo agente de la policía secreta preocupado por la calidad del aire que él respiraba.

—En fin, me da lo mismo que sean de derecha o de izquierda —concluyó—. El caso es que empiecen a colaborar conmigo.

Los ministros hicieron un mínimo gesto para observarse de reojo pero, aconsejados por la prudencia, siguieron mirando por debajo de la larga mesa de caoba las punteras de las botas del General. Publio Leiseca, el titular de la cartera de Obras Públicas, tuvo en la punta de la lengua una frase: "Eso sería como echarle margaritas a los puercos, General. De todos modos sus enemigos siempre van a poner en tela de juicio los más sensibles dictados de su generoso corazón". Calculó que el reparo podía ofrecerlo envuelto en esa zalamería, pero aun así no se atrevió.

Al Tirano le bastó con escudriñar dos o tres rostros para percatarse de la situación.

—No se aterroricen, muchachos —comentó con aire paternal—. Dejen que funcione la democracia. Eso es bueno siempre que no me separe un milímetro del poder.

Pese a las diligencias de los ministros, que se afanaban día y noche en cumplir su encargo, al cabo de un mes pudo comprobar que los políticos de izquierda no se habían movido de la izquierda, y que los de la derecha, seguramente engatusados por los de las izquierdas, continuaban impertérritos en su inmovilidad desafiadora. Todo ese silencio por respuesta acabó por exasperar al Tirano que, durante horas, acarició la idea de dar marcha atrás en sus propósitos y demostrar que él podía ser el mismo de siempre, imponiendo el toque de queda, dando órdenes de allanar casas, de censurar la prensa, de amordazar a los inconformes, de llevar a la cárcel hasta el pipirigallo, de obligar a que el ejército y la policía mantuvieran en jaque a la población las veinticuatro horas del día, sin tomarse el cuidado de arrojar los cadáveres de sus enemigos a la bahía, como le aconsejaban, para ocultar las depredaciones siempre legítimas en quien está investido del poder, porque si él pensaba que las reglas del juego debían ser respetadas hasta las últimas consecuencias, lo correcto, lo justo, era dejar los cuerpos emasculados, con las huellas irrebatibles de la tortura, a la vista de todo el mundo, en las cunetas de las carreteras, en los solares yermos, en las proximidades de un cine, en el patio del Palacio de Justicia, para que nadie se llamara a engaño sobre la verdad de sus intenciones y como ejemplar escarmiento a los que aún estuvieran buscando como gallinas ciegas el resquicio de una oportunidad remota de hacerle oposición. Sin embargo, enseguida se percató que desechar los proyectos de la víspera era un modo de caer en la trampa ingenua de cazar tomeguines tendida por sus enemigos, que no abrían la boca precisamente para molestarlo, para irritarlo, para verlo montar en cólera, imaginando que él era el gran idiota del siglo y que en un momento de ofuscación iba a destruir con los pies lo hecho con la cabeza en momento de mucha lucidez, puesto que el colaboracionismo de los hombres más capaces del país no iba a poner en peligro la estabilidad del régimen ni a impedir que él siguiera inconmovible en la poltrona omnímoda que, a los sesenta y cuatro años, le servía entre otras cosas para muchas cosas que a los veinte años no pudo hacer en el prostíbulo de Pancracio, no porque le faltaran bragas para dormirse a todas las putas en una sola noche, sino porque el tiempo lo necesitaba entonces para hacer voluntariosamente lo que hizo, para escalar a la suprema posición desde la cual, ahora, no había rubia, trigueña o pelirroja que se negara al patriótico requerimiento de apaciguar con secretos de alcoba a quien era capaz, según todos los rumores, de echar a rodar tres cabezas de sus adversarios políticos por cada descalabro amoroso que pudiera sufrir, infundio propalado por él mismo para crearse la imagen de macho insaciable que lo acompañó hasta el fin de sus días y que únicamente pusieron en entredicho los soldados rasos que lo conocieron treinta años atrás y seguían pensando, los muy cretinos, que la taquigrafía sólo fue un pretexto para ocultar debilidades inconfesables.

"Ah, caramba, eso tiene que ser", tartamudeó el Tirano al sentirse iluminado por el relámpago de la única explicación posible de aquel silencio tan unánime y tan vasto como una conspiración, súbitamente convencido de que el férreo círculo de la codicia de sus allegados había estado impidiendo que muchos de los deseosos de colaborar se acercaran a él. Sin darle paso a otra reflexión, llamó al edecán y le ordenó que convocara a sus ministros para las seis en punto de la tarde. "Es decir, dentro de una hora y cuarenta y cinco minutos, sin falta". Mientras pensaba que los ministros, por demasiado cuidar sus sinecuras estaban a punto de perderlas, se dijo que cualquiera de aquellos bribones sabía perfectamente quién era quién en el país, quién era capaz de seguir ciego, sordo y mudo a su llamado, y quién estaba demostrando ya, aunque fuera tímidamente, su disposición al diálogo. Cada vez más convencido de que para no perder la cartera de Hacienda, de Obras Públicas o de Relaciones Exteriores, cualquiera de ellos, o todos juntos, de común acuerdo, habían estado torpedeándole la iniciativa feliz, llamó de nuevo al edecán para decirle que diera la noticia, junto con la convocatoria, de que había aceptado la renuncia de uno por uno de sus ministros, sin excepción, y que el nuevo gabinete se integraría a las seis de la tarde.

Proferida la orden, durante un buen rato se paseó de un lado a otro, las manos anudadas en la espalda. Como otras tantas veces en que las cosas no salían a su gusto, en que la cólera le aciclonaba el corazón, se sintió asaltado en oleadas por los recuerdos de su niñez, sobre todo por el recuerdo cada vez más punzante de la casita agobiada por el peso de las ramas de una enorme mata de mango, por el recuerdo del parque de aquel desteñido pueblito donde nació, cuyo pavimento —eso era de pronto lo más recordado— estaba pintado de blanco por las cagadas de los pájaros del atardecer. Escuchó: "Pero peor hubiera sido regresar por la cuerda floja del destino a la casita de techo de zinc y a la venta de los vasitos de garapiña". Bruscamente detuvo sus pasos pero se dio cuenta enseguida que no había escuchado la voz de otra persona, de alguien que estuviera junto a él, muy cerca de su oído, sino su propia voz que le hablaba con la inconfundible densidad de un sollozo.

Volvió a llamar al edecán.

—Si los ministros no me traen a las seis de la tarde la lista de los que van a colaborar conmigo, que se den por despedidos. ¿Está claro?

—Sí, General.

—Ahora, a lo nuestro. Sígame.

Entró en su alcoba seguido del edecán. Con gestos nerviosos, abrió una gaveta de la cómoda. Al edecán le pareció escuchar un crujido de papeles hambrientos en el fondo de la gaveta.

Pasó de nuevo junto al edecán, sin mirarlo, y lo sintió fofo y distante, y luego imaginó que lo seguía casi sin separar las suelas de sus zapatos del piso, con aceitados movimientos de animal en acecho. El edecán, que se había apartado para dejarlo pasar, le miró las espaldas y pensó: "Parece un camello en medio del desierto". Aturdido, avanzando a grandes trancos, el Tirano dejaba atrás los bustos de los próceres en sus zócalos intensos, los tapices y las mayólicas, la luz cenicienta del Salón de los Espejos, las sillas tapizadas con las que tropezó en un pasillo casi en penumbras. Atravesó otro salón y allí estaban frente a él, ofuscadores, los amplios ventanales de la terraza, bañados furiosamente por el sol.

—Vamos, no sea pendejo. Sígame.

Y sin esperar respuesta, saltó al primer peldaño y comenzó a subir por el enredo de tantas escaleras de caracol pintadas de verde rumbo a las azoteas del Palacio presidencial, y continuó subiendo sin mirar hacia abajo, mientras piaban los pájaros a su alrededor y el viento le inflaba la ropa, mientras escuchaba las torpes pisadas metálicas del edecán que trepaba tras él, malhumorado y jadeante, todavía sin comprender, el muy idiota, y no aminoró su ascenso mientras apretaba contra su pecho la bola de hilo y la cometa de franjas amarillas y negras que tenía en la imaginación desde los tiempos remotos de su niñez, mientras ganaba los últimos peldaños en el aire diáfano y se sentía cada vez más cerca del cielo radiante de las cuatro y media de la tarde de aquel miércoles increíble.

Cerámica roja

Entre el humo de un cigarrillo y unas voladoras pestañas postizas, mientras el dependiente movía las manos indescifrables sobre el mostrador, se abrió una puerta de vaivén que le entregó un trozo de pared enjalbegada y flamígeros peatones celestes, semejantes a los de su pesadilla de apenas dos semanas atrás, sólo que entonces, en la incesante reverberación del mediodía, los que transitaban llevaban sandalias de cáñamo y envolvían sus cuerpos en un lienzo talar.

—Podía haber sido otro —dijo el dependiente—. La Isla es estrecha, pero también es larga.

—Es estrecha. Pero, además, era él. Eran sus desesperados ojos azules. Y era su sangre. No la de otro.

—Apuesto cualquier cosa a que no se llamaba Rubén como tu hermano—volvió a mover las manos indescifrables—. Hace dos días estuvo por aquí el Gordo. Me pidió un trago y no se lo tomó. Acarició el vaso y le dio vueltas y vueltas mientras me preguntaba algo con la punta de la lengua entre los dientes. La punta de la lengua, eso es lo que más recuerdo. Eso, y que me dijo que le pareció haber visto a Rubén en un pueblo del interior.

Un espectro con gafas se acercó al mostrador, ocupó durante un siglo fugaz la butaca y preguntó:

—¿Cuánto? —el espectro se tocó el corazón y la mano emergía enseguida con una billetera.

—Lo convenido.

—Okey.

—El Gordo me dijo que le gritó "Rubén, Rubén" pero que tu hermano no le contestó. Lo vio casi a dos pasos, escurriéndose entre un camión de la recogida de basura y un muchacho que pedaleaba una bicicleta con rabos de zorra en los manubrios. Luego lo vio de espaldas, a lo lejos. Dice que llevaba una camisa blanca de mangas largas y un pantalón azul.

Dos semanas atrás Vitico soñó que una vaca de ubres enciclopédicas se alimentaba sólo de trozos de luz y que los hombres de sandalias de cáñamo y vestiduras de lienzo talar trepaban en desorden a unos árboles y descendían fulgurando extrañamente, y en la vigilia aquella luz era la misma de los faros sobre el rostro de Rubén en la más desamparada oscuridad de un almacén de los muelles, caído entre los guacales donde cruzaron el mar cronómetros y máquinas de coser y cosméticos y lavadoras eléctricas y cocinas de gas, entre cajones con letreros de la Ford, de la General Motors, donde nadaron sin mojarse medicinas y herramientas y grabadoras y preservativos y peras en almíbar, muerto entre tablones que olían a salitre, a aceite de motor, a excremento de gaviotas, a literas donde se masturbaban los marineros en las cálidas noches de atravesar el Caribe con una luna de calabaza amarilla muy próxima al mascarón de proa, la misma luz de los faros sobre el rostro bañado en pavorosa sangre, la sangre de Rubén, caliente aún, que Vitico se agachó para tocarla con la punta de los dedos y que siguió tocándola hasta que el cabo Pérez dijo "nos vamos, qué carajo" y Muñequito puso de nuevo en marcha el carro patrullero.

Cuando salió de su casa esa mañana y se detuvo para hurgarse en el bolsillo y dar a tientas con las piltrafas de sus monedas, se precipitó como otras tantas veces en la confusión de las posibilidades. Antes de llegar a la parada del ómnibus, vislumbró por debajo del razonamiento la grieta en el pasillo y las extrañas ramificaciones que dibujaba. Recordó el pasillo casi en tinieblas y el foco pegado al cielo-raso, apenas aquella mancha amarillenta en un vértigo de insectos despavoridos. A menudo recorría el pasillo de noche, al regresar, y miraba la grieta en el piso, mientras perforaba el ojo de la cerradura con el llavín. Tomó el ómnibus y acomodándose a su traqueteo, al olor a gasolina, a los codazos de los pasajeros indisciplinados, siempre impacientes por no bajarse en ningún lugar, se sintió aturdido por la vehemencia de la odontología. A los quince años deseó ser dentista, pero a los diecisiete se le atravesó la opción de la arquitectura. Construyó en la inviolable intimidad de sus tardes boca arriba, varios edificios de propiedad horizontal y un almacén destinado a conservas de mariscos que adoptaba un fascinante movimiento circular, ajeno al hormigón y los ventanales de aluminio. En la siguiente parada se bajó y entró en una farmacia. Margarita le había encargado un cepillo de dientes y pensó que lo mejor era comprarlo ahora, antes de que se consumara el olvido. Calculó que de otro modo, ella le diría: "Ay, Vitico, tú no tienes memoria de elefante". Cuando el empleado de la farmacia le habló, Vitico levantó los ojos y lo miró: la prótesis le bailaba en la boca. "La encía se le consumió", pensó.

Primero fue la obsesión de las cargas al machete, los combates aéreos y las artes marciales, que compartieron sus dos hermanos. Oscar era teniente de artillería y Rubén llevaba a la cintura un sable de plata. O a veces Rubén ocupaba la cabina de un avión y Oscar se parapetaba con un mosquete, el dedo en el gatillo. Después, con los años, Oscar se fue, como todos los que se iban: por veintinueve días. Ahora llevaba casi siete años viviendo en los Estados Unidos. Vitico no podía siquiera imaginarse cómo había podido alargar el permiso, burlarlo, u olvidarse de él, no del permiso sino de él, de que se llamaba Oscar Verdecia, cuarenta y dos años, soltero, albañil, plomero, sastre, vendedor de piñas en el Mercado Único de La Habana, lechero y un montón de actividades más que a su tiempo reclamaron el entusiasmo o el desdén de Oscar Verdecia, quien pasaba de un trabajo al otro como de un trapecio al siguiente, haciendo increíbles piruetas allá en el espacio abierto, sin una red protectora, solo allá en lo alto, las taquillas vacías, las gradas vacías, y él jugándose la vida entre trabajo y trabajo, entre trapecio y trapecio, apretándose el cinto hasta que el hígado protestara, y apretarse el cinto no es una metáfora sino apretarse el cinto de verdad, estar dispuesto a rifarse la vida, a cobrar cara su derrota, o a triunfar con un revólver, o con un cuchillo de matarife cuya punta, al regresar al cinto, coincidía con la punta de aquella cicatriz que le iluminaba el vientre después de una operación de apendicitis. Desde la otra parte del mundo, recibía cables que firmaban Richard, George o Jimmy, pero Vitico sabía que era él, desde Columbus Circle, desde Miami o desde cualquier otro lugar, es decir Oscar Verdecia, Oscar siempre ocultándose.

Rubén se quedó, jugando como él, como Vitico, a la manía de las posibilidades. Luego reunió las varillas, cerró el abanico, ya: sería ingeniero. Cursó hasta el tercer año de la carrera. Bajó las escalinatas de la Universidad con un fajo de papeles y le dijo a Vitico que se los guardara donde nadie pudiera verlos, sólo por unos días. Vitico no quiso leerlos. Sabía de qué se trataba. Pero esa era la opción imposible.

—¿Qué dicen? —le preguntó al devolvérselos.

Rubén le midió el desamparo.

—¿No tuviste la curiosidad de leer?

—No. Cuídate.

Hurgó de nuevo en el bolsillo. Encontró dos billetes de a peso y una moneda de veinte centavos. Almorzó en una fonda de chinos: arroz frito y una ración de plátanos verdes. Luego inspeccionó la cartelera de un cine y entró. En la película, durante un descuido de porteadores indígenas, un gorila estranguló a una mujer que llevaba graciosamente su casco de corcho. Cuando salió eran las seis de la tarde en el reloj de un bar. Desfilaron ante su vista innumerables anuncios de refrescos, confituras y automóviles de lujo. Al llegar a la esquina pensó que Rubén estaba retozando con el peligro. Pero, en seguida, encima de ese pensamiento cayó el otro, más inmediato, el de Margarita esperándolo, llena de preocupaciones, creyendo que le había sucedido alguna desgracia, o de celos, creyendo que se había corrido con otra mujer. Pero aunque Margarita supiera que no iba a regresar muerto ni cojo ni manco, aunque supiera que no se había acostado con otra mujer, siempre que él se demoraba ella se ponía de un humor que daba miedo.

—Estaba con unos amigos, mujer. Nada de tragos, huéleme la boca. Fui con unos amigos para ver a la madre de Eustaquio. Se está muriendo —pensó Vitico que mientras mayor era la gravedad mejor sería para él—. Si la vieras, flaquita, blanca como un papel. Dice el médico que es cáncer.

—¿Dónde? —preguntó Margarita—. A veces yo me noto una pelotica aquí, en el seno, pero tú no te has dado cuenta porque ya no me acaricias.

—No me gusta preocuparte.

—Entonces, ¿me la has notado?

—No, mujer. Si la tuvieras yo me hubiera dado cuenta. Tú sabes que soy enfermo al seno—. "Que no es lo mismo que seno enfermo", pensó Vitico.

El alumbrado público le avisó que serían las ocho de la noche. Al doblar otra esquina vio el patrullero aparcado frente al Jicky's bar. El foco rojo del techo, encendido. El número 48, grande, en el maletero. La perseguidora del cabo Pérez, su suegro. De repente no supo si seguir por la acera o retroceder. No era por la misma razón que otros dejaban la acera o retrocedían. "Allá los que ponen bombas o conspiran", pensó. Pensó que no valía la pena y que daba lo mismo que el gobernante de turno se llamara Plácido Gómez o Pelencho Díaz. Eran los nombres de dos amigos y Vitico sonrió imaginándose a cualquiera de los dos en la levita del presidente de la República. El mulato Plácido, al que le faltaban los cuatro dientes de arriba y mostraba dos espléndidos caninos orificados al reír, y la encía prieta, pulimentada, divina para una prótesis. "Si llega a presidente se pone los dientes enseguida", pensó. Y Pelencho que era cojo y tenía una hernia que ya le abultaba bastante debajo del pantalón.

—Vitico, Vitico —escuchó que lo llamaban. Miró hacia la acera de enfrente y lo vio. Era Muñequito, el chofer del cabo Pérez. Con el brazo extendido, Muñequito señalaba hacia el carro patrullero.

—Entra, quiero hablar contigo —le dijo el suegro.

Mientras Vitico abría la portezuela y se acomodaba en el asiento trasero, pensó en el cabo Pérez, no en éste que estaba junto a él, sino en el otro, en el que lo visitaba una vez a la semana y le ofrecía otra opción. También se acordó del hombre magro, calvo, que conversaba con Muñequito en la acera. "Un delator", pensó.

—Esta noche te voy a enseñar el oficio —dijo el cabo Pérez—. Después tú dirás.

Dentro del patrullero iba él, vapuleado, sacudido del diafragma al riñón y con aquella sensación entre los dientes como si masticara pedacitos de vidrio. Y el patrullero ululante, olvidado de los semáforos. Se asomó por la ventanilla y vio un pedazo de portal con sus mesitas de mármol, un latón de basura alrededor del cual se amontonaban desperdicios bajo un farol nauseabundo, una bocacalle, las tortuosas calles de La Habana Vieja que en un amanecer de carretillas sonámbulas se poblarían de los pregones del crocante de maní y del tamal en hojas. Imaginó en tropel mulatas fondilludas y un amolador de tijeras y un lunar entre los senos de una corista que se sacaba el corpiño y un fotógrafo con su cámara de trípode, y vio a Manuela Sáenz sin saber de quién se trataba, y vio a Bolívar y a Martí, vio hombres apilando piñas en una tarima, un payaso con un globo azul en la mano, el granizo cayendo, pero en realidad era la Avenida del Puerto lo que veía, velámenes y jarcias, la chimenea de un carguero holandés. Con una mano en la verija y la otra en el sardinel de la náusea, giró la cabeza para observar el curso fluvial de un toldo arrastrado por el viento y sintió que lo envolvía la caricia de un tufo de mariscos, de una turbadora presencia de escualos. Entonces fue otro farol batido por el viento delante de sus ojos, y el pie de Muñequito en el freno, las manos en los revólveres. "Está en el almacén de la izquierda", dijo el cabo Pérez. Un estampido, dos, cien. "Acércate", ordenó el cabo Pérez.

Ah, la luz devorada por una vaca de ubres enciclopédicas. Ah, los azules ojos sorprendidos dentro de aquella máscara de cerámica de la sangre. Ah, los flamígeros peatones celestes que, ahora, otra vez, por entre el humo de un cigarrillo y las voladoras pestañas postizas, desesperadamente Vitico buscaba a través de la puerta de vaivén sin encontrarlos.

—Llevaba un pantalón azul, parecido al overol de un albañil.

—No era él —dijo Vitico, ya en la punta de la butaca, con el último trago en la mano, y antes de salir a la calle le guiñó un ojo, le hizo otra mueca comunicadora, cualquiera, la que menos recordaba ahora, y finalmente le entregó una sonrisa de naufragio.

Mesa de tres patas

Cuando llovía como aquella noche la tertulia de Ánimas se podía desgraciar, era el indicio de que a la mesa de mármol le iban a faltar dos patas por lo menos: o fallaban Cuso Simeón y Bernardo Pi, o nos quedábamos en la casa como palomas bajo un alero, todas las plumas secas, viendo caer el agua, Rodrigo Sardiñas y yo. Decidí llevar mi pata al hombro (lo digo simbólicamente porque esa pata era mi cruz) y ponérsela a la mesa, pese a que los truenos devastaban La Habana. Aunque falláramos los cuatro la mesa estaría igual en el cafetín, pero nosotros teníamos sin reparo la costumbre de decir que faltaba una pata cuando todavía estaba alguno por llegar o que no faltaba ni una sola cuando todos estábamos allí. Así que me puse el impermeable, cogí una ruta treinta y me bajé en la esquina del cafetín. Por un momento permanecí de pie en la acera, la espalda contra la pared, sin saber qué hacer ni cómo hacerlo, todo confundido, como si los goterones que me caían en la cabeza me impidieran pensar. Un auto que pasaba con sus gomas casi rozando la acera levantó una cortina de agua, la vi de repente teñida con todos los colores de los anuncios luminosos. Me pegué aún más a la pared, zas, cayó sobre mí. Como no era para esperar otro auto corrí hasta el cafetín.

Cuso Simeón era el único que estaba allí, con su traje azul Prusia de todos los inviernos y una gorra forrada de nailon como única defensa contra la lluvia. Estaba tomándose una taza de café a sorbos lentos, los ojos en las páginas de un periódico que tenía abierto sobre la mesa, acariciándose el mentón con los dedos de la mano izquierda como siempre que algo lo obligaba a pensar. Me saludó maquinalmente y me dijo que pidiera café.

—¿Qué lees?

—Nada interesante, un anuncio de la Hatuey, y sin embargo, ya tú ves...Hasta ahora no se me había ocurrido lo grave que es ponerle el nombre de Hatuey a una marca de cerveza. ¿Te imaginas qué falta de respeto? Hatuey fue nuestro primer rebelde. Eso sería como si en los Estados Unidos le pusieran Lincoln a una marca...

—...de automóviles —me eché a reír—, precisamente lo que han hecho.

—Pero aquí es peor la cosa, chico. Exterminamos a los indios, esclavizamos a los negros y más tarde, cuando logramos la independencia, en lugar de darles a nuestros libertadores la propiedad de la tierra les entregamos una pensión que ni para vivir.

—Y eso tenemos que pagarlo nosotros ahora ¿verdad? —dije burlonamente—esa culpa de atrás, quiero decir.

—Claro —se encogió de hombros como si no existiera otra posibilidad. Últimamente no me gustaba el modo de pensar de Cuso Simeón. Con toda seguridad estaba leyendo a Schopenhauer o a Nietzsche, a alguien que lo sacaba del dos por dos que ya teníamos resuelto para instalarlo en otras dudas, en un terreno que no estaba hecho para mis pies. Yo lo veía dispuesto a la lucha, a veces lo creía hasta más dispuesto que a todos los demás, pero me chocaba ese querer deshacerse de los policías y los gobernantes como si se tratara del pecado original. Tantos recovecos y tanta pesadilla adámica cuando eran proclamas y huelgas lo que necesitábamos.

Me miró a los ojos.

—A ti no te convence lo que yo digo, ¿eh, Sebastián?

—No.

—Yo lo sabía. No es la primera vez que te lo veo en la cara. Un día hasta me pareció que estabas pensando: por ese camino voy a ser culpable de lo que hicieron Calígula y Nerón. Eso sería una exageración, pero lo que te digo de Cuba es cierto. Un país es como una empresa comercial: cuando el dueño vende se pasa balance y con las deudas se queda el nuevo dueño. ¿O no es así?

Dieron las once. La lluvia era apenas una llovizna, tan ligera que únicamente se veía caer junto a los postes de luz, pero sabíamos que ya Rodrigo Sardiñas y Bernardo Pi no iban a venir. Nos tomamos otro café para darles esa última oportunidad. Al fin Cuso Simeón pagó las tazas que habíamos consumido y salimos.

—Nada es simple en la vida, chico —se complacía en seguir el hilo de la conversación—, ni la sociedad ni la gente. Tú te echarías a reír si te dijera que yo lucho por esa deuda nada más, no porque pienso que voy a hacer feliz a nadie. Tú y yo luchamos por eso, en el fondo es por eso. Por esa fatalidad.

—Por lo de la cerveza Hatuey.

—Por la cerveza, no. Porque quemamos a Hatuey y después nos hemos puesto a vender botellas con su cara a veinte centavos.

—Lo quemaron los conquistadores españoles, no nosotros. ¡Yo que tengo que ver con eso! Y además, si hubiera alguna deuda ya la pagó el Padre Las Casas.

Se detuvo. Me dí cuenta de que empezaba a llover de nuevo, íbamos a parecer dos pájaros mojados si el discurso se prolongaba.

—Tú preferirías que te dijera lo más fácil, que la vida no es mala, que lo malo es el sistema social. Bueno, dalo por dicho. De verdad que no tengo ganas de discutir —abrió los brazos y puso las palmas de las manos hacia arriba—. Me gusta caminar bajo la lluvia. ¿Por qué no vamos hasta el Malecón?

Le dije que sí con la cabeza, pero miré el anuncio luminoso del Jicky's bar y cambié de opinión. El tema era tabú en la tertulia de Ánimas, pero la noche anunciaba el inmediato destino de simplificarla con mujeres y tragos, culpable que era la lluvia y ya pagaría alguien esa deuda en la próxima generación.

—Bueno —dijo Cuso Simeón—, yo te acompaño y hasta me tomo una cerveza, pero de lo otro nada. No es por beatería, chico. Sencillamente estoy enamorado de mi mujer.

Entramos. Sólo había una luz velada en el pequeño rectángulo de la cantina, desde el mostrador hasta las mesas nadie podía verse las manos. Cuso Simeón prefirió una mesa cerca de la puerta de la calle y comentó algo acerca del disco que estaba puesto, pero no lo entendí porque en el breve trayecto que mediaba entre los dos, su voz era entorpecida por el hondo rumor del numeroso público.

Cuso Simeón era el más viejo del grupo y se había casado cinco veces, ahora creo que estaba casado con su segunda mujer. Seguía divorciándose todos los años, pero para no contradecir sus sueños de fidelidad (pienso aún que lo decía en serio) nunca se casaba con una nueva, regresaba a la primera o a la cuarta. Había confesado que de ese círculo de las cinco no tenía la menor intención de escapar. Pedimos dos cervezas. Mientras la muchacha nos llenaba los vasos permanecimos en silencio, escuchando un solo de trompeta, yo pensando que nadie sabría nunca cuál de las cinco iba a ser la permanente, la mujer de su vejez.

Apenas me tomé el vaso de cerveza dije que no me sentía bien y que deseaba irme a dormir. Cuso Simeón me acompañó hasta la parada de la treinta, me recomendó que tomara alka-seltzer, cuando subí al ómnibus lo vi tropezar en la acera con un hombre que pasaba y pedir perdón varias veces, creo que le había ensuciado el pantalón al hombre con su zapato. El ómnibus estaba casi vacío, pero alguien había vomitado en el pasillo y yo me fui a sentar en el largo asiento verde, al final. El chofer echó a andar el limpiaparabrisas sin que yo comprendiera la razón, luego en el cristal de la ventanilla a mi lado los goterones empezaron a moverse, reunirse, desmigajarse, hasta hacerme saber que llovía tanto como al salir de mi casa.

Antes de acostarme pensé que era preferible olvidarse de Cuso Simeón y regresar a las categorías aceptadas, al simple razonamiento que compartíamos los otros tres: si la de-mo-cra-cia había sido mala en Cuba, peor era ahora que gobernaban los militares. Ni siquiera el desahogo de las elecciones cada cuatro años. Había que acabar con los militares, después hablaríamos de culpas y otras sutilezas. A la noche siguiente Rodrigo Sardiñas y Bernardo Pi me dieron la razón. Cuso Simeón aún no había llegado y estuvimos bastante tiempo riéndonos y comentando que él no tenía los pies en la tierra. Para completar el lienzo, Bernardo Pi contó que una tarde había ido a esperar a Cuso Simeón a la empresa en que trabajaba, le explicaron que estaba en el segundo piso, en el departamento de personal, y que podía esperarlo al pie de la escalera porque ya faltaba poco para las seis, hora en que terminaban las labores. "No se olviden de la escalera, eso es lo más importante del cuento", decía Bernardo Pi con una socarrona sonrisa a tiempo que pedía otro café. El suspenso: lo inevitable en todos sus cuentos. Encendió un cigarrillo y después siguió explicando que también en la escalera estaban esperando a Cuso Simeón todas las mujeres anteriores, con las que tenía hijos o no había solucionado todos sus enredos. Cada dos o tres peldaños de la escalera estaba una mujer y como ese día Cuso Simeón había cobrado, bajó entregándole dinero a cada una con exquisita discreción. Cuando llegó al final de la escalera le echó el brazo por los hombros a Bernardo Pi, se viró los bolsillos mientras dibujaba con su boca una mueca neutra, que podía ser de ganas de reír o de halarse los pelos, y concluyó diciendo: "Bueno, Bernardo, págate el cine, anda".

—¿Pasan una buena película? —preguntó Cuso Simeón que acaba de llegar y había escuchado tan sólo el final del relato y no muy bien, felizmente.

—Escalera para el cadalso .contestó Rodrigo Sardiñas que nunca perdía la presencia de ánimo— ¿Sabes? Esa adaptación de una novela de Pavese. Aunque creo que el título no es exactamente así.

—Claro que no. Estoy seguro que se llama Ascensor para el cadalso— dijo Cuso Simeón y ocupó la silla—. Pero esa película no me interesa porque la vi cuando la estrenaron en el cine Trianón. Hasta les puedo decir que está dirigida por Louis Malle, bajo la influencia de Orson Welles. Además, no está basada en una novela de Cesare Pavese. Según tengo entendido Pavese únicamente ha aparecido en el cine en Las Amigas, una película de Antonioni.

—¡Olé! —rubricó Bernardo Pi, los brazos en alto, haciendo sonar imaginarias castañuelas.

La noche no dio para mucho más: cuatro tazas de café por cabeza y una endiablada disputa en otra mesa, donde hasta poco antes se hablaba plácidamente sobre los últimos juegos de pelota en las Grandes Ligas. Nosotros, en cambio, empezamos por la política internacional: nada realmente de importancia, luego nos circunscribimos a nuestras costas. La atmósfera se estaba cargando, presagiaba tormentas. En todas las provincias menudeaban las protestas y en La Habana un grupo de estudiantes había asaltado Palacio con la idea de darle muerte al presidente de la república en su propio despacho. Ahora la policía no estaba en disposición de tolerar el menor asomo de inconformidad.

—Un día de éstos la mesa se queda con tres patas. O con menos —dijo ominosamente Rodrigo Sardiñas, sus palabras cayeron como un telón en el último acto, nos despedimos y cada cual hacia su casa con las manos en los bolsillos.

Creo que Rodrigo Sardiñas compuso ocho o diez sonetos aquel mes, se metía en la literatura para engañarse a sí mismo, era su manera de simular que no le interesaba otra cosa, que el mundo se podía caer a su lado y él tan feliz. Yo sonreía sin darle mi opinión: si alguien nos estaba vigilando no iba a creer en la indiferencia de sus endecasílabos, inútil también que sus sonetos siempre hablaran de playas y de mujeres. De todos modos las tertulias empezaban ahora por ahí, y entre Saint John Perse y algún trozo de Fitzgerald o de Hemingway colábamos (ésa era nuestra primera vocación) el comentario vivo, a voz más bien muerta, de la situación nacional.

También llovía esa noche, mi impermeable hizo un gran charco en la puerta del cafetín, donde me había detenido esperando a que el agua escurriera. Metí las manos en los bolsillos y comprobé que los fósforos y los cigarrillos no se habían mojado. En la mesa estaban Rodrigo Sardiñas y Bernardo Pi, mirándome inexpresivamente, caminé hasta mi silla mientras doblaba en cuatro el impermeable.

—¿Te enteraste ya? —preguntó Bernardo Pi.

—No. ¿De qué?

Comos otras muchas veces los estudiantes habían salido de la Universidad, llevaban banderas y los puños en alto, Cuso Simeón estaba—nadie supo nunca por qué— entre los que participaban en la manifestación. La policía trató de dispersar a los estudiantes a manguerazos, los chorros de agua les daban en el pecho y en la cara y de momento los hacían retroceder, después avanzaban con más ardor hasta la calle Infanta, se escuchó un solo disparo, Cuso Simeón cayó con las manos en el vientre, dicen que su rostro no revelaba dolor.

—¿Cuándo?

—Hoy por la tarde. A eso de las cuatro.

Acerqué una silla y me senté mientras pensaba furiosamente en lo que siempre habíamos pensado de un modo muy diferente, como se piensan las cosas cuando todavía las imaginamos imposibles, mientras me decía lo que tanto nos habíamos dicho: "Aún cuando empiecen a faltarles patas a la mesa los que quedemos vivos no vamos a renunciar a la lucha". No, nunca renunciaríamos. Y ahora, mucho menos. Mucho menos ahora que el ejemplo de Cuso Simeón nos obligaba a ser como él.

Pedí una taza de café y me dispuse a encender un cigarrillo, en silencio, las manos me temblaban. Allí estaba Cuso Simeón frente a mí, encendiendo también un cigarrillo. Observaba sus manos que sostenían con intolerable dificultad la caja de fósforos, delante de mis ojos estaba esa cosa floja y a la vez rígida que era la inhabilidad de sus dedos, esas manos siempre abiertas, que no lograban convertirse en puños, "manos de teórico, no de hombre de acción", había dicho yo. Ahora mis manos eran como las de él, me fallaron varios fósforos. Empecé a tomarme la taza de café como si temiera quemarme la boca.

La estación de la sorpresa

De pie sobre el bote, afirmando mis rodillas en la borda, echo mis redes alrededor del mundo y aprieto fuertemente las manos, llenas de sudor y de fatiga, y voy sacando peces de acero y hormigón, esquivos peces de cristal que sirvieron de ventanas, y aeropuertos y hospitales y una bañista y un obrero azul que pintaba sobre su escalera la fachada de una escuela. Voy a echar el mundo dentro de mi bote y viajaré con ese múltiple cargamento hasta mi playa, cuidando de que el mundo no llegue a sangrar y venga algún pez a devorarlo durante la travesía y concluya mi viaje como el del viejo Santiago, con la certidumbre de haber perdido la faena. Te llevaré intacto, mundo, hasta mi minúscula playa donde los perros de sargazo ladran desaforadamente sobre la arena y hay una niña con sus dos manos como caracoles o como pétalos, esperándote. Nada ha de ocurrirte durante el trayecto porque yo conozco un ensalmo para burlar la impaciencia de las mareas y en el castillo de proa tengo por brújula una jaula de gaviotas, que iré soltando una a una para que vayan arañando la brisa con sus uñas y golpeándola con sus alas espléndidas de modo que yo pueda guiarme por la marca que dejan mis gaviotas en el viento.

—Gloria —pienso que voy a decirle a la niña cuando llegue—, mira, he pescado el mundo y te lo traigo de regalo. Cuídalo y juega con él y diviértete, que dicen que es muy entretenido.

Yo he pescado en todos los mares sin fondo y he regresado a la costa con los peces más grandes que nadie haya visto, peces enormes como si fueran águilas sumergidas o algo más que águilas de tan grandes que son, y se han alimentado con ellos familias enteras, pero siempre he estado insatisfecho. Creo que un hombre satisfecho nunca llegará a ser un gran pescador. Por eso he pescado submarinos y los he dejado escapar sin que su tripulación haya pasado del susto y acaso sin que apenas haya sabido que se encontraba dentro de mis redes. Los he soltado enseguida porque pescar un barco que navega debajo del mar es poco más que atrapar un gran pez y porque he tenido lástima de su ojo único que a veces se alarga y mira por encima de las aguas, a un lado y al otro, con temor. También podía pescar trasatlánticos y las locomotoras que entran a los pequeños pueblos dormidos arrastrando el ruido de los vagones, y ensuciando la madrugada con el rabo de humo que van dejando en los pedazos de cielo donde ya era casi día. Pero tampoco pescar trasatlánticos es una proeza mayor que pescar submarinos, aunque no puedan hacerlo los pescadores que usan sólo sedales en su faena, con apetitosos cebos de sardinas y cibeles que son la delicia y la desgracia de cualquier pez, esos pescadores que olvidan que una locomotora no es exactamente un pez. Se precisa el auxilio de una buena red para pescar todas estas cosas posibles y yo siempre estoy a punto de decírselo a mis compañeros cuando los veo salir con sus botes desplegados persiguiendo la mancha roja del plancton que anuncia la presencia de los peces, pero pienso que van a mirarme con ojos incrédulos debajo de las cabelleras desgreñadas por el terral y que luego van a darme la espalda mientras se alisan los pelos con las manos y encogen sus hombros en señal de descreimiento. Algunos se alisan el pelo hasta dejárselo pegado al cráneo como si usaran goma en lugar de manos, pero esos tampoco van a creer las cosas que yo pudiera enseñarles y serían capaces de poner en duda las marcas que mis gaviotas dejan en el viento con las uñas de sus patas guiadoras.

A veces me ponía a pensar en las tres estaciones en que se divide la vida del hombre y también me sentía insatisfecho. ¿Por qué precisamente tres y no cuatro como las estaciones de su hermano gemelo el tiempo? Cuando yo era niño oí hablar de la estación de la sorpresa que va desde el nacimiento hasta los quince o dieciséis años, de la estación del amor que puede extenderse hasta los sesenta o los setenta y en algunos casos un poco más, y de la estación de la muerte. ¿Y la estación del trabajo?, me preguntaba. ¿No debe estar entre la estación del amor y la estación de la muerte? Pero el hombre con su rutina fabrica a veces categorías inconmovibles y los años me fueron enseñando que las estaciones realmente son esas tres y que la estación del trabajo no había sido excluida y estaba presente desde el nacimiento a la muerte, como una estación por encima de las demás estaciones.

Gloria está ahora en la estación de la sorpresa como yo lo estuve una vez, por eso quiero acabar de cerrar mis redes sobre el mundo y viajar con él rumbo a las manos de caracoles que en mi playa lo esperan. Ahora estoy casi en la estación de la muerte y hasta las arrugas que me han costado tantos años conseguirlas las perderé para siempre, pero también estoy en la última linde de la estación del amor y siento dentro de mí esa extraña mezcla de todas las estaciones, lo mismo las del amor y la muerte que las de la sorpresa y el trabajo. Ahora no hay una mujer esperándome, salvo las que todavía están en mi recuerdo, y mi choza tiende a arrugarse, como yo, de tanto encogerse a causa del frío que provoca su hermano gemelo el tiempo porque estamos en diciembre. Nadie me espera y yo regresaré con mis remos húmedos y con mis velas como una inquietante mortaja alrededor del mástil y los sepultaré en un rincón hasta que salga de nuevo a la mar, y encenderé una fogata entre las tres piedras blancas que forman mi cocina y colaré un poco de café y lo tomaré pensando en las veces que ella me esperaba. En aquella época yo no necesitaba estar junto a ella para hablarle. Donde quiera que estaba trabajando conversaba con ella y a menudo de regreso ella me decía que escuchó mi conversación entera porque las palabras habían resbalado por encima del mar tranquilo y llegado hasta su oído sin mojarse siquiera. Yo hablaba con ella de un modo interminable y le contaba mis proyectos, sobre todo el del collar que yo quería regalarle. Siempre que hablo del collar me parece que el tiempo no ha pasado y que todavía soy capaz de elaborarlo. Y vuelvo a hablar en alta voz en mi bote. Y vuelvo a conversar con ella sin que esté presente. Y son cosas como éstas las que digo:

"Recojo caracoles y maderas náufragas y peces que dan saltos de oro sobre el muelle, y llego hasta mi casa como una oscura, vertiginosa mancha de salitre que pudiera entrar por todas las puertas del crepúsculo y adherirse a los metales y devorarlos pacientemente. Tú duermes con la confianza de los peces sumergidos, en tu residencia de madréporas que visitan las medusas de tiempo en tiempo como si quisieran heredarte el sitio, duermes reservándome previsoramente un espacio a tu lado, justo donde ahora reposa, arrollada una colcha de algas para las noches de invierno. Me siento en un sillón desfondado, con las piernas muy abiertas, y ensarto peces y maderas y caracoles. Voy descubriendo extraños orificios para pasar el hilo de modo que no exista el peligro de que mi mano pueda estropear las texturas y terminen unidos los peces, las maderas y los caracoles sin que tú puedas adivinar cómo están articulados alrededor de tu cuello. Quiero darte esa sorpresa ahora que duermes, ahora que respiras bajo la catedral de tus sueños, pequeña y distante, como una lágrima en el fondo del mar. Ahora que nadie puede saber dónde te encuentras. Después yo estaré sobre ti como el salitre sobre los metales, devorándote, pero ahora te fabrico, contento, este collar único, teñido con todos los colores de la gaviota, de los barcos encallados y de las anclas que perdieron su transitoria eficacia o que la ganaron para siempre. Quiero ponerlo en tu cuello mientras duermes para que descubras, sorprendida, al despertar, mi regalo, para que descubras el collar y me expliques cómo han podido quedar ensartados, así tan difícilmente ensartados, mis manos, mi corazón y tu garganta".

Esas eran las cosas que conversaba con ella y esos mis proyectos. Pero a veces pienso que ahora no sería capaz de elaborar el collar y que si aún tuviera esa destreza ya es innecesario hacerlo porque ella no está conmigo. Pienso con desasosiego que quizás las únicas estaciones que todavía pueden mezclarse dentro de mí son las del trabajo y la de la muerte y si acaso, algunas veces, la de la sorpresa, pero ya nunca más la del amor. Y sin amor, me pregunto con desesperanza, ¿para qué sirven las demás estaciones?

De todos modos tengo que concluir esta faena, tengo que alzar al mundo hasta mi bote y llevárselo a Gloria como el mejor regalo que a alguien ha de ofrecérsele en la estación de la sorpresa. Pienso que no debo seguir hablando porque puedo entretenerme, y pescar el mundo es siempre más difícil que pescar un gran pez por grande que éste sea. Pero a mí me sirve la experiencia, me digo, porque otras veces lo he hecho. En dos oportunidades he pescado el mundo y he sentido lástima y lo he soltado como cuando me daba lástima con los submarinos y los soltaba. Pero esta vez no van a importarme la intranquilidad de las gentes ni su tristeza al darse cuenta de que viajan dentro de una red sin saber a dónde. Ahora debo hacerlo, ahora que tengo el mundo dentro de mi red debo izarlo hasta mi bote y tomar rumbo a mi playa. Entraré por el mar de las Antillas a toda vela y timón y pasaré rozando Jamaica y luego la afilada costa de Pinar del Río, guiándome siempre por el faro de la Gobernadora porque en ese momento ya no necesitaré de las marcas de mis gaviotas, y el torrero saldrá y me saludará como siempre, agitando su pañuelo blanco, y yo le diré adiós con una sonrisa intransferible, que él no puede entender como tampoco podrá entender que ha sido una simple ilusión su saludo y que él viaja también dentro de la red, a bordo, entre las crujientes tablas de mi bote. Esta vez acallaré la lástima y no te soltaré, mundo, porque después no van a creer que lo hice como tampoco creyeron lo de los submarinos, y hasta Gloria puede dejar de confiar en mí, aunque Gloria cree ahora todo lo que le cuentan porque está todavía en la estación de la sorpresa.

Las estribaciones del cielo

Estaba agachada en medio de la sala, dándole de comer al gato, cuando Dionisio Sampedro introdujo la llave en la cerradura y empujó la puerta: era el único hombre al que le concedió el privilegio de llevar una copia de su llave en el bolsillo. Mientras hacían el amor ella lo llamaba mi bacán, mi dueño, mi macho lindo, mi Tarzán y otras linduras adicionales que a él le ponían al rojo vivo la vanidad. Damaris trasladó la vista desde el plato de peltre hasta el rostro del hombre que acababa de entrar a su apartamento y tuvo la impresión automática de que no era el mismo de siempre.

Dionisio, al fin, después de intensas caminatas calle arriba y calle abajo, había podido comprar en la bolsa negra un cake de chocolate para festejar el cumpleaños de su abuela, que ese día arribaba victoriosamente a los noventa; sostenía el cake con la mano izquierda y con la derecha hurgaba en el bolsillo del pantalón en busca de la llave cuando levantó el rostro, para mirar sin ningún propósito, como si desde un ámbito incierto una voz lo reclamara, y descubrió con estupor que en lo más alto de la pared de su casa, muy cerca de la puerta, alguien había dibujado un *graffiti* con el estruendo de una bofetada: maricón. Si es cierto que ahora está viviendo en Miami, como dicen, si no murió en alta mar devastado por los tiburones, es decir si hubiera podido vivir varios años más, aún estaría comprometido con la afirmación de que en aquel momento la ofensa no lo inquietó: un balance de fin de año, porque estábamos a mediados de diciembre, lo autorizaba a corroborar la cosecha de tres mujeres (una de ellas era Damaris) que en sus ratos sueltos, cuando algún marido se descuidaba o cuando el tedio les oxidaba el corazón, lo dejaban ingresar a su anatomía sin mayores consecuencias, convencidas de que iban a sortear el desenfreno sin un rasguño en la piel. "Tres ases en un solo golpe de dados", murmuraba Dionisio frente al espejo, todas las tardes, antes de salir a la calle con una audacia a cuestas que era su tabla de salvación, puesto que no admitía más solución mágica que la forjada en sus ficciones. Ah, y una rubia caderuda, la cuarta fortaleza asediada, próxima a convertir al panadero del barrio en cornudo. Desde que reparó en ella, Dionisio se dijo que aquella mujer estaba destinada a sucumbir sin remedio a sus disparos de experto cazador, y como además había adoptado la consigna de que toda oportunidad es irrepetible, muy pronto empezó a engatusarla no sólo con miradas de lobo de mar, entrecerrando los párpados como si escudriñara el horizonte, sino colocando su mano a la altura de los genitales, cuando pasaba a su lado, para que ella pudiera advertir bajo la tela del pantalón los movimientos perturbadores del animal despierto.

—Uno nunca sabe lo que tiene hasta que lo pierde, dice un refrán equivocado. Realmente, primo, uno nunca pierde nada hasta que lo sabe —farfulló Casimiro Losada con una botella de cerveza en la mano—. Así que has tenido una suerte del demonio, ninguno de los maridos de las mujeres con las que te acuestas las han perdido porque todavía no lo saben, pero el día que lo sepan, en el momento exacto en que se enteren, más vale que desaparezcas, que cojas un bote y te largues a Miami. Un marido burlado tiene la fuerza de un ciclón.

Mientras lo miraba con profundidad a los ojos, Casimiro encendió un cigarrillo, y entre espirales de humo que le desdibujaban el rostro, agregó que por pura casualidad se había enterado que a pocas cuadras de su casa un marido celoso asesinó a su mujer y al amante de su mujer, que estaban haciendo la cochinada en su propia cama, y después, con una sangre fría del carajo, se roció de alcohol y prendió un fósforo.

—¿Para eso me mandaste buscar, para darme un sermón?

—No, primo, para tomarnos estas dos cervezas. Saboréala, cógele el gusto. Puede ser la última que te tomes.

—Tú siempre con la matraquilla de la muerte.

Había acudido al primo con la determinación de limpiar su alma de telarañas pero ahora, escrutado hasta el riñón por la mirada incisiva de Casimiro, pensó que lo más acertado era dar un rodeo y empezar la explicación con cautela, sin muchos aspavientos, para que no se percatara tan bruscamente de que estaba al borde del abismo. Intentaba organizar minuciosamente el discurso, para amortiguar el impacto, cuando se preguntó que a qué venía entonces ese afán de convertirlo en confidente si no jugaba limpio y ocultaba más de un naipe en la manga de la camisa. Se mordió los labios, respiró hondo y al fin lo dijo: "Si no me desahogo con alguien, primo, voy a explotar". Desde que apareció el *graffiti* junto a la puerta de su casa no lograba dormir tranquilo ni media hora en toda la noche. Agobiado por el peor de los insomnios daba vueltas y más vueltas en la cama hasta el refugio final de la madrugada. ¿Se estaría volviendo loco? Era posible, porque todas las noches, mientras pasaban en ráfagas los nombres de sus concebibles enemigos, le parecía tener delante de los ojos cientos, miles de manos a disposición de su desasosiego, manos como en una proyección cinematográfica, que él imaginaba adoptando todas las formas y texturas posibles, puesto que a menudo eran manos espectrales como pintadas de cal viva y a veces enormes manos peludas, y en otras ocasiones curtidas por el sol, con un anillo en el anular o quizás cubiertas de manchas seniles, las manos del hombre o de la mujer que escribió lo que escribió.

A ratos le temblaba todo el cuerpo. Estaba tenso. Era evidente, ni soñar que pudiera ocultarlo. Además, estaba tan roto por dentro, tan desorientado, que contra su placer y sin saber a ciencia cierta por qué lo hacía, acababa de cancelar sus relaciones con Yaire, la mujer del panadero, a la que después de no pocas tentativas fallidas al fin había conseguido llevar a la cama. Casimiro esbozó una sonrisa que podía ser tanto de asombro como de incredulidad cuando Dionisio le confesó que durante la última semana, para incinerar las tensiones, para relajarse, hizo lo que nadie y mucho menos Casimiro hubiera esperado de él: había practicado varios ejercicios de yoga, como quien acude a un analgésico para evitarse futuros dolores de cabeza, se había sentado en la postura del loto como un monje budista, intentando meditar, pero todo resultó inútil: era puro nervio de los pies a la raíz del pelo. Sin embargo, estaba convencido de que no debía cargar únicamente a la cuenta de sus nervios trizados, o a una alucinación, lo que le ocurrió después, el verdadero motivo por el cual lo visitaba con tanta urgencia, ensopado por la lluvia, un domingo tan temprano, porque a alguien, coño, reiteró, tenía que contárselo. Una de esas noches, mientras observaba la profusión de manos, se levantó para ir al baño, a desaguar la vejiga, incidentalmente debía decirle que se acostaba sin quitarse la ropa pensando que alguien iba a tocar a su puerta para sacarlo de la cama a medianoche cualquiera sabe con qué propósito, así que en el mismo instante en que terminó de orinar, se sacudió el miembro y cerró la portañuela, experimentó por primera vez aquella extraña sensación en la espalda, como si una fuerza desconocida se hubiera apoderado de sus omóplatos y tironeara desde allí para conducirlo a las alturas. La sensación nunca le resultó fácil de describir, y mucho menos ahora, delante de este Casimiro que lo observaba con la enigmática sonrisa de la Gioconda, pero desde el primer momento Dionisio se aventuró a pensar que el símil más apropiado era el de estar suspendido en el aire por arneses de paracaídas. Se refugiaba en ese símil para eludir otro más inquietante, puesto que también era la sensación de tener dos alas ensambladas en los omóplatos, lo que le había llevado a aceptar (oh, Casimiro, entiéndeme, no es mi opinión) la explicación encontrada recientemente en una revista: todos somos ángeles caídos, es decir, antes de ser hombres fuimos ángeles, y por eso todavía conservamos en la espalda, subliminalmente, por debajo del umbral de la conciencia, como la huella de una cicatriz, el recuerdo persistente de las alas que nos amputaron durante la caída.

—¿Sospechas de alguien? —preguntó Casimiro.

—No entiendo tu pregunta.

—Trato de saber si sospechas quién escribió la palabrota en la fachada de tu casa.

Claro que sí, tenía muchas sospechas, y en primerísimo lugar sospechaba del italiano. Pudo haberle pagado a cualquier mequetrefe para que dibujara el *graffiti,* respondió sin entusiasmo mientras se palpaba los bolsillos de la camisa sin saber lo que buscaba. Con toda seguridad el italiano lo odiaba más que ninguna otra persona en este mundo, con un odio siciliano de ésos que siempre terminan, como en las películas, dentro de un charco de sangre. Cuando concluyó su búsqueda en el bolsillo y extrajo la fosforera, pensó una estupidez: la calvicie pudiera estar asociada al fuego de la próstata. Puesto que ese viejo gordo y calvo se había emperrado de tal forma con Damaris que, sin concederle importancia al dinero que se le iba, mientras estaba en La Habana se acostaba con ella todas las noches, desde que descendía del avión en la terminal aérea de Boyeros hasta que regresaba a su país. De vuelta, llevaba en la maleta numerosos objetos artesanales comprados en la Plaza de la Catedral, y en el rostro las huellas de su desatino, que malamente ocultaba con unas gafas de sol, unas ojeras de martirizado, de prisionero en un cepo, porque, según refería Damaris, el italiano no le daba respiro, toda la larga noche con el pene erecto como si tuviera veinte años.

Se llamaba Salvatore pero Damaris le decía Salva. Cuando estaba en la cama con Dionisio, previendo una explosión de celos, se burlaba de Salva con increíble voz de soprano: *Salva me salva de la miseria, Salva me salva del hambre.* De manera que Dionisio no sabía cuál de los dos era el que ganaba y cuál el que perdía. ¿No se aprovechaba él también de los verdes del salvador? Con los dólares de Salva, Damaris le compró un reloj ruso, un Poljot, de manilla metálica, y una chaqueta de paño para el invierno. Con los dólares de Salva a cada rato comía mortadela y tostones, o congrí y yuca hervida.

La única vez que coincidieron en el apartamento de Damaris se debió a una de esas trampas de confusión que suele tender la vida. Cuando Dionisio introdujo la llave en la cerradura y empujó la puerta nadie tuvo que decírselo para saber que el inoportuno personaje era Salva. Inmóvil en la entrada, con el batiente todavía en la mano, aguantando la respiración para que no repararan en él, lo oyó decir que había llegado a La Habana antes de lo previsto pero como estaba roído por la impaciencia decidió subir la interminable escalera hasta el último piso para no tener que aguardar a que ella lo llamara por teléfono al hotel, al día siguiente, como estaba convenido, a fin de concertar la cita. "¿Hice mal?", preguntó. Y sin esperar respuesta comentó que lo mejor de aquel apartamento era el chorro de luz que entraba desde la azotea. No obstante, se abstuvo de comentar que no se explicaba cómo Damaris podía vivir tan campante en las estribaciones del cielo, en un apartamento sin elevador y sin un teléfono a mano para algún recado de urgencia.

La versión que Dionisio extrajo de aquel encuentro fue que el italiano lo miró primero de reojo, sin concederle importancia a su presencia, pero más tarde lo inspeccionó con fingida serenidad desde los pies a la cabeza, y finalmente, convencido de que se enfrentaba a un rival de consideración, lo miró sin disimular las ganas desaforadas de asesinarlo. ¿Sería de verdad siciliano? Gesticulaba con el brazo izquierdo en alto para facilitar que por debajo de la manga de la camisa hiciera su aparición este reloj pulsera del diseñador Vacheron Constantin, explicó con petulancia, nada menos que el modelo *Tourbullon Malte Squelette* con su mecanismo al descubierto, la mejor forma que había encontrado para descalificar al adversario, para confirmar que Dionisio (que en esos instantes hacía esfuerzos para que el italiano mientras lo examinaba omitiera el reloj ruso) no tenía un miserable dólar en qué caerse muerto en tanto que él le había regalado a Damaris una minifalda de cuero y un televisor a colores de veintiuna pulgadas, y ahora, delante del propio Dionisio, qué clase de hijo de puta madre mía, le estaba prometiendo llevársela a vivir con él, en Florencia, donde hace poco había comprado un castillo renacentista, por cierto, dijo, igual al de Otero Silva en el cuento de García Márquez, con fantasma y todo, se rió, situado en las afueras de la ciudad.

Dionisio siempre se daba cuenta que estaba sólo a unos pocos peldaños del apartamento de Damaris cuando deslizaba la vista por la pequeña ventana que remataba un recodo de la escalera y le parecía divisar, por encima de las azoteas vecinas, inconmovible, la columna de humo de la termoeléctrica de Tallapiedra. A veces el viento desflecaba el humo y a veces la proximidad de un aguacero, de un huracán degradado a tormenta tropical, ennegrecía el cielo y enmascaraba la columna de humo que, ahora, a contraluz, con el sol en declive, pespunteándola de plata, debía estar emitiendo destellos metálicos. En cuanto él llegara a la azotea lo iba a comprobar. Pero enmascarada o no, la columna de humo de Tallapiedra siempre estuvo asociada a su encuentro con la jinetera que ocupaba el último piso de un edificio situado muy cerca de la Avenida del Puerto. Se detuvo en un escalón para coger aire, asustado por la sordidez de su resuello, y en una fracción de segundo echó a andar el mecanismo de la memoria y la vio como la primera vez, a la salida del cine, con su minifalda coloreada por las luces pulsátiles de la marquesina, y su largo pelo negro derramado sobre los hombros, confluyendo hasta la geografía de los senos como una caricia de azabache. Reflexionó más tarde que quizás en aquel momento el entorno no estuvo salpicado de luces pulsátiles como las de las discotecas, ni ella tenía el tatuaje de una flor en el brazo izquierdo como al principio ideó, todo pudo haber sido el resultado de una inmediata ofuscación momentánea, ¿de una travesura de Cupido?, pero aunque él no creía siquiera en el

207

amor a tercera vista, desde entonces trepaba todas las tardes, o casi todas, hasta el último piso con la respiración entrecortada, cuyos peldaños ganaba con impaciencia de dos en dos, o a causa de su reloj biológico que le pronosticaba la inminente inquietante perspectiva de los cuerpos machihembrados en la cama. Apenas introducía la llave en la cerradura y empujaba la puerta, empezaba a desnudarse rápidamente, como si se despellejara, arrojando la camisa en un rincón y el pantalón tal vez sobre una silla, pero antes de desabotonarse la camisa o sacarse el pantalón improvisaba maniáticamente algunos pasos rumbo a la azotea para echarle una mirada familiar a los barcos que avanzaban con pasmosa lentitud hasta el fondeadero de la bahía. Luego volteaba el rostro y descubría con sorpresa (una sorpresa que ya tenía todos los ingredientes de la rutina) que Damaris se le había adelantado como de costumbre, y sin que él pudiera precisar cuándo y cómo ya estaba desguarnecida de ropa sobre la cama, atrayéndolo con la furia de un imán. Nunca se explicó, aunque tampoco hizo esfuerzos por indagarlo, cómo era posible que ella pudiera deshacerse, así, casi mágicamente, de la blusa, la minifalda, la braga y el sostén. Después del encuentro de los cuerpos, que empezaba como sexo y acaso concluía como amor, Dionisio se quedaba en muchas ocasiones un poco de tiempo más porque Damaris lo invitaba a comer. Nada del otro mundo. Un poco de mortadela y tostones. O congrí y yuca hervida.

Las reglas del juego estaban establecidas. Con su minifalda de cuero, regalo del italiano, y su pelo suelto, Damaris jineteaba a todo lo largo del Malecón, desde el Riviera hasta la calle G, y él no le ponía mala cara. Los extranjeros, si querían pasar la noche con ella, tenían que pagar nunca menos de cincuenta dólares, los famosos verdes gracias a los cuales Damaris colmaba el refrigerador de carnes y legumbres, pero Dionisio Sampedro no dejaba de saberlo y se hacía el desentendido con astucia incalculable pensando que de todos modos las tardes eran para él, de verdad que tampoco le importaba, nunca le importó porque si lo miraba bien nadie poseía lo que se necesitaba para hacerle la competencia, era el rey del colchón, el más toletudo de los hombres que merodeaban La Habana Vieja, que transitaban el casco histórico de la ciudad, conservado en cera virgen para engatusar a los turistas que ahora abejorreaban desde la calle del Obispo hasta la Plaza de la Catedral con cámaras fotográficas al hombro, codiciándole las nalgas de canela a cualquier mujer. Siempre preferían a las mulatas. El color del café con leche los enloquecía, aunque si fuera necesario decidir entre la leche y el café, sin la menor vacilación se hubieran quedado con el café: las negras que no pintó Modigliani estaban tan bien cotizadas que muchas lograban casarse con extranjeros y ya vivían en Barcelona, en Londres y en París.

Mientras sostenía el cake de chocolate a veces con la mano izquierda y a veces con la derecha, pensó que apenas llegara a su casa conseguiría expulsar de la memoria todos los recuerdos sin consuelo que lo asaltaban en los cumpleaños de su abuela, la única persona con la que convivía. Pensó que los expurgaría para quedarse únicamente con los recuerdos más tolerables, o mejor aún con los más edulcorados y gratificantes que extraía de su pasado más reciente, y en efecto ya estaba casi a punto de sustituirlos por los recuerdos táctiles de los tersos muslos de Damaris, por los recuerdos olfativos que ascendían desde el triángulo del sexo hasta el ombligo de Damaris, y por las gustativas remembranzas de la lengua de Damaris reptando entre sus dientes, cuando se percató de la inutilidad de la estratagema. Por mucho empeño que pusiera, por muchos senos y muslos que evocaba, no podía aventar una sola de las escenas concertadas con el recuerdo de la muerte de sus padres, exactamente el mismo día del cumpleaños de su abuela, cuando él tenía doce. Vencido por las lágrimas que ya pugnaban por humedecerle las mejillas, recordó con abrumante precisión que acababa de poner la bicicleta contra la puerta de su casa justo cuando alguien que emitía muchos gritos le dijo que sus padres habían sufrido un accidente, un camión se les fue encima hace menos de quince minutos, le explicaron, el padre había muerto instantáneamente, la madre estaba entre la vida y la muerte. Cuando llegó al hospital, escoltado por varios parientes, ya su mamá había muerto. Recordó su rostro de impresionante palidez, sus párpados cerrados, y también el rostro de su padre, cuando se acercó, sollozando, para observarlo por última vez a través del cristal.

El *graffiti*, en cambio, sí había logrado ahuyentar los recuerdos más lacerantes. El *graffiti* no lo dejó pensar durante dos semanas en ninguna otra cosa. A menudo, durante esas dos semanas fragorosas, llegó a considerar que el letrero se lo tenía merecido a causa de la melena que le llegaba en rizos hasta los hombros. Fluctuando entre la humillación y un resto de orgullo y de vanidad desaforada, pensó varias veces en visitar al barbero para pedirle que le dejara la cabeza totalmente rapada pero de inmediato retrocedía depositando también a la cuenta de la melena la persuasiva fascinación que ejercía sobre las mujeres. Fue el jueves de la segunda semana cuando pasó sin transición de las preocupaciones que le concedió el *graffiti* a la noción aún más provocadora de que un suceso inesperado venía a variar el curso de su vida. El acontecimiento fortuito y al mismo tiempo indescifrable podía ser a) la visita de Pitín el Cojo para invitarlo a participar en los preparativos de una salida clandestina del país, y b) la posibilidad presentida de que en cualquier momento iba a poder caminar sin la necesidad de apoyar sus pies en el suelo.

—Una balsa es muy fácil de fabricar —explicó Pitín el Cojo—, sólo tenemos que conseguir algunas tablas y dos gomas de camión. Con buen viento, en tres días estamos en Miami, ¿qué te parece?

El recuerdo es una profecía al revés. Mientras ganaba los primeros peldaños de la escalera que conducía al apartamento de Damaris, se daba cuenta, recordándola, que su última visita a Casimiro tuvo el resultado que cualquiera hubiera podido prever: el primo lo miraba como el que indaga en el rostro de un loco, con una inagotable sonrisa socarrona en su boca perdida, en la línea casi sin labios de su boca, tan parecida a la de la Gioconda, y Dionisio no pudo resistirse a la tentación de ponerse de pie bruscamente y largarse de allí. Después de todo, qué falta le hacía su opinión. Ninguna. Siempre hay alguna manera de agenciarse el conocimiento. Él no estaba tan escaso de lecturas como para dejar de pensar por cuenta propia. En una revista que le regaló Damaris, que le había regalado el italiano, un regalo dentro de otro regalo, leyó que en una ciudad imprecisa, que tal vez era Iowa, tuvo lugar ante las cámaras de la televisión una especie de competencia de levitadores para ver quién lograba mantenerse más tiempo que los otros suspendido en el aire. La noticia lo sacó de balance porque él siempre había tenido la idea de que levitar era un oficio de ocultamiento: los grandes levitadores de la hagiografía cristiana, José de Copertino y Francisco Suárez, eludían las miradas de los demás apenas se percataban de que estaban próximos a hollar el aire con sus talones, y Teresa de Ávila hacía incontables esfuerzos para no ser observada cuando en presencia de sus hermanas carmelitas, en el locutorio, "presa de un espanto excesivo", según propia confesión, advertía que estaba siendo separada varios centímetros del suelo.

Pero aunque él hubiera tenido la incontestable sensación de las dos alas ensambladas en sus omóplatos como una invitación a levitar, aunque esa sensación persistía, la posibilidad de transitar el aire, tantas veces prevista en sus insomnios, era el mayor de todos los disparates que se le pudieran ocurrir. ¿Por qué? ¿Por qué era imposible que él lograra separar sus pies del piso? Muy claro: porque no era posible, porque demasiado había alardeado de ser el rey del colchón, el más toletudo de todos los hombres que recorrían el casco histórico de la ciudad. A levitar no se aprende entre los muslos de las mujeres, pensó. Levitar es el último peldaño de una vida con olor a santidad, una forma de reconciliarse con el cielo, de empezar a descifrar los mecanismos del más allá. Cuando pisamos el aire ya hemos roto las ataduras y no pertenecemos a este mundo. ¿Qué coño le pasaba? ¿También él, como Casimiro, se aficionaba a la matraquilla de la muerte?

—Hay que tener cuidado con la gente del Comité. La lechuza siempre está con la guardia en alto —susurró Pitín el Cojo mientras se golpeaba la pantorrilla con un palo de mangle. Señaló con un índice encogido hacia un hombre de rostro picado de viruelas que estaba sentado en el estribo de una camioneta.

—Ese es uno de ellos —agregó—. Desde hace dos días me están siguiendo los pasos. Por ahora olvídate de los cangrejos.

—¿Cangrejos?

—Coño, tú no sabes disimular.

¿La cancelación del proyecto se explicaba únicamente porque el hombre de rostro picado de viruela los miraba con imprudencia? La lógica decía todo lo contrario: si el hombre miraba tan directamente no debía ser del Comité, conjeturó Dionisio.

—No preguntes más nada. Ahueca el ala —dijo Pitín el Cojo a tiempo que echaba a andar hacia el roquerío de la costa, alejándose con rapidez.

Mucho antes del crepúsculo de ese día, cuando aún los rayos del sol descendían como flechazos incandescentes, Dionisio llegó a casa de Pitín el Cojo. Tocó a la puerta y nadie salió a recibirlo. Cada vez que tocaba únicamente le respondía el ladrido de un perro. Pero Cojímar no era Tokio, pensó, le sería fácil localizarlo si daba una vuelta por el pueblo. Salió a buscarlo y muy pronto se topó con él donde menos esperaba encontrarlo: en cuclillas frente a la bahía, observando un mar tan inmóvil que parecía una planicie de aluminio.

—Si ya estaba todo cocinado —se lamentó Dionisio.

—Tranquilo, bróder, tranquilo. Peor es caer preso.

—Tienes miedo, ¿verdad?

—Piensa lo que quieras, pero yo no me meto en esa candela por ahora.

Tenía miedo. Eso era. A última hora, cuando ya habían acopiado las tablas y las gomas de camión, cuando lo tenían todo en un lugar seguro, Pitín el Cojo se había apendejado. Cualquiera se apendeja cuando tiene que subir a una balsa y enfrentar el océano. Noventa millas. En una balsa. Sin motor fueraborda ni velamen, con un palo a modo de remo, siempre a la deriva, apelando sólo a la buena voluntad de la corriente del Golfo. Pero tal vez Pitín el Cojo no había retrocedido como una rata de basurero empujada por su propio miedo, porque él había nacido en un pueblito de pescadores y según le gustaba referir estaba acostumbrado a sortear unas tormentas que parecían dividir el mar en dos mitades, sin que él se acoquinara, sin que el jadeo y los bramidos del mar lo intimidaran, hasta que las aguas fraccionadas lograban aquietarse y quedaba flotando en el aire un olor a manglar y a bejucos húmedos, que es el olor, decía, que debe haber tenido el mundo en el momento de nacer.

En cambio él, Dionisio Sanpedro, ¿por qué persistía? Se formuló la misma pregunta innecesaria diez, veinte, acaso mil veces durante el interminable lapso que medió entre encender un cigarrillo y después de algunas chupadas ávidas, tirarlo al suelo para apagarlo con el zapato. Sí, ¿por qué, por qué tenía que abandonar su casa natal, el paisaje, su idioma y las costumbres que lo protegían? ¿Por qué? ¿Sólo porque Pitín el Cojo lo había aconsejado? Si lo miraba bien, no existía ningún motivo apremiante que lo obligara a hacerlo. ¿Quién lo perseguía, quién lo acosaba? Nadie, se respondió con una mezcla inesperada de perplejidad y desasosiego, como si esa sola palabra, pronunciada sin mucho énfasis, cuando más persuadido estaba de que no iba a retroceder, hubiera podido servirle para vencer la tentación de trepar a una balsa y salir rumbo a lo desconocido.

Nunca contaba los peldaños que lo separaban del apartamento de Damaris. Ahora, mientras ascendía, en lugar de empezar a contarlos por primera vez, Dionisio pensó que él no era tan idiota como para ignorar que los hombres pueden cambiar de la noche a la mañana, en un instante providencial. En cuanto él estuviera en alta mar, Yemayá, la Madre Universal, la diosa azul dueña de las aguas, la deidad de las siete sayas, lo ayudaría a transformarse. Los cubanos saben que no se

213

puede cambiar de vida atravesando el mar sin el consentimiento de Yemayá-Olokun. Sin el concurso de las aguas de la superficie y de las profundidades. Yemayá lo iba a complacer. Aconsejado por un santero, se lo pediría, engatusándola con la promesa de una ofrenda de chayote, culantro, añil, berro, miel y verbena que, apenas le fuera posible, iba a colocar al pie de una palma real, que según le habían dicho abundaban en Miami casi tanto como en Cuba. Yemayá, Yemayá. El ruego lo haría de rodillas en la balsa, a medianoche, bajo el chisporroteo de las estrellas. No existe nada que no logre el océano con la furia y la paciencia de su eternidad. Solos en la balsa, alejados de todos, Yemayá y él. Bastaría con pedírselo a la diosa. Siempre había sido así desde el principio de los tiempos. Siempre el hombre iluminándose por intercesión de una divinidad. Para confirmarlo, ahí estaba el caso de San Pablo, que durante un tiempo fue un implacable perseguidor de cristianos, a muchos de los cuales les separó la cabeza del cuerpo. Bastó, para convertirse, que una luz lo envolviera y escuchar la voz de Jesús. De modo que, con todo el ímpetu que necesitaba para no volverse atrás, Dionisio tuvo la certidumbre de que había llegado para él el momento de enmendarse. ¿Si no, por qué se había apoderado de sus hombros la sensación de haber tenido alas? ¿Por qué lo rondaba la idea de que su vida estaba a punto de variar de curso, una idea que no era un simple capricho, lo sabía, sino el resultado de una urgencia interior a la que no podía negarse, a la que no podía abstenerse de ofrecer una respuesta condigna desde ahora y para toda la vida?

Pero él no debía hacerse demasiadas ilusiones. Ninguna persona intoxicada de la peor manera de hacer el sexo, es decir prescindiendo del amor, había logrado su conversión, ninguna había ascendido a los altares, ninguna había levitado, ninguna había siquiera conquistado el perdón. Y él, Dionisio, posiblemente era la peor de todas las personas que lo rodeaban. Nunca había conocido eso que los demás llamaban amor. La renuncia tácita al sueño que muchos de sus amigos identificaban con contraer matrimonio y tener varios hijos, le creó una dependencia del sexo semejante a la que se puede tener de la droga. El día que no se acostaba con una mujer le daba fiebre, y se sentía malhumorado, deprimido. Sólo le interesaban los atributos físicos de la mujer: la turgencia de los senos, las corvas, los muslos alargados y macizos como los de sus compañeras de secundaria que le abultaban las bragas de sus diecinueve años mientras jugaban basquetbol o hacían calistenia.

Soltó una estruendosa carcajada en el mismo instante en que accedió a un nuevo descanso de la escalera, pensando que el colmo de la extravagancia sería lanzarse al espacio abierto, desde la azotea de Damaris, para levitar desnudo, aunque a esa hora, con el sol en declive, a contraluz, silueteado, nadie desde abajo le podía observar sus particularidades, el reiterado eufemismo con el que su abuela hacía alusión a los genitales. Deslizó la vista por la pequeña ventana que remataba un ángulo de la escalera y le pareció divisar, por encima de las azoteas contiguas, la columna de humo de la termoeléctrica de Tallapiedra, que a esa hora, pespunteada de plata, debía estar emitiendo destellos metálicos. Recordó haber leído que al gran mago Daniel Dunglas Home muchas personas lo vieron flotar en el aire cuando salió al espacio abierto desde la ventana de un tercer piso de un edificio de Londres, al que regresó después de realizar una larga caminata sobre la calle. De haber conocido personalmente a Home, o a San Juan de la Cruz, que también levitaba, les hubiera preguntado si en alguna ocasión experimentaron la sensación de tener dos alas ensambladas en los omóplatos.

¿Ocho escalones? ¿O diez? Nunca contaba los escalones que lo separaban de Damaris. No se detendría a contarlos ahora, pensó. Pensó al mismo tiempo que acaso él no era un tipo fuera de serie como imaginaba. Tal vez era un blandengue y se estaba enamorando de Damaris sin darse cuenta. Por eso había roto sus relaciones con Yaire. Dicen que ocurre así, que un día cualquiera, sin saber cómo ni cuándo ni por qué, uno descubre que está enamorado. La vio como en la primera ocasión, a la salida del cine, con su minifalda coloreada por las luces pulsátiles de la marquesina, y su largo pelo negro derramado sobre los hombros, confluyendo hasta la geografía de los senos como una caricia de azabache. Por eso la tenía en la cabeza las veinticuatro horas del día, por eso subía siempre la interminable escalera con las manos yertas y una arrasadora necesidad de verla que era más de enamorado que de seductor. Por eso odiaba con todas sus fuerzas al italiano hijo de perra que pretendía llevársela a vivir en Nápoles, ¿o en Roma? Por eso en este momento en que iba a soltar las amarras, a cambiar de destino, ahora que estaba a punto de demostrarle al mundo de lo que era capaz, de dar el salto mortal pasara lo que pasara, decidió ir en busca de Damaris y no de otra persona.

A ver, hoy es lunes, pensó Dionisio, el lunes es lunático, puede ocurrir no sólo lo que imaginas sino lo que rechazas, a ver, hace hoy exactamente una semana porque fue el lunes pasado cuando tuvo una pesadilla en la que ascendía al cielo con la chaqueta que le compró Damaris gracias a los dólares del italiano, pero al mismo tiempo que la tela de la chaqueta se disolvía en flecos luminosos alcanzó a comprobar que no era sólo la chaqueta la que se desmenuzaba, convirtiéndose en luz, sino todas las otras prendas, la camisa, el pantalón, la camiseta, los calzoncillos, hasta quedarse desnudo, suspendido en el aire anaranjado del atardecer, aterrorizado repentinamente porque no era al cielo hacia donde él se dirigía sino al infierno de aceite hirviente y calderas de bronce que se había ganado en la cama de los maridos burlados, el infierno que no olía a entrepierna ni a sobaco de mujer sino a tufarada de azufre, en la pesadilla cerró los ojos para agradecer que estaba muriendo con alegría, como si en la vida no existiera nada mejor que esperar la muerte, pero en realidad seguía ascendiendo, ganaba los últimos peldaños que lo separaban del piso más alto, abierto a la azotea desde donde iba a contemplar a su gusto el humo de Tallapiedra, introdujo la llave en la cerradura, empujó la puerta, Damaris estaba agachada en medio de la sala, dándole de comer al gato, y cuando trasladó la vista desde el plato de peltre hasta el rostro del hombre que acababa de entrar a su apartamento aceptó la incómoda idea de que Dionisio no era el mismo de siempre. Sin embargo, al mismo tiempo conjeturó que su sospecha podía ser excesiva. De reojo lo vio cruzar a su lado y caminar hacia la azotea. Era casi lo mismo de siempre. No ocurría nada diferente. Era lo que hacía todas las tardes. Antes de estar con ella, mientras ella lo esperaba desnuda en la cama, abierta de piernas, Dionisio siempre improvisaba maniáticamente algunos pasos rumbo a la azotea para echarle una mirada familiar a los barcos que avanzaban con pasmosa lentitud hasta el fondeadero de la bahía. No había motivos para preocuparse. Todo estaba bajo control. Mira que ella imaginaba cosas absurdas. Era muy imaginativa. Demasiado. Le sobraba inventiva. Pero ahora no fantaseaba, no era que estuviera fantaseando. Dionisio se demoraba demasiado. Demasiado era el silencio que mediaba entre los dos. ¿Sería tan rematadamente loco como para hacerlo? ¿Y nada menos que desde su casa, desde su azotea? Tremenda jodedera. Lo había oído hablar en repetidas ocasiones que era posible caminar sin poner los pies en el piso. Levitar, esa era la palabra que usaba. Levitar. Sería idiota. Recordó que Dionisio mencionó a un tal Simón que logró levitar durante algunos minutos antes de caer al piso y partirse una cadera. Si trataba de hacerlo, le iba a pasar igual. Igual no, peor, porque iba a caer desde un quinto piso. Le pareció escuchar un estruendo allá abajo, en la calle. Ay, Dios mío, se mató. Se mató. Se mató, santo Dios. Sí, le sobraba imaginación. Vio a la policía entrando a su apartamento. Interrogándola. No, por Dios, no puede ser verdad. Se armó de valor y saltó de la cama. Tenía que asomarse y mirar hacia abajo.

Fue la última vez que lo vio. Nunca más, se dijo, nunca más. La azotea estaba desbordada por los fuegos fatuos del atardecer, que también crepitaban allá abajo, en el inmenso espejo de la bahía. Y cuando Damaris alcanzó a verlo de espaldas a ella, quitándose la ropa, tuvo el pálpito inexorable de que aquel hombre había subido con la respiración entrecortada la interminable escalera no sólo con el propósito de devolverle la llave del apartamento sino para hacerle un furioso amor de despedida en las estribaciones del cielo, el modo más humano de flotar en el aire, de levitar desnudo hasta perderse en un horizonte de antenas parabólicas y luces de neón.

El último viaje en avión

Era exactamente la una de la tarde cuando en compañía de una adolescente que acababa de conocer, Miguel Hernández inició en un carro azul de dos puertas el viaje de regreso a la ciudad de La Habana. Conducía a poca velocidad convencido de que la marcha a fuego lento le facilitaba voltear el rostro sin perder el dominio del timón para observar con creciente avidez el firmamento de pecas que en el nacimiento de los senos de la muchacha se había exacerbado a causa de cuatro horas sin sujetador, bocarriba en la arena, con todo el sol de Varadero enfocado hacia su piel. Ella dijo llamarse Damaris. También dijo que estudiaba el segundo año de arquitectura y que había llegado a la playa esa madrugada acompañada de su novio pero ahora estaba sola, es decir hasta poco antes de conocer a Miguel, debido a que ella y el novio habían escenificado una sonora trifulca a las puertas de un motel por un motivo que al principio Damaris se negaba a referir pero al que finalmente , sin necesidad de verse sometida a ningún interrogatorio, calificó de proposición deshonesta: el novio pretendía nada menos que ella hiciera en su presencia el amor con otra mujer.

No sin cierta vanidad desaforada que le iluminaba el rostro, Miguel Hernández se dijo que el amor ella lo iba a hacer no con ninguna otra muchacha ni en presencia de nadie, sino con él, esa misma noche, en la cama de altos postes de la habitación que ocupaba en un hotel del Vedado. Pero aunque el deseo era ya un ardor insostenible en su sangre, no aceleró el auto para llegar cuanto antes puesto que simultáneamente emergió en su memoria el rostro de la anciana que en un portal próximo a la Plaza de la Catedral, la víspera de su viaje a Varadero, le había pronosticado que la muerte lo rondaba, y por lo tanto él debía, ahora (¿realmente debía?) , más allá de todas las supersticiones, por pura precaución, seguir conduciendo a la misma velocidad moderada que hasta entonces le permitió complacer la obsesión de voltear el rostro, sin exponerse a un accidente, en busca de la turbadora constelación de pecas en el pecho de Damaris.

Según la echadora de barajas la muerte de Miguel Hernández no iba a ocurrir en un automóvil sino en un avión, lo que afortunadamente redimía su viaje de regreso a La Habana de todo ingrediente de pavor. Aunque el pronóstico de la anciana podía interpretarse como la probable broma perversa de alguien que no hacía buenas migas con los extranjeros, el hecho preciso de que el espectro de la muerte no estuviera ocupando un asiento del auto, junto a él, con la guadaña en alto, disipaba por el momento cualquier asomo de inquietud. Mientras el auto avanzaba hacia la incertidumbre de La Habana, Miguel Hernández sintió sobre su rostro la máscara de fuego de la reverberación del mediodía y para burlar un instantáneo pálpito de tragedia, que contra toda lógica podía ser una señal del destino, sin cerrar los ojos se instaló en el segundo círculo de su mandala personal, desde donde irradiaban los recuerdos más felices, y vio un derrame de hebras de oro a todo lo largo de la espalda de una mujer que tal vez era Gertrudis, vio un agujero en la arena hecho por el dedo gordo de su pie, vio una gaviota bajo el aguacero buscando la protección de un cobertizo, y vio una sombrilla y un balón y un blue-jean puesto a orear a la sombra de un árbol gigantesco, vio el viento que nadie más podía ver, y vio a la otra Damaris en el instante mágico en que empañaba sus ojos con unas gafas de sol.

—¿Cómo te llamas?

—Damaris —mintió.

—Joder. ¿Ese nombre es frecuente en Cuba?

—No sé. ¿Por qué?

—Porque he conocido a varias muchachas que se llaman igual que tú. Sólo llevo una semana en Cuba y creo haber conocido a cuatro o cinco Damaris.

—¿Jineteras?

—Jineteras y no jineteras. A dos de ellas las conocí aquí en Varadero, a las demás en La Habana. Es un bonito nombre —se posesionó de una de sus manos, observó aplicadamente las líneas de la palma, repasándolas con la yema del dedo índice como pudiera hacerlo un quiromántico—. Damaris, me gustaría que me contaras tu historia.

—¿Historia a los diecinueve años? —se echó a reír.

—Algo me puedes contar: tus sueños, tus aspiraciones, quiénes son tus padres, qué hacían, qué hacen, si estás casada, si has conocido a muchos turistas, si haces muchas veces al mes este...trabajo.

—No soy una santa pero tampoco una puta —recogió su mano.

—No he dicho eso. No hay por qué cabrearse.

Damaris se puso de pie.

—Ya te dije que es la primera vez, ¿oíste?, que salgo con un extranjero —volvió a mentir.

—Te creo, mujer. Olvida lo que pregunté.

Damaris echó a andar delante de él. Llevaba una falda corta, ceñida más de la cuenta, bajo la cual fluctuaban las nalgas que, a contraluz, se transparentaban tan perturbadoramente como si estuviera desnuda. Miguel pensó que ni siquiera llevaba braga. En todo caso, concedió, sólo llevaría una tanga, ese minúsculo triángulo sobre el otro triángulo, si es que ella no se había depilado como hacían muchas jineteras.

—Espérame —le dijo.

Cogidos de la mano caminaron hasta el restaurante.

Mientras comían, ella se atrevió a preguntar:

—¿Me puedo quedar contigo esta noche?

"Después de los treinta años cada cual es responsable de su rostro", murmuró Miguel Hernández a tiempo que abría los ojos, ahora que los primeros rayos del sol se filtraban por las persianas con todos los colores recién nacidos del amanecer. Se dio a examinar minuciosamente, sin prisa, a la muchacha que dormía a su lado, compartiendo su misma almohada, hasta que consideró haber resuelto todos los enigmas de su sorprendente juventud. "Pero antes de los treinta también, a los quince años hay quien tiene cara de asesino", conjeturó. Le costaba imaginar que aquella muchacha que derramaba candor por los poros se hubiera acostado ya con un hombre (con un hombre o con varios, vaya usted a saber) y sobre todo que no lo hubiera hecho por amor sino para conseguir algunos dólares mustios. Mientras volaba de Madrid a La Habana, desde su asiento de no fumador creyó oír las conversaciones de varios pasajeros que obviamente respondían a los cánones de quienes buscaban sexo fácil. Todos eran jóvenes con muy buena pinta, ninguno pasaba de los cuarenta, salvo un viejo gordo y calvo que metía las narices en un periódico (¿para que no repararan en él?), y todos hablaban de lo mucho y barato que en Cuba se follaba, de las frases de amor que escribían con la lengua en la ingle de los turistas las famosas jnineteras, del vello púbico de las mulatas, que de tan negro era casi azul, y de las vulvas que obedeciendo a la vehemencia del trópico emitían a todas horas una tufarada de mariscos.

Un mínimo destello de ética, de caballerosidad, prohíbe preguntarle a una mujer, y con más razón a una adolescente, si ha fornicado antes con otro hombre. A Damaris, por supuesto, no hubiera sido necesario preguntárselo. Era evidente. Su himen no existía, se había evaporado, se había volatizado, y si realmente alguna vez existió (él no tenía la menor noción de anatomía, tampoco ninguna experiencia para corroborarlo) ya algún cabrón hijo de perra lo había desgarrado. Para él, Miguel Hernández ("como el poeta", solía decir), arquitecto, treinta y cinco años, divorciado, la virginidad era un mito. Había follado mucho (los cubanos en lugar de follar dicen templar) pero su verga nunca conoció el esfuerzo extra de luchar contra un virgo intacto. Ni siquiera cuando se acostó con Gertrudis, su primera mujer. ¿Por qué siempre la describía como la primera si no había contraído matrimonio con ninguna otra? Gertrudis no llegó virgen al tálamo nupcial y tampoco él (por caballerosidad, ya se sabe) le preguntó a quemarropa quién tuvo la mala leche de estropearle su teórica luna de miel. Después de todo, qué ganaba con saberlo. Sin embargo, nunca se perdonó el rancio sentimentalismo que lo impulsó a dejar de penetrarla cuando aún eran novios y sobraron las oportunidades. Eso tal vez no hubiera torcido el rumbo de los acontecimientos porque a las puertas del siglo veintiuno en este valle de lágrimas, lo pensó después, tampoco un himen perforado era un impedimento para nada. Pero el hecho de no haberla disfrutado antes en el hechizo de una cama, o en un sofá, o de pie (los dos de pie, junto a la puerta de la calle, cuando se despedían ya tarde en la noche, como muchas veces lo concibió sin atreverse, ella abierta como para dejar pasar entre sus piernas un balón de fútbol, con la saya hasta el ombligo, él precavido de que nadie los pudiera sorprender), de haberse armado de la determinación necesaria para llevar a feliz término el delicioso prolegómeno sexual, esa decisión que en realidad no demandaba tanto arrojo, que era algo natural, lógico, acaso inevitable entre dos jóvenes que hipotéticamente se gustaban, que se gustaban mucho para qué andarse por las ramas, esa resolución, repetía Miguel con empecinamiento después de consumado el matrimonio, le hubiera permitido, aunque fuera con una diminuta antelación, inspeccionar el terreno que pisaba.

Con la nueva Damaris en el asiento contiguo, Miguel Hernández se dijo que si no había venido a Cuba en busca de sexo barato, por mucho que se mirase en el espejo de sí mismo posiblemente nunca alcanzaría a precisar el motivo de aquel viaje repentino a la isla que apenas le permitió arreglar las maletas, el motivo real, no el que le diseñó la propaganda turística, el motivo que, ahora, a sólo dos días de subir al avión hacia Madrid, con toda probabilidad hundía sus raíces húmedas en el pronóstico de la echadora de barajas. Trató de desechar el pálpito desolador que se ramificaba hasta su plexo solar, hizo el esfuerzo consagrado a los momentos difíciles para verificar, repasando con la yema de los dedos febriles el timón y la felpa del asiento, que viajaba en un automóvil y no en un avión, en un auto alquilado que él conducía sin dificultad por una carretera como un voladizo, más cerca del cielo que nunca antes en su vida, con todos los árboles y los ríos diminutos allá abajo, dentro de un auto que bordeaba una cornisa presentida entre las nubes, desde donde se divisaba el océano interminable, que tal vez era el mismo que él debía sobrevolar en un pájaro de aluminio o de titanio dos días más tarde con destino a Madrid. Pensó otra vez: "Tranquilo, Miguel, tranquilo, estás en un coche, no en un avión". Recuperó de un zarpazo la alegría de vivir y experimentó la dicha suprema de conducir el auto con todos los temores volátiles extinguidos en un recodo del subconsciente, con las manos firmes y prósperas en el timón, bajo un cielo diáfano que no era su cielo pero que de todos modos lo protegía. A cada momento volteaba el rostro hacia el firmamento de pecas exacerbado por el sol de Varadero, como si pretendiera descubrir en el fulgor de las incontables manchas color café la posibilidad escudriñada en todos sus sueños recurrentes de perforar un himen en alguna ocasión con textura de fábula, que acaso ya tocaba a su puerta, "ahora o quizá nunca", pensó (¿no había rehusado ella la imperiosa propuesta del novio?), y tal vez también la posibilidad no más remota, no más incierta, de experimentar los pormenores olfativos, gustativos y táctiles de un amor verdadero, que a estas alturas era lo único que podía servirle para agarrarse con todas las uñas a la vida, pero apenas imaginó a Damaris en la habitación del hotel del Vedado, abierta de piernas en la pira sacrificial de la cama de altos postes que tanto le recordaba a la de sus abuelas, confirmó que también por única vez era casi inmensamente feliz, y como si pretendiera demostrárselo al propio Miguel Hernández, aplicó con la frenética determinación de los alucinados el pie en el acelerador pero al hacerlo perdió con sobresalto el dominio del timón, alcanzó a escuchar el siseo de los neumáticos desesperados cuando intentó frenar, el estrépito final del auto transfigurado que ya abandonaba la carretera y se proyectaba hacia el abismo con las dos únicas puertas abiertas, desplegadas como las alas del avión que en el augurio de la anciana echadora de barajas se precipitaba a tierra envuelto en las agónicas luces rojigualdas del atardecer.

Maniobras del tiempo

En el bolsillo derecho del pantalón llevaba las llaves de su casa; en el izquierdo, las monedas recibidas de vuelta cuando hizo las compras en el supermercado. Las monedas. Sueltas. Cuando él introducía la mano en el bolsillo izquierdo, y la movía, las monedas emitían un sonido parecido a los gruñidos de su gato. Al menos, esa era su percepción: ruido de monedas al chocar igual a gruñido de Thalo.

Pero Thalo, su gato, ya no existía. Desde el día anterior, a las tres de la tarde, había dejado de ronronear, de mover la cola, de sacar la lengua y relamerse de gusto después de haber devorado su diaria ración de pescado. Sin recurrir a torpes analogías, podía confirmarse que Thalo se disolvió en el aire: pasó a la inmortalidad sin dejarnos su cuerpo para darle sepultura. A Beatriz le hubiera gustado que un montículo como una arruga de la tierra debajo del césped, y una rústica cruz de pino señalaran en el traspatio de nuestra casa su destino final. Pero no pudo ser. Un privilegio, después de todo.

Thalo está, ahora, del otro lado de la frontera, donde la gente deja de ser invisible para corporeizarse. He oído decir, para mi consuelo, que del otro lado renacen a la carne pero no a los pecados de la carne. Por eso, imagino a Beatriz agachada en medio de la sala, dándole de comer a Thalo en su plato de peltre, el único que aceptó a lo largo de su vida: el plato verde, verde Thalo, con algunos desconchados en los bordes. Repentinamente, es decir después del vértigo de la faena en el quirófano y del tratamiento de quimioterapia que no arrojó los resultados previstos, Beatriz también se había hecho invisible. Una madrugada. A las tres de la madrugada. "Desde entonces comenzó mi martirio", dijo el hombre y volvió a remover las monedas dentro del bolsillo para desafiar su soledad, para comprobar que Thalo estaba vivo debajo de la tela del pantalón, que no había pasado al otro lado, donde Beatriz le proporcionaba todas las tardes, con puntualidad, una apetitosa ración de pescado. Pero dentro de tantas imprecisiones, en un instante de iluminación, el hombre consiguió admitir que Beatriz, Thalo y el pescado debían estar ocupando algún otro lugar en el espacio. De pronto el hombre se sintió colmado de celos porque no ignoraba que ella había dejado de ser invisible y recuperado su carne, la que un día poseyó aquí, una carne tibia, tersa, color de azúcar crudo, capaz de avivar todos los deseos y todas las pasiones incontrolables de los hombres que también habían logrado corporeizarse.

A ese rival lo había encontrado antes en otros escenarios muy diferentes. Siempre pudo advertir a tiempo que aquel hombre era en extremo cauteloso en la ejecución de sus propósitos. Yo también lo soy, algo que él ignoraba para su poca fortuna. Existe un sapo que cuando se siente amenazado en la floresta, mediante un brusco movimiento de sus patas logra situarse boca arriba para exhibir el color de su vientre, el mismo de ciertas salamandras venenosas que le permite engañar al adversario. Así escapa al apetito depredador de los mamíferos, pero no al de los reptiles. En opinión del hombre está referencia al disfraz del sapo estaba plenamente justificada. Veremos por qué. Con la cautela que era de esperarse, paso a paso, el rival dio sus primeras señales de vida, sacando provecho de las cuantiosas ventajas que le confería su condición de reptil.

Siempre existe un rival. Ocurría incluso que cuando el hombre se miraba al espejo, era observado con rivalidad por sus propios ojos. A falta de un rival, hay que inventarlo para satisfacción de la vanidad. Sin el opuesto no se puede vivir. Así que la presencia del Otro también estaba justificada. Tocó a la puerta, yo acudí a abrirle. Fue un gesto instintivo, un salto eléctrico, felino, porque el hombre, el hombre de la trama, estaba sentado en un butacón, leyendo, y yo quise ahorrarle la contrariedad de levantarse, de abandonar el libro en la mesa de luz, y de caminar luego hasta el portón, a cuya entrada, pervertido por las primeras sombras de la noche, aguardaba el rival, de pie, los brazos cruzados sobre el pecho. Había sido enviado por el destino, de otro modo el hombre no lo hubiera dejado pasar.

—Todo está en regla —dijo el rival.

—¿No hay problemas?

—Ninguno.

Más allá de las rocas que protagonizaban la costa, en efecto, tal como le anunciaron, había una balsa que era mecida por las olas. Pero el rival, la persona que debía compartir los riesgos del proyecto clandestino, no apareció. Esperó en vano una, dos, tres horas. La compañía del gato, de Thalo, le resultaba casi tan imprescindible como la de Beatriz, pero ella no debía asumir los peligros y las penalidades que acarreaba un viaje tan azaroso. De modo que estaba decidido: con las mejillas ultrajadas por el salitre subiría a la balsa acompañado únicamente de su gato, de Thalo. Beatriz viajaría más tarde, con un pasaje de avión en su bolso de mano. Era lo que habían calculado, no lo que ocurrió. De pronto, cuando ya lograba trepar a la balsa con el gato en la axila, el hombre intuyó que el rival le había tendido una trampa con olor a muerte. El océano, el mar inmenso y desaforado, no siempre contribuye a hacer valedero el sueño de los hombres.

Pero nadie es rival del otro por pura decisión arbitraria de un oráculo, o porque alguien le dé por asumir gratuitamente ese papel. Yo fui su rival en otra época, después de haber sido lagartija, ballena, jabalí, elefante, lechuza y gato, en rigurosa aparición hasta acceder a la condición de hombre. Si lo ofendí en algún otro momento anterior, ahora yo debía ser el ofendido. Son las reglas del juego. A ellas uno debe atenerse; gústele o no a quienes están obligados a aceptarlas. En aquellos momentos definitorios, él se llamaba Mauricio. Lo había conocido durante la celebración de la feria del libro de Guadalajara, donde un amigo dio lectura a su última novela. Después coincidimos en diferentes lugares y finalmente estabilizamos la amistad en Miami. Mauricio nos visitaba casi a diario, y con no escasa frecuencia, durante las sofocantes tardes del verano, traía en su auto un traje de baño para darse un chapuzón, decía, en la alberca de la casa de su amigo preferido, que sin duda era yo. Eugenia, mi mujer, sin reparar en mis gruñidos de desaprobación, sólo se echaba encima las ropas más vaporosas encontradas en el mercado, de modo que Mauricio y yo, cuando conversábamos con ella en los alrededores de la alberca, no sabíamos si mirarla directo a los ojos, o si dejar caer la mirada en sus pechos de pezones morados que fluctuaban bajo la tela transparente de la camiseta.

—Qué hembra —pensé, o casi escuché que Mauricio murmuraba, incapaz de ocultar el fuego de la próstata que ella le provocaba en el instante preciso en que, ya dentro del agua, se deshacía del sostén y dejaba que sus pechos simularan flotar en aquella superficie azul, a la que el sol arrancaba destellos metálicos, una escena de nítidos contornos cinematográficos que yo recibía con la incomodidad de un gato en el tejado caliente, experimentando una mezcla de resentimiento y a la vez de frenética excitación sexual: es decir, la lógica irritación por el hecho de que ella se mostrara tan vulnerable delante de Mauricio, pero con el pene erecto, abultándome las bermudas a la altura de la entrepierna, mientras me percataba, complacido, de que a mi mejor amigo también lo excitaba el espectáculo.

Al cabo de casi veinte años, mientras Thalo maúlla en el bolsillo izquierdo de mi pantalón, uno relee con desconcierto las páginas escritas en el recuerdo, que el tiempo comienza a emborronar con pálida perversidad. Gracias a un cuchicheo de vecinos y tras mi paciente vigilancia, lo supe: Mauricio y mi mujer se ponían de acuerdo para verse en mi casa y ocupar mi propia cama, ignorándome, cuando las exigencias del trabajo o alguna otra solicitud de la vida anunciaba mi ausencia. Para más detalles, alcancé a saber que Mauricio llevaba siempre consigo una copia de la llave de nuestra casa, que por razones obvias ahora presagiaba el desquite. El resto no es difícil imaginarlo. Apenas tuve la confirmación, urdí el final de la historia. No me falta inventiva para hacerlo, pensé agradecido de los dones que me habían sido concedidos al nacer. Cerré furiosamente la puerta de nuestro dormitorio. Eugenia estaba de espaldas a mí, mirándose en el espejo, entretenida en su laborioso maquillaje. Escuchó el portazo. Se volvió, sorprendida y acaso angustiada, para reiterarme la mirada que poco antes me había dirigido desde el fondo del espejo.

—¿Qué ocurre? —preguntó.

Se lo expliqué sin una pausa. Yo iba a facilitar sus encuentros con Mauricio. No era imprescindible seguir cargando con la culpa del engaño. Ella me observaba con incredulidad, con enormes ojos interrogadores. Yo llevaba la pistola en el bolsillo, no en el bolsillo izquierdo del pantalón, donde se refugiaba Thalo, sino en el trasero. Aguardé hasta que ella, respondiendo a mi pedido, que tenía la densidad emocional de una exigencia, después de muchas dudas y retrocesos, de súplicas inútiles, convino en llamarlo por teléfono y concertar la cita, esa misma tarde, a las cinco, como otras tantas veces. Entonces extraje la pistola y disparé. Coloqué la pistola sobre la alfombra, muy cerca del cuerpo yacente. Me quité los guantes y salí a la calle, hacia los resplandores del mediodía, con la convicción de que Mauricio no dejaría de acudir al encuentro, puntualmente, para asumir el riesgo de ser inculpado.

El hombre verde

Cuando Thalo entró al Salón de los Espejos tuvo el pálpito angustioso de haber perdido repentinamente su individualidad. Nunca había sentido un miedo tan específico. Cientos, miles de gatos que tenían sus mismos ojos lo miraban con idéntico desconcierto. Movió subrepticiamente la cola para observar el resultado de su investigación, y los cientos, miles de gatos que lo habían estado observando desde el fondo de todos los espejos movieron la cola al mismo tiempo, y detuvieron el movimiento sólo cuando él lo detuvo. Pensó que si se había multiplicado, como acababa de corroborar, en cada uno de aquellos gatos infinitos existiría una porción de Thalo. "Multiplicarse es también dividirse", reflexionó con creciente malestar, presintiendo que ya nunca más, en ninguna fecha próxima o lejana, volvería a reunir sus partes.

Es verosímil y acaso imprescindible que, entre todas las imágenes ansiosas, la del gato menos dado a la resignación, para escapar al acoso de los espejos, describiera aquel salto elástico que le permitió muy pronto, corriendo desaforadamente con las orejas gachas reveladoras de su persistente temor, dejar atrás las zigzagueantes callejuelas de los suburbios que le salieron al paso en la imperiosa noche. Magramente iluminado por el parpadeo de las estrellas, atravesó un pastizal, otro, y al fin se detuvo a la orilla del río que lo invitaba a beber de sus aguas. Del susto que aún experimentaba pasó sin transición a la desconfianza, y pensó con suficiente lucidez que nadie puede impedirnos tener sed pero sí tomar agua. Miró a un lado y otro. No advirtió a todo el alcance de su vista, el menor movimiento en la floresta de una persona o de un animal que estuviera acechándolo. Inclinó la cabeza y bebió hasta saciarse.

Cuando dejó de beber y se aquietaron las aguas que muy pronto recobraron su bruñida superficie, Thalo se sintió atrapado por la fascinación de un nuevo espejo que esta vez le devolvía la tranquilidad. Mirándose con detenimiento y satisfacción se dijo que el engaño había concluido, pues sin la menor duda él era integralmente Thalo, el compendio de todas las imágenes que durante un minuto o dos bailotearon a su alrededor en el Salón de los Espejos. Como no estaba necesitado de sacar ninguna otra provechosa experiencia del episodio, y solo deseaba sepultar en el olvido sus vicisitudes recientes, como quien escapa de una pesadilla, Thalo echó a correr y atravesó en dirección contraria un pastizal, otro, y luego las zigzagueantes callejuelas de los suburbios hasta dar con su casa.

El dueño, que lo estuvo esperando esa noche durante horas, percibió de inmediato que Thalo no había podido eludir alguna peripecia especial que lo iba transformando en un gato taciturno. Aunque la contingencia resultaba aún indescifrable, era obvio que le había suprimido a Thalo muchas de sus peculiaridades esenciales. Se percató del cambio cuando dejó de escuchar sus gruñidos a las siete de la tarde, puntualmente, para anunciarle el inicio del noticiero vespertino de la televisión, o cuando Thalo renunció a ovillarse a sus pies apenas él se entregaba a la lectura de un libro. "El dueño sabe mucho más sobre Thalo que lo que un gato posiblemente pueda saber de sí mismo", pensó el hombre sacándose las gafas de leer para observar sin estorbo los movimientos circulares de Thalo alrededor del plato de peltre. Evidentemente había perdido el apetito. Sin embargo, al dueño no le alcanzaba la perspicacia para dar con la razón por la cual Thalo dejaba de devorar la diaria ración de pescado con la avidez de siempre.

Eusebio Mosquera, procurando una explicación, dedujo que él le había transferido a Thalo su propio desconsuelo. Rememoró la muerte de Astrid, su mujer, ocurrida dos años atrás, y recalcó que aún no lograba reponerse del duro golpe propinado por la enfermedad y la súbita desaparición de la única mujer que realmente amó en su vida. A su falta de resignación la exacerbaba, ahora, la reprobación de su conducta. Sin saber exactamente por qué lo había estado haciendo y qué oscura fuerza lo guiaba, durante los seis meses anteriores a la muerte de Astrid, mientras ella era sometida a tratamientos de quimioterapia, él viajaba todas las semanas a un pueblito de la costa norte con un pretexto tan bien urdido que le permitía encontrarse con Odilka Escanellas sin despertar la menor sospecha. Cuando el marido de Odilka se aventuraba mar afuera, ella esperaba a Eusebio en la propia cama del pescador, donde los dos eran culpables de adulterio.

A Thalo, en cambio, no le gustaba rememorar las semanas feroces que precedieron a la agonía de Astrid en el hospital. Había entrado a la casa de su nuevo dueño durante un invierno de cinco años atrás, y lo que más lo sorprendió con alegría fue el círculo de repeticiones que se produjo, puesto que la mujer del nuevo dueño se consagró desde el primer momento a proporcionarle todas las tardes una abundante ración de pescado en un plato de peltre, un plato verde, verde Thalo, el mismo plato en que le ofrecía el pescado la mujer del dueño anterior. Experimentó otro agradable asombro cuando se dio cuenta que Astrid y Eusebio hacían el amor sin tener la precaución de cerrar la puerta del cuarto, y desde la sala, ovillado sobre la alfombra, Thalo escuchaba los rumores y quejidos emitidos durante la cópula interminable. La invitación a entrar que prefiguraba la puerta abierta era tan intolerable que Thalo abandonó la alfombra y encaminó sus pasos hacia la alcoba. Un ramalazo de lascivia lo recorrió desde la cabeza hasta la punta de la cola cuando descubrió que su dueño acababa de transferirle sus estertores, el jadeo de los cuerpos machihembrados en la cama. Después de un nuevo salto providencial, Thalo consiguió imaginarse a horcajadas sobre el cuerpo de Astrid y mientras lo envolvían los últimos fuegos fatuos del atardecer tuvo la sensación de haberse desprendido de su tiempo y entrado a la eternidad, a un espacio ocupado por su desatinado erotismo, donde también otras numerosas veces había deseado y conseguido penetrar a una mujer.

Un gato nunca articula un gruñido que no esté dirigido a corporeizar sus ficciones. Y como la transferencia viaja en ambas direcciones, Thalo le insufló a su dueño el deseo fulminante de visitar todas las semanas el pueblito de la costa norte donde al fin logró seducir a Odilka Escanellas. Por aquel entonces ya Astrid había enfermado y Thalo procuraba rutas alternativas para su satisfacción. Un único detalle lo llenó de contrariedad: Eusebio y Odilka, sabiéndose culpables, hacían el amor tan secretamente que nunca dejaron abierta la puerta de la habitación. Thalo apenas lograba percibir desde la sala los lejanos jadeos del amor. Pero la paciencia del gato es infinita, tan inagotable como su silencio. Ninguna razón de orden moral, ningún escrúpulo de conciencia le imposibilitaban esperar el instante prodigioso, como no le habían dificultado premeditar la realización de su fantasía más tenaz.

En una de sus pesadillas recurrentes, Thalo se vio perseguido por las imágenes incesantes de los infinitos gatos que poco antes lo habían mirado con asombro en el Salón de los Espejos. Desde el mismo momento en que, víctima de un acceso de pánico, describió el salto que lo instaló de inmediato en las zigzagueantes callejuelas de los suburbios, desde ese instante irrecuperable los cientos, miles de imágenes de gatos, constatando que algo les había sido suprimido, que algo les faltaba, salieron en busca de Thalo para restaurar su completitud. Lo buscaron inútilmente en un pastizal, en otro, y hasta en la orilla del río donde Thalo se detuvo a beber, pero no fueron capaces de dar con la dirección de su casa. Thalo comprendió que más que pesadillas recurrentes, tenía sueños premonitorios. Sin duda, el vértigo de gatos que lo perseguía estaba diseñándole el futuro pero también aconsejándole que podía rehuir cualquier desenlace fatal si se daba a la fuga. Salió, despavorido, al encuentro de su destino: al pueblito de la costa norte, donde Odilka lo estaba esperando. Cuando el marido salía mar afuera, ella lo recibía abierta de piernas en la misma cama donde todas las noches yacía con el pescador. Aunque fue su alucinación más persistente, hasta entonces Thalo nunca había hecho el amor con una mujer. Aprovechó que Odilka estaba dormida, que era incapaz de rechazarlo. En su sueño, Odilka advirtió que Eusebio Mosquera le arrancaba ávidamente la braga, ronroneaba alrededor de su sexo, le sorbía las primeras humedades y finalmente la penetraba. "Estaba escrito", balbuceó Thalo a horcajadas sobre Odilka, satisfecho de haber urdido el plan que a cambio del adulterio de su dueño le procuraba la oportunidad de compartir el lecho con una mujer. "No podía ser de otro modo, aunque sea la última vez en mi vida", murmuró cuando se percató sin espanto que las incontables imágenes de gatos, atraídas como Thalo por el deseo de entrar en una anatomía femenina, al fin habían conseguido localizarlo, y arribaban en tropel a la cama donde todos se fundieron en un solo gato, arañando, gruñendo y aullando de placer.

Tercer libro

El cementerio de las botellas

El cementerio de las botellas

Luis de la Paz

Para disfrutar mejor los relatos de *El cementerio de las botellas* (Azud Ediciones, 2012) del escritor José Lorenzo Fuentes (Santa Clara, Cuba, 1928) es bueno saber que el autor se interesa por los temas esotéricos. De alguna manera, en la mayoría de los cuentos que integran este libro hay referencias a estos temas, así como claras alusiones a personajes de la mitología grecorromana.

El volumen abre con el texto que le da título al libro *El cementerio de las botellas*. Más que un cuento es una noveleta, pues ocupa 110 páginas, de las 196 que tiene el libro. Este largo relato se desarrolla alrededor de los pintores Carlos Enríquez y José Mijares, dos grandes figuras de la plástica cubana. Ellos, junto al novelista Alejo Carpentier (y otros personajes que merodean en el relato con notable presencia, incluido el narrador), tejen una historia llena de misterios, intriga y traiciones. "Una tarde, porque todo relato, todo escarceo de vida, toda experiencia que respete su ubicación en el tiempo y el espacio, empieza o debe empezar una tarde, una noche o tal vez un mediodía, pero esta ocasión que reflexiono ocurrió precisamente una tarde, según me contó Mijares acodado de nuevo en la barra de Los Parados. Otro pintor, Carlos Enríquez, lo invitó a visitarlo en su finca El Hurón Azul, no para que se deleitara viendo algunos de sus cuadros recientes, decía sin petulancia, sino para darse algunos tragos a la sombra de los tupidos naranjales que circundaban su vivienda campestre". En esta larga cita, se asienta el relato, y además, se hacen juegos con el tiempo, asociaciones que tanto y tan bien maneja José Lorenzo. Entre trago y trago (en algunos casos con fundamento histórico), aparecen mujeres capaces de redefinir destinos y situaciones, alguna "como llegada de otra dimensión". En su relato, José Lorenzo desdobla hábilmente los personajes, nombrando en ocasiones a los implicados como Alejo Asencio y Carlos Enrico. Un relato dominante, exquisitamente bien escrito, por uno de los narradores más importantes de la literatura cubana contemporánea.

Los restantes textos se ajustan a las dimensiones propias del cuento, con la excepción del último que tiene 31 páginas. En "Volar, el primer relato después de la noveleta, un solitario herrero, Vulcano, labora en su fragua hasta que llega Lilith, "por su relato se enteró que había sido repudiada por Adán en el otro confín del Paraíso" (el autor alude al personaje de Lilith, que según antiguas leyendas mesopotámicas, se señala como la primera esposa de Adán, anterior a Eva). Un relato lleno de erotismo: "la vio sacarse la ropa para ir al baño" [...] "Vulcano lo único que deseaba con todos sus ímpetus desordenados era hundirse en el cuerpo de Lilith, mientras que Lilith guardaba en su delirio otro instante perturbador...".

Como la mayoría de los relatos de José Lorenzo, en "Casting" prima lo enigmático y lo simbólico. Un hombre, Ambrosio Cernuda vuela a Los Ángeles para asuntos de trabajo. El pasajero a su lado lo invita a que asista a un casting para protagonizar "Génesis, una película que muy pronto se comenzaría a rodar". Este Génesis (viniendo de nuestro autor apunta al principio bíblico), conduce a alegóricas asociaciones: "Cuando más se acercaba a su apartamento más se percataba de la transformación que se operaba en su interior. Gradualmente, paso a paso, había dejado de ser Ambrosio Cernuda para ser Adán".

Un largo sueño durante un viaje en tren hacia La Habana sumerge a Diosdado Paredes en "una pesadilla tan real que era como si las imágenes de una buena parte de su vida anterior desfilaran otra vez delante de sus ojos". En este relato, "El espejo multiplicador", lo onírico y la reencarnación dejan vívidas huellas.

Los otros cuentos de *El cementerio de las botellas* confirman la maestría de José Lorenzo Fuentes. Una situación insólita entre un controlador aéreo y un piloto que pide hacer un aterrizaje de emergencia, es la chispa inicial de "Gato encerrado", un relato con un inquietante trasfondo.

Los dos últimos cuentos, "Idéntica a la otra" (el más breve del libro) y "Dos él", marcan un cierre perfecto para esta colección de cuentos de José Lorenzo Fuentes, sin duda uno de los grandes maestros del género en la literatura iberoamericana.

El cementerio de las botellas

In my beginning is my end.
T. S. Eliot

Empezaré hablando de Mijares, de mi amigo el flaco Mijares, el pintor José Mijares, que en gloria esté, es decir: si le perdonan los pecados que yo no le conocí.

José Mijares, el Flaco como lo llamábamos, el pintor, era largo y huesudo pero, como puede inferirse, y si no los invito a sospecharlo, más largos y huesudos eran los relatos de su vida que, con los codos apoyados en el mostrador del cafetín *Los Parados*, nos lanzaba al rostro entre una taza de café y la siguiente. En una de esas ocasiones, durante un instantáneo rapto de alucinación, me dije: el café tiene un aromático encanto nocturno mientras se comporta como un esclavo en la taza, después, ya lo sabemos, rueda que te rueda hasta el estómago, pero ésa es otra historia. No las historias de su vida que Mijares relataba con sus ojos bajo pestañas que parecían postizas, añadidas a las que le concedieron al nacer. O las que le concedieron al nacer eran así, iguales a las de ahora, ni más ni menos como las que le veíamos mientras hablaba. Pero ¿por qué menciono sus pestañas, si eso no viene al caso? Cuando Mijares estudiaba en la academia de arte San Alejandro, en su casa fluían las aguas difíciles de una hambruna que metía espanto. La madre, que a todo lo largo de su vida nunca se miró al espejo para no confirmar que envejecía, se despertaba apenas clareaba el nuevo día después de derrotar algún que otro insomnio pero sin ganas de acercarse al fogón para preparar el desayuno, sin ganas de cocinar algo para el almuerzo, o porque en la alacena exhausta, por más que indagara, no iba a encontrar un grano de mostaza y una cebolla. El padre de Mijares, que era alérgico a la rutina y desconfiaba de las virtudes de los recónditos límites territoriales, se había enrolado en la tropa cubana que peleaba desde cuándo en el Guadarrama a las órdenes, creo, de Pablo de la Torriente Brau. ¡Qué dinero podía haber en la casa para comprar un saco de arroz en la bodega! O no, acaso ya en esa época el padre había regresado de España, dejado atrás las vertiginosas nubes de pólvora de la Guerra Civil, y todas las tardes, cuando el sol empezaba a desangrarse, arrastraba una butaca hasta el balcón, con los ojos cerrados, sin ninguno de los colores del espectro en la retina, como si dormitara, para seguir echándole estruendosas balas habaneras a los soldados de Franco.

Una tarde, porque todo relato, todo escarceo de vida, toda experiencia que respete su ubicación en el tiempo y el espacio, empieza o debe empezar una tarde, una noche o tal vez un mediodía, pero esta ocasión que reflexiono ocurrió precisamente una tarde, según me contó Mijares acodado de nuevo en la barra de *Los Parados*. Otro pintor, Carlos Enríquez, lo invitó a visitarlo en su finca *El hurón azul,* no para que se deleitara viendo algunos de sus cuadros recientes, decía sin petulancia, sino para darse algunos tragos a la sombra de los tupidos naranjales que circundaban su vivienda campestre. Pues sí, contra toda previsión, para su sorpresa, Carlos Enríquez lo invitó aquella tarde de finales de junio a visitarlo en su finca, pero no para conversar a la sombra de los naranjales, si es que eran naranjos y no framboyanes o tamarindos los árboles que circundaban su vivienda. Le abrió la puerta. Lo dejó entrar. Mijares entró con las pestañas vibrátiles y el pecho oprimido por un pálpito desolador: ¿Carlos lo había invitado, en efecto, para darse unos tragos, o acaso, madre mía, para hablar de pintura?, se preguntó. Lo ideal hubiera sido darse algunos tragos y conversar de cualquiera otra cosa: de mujeres por ejemplo, el tema universal cuando dos hombres destapan una botella de ron. O de política, que es otro tema recurrente. En Francia no sé de qué hablarán, pensó Mijares, ni en Dinamarca, ni en España, ni en Inglaterra, porque de Inglaterra lo poco que sé, se lo debo a Dickens, lectura que efectuó saltándose las páginas para terminar pronto, de modo que las pocas que leyó no le sirvieron, no le servían ahora ni nunca, para gran cosa.

Atravesaron la sala, la saleta, el comedor, y entraron a su estudio. ¡Ya se lo imaginaba! De seguro le iba a mostrar su último cuadro y pedirle la opinión. Hay pinturas mejores y peores pero tratándose de Carlos todas eran mejores, reflexionó Mijares a la defensiva, los brazos cruzados sobre el pecho, una actitud que siempre le permitió establecer una cautelosa distancia entre su interlocutor y él. Yo no soy un crítico de arte sino un pintor, se dijo Mijares a tiempo que encendía un cigarrillo, casi al borde del rubor, pero cómo hacérselo saber a Carlos: si permanecía callado no era porque desestimara su trabajo sino porque carecía de las palabras necesarias para formular su opinión. Un día, años atrás, otro pintor, un pintor joven, le mostró uno de sus cuadros y le solicitó la opinión. Mijares pensó: me recuerda las acuarelas de Víctor Manuel, por supuesto sin su talento, sin su encanto, sin su genio. Qué lástima de pintor joven. Él hubiera deseado entusiasmarlo, alentarlo, congratularlo, darle una palmadita en el hombro y decirle: adelante. Pero no dijo nada. Ahora tampoco iba a decir nada, aunque los lienzos de Carlos Enríquez no se parecían a los de nadie, por lo menos a nadie que él supiera.

Mijares pensó que tenía suerte, que esa tarde era para él una tarde afortunada. La suerte siempre favorece a quienes les cuesta hablar: los exime de meter el delicado pie donde no deben. Carlos Enríquez lo había llevado hasta su estudio no para solicitarle una opinión sino para mostrarle los amplios ventanales que lo inundaban de claridad mientras pintaba, unos ventanales que dejaban ver los helechos del jardín, y algunos girasoles como los de Van Gogh, circundados de una luz que pasaba del malva al blanco como en los patios coloniales de muchas casonas de La Habana Vieja, que eran una réplica, tal vez, de las de Andalucía. Así que después de contemplar, arrobados, aquella ¿naturaleza muerta? en los lienzos de los ventanales, regresaron al comedor, sin que mediera una sola palabra. Ocuparon dos butacas alrededor de una mesa redonda, grande, para varios, tal vez para diez o doce comensales, pulcramente barnizada. Después de los primeros tragos de la segunda botella Carlos Enríquez empezó a hablar de Oona. ¿Sabía Mijares quién era Oona? No, no lo sabía. Pero Carlos Enríquez ahora mismo iba a refrescarle la memoria. A refrescársela no, porque Mijares en su puñetera vida había oído mencionar el nombre de Oona. Carlos estaba dispuesto a contarle la fascinante historia con todos sus pelos y señales, desde el momento en que los dos se miraron a los ojos por primera vez, desde el principio de sus amores hasta esta tarde en que nos estamos tomando la tercera botella de ron, desde entonces hasta hoy, día en que la vas a conocer, le prometió.

—A mí me hubiera importado un carajo conocer a Paul Gauguin cuando era un exitoso corredor de Bolsa en el París de 1873 —dijo Carlos Enríquez aparentemente sin venir al caso, como si pretendiera variar el curso de la plática. Cuando lo dijo tosió y carraspeó porque el último trago de ron (es decir: el penúltimo o el antepenúltimo, ya que nunca dejaba de beber cuando conversaba, como ahora, con un amigo) lo había trasegado de prisa para no perder el hilo de la conversación, y el ron se le había atragantado hasta hacerlo toser y toser, y desde entonces carraspeaba para aclararse la voz—. Por supuesto que el Gauguin que siempre me interesó hasta alucinarme era el que, de pronto, sin previo aviso, acaso sin saber él mismo por qué lo estaba haciendo, rompió con la vida ordenada que hasta entonces llevaba, una vida monótona y yo imagino que triste, una vida pulcra, moral

—lo decía Carlos con visible ironía, la vida ejemplar de un hombre que asistía puntualmente a la oficina, que sufragaba los gastos de la familia sin darse ningún placer adicional, sin conocer otro cuerpo de mujer que no fuera el de Nina Fleming, su esposa, sin tener amantes ni frecuentar prostíbulos, un perfecto burgués, un "dechado de virtudes", como hubiera dicho mi abuelo —volvió Carlos a carraspear; un hilillo de saliva escurrió hasta su barbilla y lo secó con el pañuelo que llevaba en el bolsillo trasero del pantalón—. Yo no creo que la de Paul Gauguin haya sido una vocación tardía como muchos opinan, una vocación irracional que se le despertó en el alma como un cataclismo cuando olfateó de cerca el cuadro de otro pintor, y no lo creo sencillamente porque las vocaciones tardías no existen, el genio nace genio, nadie se convierte en genio de la noche a la mañana.

Mijares lo miró directo a los ojos. ¿Por qué ese empecinamiento en hablar sólo de pintura? Él también se sabía de memoria la otra parte de la historia, y no era necesario por tanto que Carlos la expusiera, la había escuchado una y mil veces en boca de sus profesores en las aulas de la academia San Alejandro: Gauguin era un genio desde que nació, eso nadie lo dudaba, sólo que Paul lo descubrió cuando alguien, algún amigo, lo llevó casi a rastras hasta una exposición de pintores impresionistas y pudo contemplar por primera vez, con el corazón dándole tumbos debajo del chaleco, las obras de Monet y de Renoir.

—Tenía más de 40 años, creo que 43, cuando Paul Gauguin, poseído por la magia de aquellos cuadros, de aquellas obras maestras (¿en qué quedamos?, ahora Carlos se contradecía), perdió el eje sobre el que giraban los pormenores de su vida conyugal, sus quehaceres profesionales, su reputación y su sosiego. Intuyó, de repente, sin que mediara una explicación posible, contra toda lógica, que él no era un hombre común sino un genio. Un genio. ¿Y quién ha visto un genio preocupado por la buena marcha de sus negocios y la opinión favorable que de él tengan los demás? Así que, sin comentarlo ni consultarlo con nadie decidió dar por terminadas sus obligaciones familiares, decidió abandonar mujer e hijos para irse a vivir en cualquiera de las islas paradisíacas de los Mares del Sur, alejado de la civilización. Atravesó medio mundo, y guiado siempre por su olfato aventurero, por los reclamos de una pasión que ni él mismo alcanzaba a explicársela, pasó por Taití, por Hiva Oa, por Tonga, por Papeiti y por Samoa, es decir: si Carlos no recordaba mal (y por supuesto que recordaba mal, pensó Mijares), hasta llegar a su último refugio, Atiuna, una isla madrepórica, una escuálida franja de tierra sembrada de cocoteros como un atolón a la deriva, donde tuvo bajo su ombligo muchas mujeres, todas las que quiso, todas las que le gustaron, todas las arrastró hasta su hamaca con el falo enhiesto, dando tumbos y vociferando todavía sin sacarse el calzón, todas las que más tarde le servirían de modelo, a las que les embadurnó las nalgas y el pubis con una mezcla enfurecida de brochazos amarillos y de semen, como si fuera una gracia, para carcajearse sin alegría, para ahuyentar la mierda de vida que lo acosaba, para divertirse como un muchacho travieso. Habían pasado dos años cuando cayó en la cuenta que su largo recorrido tenía otro propósito más allá de aquella vida salvaje que hasta entonces llevaba. Después de comprar pinceles, telas, brochas y un caballete, se instaló decidido a pintar noche y día, como un endemoniado, mientras le alcanzaran las fuerzas, en una choza de bambú, rodeado de indígenas que eran sus modelos: mujeres de piel cobriza con los senos al aire, y hombres que sólo usaban un *pareo,* una tela de algodón enrollada por debajo del ombligo que les caía hasta las rodillas.

Sí, es cierto, Gauguin confirmó que era un genio pero en Atiuna tampoco pudo ser feliz, pensó Mijares con los labios abrochados, sin que Carlos percibiera una sola de sus ideas. No fue feliz porque allí, en sus islas ilusorias, desde cuándo su cuerpo había estado siendo visitado por devastadoras enfermedades, por la malaria, la difteria y la sífilis, y ahora, en los finales de su vida, la lepra se había instalado en su piel, le aparecían llagas y manchas de ceniza en el rostro, en el vientre, y ninguna mujer, empezando por Vaenoa, que acaso fue la que más lo amó, estaba dispuesta, por asco y también por miedo pero sobre todo por asco, a dejar que él se le estacionara encima, aullando y bufando como un energúmeno, su modo acostumbrado de hacer el amor.

Nunca alcanzó a precisar el momento en que pretendió dejar de ser Carlos Enríquez para ser Paul Gauguin. Quiero decir: el instante exacto de adquirir un compromiso igual al que adoptó Gauguin cuando rompió todos sus nexos con la vida anterior y se dio a la aventura indómita de descubrir su genialidad, de desvelarla, de sacársela de las honduras de sí mismo, de sus entrañas, y exponerla a la vista de los demás. Fueron los momentos más difíciles de mi vida, Flaco, no sé si alguna vez a ti te ha sucedido: querer ser otro. No parecérsele, sino ser otro. Ser la misma persona que la otra.

Ahora, más que entonces, me doy cuenta que es terrible.

No se lo deseo a nadie.

Desgarrador.

Y no sólo desgarrador, insufrible.

Porque entonces me ocurrió lo que nunca hubiera sospechado: dejar de ser alguien para ser casi nadie. Cuando uno admira en demasía a otro, o lo envidia, uno deja de ser lo que era para no ser nada, o casi nada. El otro se agiganta y uno se consume. Hasta entonces yo me consideraba un buen pintor. Desde mucho antes de pintar *El rapto de las mulatas* creí haber llegado a la cumbre, a la misma altura de Rembrandt, por mencionar a algún pintor genial. Sin embargo, a partir de que quise ser Paul Gauguin, es decir: cuando pretendí emularlo, apropiarme de su audacia, de su locura que era el indicio más obvio de su genialidad, me sentí disminuido hasta las lágrimas y el desencanto, lloraba boca arriba en la cama, con la cabeza bajo la almohada, sin un sollozo, para que nadie, ni yo mismo, escuchara el sonido de mi llanto. ¿Sabes, Flaco, lo que pensaba en esos momentos? Que yo estaba muy lejos de alcanzar la genialidad porque carecía de la furia, del arrebato, del valor, de los cojones, sí, de los cojones, para dar el salto hasta la otra orilla, hasta la otra ribera prometida, donde estaba Atiuna y la choza con su techo de bambú, donde estaba Gauguin lanzando lúbricas desesperadas paletadas amarillas sobre las nalgas de una dócil Vaenoa bocabajo, que al principio, sólo al principio, mientras no se le desfiguró el rostro, copulaba con él, al mismo tiempo que le servía de modelo.

Fue entonces que concebí mi viaje a Haití. Haití no estaba al otro lado del mundo como la Polinesia. Era otra de las tantas islas alborotadas del Caribe, y además la separaba de las costas de Cuba sólo las millas marítimas indispensables para iniciar el regreso en cuanto me lo reclamaran la nostalgia y la cordura, las ganas de volver a *El hurón azul*. Pero Haití tenía su misterio, Flaco, había vudú y algún que otro zombi, pero además, lo había leído, Haití tenía un grupo de excelentes pintores, Héctor Hyppolite y André Pierre entre ellos, pero además, además y otra vez además, André Malraux había visitado hacía poco la comunidad de pintores de Saint-Soleil donde se enfrentó a "la experiencia más cautivadora de pintura mágica de nuestro siglo". Por algo lo dijo Malraux, Flaco, no vas a decirme que él no tenía buen ojo para la pintura. Viajar a Haití no era lo mismo que viajar a cualquiera de las islas erráticas de Oceanía, ya se sabe, pero de todos modos era otro mundo hasta donde yo lo sabía o lo imaginaba, un mundo bastante parecido al que Paul Gauguin descubrió en Atiuna. Así encontré una forma de perdonarme el miedo a romper con los convencionalismos, el miedo a renunciar de por vida al aroma de los naranjales en *El hurón azul,* a desistir hasta siempre de mi cómodo sillón hecho con la madera de un caobo que fue desbastado con el hacha del carpintero delante de mis propios ojos. Encontré la forma de engañarme a mí mismo, Flaco, me consideré en ocasiones tan aventurero y tan loco como Gauguin. ¿A quién se le ocurría, vamos a ver, viajar a Haití en lugar de hacerlo a París?

En Haití, pensó, le harían un amuleto de la buena suerte, que lo resguardaría no de ese mal inevitable que era la muerte, al que nadie puede escapar, sino del mal provocado por la envidia o el rencor de la gente, el mal que sale de la cabeza de la gente como una flecha envenenada. ¿No? ¿Tú no crees, Flaco, en el mal de ojo, en la brujería? ¿Por qué entonces me miras así, con esa sonrisita incrédula y desabrida en la punta de los labios? Mi amigo, o mi ex, porque dejó de ser mi amigo por una nimiedad, también tú lo conoces, el escritor Alejo Carpentier, a poco de regresar de una visita que hizo a Haití, que por cierto mucho le sirvió para escribir sus novelas, creo que diez o doce años antes del mío (cómo se me trafulcan las fechas), de mi viaje a Haití, me habló de Makandal, el negro esclavo, el Espartaco negro como él decía, que era capaz de transformarse en lagartija, en jicotea, en cuanto animal del monte le diera la gana.

Alejo, que todavía era mi amigo en 1949, cuando publicó *El reino de este mundo* ¿o fue cinco o seis años antes, tal vez en 1942? me hizo leer el libro de un marine norteamericano, el teniente Faustin Wirkus, quien hablaba de los brujos haitianos que podían matar un individuo y luego resucitarlo para convertirlo en un zombi. En fin, Alejo relató con su acento afrancesado, arrastrando las erres, sabe Dios cuántas historias, cuántas cosas que me encendieron la imaginación desde mucho antes de que yo decidiera aquel viaje. Mientras quise ser Gauguin tenía la imaginación exacerbada, como si tuviera alas, como si pudiera emprender con mis alas un alto vuelo hasta la fama, qué digo: no hasta alcanzar fama y dinero, que son bienes transitorios, que no importan mucho, sino hasta convertirme en uno de los tantos inmortales, hasta codearme con Goya y con Giotto, o con Edgard Degas. Me sentía en camino de acceder a la genialidad pero al mismo tiempo, cómo era posible, estaba deprimido, barruntando que las consecuencias de mis actos me podían acarrear sinsabores, me acarrearían enfermedades devastadores como a Gauguin en la Polinesia (¿por qué no cancelaba el viaje?, todavía estaba a tiempo), enfermedades venéreas porque yo no podía vivir muchos días sin coger, sin tirarme una mujer, o me deparara una enfermedad que no tuviera que ver con la urgencia de mis testículos, una enfermedad como el tifus, como el cólera, es decir: cualquiera otra cosa que me impidiera el regreso. ¿Preocupado? Sí, preocupado. Metido en un hueco. Sepultado entre tupidas telarañas. Muerto en vida. Estuve un largo rato sin pintar, aplacé el autorretrato que pretendía hacerme para confirmar cómo andaba mi rostro en ese momento en que estaba a punto de alcanzar la codiciada genialidad. Contra mi costumbre, estuve días y semanas, creo que un par de meses durante los cuales apenas me acercaba al caballete, apenas pude garabatear en un cuaderno algunos bocetos de cuadros que yo venía arrastrando en la mente desde que era casi un muchacho. Pero no te voy a seguir contando, Flaco, con detalles, los días que precedieron a ése, mi único viaje a Haití. Basta que te diga que llegué a Port-au-Prince una mañana de mucho viento y sol. El viento arrancaba del suelo todo lo que le resultaba posible, pedazos de papel y sellos postales, todo lo suficientemente liviano para echarlo a volar. En el puerto había un ir y venir de negros y mulatos de calzones rojos y torso desnudo, auxiliando a los pasajeros recién llegados, cargando bártulos sobre los hombros. Carlos Enríquez extendió la vista y fijó la mirada con ahínco, para que el paisaje nunca pudiera olvidársele, y vio las lanchas sin entusiasmo de los pescadores que remaban dentro de un silencio azul, y un poco más lejos, no tanto, bajo el chillido de las gaviotas, vio las olas que se encrespaban y enseguida se despeñaban en el golfo de Gonave, y todavía más allá divisó el horizonte andrógino, quiero decir: de cielo y mar machihembrados, confundiéndose el uno con el otro. Era el mismo mar y el mismo cielo de todas partes, de cualquiera otro punto del globo terráqueo, de cualquiera otra isla, pero a la vez eran distintos. Estás prejuiciado, Carlos, se dijo, los relatos de Carpentier te han hecho daño. ¿Podía sospechar que aquel negro que cargaba sus bártulos camino del hotel fuera un zombi? ¿Lo era realmente?

Al tercer día supo lo que era un zombi.

Después de dos días rutinarios, de ver las mismas cosas, de no alejarse demasiado del hotel a causa del temor inducido por recién conocidos que hablaban de robos, de asaltos: Ayer mismo, para ser más exactos, para no demorar demasiado el relato, a un extranjero lo inmovilizaron colocándole una navaja en la garganta mientras lo despojaban de cuanto llevaba encima, una cadena de oro, el reloj pulsera, las sortijas que ostentaba en la mano izquierda y, por supuesto, en primer lugar, la billetera con los dólares que, por desconocimiento del país, no había depositado en la bóveda del hotel. ¿Se daba cuenta del riesgo que corría?

Pensó en Gauguin. ¿Qué hubiera hecho Gauguin? ¿Qué hubiera hecho un genio? ¿Permanecer acoquinado entre las cuatro paredes de la habitación, tumbado en el lecho rememorando los relatos de Carpentier y leyendo de nuevo el libro del teniente Faustin Wirkus con las espeluznantes historias que recordaban a Drácula y Frankenstein, narradas para complacer el morbo de las multitudes y de paso convertirse en un *best seller*? ¿No se habían vendido ya 10 millones de ejemplares en Estados Unidos y Europa del libro *The White King of La Gonave*, probablemente una sarta de mentiras, de mentiras muy bien sazonadas, muy profesionalmente cocinadas con los nombres de los *papalois, bocos, houngans* y *mamalois*, todos practicantes del vudú?

En ese momento decidió salir a la calle. Contra todo riesgo, si realmente lo había, decidió ser Paul Gauguin.

Sólo recuerdo, Flaco, que era también una mañana de mucho viento y mucho sol, como la primera mañana en que eché a andar camino del hotel acompañado de un nativo que llevaba mis bártulos sobre su cabeza, quiero decir: mi primera mañana en Port-au-Prince, que la tengo grabada a fuego en la memoria, en el caso de que aquellos colores, de que aquellas transparencias, de que aquel ritmo del viento que arrancaba del suelo servilletas, sellos postales y macilentas hojas de papel, algún día me sirvieran para incorporarlos a alguno de mis cuadros.

Por si acaso, por si de verdad menudeaban los peligros a mi alrededor, me persigné antes de abandonar el hotel y le solicité ayuda a los ángeles del Purgatorio, no a los que habitan el Edén, esos ángeles de alas translúcidas que tocan mandolinas a la vera de San Pedro para entretenerlo, y tampoco a los que revolotean en el Infierno tratando de salvar de las llamas a los pecadores, sino a los ángeles del Purgatorio, que son los que protegen a los que hacen las cosas sin ton ni son, en un arrebato de locura, sin medir las consecuencias de sus actos, entre los cuales me incluyo yo. ¿Yo era Gauguin, sí o no? ¿En aquel momento no era su réplica? Entonces estaba espléndidamente loco, quiero decir: dispuesto a la aventura.

Encaminé mis pasos por calles que ningún otro transeúnte se atrevía a hollar, no había nadie ni nada a mi alrededor, no había siquiera el viento que arrancara del suelo los papeles inútiles de siempre, advertí que eran calles sin casas, sin nadie mirándome desde ventanas y postigos, desde puertas entornadas, mientras yo caminaba persignándome otra vez con los dedos en cruz. Sin necesidad de mirarme al espejo no dejaba de saber que estaba desencajado y pálido, desencajado y pálido como cuando uno está a punto de morirse. Avanzaba dando traspiés, pálido, pálido, diez veces pálido, con una palidez multiplicada por 17, mi número clave, todas las cosas importantes, buenas o malas, de mi vida han ocurrido un día 17, que es también el número de San Lázaro ¿debía por tanto encomendarme a San Lázaro?, pálido, con el rostro enharinado como las mujeres que pintaba Mijares pero cubierto de sudor, de un sudor pegajoso, con el rostro anegado de chorros de sudor que descendían hasta su barbilla como lágrimas sin llanto: porque yo sentía miedo, no voy a negarlo, Flaco, para qué negarlo. Tenía miedo pero no lloraba para que mi miedo pasara desapercibido.

Al llegar a la próxima bocacalle me di cuenta que Gauguin seguía dentro de mí, diciéndome que no fuera tan cobarde.

Cuando doblé a la derecha me manoseó el rostro una bocanada de aire caliente. Se había acabado el viento que arrastraba papeles, y el aire era sólo aire, un aire quieto dentro de las ráfagas de sol, que parecía hervir delante de mis ojos. Pensé: así mismo debía estar de caliente el aire que envolvía la barca del viejo Caronte cuando conducía sus pasajeros en busca del Infierno. Qué cultura poseo, Flaco, ¿no te da envidia? Por eso pienso escribir, porque tengo la suficiente cultura para darme ese gusto. Picasso era un escritor genial que además pintaba para matar el tiempo. Me gustaría que las generaciones venideras dijeran lo mismo de mí en el supuesto caso, solavaya, de que algún día llegara a morirme.

Volví a escuchar la voz de Gauguin secreteándome que no fuera tan cobarde. Cobarde o no, carecía de otra opción. Qué otro remedio quedaba. Con el pañuelo que llevaba en el bolsillo trasero del pantalón me sequé el sudor, me sequé la palidez, me sequé el miedo. Sin embargo, todavía no me percataba de que unos pasos más allá me iba a topar con Oona, la mujer de mi vida, gracias no al valor que pretendía insuflarme Gauguin, porque la valentía es el elixir exclusivo de los héroes, de los tipos duros, sino a la falta de miedo, que parece igual pero no es lo mismo, que es el piadoso recurso al que apela, después de encomendarse a todos los santos, el resto de las criaturas humanas a las que se les aflojan las rodillas. De modo que, aparentemente sin ningún miedo, siguió avanzando hasta acercarse a un río, una sorpresa de agua tímida que serpeaba en un descampado y fluía sin meter ruido, simulando que no fluía, con su superficie inmóvil adornada de hojas de plantas acuáticas sobre las que vibraban las cachipollas, tan quieto en su deslizamiento que más que un río parecía una laguna, situado donde terminaba la ciudad y empezaba, tal vez, el fin del mundo.

En las cercanías del agua había varias personas que, según deduje, observaban con mucha atención algo que estaba en el fondo del río, porque hacían comentarios, para mí inaudibles teniendo en cuenta la distancia que todavía me separaba del lugar, ocho o nueve hombres, por cierto de calzón rojo y torso desnudo como los del muelle, que al mismo tiempo hacían señales con sus manos y apuntaban en una sola dirección, hacia algo que podía estar ocupando el profundo lecho del río. Me acerqué un poco más y miré. Coño, más me hubiera valido no haber mirado nunca, porque ver lo que vi me sacó de quicio, me trastornó la vida hasta el día de hoy, me hizo saber que Carpentier y el teniente Faustin Wirkus tenían razón, no mentían, no estaban exacerbando el morbo de las multitudes para ganar fama y dinero. ¿Saben lo que Carlos Enríquez vio? Creo que no pueden imaginárselo, vio una mujer desnuda en el lecho del río, iluminada por los rayos del sol que descendían hasta ella, acomodada sobre unas piedras pulidas y blancas, unas piedras enormes, o más bien agrandadas por la refracción de la luz, por las ondulaciones del agua cuando ella las agitaba, porque sin duda su cuerpo se movía, porque estaba viva, lo confirmó Carlos Enríquez cuando la vio emerger más tarde del agua, no cuando creyó advertir que movía uno de sus brazos, viva y respirando allá abajo durante horas y horas, o sin respirar para no atragantarse, para que el agua no le inundara los pulmones.

Calculé que faltaba tiempo para que se encendieran las estrellas y apareciera en mitad del cielo una luna grande, redonda, de plata. Pero qué importancia podía tener la luna ahora, a las tres de la tarde y con aquella mujer allá abajo. Si anduve durante minutos con esa idea en la cabeza, era para desechar con desespero otras reflexiones menos poéticas, más tenaces, que me apresuraban los latidos del corazón. Al principio sospeché que era un cadáver. Aquella mujer se había suicidado, pensé, o alguien la había asesinado y arrojado al río para que los peces la dejaran en el puro hueso y nadie pudiera identificarla. ¿Por qué ninguno de los nueve o diez se disponía a hacer algo para rescatarla, para sacar su cuerpo y darle sepultura?

—¿Qué le ocurrió? —pregunté sin sospechar que el que estaba a mi lado pudiera contestarme en un perfecto español.

—Está poseída por Ezili —me dijo.

Más tarde, ya de regreso a la habitación, gracias al libro de Wirkus, o al de Laënnee Hurbon, *Le Barbare imaginaire*: *Comprendre*

Haiti, que también ocupaba un lugar en mi equipaje, logré enterarme de quién era Ezili: nada menos que el *Iwa*, o el ángel, para que me entiendas mejor, Flaco, la diosa del amor y la sensualidad, que según todas las versiones habita en el agua.

Pero mientras miraba hacia allá abajo yo aún no lo sabía. No sabía quién era Ezili. No sabía tampoco que aquella mujer estaba viva. Al fin, salió. Al cabo de dos o tres horas más, salió. Era una mujer de extraordinaria belleza, Flaco, pronto la vas a conocer. La mujer más bella y más sensual que yo había visto a lo largo de mi vida. Con un pelo que le llegaba a las caderas o tal vez a las nalgas, y unos muslos que no alcanzo a compararlos con los de ninguna otra mujer, con los de ninguna actriz de cine, con los de ninguna bailarina de Tropicana, con los de ninguna de las hembras que me he tirado en el barrio de Colón, o aquí mismo, en mi hamaca de *El hurón azul*.

La vi iniciar un trote ligero, sacudiéndose los vestigios de agua que permanecían adheridos a su piel, sobándose las manos, con los ojos muy abiertos que miraban sin mirar, la vi caminar en dirección inversa al recorrido que yo hice hasta llegar al río, la vi entrar en las primeras calles de la ciudad, la vi inclinarse y dar repetidas vueltas sobre sí misma, sobre las plantas de sus pies, girando sobre sus tobillos hasta quedar en cuclillas a la sombra de un portal. Aunque no lo creas, Flaco, en ese momento ya yo estaba enamorado de ella, bastó verla salir del agua para darme cuenta. Enamorado tal vez no, era demasiado pronto, aunque uno nunca sabe. Cuando pasó a mi lado sentí que se me sublevaban las neuronas, que los dedos me ardían con ganas de tocarla, que el sexo amenazaba con inflamárseme, y eso sin duda es el amor, o si no, Flaco, qué coño es el amor, tú debes saberlo igual que yo.

Fue entonces cuando, agobiado por sentimientos encontrados, experimenté deseos desesperados de abandonar Haití, de huir en busca de la civilización y el sosiego, en busca de mi hamaca en *El hurón azul*, de mi cómodo sillón hecho con la madera de un caobo que el hacha del carpintero había desbastado delante de mis propios ojos. Pero fue también entonces cuando supe que uno es dueño de su cuerpo pero no de lo que alberga en ese cuerpo, de sus emociones y delirios, de los acontecimientos que se nos atraviesan en el camino. En fin, Flaco: me di cuenta que mi vida ya estaba atada para siempre a la de aquella mujer. Fue entonces cuando supe de verdad, y no a través de las páginas del libro del teniente Wirkus, lo que era un zombi. Supe, de pronto, que aquella mujer era un zombi, que alguien, algún brujo, algún *papalois*, la había sacado de una tumba (muerta tan joven ¿de qué?, pensé) y convertido en un zombi. Sentí miedo, un escalofrío de terror, un miedo supersticioso que me manchaba de sudor la tela de la camisa alrededor de las axilas, pero sin perder las ganas de asomarme a los ojos de aquella mujer, a sus ojos que miraban sin ver, con la mirada vuelta hacia adentro, las ganas de apropiarme de su belleza hasta el resto de mis días.

Uno tampoco es dueño de su atrevimiento, de la audacia vertiginosa que le corre por la sangre, por las venas y las arterias, cuando el cuerpo, o lo que habita en el cuerpo, se le convierte en una entidad independiente. Nadie es dueño del corazón arrebatado que concibe proyectos contra los dictados cartesianos de la lógica. En ese momento acudió a acuclillarse muy cerca de ella pero sin mirarla, un mulato de indispensable calzón rojo y torso desnudo, igual a los nativos que en el muelle cargaban bártulos sobre los hombros. Pero no había acudido a espiarla ni a vigilar mis movimientos, tenía la mirada vuelta hacia adentro, era otro zombi. Yo doy fe que era un zombi. Un zombi inofensivo, acuclillado mirando hacia un punto situado en el vacío, un zombi que no venía a alterar mis planes, a interponerse entre mis proyectos y yo. De modo que me dije: claro que tengo la fórmula. Así me llegó esa idea, como un relámpago, de repente, sin previo aviso. Contra el hechizo de los brujos podía utilizar la magia del amor. Recordaba con insistencia la leyenda del Príncipe y la Bella Durmiente. El Príncipe la había despertado de su sopor de siglos aplicándole un beso en la boca. ¿Por qué yo no?

Después de cerciorarme que nadie me estaba viendo, que nadie me espiaba, me acerqué a aquella mujer de ojos insomnes, me agaché (¿estaba mintiendo, deliraba Carlos Enríquez?) y la besé en la boca. La mujer sonrió. Balbuceó algo, creo que sólo me dijo: gracias, y se levantó dispuesta a seguir mis pasos. Nadie me iba a impedir que yo me apropiara de aquella mujer. Podía viajar con ella a Cuba sin que nadie se diera cuenta, sin que nadie la reconociera, porque nadie, ningún *papalois* podía creer lo que era cierto, lo que acababa de suceder, porque ningún zombi regresa a la vida, porque lo único que puede concebirse es que vuelva a la tumba de la que un *bonco* lo sacó. Así que aquella mujer a la que yo había besado en la boca, ya era otra. Para más confundir al posible *oungan* que la hubiera embrujado, sin pensarlo dos veces le puse el nombre de Oona, el nombre de una modelo de Gauguin, un nombre frecuente en la Polinesia pero que nadie nunca había oído mencionar en Haití. De modo que a partir de ese nuevo nombre, era otra. Era otra, no la misma que había estado en el fondo del río. Desde ahora te llamarás Oona, le dije. Otra vez sonrió, a tiempo que movía la cabeza en señal de aceptación. En el camino hasta el hotel que yo ocupaba, me dediqué a burlarme de la ansiedad comprándoles a vendedores ambulantes, después de regateos innecesarios, algunas prendas, una blusa o una falda, las que ella necesitaba para su nueva vida. Yo había echado a andar en silencio, y Oona continuaba trotando a mi lado.

Ya en el hotel, recogí mis libros, algunos de los cuales estaban esparcidos en la cama, los eché en la maleta, bajamos al lobby, pagué la cuenta del alojamiento, y del brazo de Oona, bajo un cielo plomizo que anunciaba tormenta, sin aire apenas que alcanzara para respirar, salí a la calle. Agobiado por los pésimos augurios del clima pensé que si no ocurría algún contratiempo, y no era presumible que ocurriera pues llevaba en el bolsillo los dólares suficientes para doblegar la terquedad de los funcionarios de inmigración y aduana, muy pronto estaríamos en La Habana.

—Y ahora vas a conocer a Oona —le prometió de nuevo, poniéndose de pie con un vaso colmado de ron en la mano.

Entonces el flaco Mijares lo escuchó decir en alta voz:

—Oona, Oona, ¡ven acá!

2

Y apareció Oona.

Ustedes no se pueden imaginar ¿o sí? cómo apareció Oona.

Apareció desnuda.

De pies a cabeza: desnuda.

Apareció como cuando estaba poseída por Ezili, la seductora *Iwa*, en el fondo de aquellas aguas tan transparentes que parecían de cristal. Lo primero que Mijares pensó, alucinado, era que Oona había salido no de su habitación, de su recámara y sus edredones, sino del río. Y su mirada, la mirada ávida de Mijares, se le fue hasta los pies de Oona, antes de registrarle toda la belleza, para confirmar si estaban o no aposentadas gotas de agua alrededor de los dedos de sus pies, si sus pies escurrían agua y asperjaban la mesa ¿lo digo, lo repito?: una mesa grande, redonda, con sillas para diez o doce comensales, pulcramente barnizada.

Mijares la vio poner un pie, el izquierdo, en una de las sillas y, tras un elástico salto felino, ocupar el centro de la mesa. ¿Qué hacer? El flaco Mijares que, como cabe suponer (es decir, si no lo he dicho antes) tenía brazos largos, los cruzó sobre el pecho en actitud defensiva como si de verdad estuviera gobernado por el asombro adhesivo de mirarse las manos de pintor con las que lo favoreció la vida en el momento de nacer, unas manos largas con dedos largos y finos como pinceles, y en lugar de observar con persistencia cada una de las ondulaciones de medusa del cuerpo de Oona, de vigilar desde su puesto de observación cada uno de los ángulos de aquella escultura tallada en ébano que era el cuerpo de Oona, Mijares dedicó todo su tiempo errabundo a mirarse los dedos largos y finos (ya lo he dicho antes), rematados por uñas que conservaban las manchas invencibles de la nicotina, residuos del humo de los cigarrillos fumados uno detrás del otro, a veces encendiéndolos con la colilla del anterior, durante años sin una sola pausa, uñas que ahora, al observarlas, le servían para disimular la mezcla de emociones y sentimientos que se trenzaban en su interior: sorpresa, turbación, timidez, asombro, deseos de mirarla con avidez, de no seguir mirándola, todo a la vez.

Entonces concibió la idea fulminante de arrebatarle Oona a Carlos Enríquez. Se quedaría con ella. En cualquier momento cercano, porque Mijares ya estaba dominado por la prisa, se iba a valer de cualquier fórmula para conseguir que Oona abandonara a Carlos, por las buenas, o tal vez contra su voluntad, acudiendo al rapto. Ningún escrúpulo de conciencia le impediría llevar a cabo su propósito. En primer lugar porque si Carlos la exponía tan vulnerable a la mirada codiciosa de los demás, era una prueba evidente de que no la amaba. Y en segundo, porque años atrás Carlos protagonizó el escándalo de sustraerle una mujer a Alejo Carpentier, y ahora, era lo justo, debía pagar la deuda contraída con el destino: lo que hacemos contra los demás, más temprano que tarde se vuelve contra uno, pensó Mijares, que era muy tolerante en materia sexual pero a la vez abominaba con vehemencia cualquier vestigio de traición. Sin descruzar los brazos, el flaco Mijares, escarbando en el pasado, revivió la historia que ahora lo obligaba a castigar el daño ocasionado por Carlos Enríquez cuando, acaso para divertirse, le robó sin un solo remordimiento, la mujer a un amigo.

Todavía un largo tiempo después el flaco Mijares se preguntaba cómo fue posible que él se diera a recordar, fugado de tan acuciante realidad, aquel episodio de la vida de Carpentier, mientras con los brazos cruzados sobre el pecho, posiblemente para apaciguar los latidos apresurados de su corazón, su mirada iba y regresaba, una vez y otra, desde el cuerpo desnudo de Oona hasta el rostro de Carlos, que le tenía clavada una mirada de fijeza hipnótica, sin un solo pestañeo, buscando alguna señal de desconcierto —de desasosiego, de estupor— en el rostro de Mijares.

Alejo siempre pensó que había sido un acontecimiento providencial, que muchas veces refirió a la prensa no sin cierto orgullo, como si de su voluntad hubiera dependido. A consecuencia de un accidente de aviación, se vio obligado a permanecer durante varios días en la Isla de Guadalupe. No de mala gana, como cabe suponer, renegando de su mala suerte, sino todo lo contrario, guiado por su inveterada curiosidad de novelista, de hombre hambriento de paisajes y costumbres, se dio a recorrer la Isla en toda su extensión, de costa a costa, desde las arenas de una playa sembrada de caracolas y maderos náufragos hasta otra playa en el extremo opuesto, donde su mirada pudo ser atraída por un súbito aleteo de gaviotas. Durante aquellos días puso todo su empeño en husmear, inquirir, observar, en volverle a preguntar lo ya preguntado a cuantas personas encontró a su paso. Fue así como se enteró que la Guadalupe había sido el camino de penetración de las ideas de la Revolución Francesa en América Latina.

Salía del hotel apenas despuntaba el día, con varios lápices y un cuaderno de tapas azules para las anotaciones, introducidos de prisa en su morral. Avanzaba sin rumbo fijo, dejándolo todo en manos del destino, igual que empezó a realizar todos sus proyectos de vida a partir del momento en que creyó verle la cara a la muerte dentro del avión cuando el aparato descendía en picado hacia el paisaje de una playa barrida por las olas, y que al momento, sin transición, tras un brusco giro, mientras el avión trepidaba, la ventanilla le permitía ver cada vez más cerca la enmarañada vegetación y las rocas puntiagudas de una remota isla perdida en la inmensidad del océano. Durante sus recorridos, de los que con frecuencia regresaba a la pensión poco antes del anochecer, extenuado, con lamparones de sudor en las axilas, tuvo también las primeras noticias del intrépido Víctor Hugues, futuro personaje central de su novela *El siglo de las luces,* un hombre, así se deleitó en describirlo, de cutis muy curtido por el sol, de ojos muy oscuros y labios sensuales, de quien se sabía que era hijo de un panadero marsellés, que durante años se estableció como comerciante en Haití y, por su puesto, que como discípulo de Robespierre llegó a ser uno de los personajes más singulares de la Revolución francesa.

Durante toda su vida posterior a ese momento, Alejo se enfrentó al espejismo de ocultar, aun a sabiendas de que andaba en los corrillos, la segunda parte de la historia, relacionada con un personaje que a todas luces carecía del linaje indispensable para respirar en la trama de una novela, pero al menos le resultó mucho más real que Víctor Hugues, no sólo por su inmediatez sino por las tormentas que consiguió provocar en el corazón del escritor. La vio por primera vez cuando ella ascendía la escalera hasta el segundo piso de la pensión que ambos, sin saber que el otro existía, ocupaban en *Basse Terre*, la capital de la isla, que en aquella época —muy bien contadas— no llegaba a las 300 mil almas. Le bastó con verle las piernas mientras acentuaba, de espaldas a él, sus pisadas de un escalón al siguiente para que él experimentara aquella especie de estremecimiento sísmico que era el miedo de estarse acercando a un abismo, el mismo pálpito desolador de siempre, donde flotaban todos los sueños reprimidos de su adolescencia cuando aguardaba por una quinceañera a la salida de la escuela para declararle su amor. Pero ya no era el muchacho tímido y atolondrado de aquellos tiempos. También de pronto había dejado de llamarse Alejo Carpentier, no porque hubiera adoptado un seudónimo sino porque había sido suplantado en el recuerdo de la gente por otro escritor que lo envidiaba, y que a partir de ese momento, no desde que nació, sólo a partir de ese momento, empezó a llevar su mismo nombre, Alejo, pero otro apellido, Verdecia. Al parecer era el mismo de siempre pero en el fondo había cambiado por completo o casi por completo porque Alejo Verdecia era alto y atlético, como el otro Alejo, y sin embargo el brillo de su mirada se había transmutado, de repente, no para siempre, sólo durante un breve instante, en la mirada ávida de un ave de rapiña, que le robaba de un zarpazo la identidad al otro. Nadie puede imaginarse los recursos de que se vale la envidia para convertir a otra persona en nada, o en casi nada. Para evaporarla.

Alejo Verdecia tenía 51 años. Estaba fogueado por las decepciones que a menudo, cuando menos las esperaba, le dejaron sus aventuras de faldas. Había tenido numerosas amantes de camas ocasionales y otras que le sorbieron el entusiasmo durante meses y años, y por tanto conocía todas las aventuras del cuerpo de una mujer. Y, además, hasta entonces no le había dado satisfacción al verdadero compromiso establecido con sus sueños: llegar a ser un escritor importante. De modo que a esas alturas de su vida ninguna mujer lo iba a sacar de quicio, lo iba a hacer perder el tiempo, aunque poseyera las piernas más bellas del universo. Sin embargo, cuando en horas de la tarde, Alejo Verdecía la vio bajar al lobby del hotel, la fortaleza inconmovible de que presumía se le vino abajo. Qué mujer. Otro huésped que le preguntó si ya se conocían, hizo la presentación. Se llamaba Nadya Heymans y era la hija de un diplomático belga recién jubilado, heredero de una cuantiosa fortuna, que prometió dedicar sus últimos años a viajar de un continente al otro en compañía de su hija para que Nadya pudiera contemplar no en fotografías sino con sus propios ojos cada rincón del globo terráqueo. Utilizando todos los medios de locomoción disponibles, desde el tren hasta el lomo de un caballo, habían recorrido Estados Unidos y México, y siempre en busca de lo que él consideraba lo más típico de cada país habían trabado amistad en un recodo del Mississippi con los indios seminolas y en un caserío de Chihuahua con un grupo de apaches y con algunos de los naguales que le legaron la sabiduría de los pases mágicos a Carlos Castaneda. Nueve meses antes —hace ya casi un año, Nadya— el padre había desplegado un mapa del continente y con un grueso lápiz de carpintero trazó una infatigable ruta en descenso de la que nunca pensaron desviarse, que enlazaba grandes ciudades, villorrios de pescadores y remotos caseríos desde Alaska hasta el Cono Sur, itinerario que no obviaba, claro está, los indispensables centros turísticos de las cataratas del Niágara o la playa de Cancún. Y ahora le tocaba su turno a las Antillas.

Pero al tercer día de su estadía en *Basse Terre,* cuando Nadya esa mañana acudió a la habitación que ocupaba el padre para invitarlo a desayunar juntos, lo encontró muerto en la cama.

Ya en el salón principal de la pensión, apenas Alejo Verdecía tuvo a Nadya frente a frente le enturbió el ánimo hasta la lástima aquella tristeza lacerante que encontró en sus ojos a causa de la muerte reciente, pero también, quizás, le exacerbó la conmiseración —y sin duda, por qué no, sus apetitos de hombre— la húmeda languidez de aquella mirada, un claro indicio de la necesidad que Nadya experimentaba de encontrar cuanto antes, a falta del padre, otro hombro en qué apoyarse. Alejo estableció de inmediato el compromiso consigo mismo de servirle de paliativo en momentos de tanta angustia, algo que Nadya aceptó más pronto de lo que él creyó posible. Apenas abordaron el avión rumbo a La Habana, mirándola de reojo a su lado y después de un desapasionado escrutinio de sus verdaderos sentimientos, Alejo accedió al fin a la nítida idea de que sus inmediatos arrebatos de compasión se debieron más que a ninguna otra cosa a la belleza impresionante de Nadya, a la palidez de su cutis, a sus grandes ojos verdes, a sus ademanes y costumbres de aristócrata, y por supuesto al contoneo contradictorio de su cuerpo, que recordaba el de una odalisca, precursor de largas noches de lujuria en la alcoba.

A poco de su llegada a La Habana se alojaron en el mismo apartamento de la calle Basarrate 69 —número significativo en todo lance amoroso, pensaba Alejo— que él había tomado en arriendo desde un año atrás y que Nadya, al cabo de dos o tres días, o acaso desde el primer vistazo, comentó no ser de su agrado: Este lugar es demasiado pequeño, mi amor, con una sola puerta interior que daba al baño, y cuando una sale de la ducha, mi amor, envuelta en la toalla o sacudiéndose el agua con las manos, tropieza enseguida con la cama, cuando no con el librero. Y además, es un apartamento sin cocina, sin un balcón donde poner algunas macetas con orquídeas y asomarse para llevar un poco de aire a los pulmones, caluroso y lóbrego, más cueva que vivienda de un intelectual de reconocido prestigio internacional como tú, ¿lo eres, sí o no? y además, porque siempre hay otro además, carajo, pensaba Alejo mientras ella seguía diciendo, mi amor, que aquí nadie puede desahogar su cuerpo con tranquilidad, es imposible no escuchar desde la cama los pregones de los vendedores ambulantes en la calle, y no sólo los pregones, mi amor, sino también las voces y las pisadas de los vecinos del barrio cuando pasan por la acera del edificio. Yo puedo, mi amor, ayudarte con dinero para rentar una mansión en Miramar, la barriada, tú mismo me lo has dicho, sembrada de flamboyanes, donde viven los ricos.

Sin embargo, desde el primer momento, antes de escuchar sus lamentaciones, se dio cuenta que Nadya era una mujer dispuesta a hacerlo feliz en el lecho. Incluso a sangre y fuego, pensó Alejo Verdecia, que tratándose de mujeres hacía todos sus cálculos a la tremenda, y solía guardarlas en su memoria como imágenes concebidas en blanco y negro, porque para él estaban divididas en dos bandos: eran putas o eran santas, no existían calificaciones intermedias. Apenas llegaron al apartamento, Alejo entró al baño porque siempre conservó la manía de lavarse las manos antes de hacer cualquier otra cosa, y cuando salió, para su sorpresa, la encontró desnuda en la cama. Se había sacado la ropa como si tuviera la costumbre de haberlo estado haciendo en su presencia con la misma confianza desde mucho antes. Una puta, pronosticó.

Sin embargo, empezó a corregir ese dictamen apresurado desde el instante en que Nadya le confesó, con voz quebrada por la emoción, que sólo era verdaderamente feliz cuando se desnudaba, no para exponer su belleza a la contemplación de otra persona o para hacer el amor, sino para experimentar la libertad de no verse ceñida por las ropas, como cuando era niña y podía exhibir sus partes más íntimas sin merecer la desaprobación de los demás. Alejo Verdecia la premió con una sonrisa cómplice que le iluminó el rostro. Siempre había pensado que sería una gran cosa escribir una novela completamente desnudo porque así la inspiración, y las fabulaciones que alimentaban la trama, tendrían la oportunidad de pasar sin obstáculos, como una exhalación de aire fresco a lo largo del cuerpo, hasta llegar a las manos que tecleaban en la máquina de escribir.

En la penumbra del apartamento, que reclamaba una bombilla encendida noche y día, Nadya y Alejo empezaron a naufragar, como bajo un hechizo disciplinario, a razón de veinticinco veces semanales, el equivalente más o menos de tres embestidas eróticas en el curso de cada veinticuatro horas: antes del desayuno, después de una siesta reparadora y de nuevo antes de echarse a dormir. Como Alejo estaba contra el matrimonio y pensaba no sin razón que dos personas podían ser felices sin firmar papeles mientras les alcanzara el amor, al cabo de las dos primeras semanas calculó que sin remedio se estaba enamorando, y que Nadya y él podían perfectamente existir juntos hasta el instante en que, ya viejos, sólo pudieran realizar el breve recorrido del sillón de ruedas a la cama.

La perspectiva de aquel amor llevado hasta las últimas consecuencias le insuflaba una mezcla de exaltación y de ternura pero también lo inquietaba. ¿Vivir juntos hasta que la muerte los separara? Ese juramento, que procedía directamente de los textos sagrados, siempre le pareció la peor de todas las encomiendas: él era por naturaleza un espíritu libre, refractario a toda coyunda. Sin embargo, tenía sus ventajas. Por primera vez se dio cuenta que era gran suerte tener una mujer a mano, aguardando por él en la cama, y que el apartamento que tanto Nadya detestaba podía llegar a ser el refugio final, el más afortunado para desahogar sus fogosidades de hombre sin necesidad de perder el tiempo procurándose mujeres ocasionales. Así que también por primera vez fue consciente de todas las horas que hasta entonces había malgastado al acecho de mujeres que no amaba y acaso nunca llegaría a amar, mujeres que le sonrieron en una bocacalle o fingían mirar aplicadamente la cartelera de un cine mientras esperaban a que él se les acercara con aire seductor para introducirlas minutos después en una posada.

Desasido de sus angustias más recientes, pues llevaba semanas sin poder escribir una sola línea, mirando con creciente desazón las cuartillas en blanco que reposaban en su mesa de trabajo junto a algunos libros que tampoco se disponía a leer, pero con la ilusión desaforada de haber encontrado al fin la mujer que podía hacerle compañía hasta sus años peores, cuando tuviera necesidad de apoyarse en un bastón, y resuelto Alejo a no dejarse derrotar por la indecisión concibió la idea de sacar a Nadya de la clandestinidad, de sustraerla de la condición de amante para instalarla en su vida como la esposa con la que, según refería, había contraído nupcias, en presencia sólo de un reducido grupo de parientes de Nadya, en la Isla de Guadalupe, donde tuvo que permanecer durante días —lo único cierto del relato— a consecuencia de un accidente de aviación. En la plenitud de esas ensoñaciones, para darle consistencia a sus planes, pensó que si Nadya era realmente su esposa, como él lo interiorizaba engañándose, debía colocarla a disposición de la luz pública cuanto antes. Ya por entonces la había apuntado como esposa en un registro del gobierno, por si decidían en algún momento hacer un viaje juntos fuera del país, y desde ese instante la amante de Alejo hizo de consorte con un aire tan desenfadado que nadie podía dudar de que el matrimonio fuera cierto. Para darle mayor verosimilitud, pensó Alejo que, como primer paso, Nadya debía familiarizarse con la ciudad de La Habana, visitar iglesias y conventos, frecuentar cines, concurrir a conferencias y exposiciones de pintura, asistir a galas benéficas y conocer a las esposas de sus amigos, en fin: hacer vida social. De modo que para no demorar más las cosas Alejo Verdecia la llevó a conocer la parte más antigua de la ciudad, las fortalezas de El Morro y La Cabaña, las mansiones que habitaron los capitanes generales españoles que durante la época colonial gobernaron la Isla, mientras él le refería a Nadya, con ínfulas de descubridor, que La Habana había resurgido muchas veces de los escombros a la que fue reducida durante las incursiones depredadoras de piratas y corsarios de distintas nacionalidades e idiomas, atraídos por las inmensas riquezas llevadas a bordo en las naves españolas que a lo largo de los siglos XVI y XVII atracaron en el puerto habanero: oro y plata, esmeraldas de Colombia, y hasta maíz, papas, mandioca y cacao traídos desde Campeche. Sin perder su sentido de la orientación y su costumbre de no dejar ningún propósito a medias la llevó a ver, no en fotografías sino con sus propios ojos, como había aconsejado el padre de Ndya, las mansiones coloniales de La Habana Vieja, aquella parte de la ciudad con sus muchos balcones, enrejados, guardavecinos, gárgolas y arbotantes, con todos esos caprichos arquitectónicos que eran el orgullo y el encanto   —y aún lo son— de la ciudad que deriva su nombre del cacique indio Habaguanex, repicaba Alejo asombrado de sus propios conocimientos, el cacique que con más frecuencia fue citado por el gobernador Don Diego Velásquez en sus misivas al rey de España. Al final de una de esas tardes, de nuevo alertado por el recuerdo del padre de Nadya que aconsejaba conocer los lugares típicos de cualquier país visitado, atravesaron la bahía a bordo de una lancha, atestada de creyentes que arrojaban monedas al agua, "están dándole gracias a los santos por los favores recibidos", explicó Alejo, a los santos que habitan en el fondo del mar, y mientras él se acodaba en una baranda de la lancha reflexionó que estaban haciendo la última visita de ese día para que ella pudiera asistir a un toque de tambores en Guanabacoa. Media hora después Nadya pudo contemplar por primera vez a unos negros con taparrabos, prácticamente desnudos, que daban impresionantes saltos al ritmo de los atabales. Pero, al parecer, contra las previsiones de Alejo, los negros gimnastas como ella decía, no le provocaron a Nadya sorpresa ni estupor, sino más bien una indiferencia glacial, lo que no evitó que finalmente Alejo Verdecia la condujera a la casa de un santero que después de esparcir sus caracoles en una estera le dijo que ella había llevado hasta entonces una vida de lujos, comodidades y riquezas, la vida de una reina consentida y amada por cuantos la rodearon, que había recorrido medio mundo utilizando todos los medios de locomoción disponibles, que recién había encontrado a su padre muerto en la cama, y que ahora estaba siendo asediada de amores por un hombre blanco, alto, castaño, inteligente, que sin duda soy yo, pensó Alejo más tarde cuando Nadya le contó el resultado de la consulta, de la consulta no, del registro acotó Alejo, a quien lo incitaba hasta el insomnio la preocupación de escoger siempre el vocablo preciso.

—¿Te dijo algunas verdades? —le preguntó ya de regreso al apartamento.

—Las suficientes para saber que no es un farsante —contestó Nadya.

Los tres encuentros amorosos diarios de Nadya y Alejo se transformaron muy pronto en una turbamulta con gruñidos de placer en alto diapasón que escandalizaba al vecindario, quiero decir: se convirtieron en una verdadera pelea de perros rabiosos en la cama, como alardeaba Alejo con gestos obscenos de macho cabrío, encuentros que ahora se prolongaban cada uno de ellos hasta tres o cuatro horas, nunca menos, porque a Nadya a partir de la primera semana le dio por practicar las doce posturas eróticas de una cortesana famosa en el París de Luís XVI, de cuya biografía pudo enterarse en una revista pornográfica traída al apartamento por Alejo para acrecentarles aún más los ardores a la insaciable Nadya. Durante los primeros meses no disponían del tiempo necesario para ponerse las ropas y sacárselas enseguida, pues las tres sesiones diarias se complementaban la una con la otra hasta integrarse en una sola jornada de caricias, mordiscos y espasmos en el lecho.

Tales excesos tenían para Alejo Verdecia el ingrediente de una felicidad que nunca antes había experimentado, ni siquiera en los brazos de Cuca Sánchez, con la que hizo también intensas jornadas de amor desaforado durante una de las etapas más irresponsables de su vida, porque también fue una de las más estériles: en un mes sólo logró redactar ocho renglones en una cuartilla, que por fortuna, después de releerlos, arrojó al cesto de la basura para no tener que arrepentirse algún día de haberlos publicado. Ahora le estaba sucediendo lo mismo. Hacía a todas horas el amor con Nadya, vibrando con el entusiasmo del adolescente que descubre en la penumbra de un cine las virtudes alucinógenas del sexo, pero el resultado era el mismo, o poco menos que el mismo: cinco renglones al cabo de un mes. Pero no sólo lo inquietaba hasta maltratarle la conciencia aquella parálisis creadora a la que se exponía sometiéndose a los caprichos eróticos de Nadya. Otra idea también inmediata le exacerbaba los insomnios. Demasiado vivo estaba todavía en su memoria el recuerdo de los momentos vividos en la Isla de Guadalupe como para que Alejo no arrastrara consigo hasta La Habana la preocupación lógica de que el personaje que había seleccionado como protagonista de su próxima novela hubiera sido tratado a fondo por otro escritor. Tras múltiples pesquisas meticulosas y gracias a las apresuradas cartas enviadas a sus amigos de Europa solicitándoles información, cayó en la cuenta de que su temor era infundado: nadie hasta entonces había escrito una sola línea sobre el personaje por él escogido. Debía sentirse feliz. No podían ser más tranquilizadoras las noticias que le trasmitían las misivas de sus amigos de París.

—¿Por qué no viajamos a París? —le preguntó Nadya como si le estuviera leyendo el pensamiento—. Comienzo a aburrirme de santeros, babalaos y toques de tambor. ¿Es que no sucede otra cosa en este país, salvo esos ritos salvajes de los negros?

—Te pido paciencia, Nadya —atajó Alejo con el entrecejo fruncido—. En estos momentos no quiero interrumpir mi labor. Siempre he pensado que con escribir una página al día es suficiente: al año son 365 páginas, una novela. Pero ahora las páginas me salen sin dificultad y casi sin mi intervención, como si se escribieran solas. Sería un grave error alejarme de mi mesa de trabajo cuando más productivos me resultan los días.

Desde esa ocasión a Alejo Verdecia siempre lo asedió el disgusto circular de que en cualquier momento Nadya volviera a las andanzas, echando pestes contra los negros. Con frecuencia Alejo decía, sin ocultar su apasionado interés en el tema, que no había teorías científicas para apoyar la idea de que los negros eran distintos a los blancos, ni razón válida alguna para negar el aporte sustancial de la negritud en la cultura cubana en todas las ramas del arte: en la literatura, en la música, en la pintura. Pero aunque no lo dijera, tenía motivos muy personales para demostrar su agradecimiento a una mujer negra, casi tan extraordinariamente bella como Oona, que además era el ser humano más desenvuelto, vital, alegre y generoso que flotaba en su memoria desde que tuvo disposición y juicio certero para valorar la conducta de los demás. Ya lo sabemos: se llamaba Cuca Sánchez. Algunos años atrás Alejo había escrito un cuento suscitado por el recuerdo de Cuca, que nunca se atrevió a publicar previendo que en la pacata sociedad cubana de aquellos tiempos podían tacharlo de inmoral. En el cuento, después de relatar la forma en que se conocieron, destinó varias cuartillas a describir la personalidad de Ma Teresa, la madre de Cuca, una de las más famosas santeras de Guanabacoa, una verdadera *iyalosba,* hija de Obatalá, la única persona que vivía bajo su mismo techo. Como Ma Teresa siempre demostró ser muy tolerante con la vida licenciosa que al parecer llevaba su hija, le comentaba entre risas, para que no se sintiera disminuida, que los santos de África eran personas iguales a nosotros, con las mismas pasiones y los mismos gustos, que a los orishas les agradaba ver cómo la gente hacía el amor. Changó, cuando era hombre seis meses al año, se volvía loco por acaballarse sobre una mujer. Ogún era guerrero y mujeriego como pocos. ¿Y Ochún, no le gustaba a Ochún que una persona atrajera sexualmente a otra? Ochún garantiza que es posible atraer a la persona deseada escribiendo su nombre en un papel, que luego debe colocarse debajo de una panetela regada con miel de abejas. ¿Y Yemayá, no nos ayuda también a conquistar la persona amada? Ma Teresa lo aconsejaba: escriba el nombre de esa persona en papel de cartucho, échele encima melado de caña y envuélvalo con una cinta azul, prometiéndole a Yemayá un melón de agua, para que vea muy pronto el resultado.

Cuca Sánchez había aprendido de Ma Teresa todas esas mañas para amarrar a un hombre, para engatusarlo, para ponerlo a comer en las mismísimas palmas de sus manos. Ella, Cuca Sánchez, por su religión hija de Ochosi, sabía además que le era posible atrapar al macho que más le gustara haciendo un muñeco de trapo y llevándolo prendido al sostén a la altura del corazón, pero nunca apeló a ninguno de esos ardides porque su vanidad se lo impedía. Le bastaba con saber que era una real hembra, una diosa teñida, como la bautizó Alejo, una hembra despampanante, a cuyo paso temblaba el pavimento y a los hombres el tabaco se le caía de la boca. Claro que el espejo no la engañaba cuando veía delante de ella un rostro de belleza devastadora que no era sólo el suyo sino el de todas las hembras remotas de Angola y Dahomey, cuando se acariciaba el vientre introduciendo un dedo en la hendidura alucinante del ombligo, o cuando se estriaba con una uña voluptuosa la piel que le legaron sus abuelas, una piel tostada por la reverberación del sol en las aldeas africanas.

Alejo Verdecia, que en esos momentos tenía otra amante rubia y lánguida, de belleza angelical, quizá por esa razón llegó a pensar, relamiéndose, que de las dos, Cuca era el bocado más exquisito. No porque fuera negra, mascullaba, y eso que a él desde muchacho le gustó quemar petróleo, sino porque era la más caliente. ¿O sí, sería porque era negra? ¿Era tan desinhibida y revuelta en la cama porque era negra? A la misma Cuca alguien le dijo, despectivamente, para humillarla y enfurecerla, que las mujeres trepadas a su árbol genealógico, las más remotas, las que nacieron en Nigeria, en Dahomey, en el Congo, en Guinea, parían hijos sólo para que los portugueses y los españoles los montaran más tarde en barcos de muchos remos, bajo la tralla del mayoral, y los trajeran a América. Los traían para que trabajaran en los trapiches de las plantaciones cañeras. También para que las negras como ella siguieran refocilándose con hombres en los barracones y les dieran más esclavos al amo blanco, que también le reclamaban sus favores a la sombra de árboles copudos, o de noche, bajo las estrellas. Claro que era cierto. Estaban condenadas a dejarse cabalgar para parir. ¿Sólo para parir? Sí, casi era verdad porque incluso su propia madre, Ma Teresa, le contó cierta vez, echándose a reír como si fuera una gracia, que su bisabuela había tenido dieciséis hijos, y una de sus abuelas, la abuela por línea paterna, dieciocho, y la abuela por la otra línea, por la materna, veintiuno. Hacer el amor sí, hacerlo a cualquier hora pensaba Cuca, por qué no, templar —follar, precisaba Alejo— era el delirio, la locura, un viaje de ida y vuelta al Paraíso, pero parir era otra cosa. Parir debe producir un dolor del carajo, pensaba Cuca. Ningún sexo de hombre era tan grande como la cabeza de un niño, decía con una sonrisa de picardía que le achinaba el rostro. A menudo Alejo, sin mucha convicción, le comentaba que debían tener un hijo, pero Cuca Sánchez que nunca se atrevió a rebatir sus opiniones, se echaba a reír y para complacerlo sin negarse decía que era mejor dejarlo para después.

Esa Cuca Sánchez que tantos placeres le proporcionó en la cama fue la misma Cuca que con una generosidad y una abnegación sin límites acudió en su auxilio cuando Alejo Verdecia más necesitado estuvo de que alguien le tendiera una mano amiga. Había contraído una enfermedad que le costaba pronunciar, que lo obligaba a esfuerzos incontables para que no llegara a convertirse en noticia, una enfermedad adquirida de tanto frecuentar vulvas concedió enseguida Alejo, un mal de amores decía asomando una risita de picardía, pero de todos modos una enfermedad a la cual la ciencia médica hasta entonces no había encontrado medios de enfrentar con buen éxito la curación. Ante los primeros síntomas Alejo Verdecia pensó con terror que había sido contagiado de sífilis, un mal que iría invadiendo su sangre poco a poco hasta reducirlo a la condición de cadáver, pero no, era sólo una gonorrea, una enfermedad menos maligna, más pacífica opinaba Alejo, pero que le creó la imposibilidad por cuánto tiempo de salir en busca de empleo. Y como se había alejado del mundo, encerrado en el apartamento, esperando a que el cuerpo se reparara a sí mismo, confiado en las inmensas posibilidades de autocuración del cuerpo humano que Milarepa, su gurú más apreciado, exaltaba en sus textos, pero a la vez recurriendo a las tisanas aconsejadas por Ma Teresa y a los emplastos que Cuca le aplicaba, Alejo se dio cuenta de que el tiempo, sin apiadarse de él, seguía pasando de prisa en los relojes y en los almanaques, y que durante el último mes ninguna revista había publicado una sola de sus crónicas —porque tampoco, víctima de la depresión, las había escrito—, así que en aquel exacto instante estaba al borde de no poder pagar la renta del apartamento ni saldar sus deudas en la bodega donde compraba los alimentos. Entonces Cuca, Cuca Sánchez, sin preguntarle ni preguntarse quién lo había contagiado, sabiendo que no había sido ella pero sin un solo resentimiento, sin un asomo de celos —y de seguro estaba celosa—, fue la única persona que decidió hacerse cargo del destino del escritor, en el supuesto caso, pensaba, de que el ángel custodio de Alejo se estuviera haciendo el desentendido. Cuca se dedicó, durante todo el curso de la enfermedad de Alejo, a pelar y a pintarles las uñas a sus convecinas por cualquier dinero, a deshacerse de alguna prenda de oro, del collar que un antiguo pretendiente le había regalado, a vender con urgencia todo lo que poseía, hasta la última falda y él último corpiño, vendiéndolas al precio fijado por las personas que las adquirían, incluso a veces por la mitad de su precio verdadero, y todo para que Alejo no fuera desalojado del apartamento, donde todas las mañanas se sentaba a escribir por lo menos una página de novela cada día.

Como si se hubiera arrepentido, desde mucho antes de conocer la presencia de Cuca en la vida de Alejo, Nadya nunca más volvió a pronunciar una sola palabra desdeñosa contra los negros. Pero él no quería exponerla al desafío, previendo que la liebre de la discriminación pudiera saltar en cualquier momento, y evitó por todos los medios que se mencionara en su presencia alguna palabra que estuviera asociada, siquiera tangencialmente, a un toque de tambores en Guanabacoa. El plan que concibió lo puso en marcha cuando la incitó a frecuentar otras esferas muy distintas de la vida habanera.

—Hoy vamos a visitar a un amigo, que es uno de los grandes maestros de la pintura cubana —le dijo.

Sentada en una butaca frente al espejo, Nadya se estaba maquillando de espaldas a él, desnuda como siempre, y a tiempo que entre alborozada y agradecida respondía que sí, que estaba de acuerdo, se volvió para mirarlo directo a los ojos, después de haberlo mirado dentro del espejo cuando él le formuló la propuesta.

—¿Cuándo? —peguntó Nadya.

—Esta misma tarde.

En sus relaciones con Alejo, Nadya se reservaba siempre la última decisión a fin de comprobar que él la dejaba tomar en muchas ocasiones la iniciativa porque seguía amándola como las primeras veces. Pero ahora, como la perspectiva de conocer a un pintor le alborotaba lo caprichos, no esbozó el menor reparo. Por el contrario, se esforzaba en demostrar la felicidad que gracias a él le arrebolaba las mejillas y le proporcionaba un húmedo brillo metálico a sus ojos. "Eres genial, como siempre", le dijo echándole los brazos al cuello, "no pudo habérsete ocurrido una idea mejor". Durante el recorrido hasta el *El rincón azul*, le preguntó innumerables veces, no sin cierta emoción, colgada de su brazo, si realmente estaba bella esa tarde, dime la verdad mi amor, toda mujer que se acerque a un pintor debe hacerlo acentuando sus encantos. Cuando ya estaban a punto de llegar a la finca, después de dejar atrás los postes del alumbrado público, el único indicio que quedaba de la civilización pues a partir de ahí todo era campo abierto, con árboles frondosos a las orillas de un terraplén, Alejo comentó que Carlos Enrico (también un pintor lleno de envidia le había usurpado el nombre) era un gran bebedor, bebe hasta saciarse aunque nadie nunca lo ha visto caer al suelo borracho, y también es un hombre huraño, de pocos amigos, y sobre todo un mitómano que cuenta historias imposibles, un hombre excéntrico, ¿sabes lo que ha hecho? a lo largo de los años ha ido enterrando frente a su vivienda las botellas de ron que se toma en compañía de los pocos que lo visitan. Ya son miles y miles las botellas que ha enterrado, y con ellas ha creado un sendero de acceso a su casa. Tendremos que caminar, Nadya, sobre las botellas para tocar a su puerta. ¿Qué te parece?

Carlos Enrico, que ya estaba avisado de la visita, salió a la puerta para darles la bienvenida al ilustre escritor y a su esposa. Había estado tumbado durante horas en la hamaca que uno de sus amigos compró en Tahití para traérsela de regalo, una hamaca con grandes borlas de hilos rojos en el cabezal. Con los ojos fijos en las vigas del techo se preguntó una y mil veces cuál sería el motivo de esa inoportuna visita de Alejo Verdecia, anunciada sin una previa antelación que le sirviera para regresar todas las cosas a su sitio después de una larga noche de juerga con tres mujeres, una pelirroja y dos morenas, que él había conocido una semana antes en las penumbras ¿del night-club El Gato Tuerto o en el Salón Rojo del hotel Capri?, no recordaba bien. Menos podía recordarlo bien ahora después de tantos tragos infinitos y del desenfreno —porque la otra tenía la regla— con dos de ellas en la hamaca que le regaló el amigo. Pero ya no había tiempo, ni tenía ánimos, para arreglar lo desarreglado, para retornar a las gavetas del armario de cedro las servilletas esparcidas en el piso, y mucho menos para abandonar la hamaca y disponerse a enterrar frente a la casa, como era su costumbre, las botellas de ron consumidas la víspera.

Cuando los tuvo delante de sus ojos lamentó no haber sido más diligente, y reconoció que lo mejor hubiera sido recoger al menos las servilletas regadas en el piso, una clara evidencia del desbarajuste y tal vez de la abulia que él le introducía a su vida. Tras una rápida ojeada cayó en la cuenta de que Nadya era una mujer como llegada de otra dimensión, no tenía nada que ver con las que él conoció hasta ayer mismo, con las mujeres efímeras que pasaban por su hamaca sin dejar siquiera el rastro de sus olores. Pensó decirles: no saben bien cuánto me abruma el estado lamentable en que se encuentra mi casa. Pero no lo dijo. Aquella mujer podía ser una aristócrata de fastuosa belleza, como sin duda lo era, traída por Alejo de cualquiera sabe qué remoto lugar, pero él era un gran pintor, de la misma raza, pensó, que los grandes pintores que ha dado la humanidad. Así que Nadya y él estaban de igual a igual, si es que él, próximo a alcanzar la inmortalidad, no la aventajaba ante el juicio de la historia, pues ¿qué iba a quedar de ella, de su belleza, de sus encantos, cuando la muerte tocara a su puerta? ¿Qué? Nada, a menos que él le concediera el honor de hacerle un retrato, de detener el tiempo hasta siempre fijándole el rostro en un lienzo.

Con desenvoltura, sin dirigirle una sola mirada al dueño de la casa, Nadya se abrió paso hasta el centro de la sala donde estaba el único sillón disponible, pues todos los demás muebles que había para sentarse eran las doce sillas alrededor de la mesa y media docena de taburetes con respaldo de cuero. Cuando pasó a su lado, a Carlos Enrico lo asaltó la idea fulminante de que el contoneo de aquel cuerpo casi al alcance de sus manos no era sólo el de una odalisca, tenazmente provocadora, sino —sería posible— el de una princesa, el de una reina que pretendía humillarlo —a él, que manejaba las hembras a su antojo—, presunción que sin embargo no le impidió corroborar que había caído dentro del aura de una mujer distinta a las demás, capaz de trastornarle sin opción el resto de vida que tenía por delante.

En medio de su turbación, sin ninguna otra sugerencia más dócil a qué atinar, les pidió que se quedaran a comer un pargo al horno que el cocinero, mintió, tendría listo a más tardar dentro de una hora. Todos estuvieron de acuerdo, sin la excepción de Nadya, que no abrió la boca pero con un ligero movimiento afirmativo de cabeza demostró su aceptación. Alejo y Carlos se dispusieron a apaciguar la espera bebiendo hasta nunca saciarse, como acostumbraban los dos, mientras el tocadiscos dejaba oír, una vez y otra, el mismo piano y la misma pieza de Lecuona, y Nadya, para hacer ostentación de su paciencia y tolerancia, hojeaba el último número de una revista, pasando por encima de las páginas sin leerlas.

Desde el taburete de cuero que ocupaba, con un vaso de ron en la mano, bebiendo a sorbos pausados, Carlos Enrico miraba a Nadya de reojo, disimulando su insistencia y pensando que si en ese bendito momento pudieran prescindir de la presencia de Alejo, le sería fácil, gobernado por sus impulsos primarios, acercársele y empezar a besarla en la nuca, a todo lo largo del cuello, en el nacimiento de las clavículas, en la zona más próxima a los senos, despertándoles sus deseos, hasta verla caer rendida de pasión a sus pies. ¿Sería una forma de revertir la humillación a la que poco antes creyó estar sometido? Pero mejor, pensó, era no pretender quedarse con la fruta del cercado ajeno: Alejo Verdecia no era exactamente uno de sus mejores amigos, pero sin duda era un escritor de creciente renombre internacional, con el que valía la pena de codearse en público. Así que no tenía ningún provecho granjearse su enemistad, sino más bien dejarlo todo como estaba.

Sin embargo, debió variar de repente el curso de sus expectativas porque Alejo, que tenía la fama merecida de que no se le escapaba el menor detalle, creyó advertir que mientras trasegaban ron, Carlos le dedicaba erráticas miradas a Nadya, sin venir al caso, sin dirigirle la palabra, como si su único propósito consistiera en comprobar que no se había evaporado, que permanecía en el sillón hojeando la revista en espera del pargo al horno que supuestamente el cocinero aderezaba. A menudo también a Alejo lo inquietaba la sospecha de que Nadya reciprocaba las miradas de Carlos. Pero de seguro era una conjetura idiota. Es imposible, pensó. De pronto Carlos Enrico se puso de pie con el vaso de ron en la mano, y dijo que quería hacerle un retrato a Nadya. Era lo que menos Alejo y Nadya hubieran esperado. ¿Estaba seguro Alejo de que en verdad Nadya no lo esperaba? O por el contrario, ¿no era más lógico inferir que hubieran concordado los dos en ese proyecto mientras se dirigían miradas furtivas? ¿O acaso era posible que en algún momento, aprovechando un descuido suyo, Carlos se hubiera acercado a Nadya para secretearle, para decirle al oído, rozándole el cuello con sus labios, que pretendía inmortalizar aquel rostro de belleza extraordinaria en un lienzo? Sí, sí era posible. Por qué no. Verificó enseguida que su presunción no era desacertada: ahora Nadya accedía complacida, con una sonrisa especial, al pedido de Carlos.

Considerando que ya tenía ganada la mitad de la partida, y sin pretender ninguna otra cosa más allá de lo que pretendía, Carlos dio los pasos que necesitaba para tenderle la mano, para llevarla con determinación de alucinado hasta su estudio, mientras Alejo, a sus espaldas, lo oía decir que comenzaría a pintar de inmediato, estaba bajo un soplo irrefrenable de inspiración, no podía perder el entusiasmo, haría el retrato en una sola sesión, pintaría toda la noche si fuera necesario, hasta que clareara el nuevo día. El resto no podía estar más que en los cálculos de Carlos: necesitaba estar a solas —por favor, Alejo, entiéndeme—, porque mientras pintaba la presencia de cualquier otra persona le enajenaba el fervor, nadie más podía estar en el estudio, nadie salvo la modelo por supuesto.

Sin el tiempo imprescindible para que Alejo interiorizara la intensidad de los acontecimientos, apareció el cocinero, quien a pedido de Carlos lo llevó casi a rastras hasta un auto que estaba aparcado bajo un alero de la casa. Abrió una de las portezuelas para facilitarle al escritor el acceso al asiento trasero, y de inmediato se puso al volante y echó a andar el auto. Todo fue tan rápido y sorpresivo que Alejo Verdecia apenas alcanzó a aceptar la imperiosa realidad cuando ya en el

282

apartamento de Basarrate 69, tumbado en el lecho, pero no al princi-pio sino después de horas, pudo examinar en detalles lo que había su-cedido. Apenas hizo su entrada en el apartamento se percató de que a causa de sus nervios trizados no le era posible asumir la complejidad de tantos incidentes inesperados que en pocas horas se hicieron car-go de su vida. Pensó que necesitaba un largo sueño reparador antes de ajustar cuentas con su futuro. Sólo después de dormir tendría la cabe-za fría que necesitaba para evaluar los pasos a seguir. Cerró los ojos, necesitado de dormir pero no lo consiguió. Tras nuevos esfuerzos, haciendo de la necesidad una virtud, al fin se quedó dormido. Pero por poco tiempo. Al término de una media hora despertó con el pál-pito angustioso de haber perdido a Nadya para siempre. En el breve lapso que medió entre cerrar los ojos y abrirlos había soñado que ella le decía adiós agitando su mano aérea por encima de las cabezas de los demás pasajeros, dentro de un tren en marcha, imagen que ya en la vigilia no se apartaba de su retina como la señal más probable de que Nadya nunca más regresaría a sus brazos.

Cuando llegó la madrugada cayó en la cuenta de que apenas había podido pegar los ojos durante una hora o dos en toda la noche. Pensó en Nadya y en Carlos Enrico.. ¿Qué estarían haciendo ella y él frente al caballete, si es que no estaban ocupando la hamaca? Lo presumible era que él todavía la estuviera pintando. Pero cómo, ¿desnuda? A ella le gustaba experimentar la libertad de no estar ceñida por las ropas, como cuando era niña y podía mostrar sus partes más íntimas sin me-recer la desaprobación de los demás.

Apenas hizo su entrada al apartamento la noche anterior, Alejo se tumbó en la cama dispuesto a morirse, lo mejor que podía hacer des-pués de su imprevisión, su torpeza, su negligencia y su cobardía. ¿De cuántas cosas más era merecedor de achacárselas? También de inge-nuo. Con toda probabilidad Carlos no le iba a hacer a Nadya el retra-to prometido, como al principio Alejo pensó con derroche de candor, no lo haría ahora ni nunca, como tampoco nunca, hasta el momento, él se había hecho un autorretrato. ¿Por qué? ¿Acaso porque lo paralizaba el miedo de no llegar a la altura de sus cuadros anteriores, o tal vez porque carecía del talento indispensable para descifrar el código secreto de un rostro, para interpretar los símbolos intransferibles, de vida independiente, que emite un rostro, cualquier rostro: el suyo, o el de Nadya ahora.

Pero no era el pasado sino el presente lo que más a Alejo lo desasosegaba. Necesitaba más que ninguna otra cosa averiguar lo que estaba sucediendo en esos instantes en *El rincón azul.*

Si toda la historia de Nadya Heymans fue sólo un pérfido argumento de corrillos destinado a dañar la imagen de Alejo, que ya había alcanzado renombre de gran escritor, si la fábula fue urdida no por el flaco Mijares, que la oyó en boca de otros y enseguida la creyó a pie juntillas, que era incapaz de propalar un infundio, si la versión fue tramada por alguno de los otros amigos de Carlos Enrico, por algún mitómano que, como el pintor, contaba historias imposibles, si ninguna de los falsedades echadas a volar nunca pudieron confirmarse, de todos modos la gente la aceptó con facilidad y siguió diciendo que después de una larga noche sin apenas dormir, Alejo Verdecia se vistió y tras una impaciente ojeada en el interior del apartamento para tener la certeza de no haber olvidado algo, salió rumbo a la finca. Una hora más tarde dejaba atrás los últimos postes del alumbrado público, se internó en un terraplén bordeado de árboles copudos y al fin consiguió avistar la vivienda de Carlos Enrico, una casa de tejas rojas y fachada pintada de blanco con brochazos de cal, que ahora, en el despuntar del alba, refulgía bajo los primeros rayos de sol como si fuera de plata. Con pasos apresurados ganó el sendero de acceso a la casa, que Carlos había creado con las botellas enterradas pacientemente durante años, y tocó a la puerta. Nadie acudió a abrirle. Con desespero tocaba a la puerta una vez y otra. Esfuerzo inútil porque nadie le respondía. Al borde de las lágrimas, con el sombrero en la mano, que abanicaba con intranquilidad, mientras se creía dispuesto a esperar de pie frente a la casa todo el tiempo que se hiciera necesario, entendió con urgencia instantánea la intensidad de su amor. En aquel momento se supo incapacitado para continuar su vida sin la compañía de Nadya. Supo que era el hombre más desgraciado del planeta, y respirando hondo acumuló en su pecho todas las fuerzas de su voz para lanzar su grito desesperado:

—No te escondas, Carlos. Devuélveme mi mujer.

Mientras de nuevo en el apartamento Alejo Verdecia tomaba conciencia de su imagen pública y trataba de que sus amigos, los pocos que lograron conocerlo, olvidaran el incidente, se percató de que nada es más difícil de borrar en la memoria colectiva que las historias que nunca sucedieron. Sin embargo, Alejo tampoco alcanzó nunca a saber cuánto tiempo irreparable pasó frente a la vivienda de Carlos Enrico con la esperanza estéril de que alguien viniera, sino a abrirle la puerta, al menos a decirle que se fuera a la mierda. Seis meses más tarde Alejo Verdecía supo que Carlos se había desembarazado de Nadya con la misma prontitud que la había aceptado, no para hacerle un retrato sino para dormir con ella una sola noche —o varias, cualquiera sabe— en la hamaca que el amigo compró en Tahití con la idea de regalársela. Así que cuando creyó que la tormenta ya había quedado atrás y que, en consecuencia, su espíritu había recobrado la calma y mejorado al extremo de que en el curso de la última semana logró redactar dieciocho líneas en las cuartillas destinadas para una nueva novela, Alejo se enfrentó a una noticia peor que las anteriores. En cuanto Carlos la lanzó a la calle, Nadya había despreciado la oportunidad lógica de regresar al apartamento de Basarrate 69, donde de seguro hubiera sido recibida para hacer las paces sin ningún reproche. Pero no. Ocurrió lo inesperado. La noticia la recibió Alejo Verdecia con el fragor de una descarga eléctrica. Después de sopesar varias opciones, Nadya había acudido a refugiarse en un prostíbulo, donde como primera providencia cambió el nombre de Nadya Heymans por el de la Santiaguera, en recuerdo de la amante de Yarini, el más famoso de los chulos cubanos a todo lo largo de la historia. Aunque no estábamos en temporada de lluvias, apenas se enteró, Alejo Verdecia acudía todas las noches al burdel con un paraguas en la mano, disfrazado con la bufanda de Carlos Gardel, con los botines de Charlot, y con un casco de explorador para disimular, para que nadie se percatara que era él, el escritor insigne, para que pensaran que era otro el que le reclamaba los favores a la Santiaguera, el que le rogaba el regreso al apartamento donde ella iba a poder andar desnuda y así satisfacer sus manías de niña sin que nadie le reprobara su conducta.

—Olvídalo, Alejo, por nada del mundo regresaré al apartamento. No existe un lugar mejor para andar desnuda que un prostíbulo —le dijo.

Con los brazos cruzados sobre el pecho, el flaco Mijares sintió que un ramalazo de emoción lo sumía en el desamparo mientras Oona continuaba desnuda encima de la mesa y Carlos Enrico le clavaba una mirada de fijeza hipnótica para evaluar hasta qué punto lograba conmoverlo o excitarlo la desnudez de Oona. Aunque Mijares disponía a ratos de la llamada memoria episódica de los ancianos que son capaces de revivir perfectamente algunos acontecimientos especiales de sus vidas —los más lejanos— y en cambio olvidan otros —los más recientes—, se percató de que contra las carencias de su memoria había recordado con absoluta nitidez, como si asistiera a una proyección cinematográfica, detalle por detalle, la aventura que vivieron años atrás Nadya Heymans y Alejo Verdecia. En aquellos tiempos muchos opinaban todavía que la historia de Alejo y Nadya era un invento aventurero de gente sin oficio ni beneficio, pero Mijares, que era un ángel fácil de engañar, se aferraba con terquedad al criterio de que esa historia era cierta y que por tanto él debía aceptar el compromiso con el destino de hacerle pagar a Carlos Enrico el daño que le ocasionó a Alejo Verdecia. Fue entonces cuado el flaco Mijares, contra su voluntad —porque le disgustaba ser el malo de la película pero no le quedaba otra opción— urdió el plan meticuloso para apropiarse de

Oona, por las buenas o por las malas, el plan que a partir de mañana mismo llevaría a cabo para arrebatarle Oona a Carlos Enrico.

3

En algún momento, el flaco Mijares pensó que entre los contertulios de *El rincón azul* era Willy Humara, y sólo Willy, quien urdía las infamias que luego depositaba en los oídos de Carlos Enrico para granjearse su simpatía, para divertirse los dos durante un buen rato, o tal vez con la pretensión de que el pintor le regalara uno de aquellos cuadros que, con el tiempo, calculó, llegaría a valer miles sino millones de dólares en alguna subasta de arte en Nueva York, en Barcelona o en París.

Willy era redondo, quiero decir: grueso y bajo de estatura. Pero como al emperador Napoleón no lo arredraba su pequeñez. Y además, al parecer, quiero decir: por el contrario, le proporcionaba alegría. Con frecuencia comentaba la peregrina idea de que los gordos eran personas que habían depositados abundantes carnes sobre los huesos porque no los consumía el resentimiento; en cambio, los flacos eran personas que de tanto recelar y desconfiar de los demás se han quedado reducidos al esqueleto: como si el resquemor les hubiera secado todo el tejido adiposo entre la piel y los huesos.

En otro momento, el flaco Mijares deliró que el travieso Willy Humara podía prestarle eficaz apoyo en la tarea de arrebatarle Oona a Carlos Enrico. Entre los dos sería más fácil, porque mientras él se echaba Oona al hombro y escapaban por una ventana, Willy podía entretener a Carlos contándole chismes de alcoba para que se carcajeara durante horas, y así, pendiente de los labios de Willy, no pudiera enterarse de lo que estaba sucediendo a su alrededor, no escuchara ningún ruido y no percibiera siquiera el olor anónimo que el sexo de Oona iba dejando mientras el flaco Mijares y ella protagonizaban la fuga. Con gran regocijo Carlos Enrico le pedía otros más, otros chismes más, por favor, murmuraciones en torno a las preferencias y devaneos sexuales que Willy acumulaba en su desván detectivesco y miserable, pues era notorio que había puesto maliciosamente en boca del gran público habanero la honra de jueces, magistrados, fiscales, obstetras eminentes y gerentes de la farándula, que a lo mejor —a lo peor, hubiera rectificado Alejo— en realidad no habían disfrutado en lecho ajeno una de esas cópulas que alzan el ánimo y nos dejan el sabor de que en este valle de lágrimas, donde todo es trabajo y agonía, de vez en cuando hay que dejarle el paso libre al desenfreno: "como un premio de consolación", decía Willy Humara.

El arte de fisgonear en la honrilla de los demás se le convirtió a Willy en una verdadera obsesión. Como consecuencia de esa imagen fija que le ofuscó la mente durante años, se vio expuesto varias veces a que lo retaran a duelo en la plaza pública, y a que alguna que otra de las personas que Willy injurió se liara a golpes con él.

Pero ésa es otra historia.

No la historia que ahora yo pretendo relatar.

El flaco Mijares se dio cuenta a tiempo que hubiera sido un lamentable error ponerse de acuerdo con Willy Humara. ¿Por qué? Si usted todavía no lo sospecha, se lo voy a decir: porque lo más probable, teniendo en cuenta su catadura moral, era que Willy de inmediato tomara rumbo hacia *El rincón azul* para halagarle los oídos a Carlos Enrico con el relato pormenorizado de las pretensiones de Mijares. "Otro de los pintores que me envidia" farfullaría Carlos en el supuesto caso de que el flaco Mijares hubiera caído en el desliz de procurar el concurso de Willy Humara.

Por suerte no lo hizo.

Ideó otras posibilidades que no acumularan en su futuro tanto riesgo. Sin embargo, antes de emprenderlas, volvió a pensar en Willy Humara para decirse que sí, que haba hecho bien cuando desestimó su colaboración, que había desplegado su mejor perspicacia, su mejor sabiduría, cuando tomó la decisión de prescindir de su concurso. Willy le hubiera impedido llevar a feliz término la idea genial que ahora le rondaba la cabeza: echar a andar la Operación Buitre Veloz.

¿En qué consistía la Operación Buitre Veloz?

En primer lugar debo decir que el flaco Mijares había bautizado su proyecto con el nombre de Operación Buitre Veloz no sólo para darle a su idea un novedoso sabor cinematográfico sino para igualarlo en la terminología militar con los operativos que los soldados y los policías llevaban a cabo con frecuencia para abatir a sangre y fuego los últimos bastiones de la delincuencia. En segundo lugar, porque él, metódicamente, necesitaba buscarle un nombre a sus actos antes de entrar en acción, de la misma manera que se sentía obligado a ponerle un título a sus cuadros antes de empezar a pintarlos.

Aparte de su astucia, lo único que el flaco Mijares necesitaba para iniciar el operativo era apropiarse de un helicóptero, tarea nada fácil porque salvo los que podían encontrarse en los hangares o en las pistas de aterrizaje de la Fuerza Aérea, custodiados a todas horas por soldados, en La Habana no pasaban de una docena las personas —los más ricos de la ciudad— que poseían helicópteros, y también los tenían a buen recaudo en sus fincas de recreo. Al principio, sobre todo, el flaco Mijares reflexionó que le sería imposible realizar la Operación Buitre Veloz prescindiendo del helicóptero, con el cual, según sus cálculos, iba a sobrevolar la vivienda campestre de Carlos Enrico. El plan no podía malograrse. Estaba concebido con rigor hasta en sus menores detalles. Trepado en el helicóptero junto al piloto, en el supuesto caso de que consiguiera el helicóptero, daría vueltas y más vueltas sobre la casa en momentos en que Carlos Enrico, después del almuerzo, estuviera tumbado en la hamaca descabezando una siesta profunda, es decir: en instantes en que no pudiera oír el zumbido de las aspas del helicóptero, porque ese ruido perpendicular únicamente lo iba a escuchar Oona, que ya se había puesto de acuerdo con el flaco Mijares, todo estaba convenido, él le deslizaría una soga desde la portezuela del helicóptero, y Oona, que ya estaba avisada, ¿lo dije antes?, se aferraría a la cuerda y en cuestión de segundos estaría a salvo de las bravuconadas y maldiciones de Carlos Enrico, que había sido despertado por los ruidos rezagados del helicóptero y ahora estaba asomado a la puerta de su casa manoteando contra el cielo, agobiado por la certeza de haber perdido a Oona para siempre.

Otra variante de la Operación Buitre Veloz podía consistir en asesinar por la espalda a Carlos Enrico, clavándole un puñal cuando estuviera desasido de la realidad en su estudio, pintando. Esa variante contenía una dificultad: el flaco Mijares era incapaz de matar una mosca. Así que le resultaba aún más intolerable asesinar a alguien por la espalda, clavándole una daga, o valiéndose de un hacha, de una simple hachuela de jardinero, en la misma forma en que Mercader asesinó a Trotski para cumplimentar las órdenes de Stalin. Metido en ese episodio salpicado de arteras intrigas políticas en el México de 1940, Mijares se preguntó: ¿sería verdad que la fotógrafo Tina Modotti, además de mujer del dirigente estudiantil Julio Antonio Mella, era la amante de Trotski, o más bien la amante del pintor Diego Rivera, y a la vez la amante de Frida Kahlo? ¿O todo se trataba de habladurías, de una fábula como la diseñada por Willy Humara para dañar la imagen de Alejo Verdecia, que nunca conoció a Nadya Heymans, que no fue ninguna noche a buscarla a ningún prostíbulo con aquel disfraz de explorador inglés?

De todos modos, aunque no ignoraba que carecía de la sangre fría y de las agallas indispensables para acometer la empresa, Mijares entrecerró los ojos, con los brazos cruzados sobre el pecho, y se dio a revivir la escena, a urdir el acontecimiento futuro como si ya formara parte del pasado. Pero en ese momento, antes de realizar el crimen, Mijares recordó haber hecho o ideado algo parecido en una vida anterior, cuando él era Hamlet en la obra de Shakespeare, cuando concibió la idea de matar a alguien por la espalda, pero no lo hizo porque en aquel preciso instante la persona estaba rezando, y si la mataba, su oponente, su rival o lo que fuera, iba a ir al cielo, no al infierno como a Hamlet le hubiera gustado. Si Mijares asesinaba a Carlos Enrico mientras pintaba, que es otra forma de rezar, lo iba a conducir directo al cielo, algo que no estaba por ahora en los cálculos ni en la imaginación del flaco Mijares.

Así que no lo hizo, no llegó hasta la casa de Carlos, a rastras, a medianoche, para darle muerte mientras pintaba.

Renunció, por tanto, la oportunidad de asesinar a Carlos Enrico por la espalda, pero no renunció a la ilusión desatinada de hacerse de Oona empleando cualquiera otra estrategia, alguna variante de la Operación Buitre Veloz que no ocasionara una efusión de sangre en alguien que estuviera de espaldas a él, confiado en que ningún personaje encubierto abrigara el propósito de llegar hasta su cuerpo indefenso, a rastras, auxiliado por las sombras de la noche, para asesinarlo mientras pintaba, mientras le daba las pinceladas finales al cuadro con el cual, si sus expectativas no lo engañaban, obtendría la vía directa para acceder a la inmortalidad.

Pero tampoco el flaco Mijares renunció a esa fúlgida oportunidad por mucho tiempo. La idea de matar a Carlos Enrico se le instaló en el alma con gritos inaudibles pero cada vez más tenaces. Por supuesto que lo iba a asesinar meticulosamente mientras Carlos pintaba, refugiado a medianoche en su estudio, creyendo, mientras imitaba a Paul Gauguin, que iba a alcanzar la genialidad sólo porque había viajado a Haití y secuestrado a Oona. Qué pretensión más delirante, pensaba Mijares: el genio nace no se hace, un viaje a Haití no le concede a nadie el pasaporte hacia la inmortalidad. El único viaje que la genialidad reconoce es el que efectúan los genes gracias al espermatozoide que al fin consigue taladrar al óvulo, un espermatozoide entre millones y millones de espermatozoides apocados que no dan en el blanco, que perdieron el rumbo entre una generación de vástagos con corbata al cuello y la siguiente eclosión de parientes abúlicos, que no sólo no pintaban sino que después de bostezar se quedaban dormidos en brazos de sus mujeres cuando ellas les reclamaban que hicieran el amor. Pero además, vamos a ver, ¿qué pintor fue abuelo o bisabuelo de Carlos Enrico? Ninguno que se sepa, pensaba el flaco Mijares con los brazos cruzados sobre el pecho y las pestañas vibrátiles, y si nadie le heredó el talento, el genio imperioso para pintar sus cuadros fascinantes, ¿de dónde lo procuró, lo procuró viajando a Haití, mirando a Oona desnuda y viva en lo profundo del río, o aplicándole un beso en la boca para romper el hechizo de algún *papalois* que la convirtió en zombi?

Cerró los ojos para apropiarse del futuro, y se vio caminando bajo el fulgor indiferente de la luna a todo lo largo del terraplén que conducía a *El rincón azul*. Nunca antes había perforado con sus ojos el paisaje nocturno alrededor de la vivienda de Carlos Enrico, pero no sintió miedo cuando cruzaron a su lado los ruidos de los animales del monte, entremezclados con los posibles ruidos supersticiosos de hierros arrastrados por los fantasmas de los esclavos de las plantaciones cañeras que años atrás, acaso un siglo atrás, transitaron el lugar con cadenas y grilletes atados a sus piernas. Mijares, que se había adueñado de la audacia y el coraje necesarios para asesinar a un hombre, se detuvo para contemplar los fantasmas que caminaban cabizbajos, arrastrando sus ruidos de ultratumba, y ganado por la conmiseración los saludó agitando su mano de pintor.

Como siempre que lo imaginó, Mijares se acercó a *El rincón azul* disfrazado de payaso para caerle en gracia a cuantos lo vieran pasar, para provocarle risa a los animales del monte y a todos los fantasmas posibles, y también para que Carlos no lo reconociera en el imprevisto caso de que alertado por su certera intuición volteara el rostro para ver quién trajinaba a sus espaldas con una hachuela en alto y con el propósito de darle muerte. Ya Mijares había dejado atrás el sendero que el dueño de la casa creó enterrando pacientemente botellas durante años y años, ya había abierto la puerta principal sin necesidad de utilizar una llave o una ganzúa porque todos sus movimientos eran imaginarios, porque atravesó las paredes como los fantasmas, y llegó sin hacer ruido hasta situarse detrás de Carlos Enrico. Le miró las espaldas indefensas. Lo único que precisaba era blandir el hacha, asestarle un violento golpe en la nuca. ¿Ves qué fácil resulta matar un hombre?, se preguntó. Pero en ese mismo momento pensó en Hamlet, pensó en la vida anterior en la que él había sido Hamlet, y se dio cuenta, qué horror, que Carlos estaba pintando, otra de las tantas formas de rezar, y avisado por adelantado de las probables consecuencias de sus actos, de la condenación eterna de su alma si lo hacía, si lo asesinaba, bajó la hachuela.

Mijares no llegó a asesinarlo porque se arrepintió a tiempo. Quiero decir: porque el flaco Mijares, si uno se fijaba bien, era el mismo de siempre, un hombre que había pasado de niño a adulto sin perder esa ingenuidad azul que lo circundaba como el aura de un ángel protector. Porque sin duda un niño era lo que él seguía siendo: un niño que usaba pantalones largos para confundir a los demás.

Niño o no, ángel o no, lo cierto es que el flaco Mijares, ante la imposibilidad de asesinarlo, concibió una tercera variante de la Operación Buitre Veloz para arrebatarle Oona a Carlos Enrico.

4

Cuando Mijares llegó esa mañana a la escuela de arte San Alejandro, donde ahora se desempeñaba como profesor, lo estremeció la sorpresa de ver sobre una mesa a una mujer desnuda, que no era ninguna de las mujeres rutinarias que posaban para sus alumnos. Una negra, murmuró al primer vistazo, tan bella como Oona. ¿O sería Oona? ¿Tal vez Carlos Enrico la había llevado a la escuela para que sirviera de modelo? No, no era Oona, lo confirmó muy pronto mirándola de abajo a arriba, aunque era tan seductora como la otra: las mismas piernas, los mismos muslos, el mismo vientre, las mismas tetas, sobre todo las mismas tetas, se dijo. Con una sonrisa colgada de sus labios pensó que la suerte lo favorecía, que ya no necesitaba llevar a cabo la tercera variante de la Operación Buitre Veloz. En consecuencia, ya no tenía que asesinar a Carlos Enrico por la sencilla razón de que iba a tener al alcance de su vista, a todas horas, a aquella mujer de ébano que era la réplica de Oona.

Se llamaba Tamara Mejía y era colombiana. Después de un azaroso viaje a pie, subiendo lomas y vadeando ríos, Tamara atravesó el mar, como cualquier polizón, en un carguero holandés con banderitas azules en el penol de la arboladura, y arribó a La Habana un viernes 17, señal de que debía encomendarse a San Lázaro todos los días. Apenas llegó puso todo su empeño en conseguir algún empleo que le permitiera pagar la comida y el alquiler de un apartamento, así fuera pequeño y sórdido, no le importaba, se conformaba con un lugar donde pudiera descansar toda la noche y despertar al día siguiente con la ilusión de encontrar dónde ocuparse y ganar un poco de dinero, tal vez como costurera, poniéndole botones a las camisas en una factoría, o trapeando el piso en una mansión de Miramar, con escaleras de mármol y blasón de piedra en la fachada. Pero como no lo encontró, tras muchas indecisiones, empezó a dispensar sus favores en un burdel donde también oficiaba la Santiaguera, una mujer de arrogante belleza que decía haberse llamado en otra vida Nadya Heymans. Desde el primer instante en que la vio, Tamara tuvo la sospecha de que aquella mujer que destilaba refinamiento por todos los poros, que sin duda había llevado una vida de comodidades y riqueza, no se sintió obligada a refugiarse en el burdel sólo por la necesidad de subsistir, para escapar a la miseria como casi todas las demás, sino por una razón más poderosa: acaso porque huía de la furia de un hombre que pretendía darle muerte. Para satisfacer la curiosidad, Tamara aprovechaba cualquier momento para hacerle preguntas que buscaban respuestas al silencio, porque Nadya nunca accedió a contar los pormenores de su pasado, aunque sin negarse, dando la impresión de que no los recordaba. Muy pronto Tamara y Nadya se hicieron grandes amigas, y con frecuencia en las horas muertas de la tarde se revisaban en detalle mirándose de frente y de espalda, y por supuesto de perfil, hasta comprobar, comparándolas, que con excepción del color, las figuraciones de sus cuerpos eran idénticas, pues sus muslos eran igualmente macizos y sus senos igualmente sólidos.

Mijares se enamoró en seguida de Tamara: él siempre se enamoraba muy pronto. Además presumía de ser capaz de encontrarse en cualquier lugar con una mujer vestida y saber a la primera mirada cómo era desnuda. Con Tamara no necesitó desplegar sus habilidades. Ya la había visto tal cual era, y sabía que si unía su vida a la de ella, el resultado sería una relación perdurable, porque no iba a encontrarle en el cuerpo ningún motivo para arrepentirse.

Como las mujeres aparentemente fáciles suelen ser las más difíciles, el flaco Mijares calculó que para conseguir el amor de Tamara debía emplear una estrategia más cautelosa que la asumida por él en otros trances similares, y no fue directamente al objetivo que se había trazado. Antes de pronunciar una sola palabra que delatara sus propósitos la acompañó más de una vez para que ella no tuviera que realizar sola algunos trámites de inmigración y extranjería que le provocaban oscuros presagios creyendo que podía ser deportada, la invitó al cine sin atreverse a tocarle una mano en la penumbra, la llevó a un cabaret donde esa noche cantaba Benny Moré y bailó con ella sin aprovechar la proximidad de los cuerpos para darle siquiera un beso en la frente, y en muchas ocasiones, antes de llegar a la escuela de arte donde ella estaba posando, le compraba flores con la idea fija de que nada enternece más el corazón de las mujeres que llevarle una orquídea de regalo, o una rosa. También pensando en el proverbio de los chinos: las manos que entregan flores siempre quedan perfumadas. En efecto, con el perfume de las rosas todavía adherido a las palmas de sus manos, Tamara hizo un esfuerzo para ahuyentarle a Mijares la timidez, y asumiendo ella todo el arrojo que él hubiera necesitado le preguntó: ¿qué estás esperando, acaso a que yo te diga que sí, como las colegialas cuando las enamoran?

Esa misma noche, con la audacia que antes le faltó, la esperó a la salida de la academia San Alejandro, de pie, aguardando por ella durante horas, sin un ramo de flores en la mano pero ya convencido de que ninguna posibilidad en su contra le iba a impedir llevarla a la cama, a una de las tantas jornadas de amor que protagonizaron durante meses no sólo en las posadas ocasionales o en el lúgubre apartamento que ella tenía rentado, sino en cualquier lugar, como enloquecidos, a la intemperie en el traspatio de una mansión abandonada, debajo de una escalera, en un callejón, en una bocacalle, dondequiera que las urgencias de sus deseos se los reclamara.

Pero cuando él menos lo esperaba, Tamara lo inundó de sorpresa con una confesión inconsecuente que Mijares siempre consideró tardía. Para continuar sus relaciones amorosas, ella debía cumplir antes un trámite indispensable: cancelar su compromiso con otro hombre. Se llamaba Jacinto Morales y había compartido con ella el mismo apartamento durante las últimas semanas hasta que Tamara, sin fuerzas para decírselo, decidió apartarlo de su vida, no sólo porque nunca lo amó sino porque le provocaba asco y al mismo tiempo miedo: Jacinto se emborrachaba hasta caer al suelo, y entonces se ponía de pie, y con espumarajos en la boca acudía a ella para solicitarle un rato de amor.

—Ayúdame a hacérselo saber —le rogó.

Lo encontraron a la puerta del apartamento, mientras él esperaba a que Tamara regresara. Mijares nunca pudo evaluar a ciencia cierta por qué inconcebibles motivos ella había consentido en hacer el amor con Jacinto, la persona más desagradable y desarrapada —y sin duda la más abyecta— que él había tenido alguna vez delante de sus ojos. Cuando Tamara, acompañada de Mijares, se armó del ímpetu necesario para darle el frente y anunciarle que en ese instante daba por terminadas las relaciones, a la inversa de lo previsto Jacinto se carcajeó ruidosamente durante largo tiempo, hasta que volteó su mirada hacia Mijares, que también lo miraba con ojos desorbitados, y calculando que el hombre que acompañaba a Tamara era sin duda el culpable de la repentina decisión, sólo atinó a decirle entre hipidos de aguardiente:

—Te la cambio por una botella de ron.

Mijares no respondió a la cínica propuesta de Jacinto con el cinismo de comprarle una botella de ron para apaciguarle el resentimiento, sino que con una determinación que a él mismo lo llenaba de admiración, alzando la voz contra su costumbre, lo amenazó con entrarle a patadas si lo veía de nuevo rondando el apartamento. Tamara le confesó más tarde, tendida boca arriba en el lecho, después de hacer un amor desaforado, que la resuelta actitud de Mijares, enfrentando a Jacinto con tanto derroche de valentía, ella la recibió en su corazón agradecido con el mismo estremecimiento sísmico de un orgasmo espontáneo.

Cómo me gustan los viernes, decía Mijares, me gustan porque preceden a los sábados y a los domingos, que son los días de mi mayor asueto, aunque todos mis días son de asueto, incluyendo los lunes, los martes, los miércoles, los jueves y por supuesto los viernes que son mis días más felices, porque ¿ya lo dije? preceden a los sábados y a los domingos, que son los días de verdadero asueto para la mayor parte de las demás personas. Es cierto, lo dijo bien: para el resto de las personas, porque Mijares nunca supo hacer otra cosa en la vida más que pintar, y eso para él no era un trabajo sino un placer, es decir un momento de asueto. Aunque también le gustaban los viernes por una razón más auténtica: porque un día viernes conoció a Tamara. Un día viernes la vio por primera vez en la academia de arte San Alejandro, posando desnuda.

Pero también fue un viernes cuando Mijares recordó, como fulminado por una descarga eléctrica, que había olvidado contra todo riesgo lo más importante. Sintió que en un instante de lucidez le explotaba en las manos el recuerdo ofuscador de que estaba casado, de que su matrimonio con Luzmila de la Torre y Alcántara estaba a punto de naufragar si Luzmila se enteraba de que él andaba con otra mujer, y lo que era peor: con una negra, y todavía peor: con una negra que posaba desnuda para que los alumnos de San Alejandro la pintaran como vino al mundo.

No sólo Mijares lo sospechó aquel viernes a las tres de la tarde.

Luzmila ya lo sabía.

Y ella, Luzmila de la Torre y Alcántara, que de momento, sólo momentáneamente gracias a Dios, había perdido —sí, transitoriamente— el lustre de su prosapia, de un linaje muy bien conservado a lo largo de siglos, ahora convertida en una verdadera fiera, enfurecida y soltando maldiciones, tenía sin embargo la suficiente claridad mental para concebir un plan perfecto a fin de que Mijares no volviera a ver a Tamara nunca más. Nunca más, se decía una y otra vez mientras taconeaba desde la sala hasta el comedor, aquel comedor donde en una mesa reposaba el cadáver del almuerzo que, a causa de la furia y el disgusto, ni ella ni Mijares lo iban a consumir.

Sin dejar de seguir refugiada en la furia y el enojo, Luzmila de la Torre repasó en cuestión de minutos todos los pormenores de su vida. Tenía trece años, no más, cuando vio por primera vez a Teófilo Vega, un chico que entonces andaría en los dieciséis, el más silencioso y a la vez, para su noción, el más bello de todos sus condiscípulos. Como él nunca le dirigió, por timidez, una sola mirada, Luzmila tuvo que esperar un largo tiempo para que, ya en las aulas secundarias, Teófilo se armara de la determinación necesaria para confesarle su amor. Durante los años interminables de su adolescencia, Luzmila persistió en la idea de que Teófilo, como un probable personaje de novela, llegaría a ser el hombre señalado por el destino para hacerla feliz. Pero se equivocó. Su matrimonio con Teófilo había sido un fracaso total, aunque a fin de evitar el desastre, para que ella desistiera antes de que fuera demasiado tarde, mucho se lo pronosticó su padre, el senador Hildebrando de la Torre, un hombre que tenía la astucia a flor de piel, de ojos azules y grandes bigotes de azafrán, a quien nadie lograba engañar por más que disimulara sus defectos o sus torvas intenciones. Ni siquiera lo pudo engañar el pretendiente de su hija, aquel Teófilo Vega que llegó hasta él con los gestos pausados de un monje medieval y un brillo de candor en la retina para solicitar que le diera su aprobación al propósito que Luzmila y él acariciaban desde que se conocieron en las aulas de la secundaria: contraer matrimonio. Mucho menos consiguió engañarlo cuando le pidió no sólo la aprobación sino recibir su bendición, pues Luzmila y él aspiraban a fundar una familia que despertara la admiración de todos, y tener hijos, varios hijos, cinco o seis, que crecieran y se educaran al amparo de Dios Nuestro Señor. Qué tipo tan descarado, pensó el senador Hildebrando de la Torre que ya había hecho sus averiguaciones y sabía sin la menor duda quién era Teófilo Vega y de qué medios pretendía valerse para mejorar de situación económica, para salir de la pocilga en la que vivía, para instalarse en su casa y dormir con Luzmila en una de las habitaciones de la mansión que fue también la mansión donde sus padres, sus abuelos y sus bisabuelos, a costa de esfuerzos y sacrificios, lograron hacerse del respeto unánime de las familias más adineradas del país.

Con el paso de los años Teófilo Vega llegó a ser un pintor muy bien cotizado, adquirió fama y fortuna, que eran las claves de su rápido éxito inesperado, pero en aquel momento el senador Hildebrando de la Torre no andaba descarriado: Teófilo Vega hubiera hecho lo indecible para asegurarse un sitio bajo el sol donde no lo agobiaran la miseria y el desdén de los demás. Era notorio que no amaba a Luzmila, pues nunca, ni en la alcoba ni en ningún otro lugar, la besó con un estremecimiento de placer, era evidente que no le gustaron su rostro y sus piernas, tampoco sus senos, y mucho menos aquellos ademanes ficticios, derivados de una alcurnia que tampoco él daba como verdadera. Así que cuando Luzmila decidió cancelar el matrimonio, Tófilo, que ya estaba en camino de alcanzar el triunfo, no sólo no expresó disgusto, cólera, sorpresa o consternación, sino que aceptó el veredicto con un suspiro de alivio.

—Pero el segundo matrimonio nadie me lo va echar a perder —murmuró Luzmila con el entrecejo fruncido y las manos yertas, mientras hincada frente al altar de una iglesia que ella mucho frecuentaba, le pedía ayuda a una imagen de la Virgen de la Caridad del Cobre, patrona de todos los cubanos, a la que ella dispensaba especial devoción.

Como Tamara Mejía había confirmado que Mijares quería seguir haciendo el amor con ella a escondidas, y no sólo a escondidas sino cada vez con menos puntualidad para no poner en riesgo la estabilidad de su matrimonio con Luzmila, también ella, la preterida, concibió un plan que tenía sus riesgos pero podía salvarla de las lágrimas y del presumible desamor de Mijares, pues él estaba acostumbrado a llevarla a la cama cuando menos tres o cuatro veces a la semana, y si ella lo castigaba ahora negándose a recibir sus caricias era posible que Mijares, obligado a escoger entre las dos, se decidiera por Tamara, que era una tempestad en el lecho, que lo colmaba de placer, pero también era presumible, por qué no —ella demasiado bien conocía a los hombres—, que Mijares optara por regresar con docilidad al redil de su esposa. Era cierto que Mijares nunca tuvo reparos en confesar que Luzmila era más fría que un témpano de hielo, un verdadero desastre en la cama, pero también era la mujer aceptada en público como la consorte incondicional del renombrado pintor. ¿Qué hacer?, se preguntó Tamara varias veces. Después de consultarlo con la almohada, se entusiasmó con la idea de que su estrategia no estaba destinada a fracasar. Aunque a menudo pensaba que estaba actuando mal, porque también siempre pensó que era de mala suerte jugar con el corazón de los hombres, Tamara no sólo se negó durante toda una semana a hacer el amor con Mijares sino que su plan de operaciones lo extendió hasta la academia de arte San Alejandro: ella, que se dejaba escrutar largamente por los alumnos, en cambio cuando Mijares se le acercaba, escondía sus partes más íntimas con una toalla que últimamente llevaba al alcance de la mano.

Luzmila estaba señalada por el destino para ganar la batalla. Ella lo sabía.

Cuando la historia del país dio un giro rotundo e inesperado, cuando triunfó una revolución que le trastornó la vida al senador Hildebrando de la Torre, quiero decir: cuando Fidel y sus hombres bajaron de las montañas y se posesionaron de la gobernación del país, el senador, alarmado, olfateando la proximidad insalvable de un peligro, y más que alarmado lleno de terror, pensó que debía hacer las maletas y viajar rumbo a Miami cuanto antes, antes de que cualquier contingencia, una enfermedad o el capricho de las nuevas autoridades se lo impidieran. En un momento en que consideraba que todas las estrellas del cielo estaban a su favor, el senador Hildebrando de la Torre, que siempre alardeó de tener nervios de acero, tuvo que hacer un gran esfuerzo para impedir que se le derramaran las lágrimas cuando al fin se llenó del valor necesario para pedirle a Luzmila que lo acompañara. Pero ella se negó pensando con razón que Mijares nunca iba a estar dispuesto a abandonar el país dejando atrás a su madre. Con una bufanda al cuello y un abrigo colgado de su brazo, previendo que en Miami pudiera estarlo esperando un invierno a punto de congelación, el senador salió hacia el extranjero con la única compañía de Zaida, con dos maletas, la de él y la de la hija que Luzmila tuvo como resultado de sus amores con su primer esposo. Pero antes de cumplimentar todos los demás trámites del viaje, el senador Hildebrando de la Torre tuvo que doblegarse hasta casi la humillación cuando se vio en la necesidad de rogarle a aquel pelele, a aquel aprendiz de pintor por tanto tiempo despreciado, que no le entorpeciera sus planes con una negativa que tuviera su origen más en la mezquindad del resentimiento que en el amor a su hija. Sin embargo, para su sorpresa, no tuvo que rogar demasiado. Teófilo Vega concedió a regañadientes pero sin demora el permiso para que la niña saliera al exterior, según dijo, sólo para complacer uno de los tantos caprichos de Luzmila, porque él se iba a quedar en Cuba pasara lo que pasara. "Más bien porque le agradan las ideas de Castro", pensó Mijares, que también, sólo al principio, reflexionó que a partir de ese momento las cosas en Cuba al fin iban a tomar el camino correcto.

Un año más tarde, con toda la sangre fría de que podía disponer, Luzmila esperó a que Mijares regresara de sus clases en San Alejandro para poner en marcha la primera versión de sus planes. Desde hacía tiempo estaba devorada por la idea impaciente de reunirse con su hija, de tenerla cerca otra vez, pero nunca encontró un motivo válido para disuadir a Mijares, que hasta entonces estaba dominado por el temor de viajar en avión y atravesar el mar, de saltar el charco como él decía, sólo para encontrarse del otro lado del mundo con los colores de un país desconocido, con colores diferentes a los que él utilizaba en sus tareas de pintor. ¿Será el cielo igual en todas partes?, se preguntaba Mijares. ¿Serán iguales las aguas del mar en las costas de Miami que las que salpican en el Malecón habanero a los transeúntes desprevenidos, tendrán el mismo color?

Pero esa tarde Mijares no pudo hacerse las mismas preguntas atolondradas porque, apenas abrió la puerta de su casa, se enfrentó a una situación que quizás no hubiera esperado —al menos en aquel momento sorpresivo— y tampoco nunca lograría olvidar a lo largo de su vida. Mijares había entrado más distraído que de costumbre, pensando en acercarse al caballete antes de sentarse en el comedor a cenar algo, pensando en no demorar la elaboración del cuadro que ya había pintado desde mucho antes en las honduras de su mente, cuando se vio abocado a la espantosa realidad. No necesitó ser muy perspicaz para darse cuenta enseguida que la precaria estabilidad de su ámbito familiar al fin había estallado en pedazos, tal como había ocurrido numerosas veces en sus pesadillas. Lo esperaba pero no tan pronto, no precisamente aquel día en que tuvo que confesarle a Tamara, casi a punto de echarse a llorar, que él carecía del coraje que precisaba para darle la espalda a Luzmila, para romper con todo, en primer lugar con la armonía inestable de su familia, que podía ser una mierda de estabilidad pero de todos modos era lo único cierto que había conseguido durante años haciendo de tripas corazón, según confesaba mientras Tamara se secaba las lágrimas con un pañolón azul.

Se enfrentó al desagradable espectáculo como si formara parte de su última pesadilla. Su madre, mi pobre madre, estaba sentada en el sofá con la cabeza entre las manos, sollozando con un ruido que le crispó los nervios a Mijares. Qué ruido tan difícil de escuchar, un ruido como de río que se desbarrancara porque ella dejaba caer lágrimas espesas sobre su falda mientras sus manos iban ahora hasta las rodillas y descendían a lo largo de sus piernas para sobárselas, santo Dios para sobárselas, para frotárselas, porque acaso le dolían tanto como el corazón. Por su parte Luzmila ocupaba el centro de la tragedia, se había instalado en el centro de la sala donde taconeaba con rabia de un extremo al otro, desde la puerta que daba acceso a la calle hasta la puerta que daba al comedor. Entonces, mirándolo directo a los ojos, se lo dijo: tu mamá y yo no podemos seguir viviendo bajo el mismo techo.

Para apaciguar la rabia de Luzmila y preservar la frágil armonía inestable del hogar ¿ya lo dije antes? Mijares, a pedido de Luzmila, accedió a rentarle un apartamento a la pobre madre llorosa. Un apartamento no, que costaba demasiado, y ahora no estamos, Mijares, para tantos gastos, mejor llevarla a vivir a un hotel que tenga la reglamentación de una casa de huéspedes. Cuando al fin llegaron a la habitación del hotel que rentaron, Mijares estuvo ponderándola durante horas. Es una habitación, mamá, ventilada y cómoda, con un ventanal en el séptimo piso desde donde te será posible ver el sol cuando se alza en el horizonte con su chisporroteo de colores, con su abundancia de azules y amarillos, y desde donde también podrás ver cómo las olas del mar saltan por encima de los arrecifes, te vas a sentir a tu gusto, ya lo verás.

Pero al cabo de un mes Mijares se dio cuenta.

No podía vivir lejos de su madre. Toda la vida se la había pasado al amparo de su falda, oyéndole sus consejos, dejándose estampar apretados besos maternales en las mejillas. Si le faltaba su madre era como si le faltara el oxígeno. Y como Luzmila era la culpable de esa separación que le empobrecía las ganas de vivir, para molestarla empezó fingiendo que se sentía mal de salud, me duele el estómago, Luzmila, siento náuseas, hasta que al cabo de una semana de estar simulando sudores fríos, palpitaciones y mareos cayó en la cuenta de que no mentía, que eran ciertos todos los síntomas de una repentina enfermedad. Entonces reunió todas sus fuerzas para decírselo a Luzmila:

—Todas las noches, Luzmila, siento punzadas interminables a la altura del corazón, y pienso que puede ser un aviso de infarto porque apenas me alcanza el aire para respirar.

Luzmila estaba tendida a su lado, boca arriba en la cama, leyendo una revista, y no le concedió la menor importancia a las palabras. Siguió con la revista en la mano, sin perder el dominio de su indiferencia pues estaba convencida de que Mijares no estaba aquejado de ninguna dolencia, al menos no había contraído ninguna enfermedad grave, y como siempre acudía a uno de los tantos recursos de desamparo que desde su niñez empleaba para llamar la atención.

—No tengo apetito y tampoco tengo ganas de pintar —agregó.

Como tocada en una llaga, Luzmila se incorporó en el lecho y se volteó para mirar a Mijares directo a los ojos cuando lo oyó decir, santo Dios, que no tenía ganas de pintar. Desde que su padre, el senador Hildebrando de la Peña, había decidido vivir en el extranjero, la economía familiar dependía únicamente de los cuadros que Mijares lograba vender. Y si no pintaba, ¿con qué dinero iban a costear los gastos de la casa? Demasiado bien lo conocía para que Luzmila no supiera desde el primer momento a la situación que se enfrentaba. Mijares era dócil como un niño pero a la vez terco —y bruto, decía Luzmila— como un burro. Cuando se encerraba en una idea no era capaz de dar marcha atrás a menos que se saliera con las suyas. "Un chantaje", murmuró. No ignoraba que la única salida que le quedaba era componer el rostro con una sonrisa, aparentando alegría, cuando recibiera a la suegra en la casa.

Llegaron a un acuerdo. La madre podía regresar a casa cuanto antes, hoy mismo, esta misma tarde, y Mijares podía así restañar las heridas, restaurar la armonía familiar, recuperar lo perdido, pero a cambio, ya él se lo imaginaba, debía comprometerse bajo juramento a abandonar el país, a viajar a Miami, donde en poco tiempo acumularía riquezas, donde sus cuadros serían altamente cotizados, ¿no estaban Wifredo Lam en París y Cundo Bermúdez en Miami haciendo fortuna con sus cuadros, no se habían convertido en millonarios de la noche a la mañana? Pues a él, a Mijares, le iba a ocurrir lo mismo.

Luzmila continuó repitiendo como en una letanía que debía confiar en las bondades del futuro que le aguardaba en Miami. Lo único que él necesitaba para conseguir dinero y fama era llevar un pincel en la maleta, pues ya en Cuba había alcanzado el suficiente renombre para entrar en su nuevo destino con pasos de triunfador. Pero Mijares, desoyéndola, se tendió en el lecho con el corazón desgarrado, previendo que no iba a pegar los ojos en toda la noche porque en ningún otro país, calculaba, él llegaría a ser tan feliz como lo fue en Cuba. En ningún otro país, volvió a decirse, ningún paisaje conseguiría sustituir las montañas, los ríos, los valles y las casas de tejas rojas de los paisajes cubanos, las tendederas de la ropa de las gentes pobres de los solares habaneros que él pintaba, las mariposas de alas translúcidas, las mariposas amarillas que daban impresionantes saltos desde la imaginación hasta sus cuadros. ¿Sería posible que en Miami lograra encontrar mariposas iguales, mariposas para atraparlas con una mano codiciosa y estamparlas luego en sus cuadros?

Cuando empezó a ser de dominio público la decisión que Mijares y Luzmila adoptaron de viajar a Miami, porque uno de los dos había cometido la indiscreción de comentarlo con algún vecino, la noticia creó el consiguiente pánico, primero entre los inmediatos funcionarios de cultura y enseguida entre los más señalados dirigentes del gobierno. Nada menos que uno de los más renombrados pintores había adoptado el propósito de realizar una salida definitiva del país. Había que impedirlo. Y para impedir lo que se consideraba una deserción, una falta de fe en el curso de la naciente revolución, desde las altas esferas del poder le llovieron ofertas tentadoras: le iban a organizar en Bellas Artes una exposición de sus pinturas, tendría todo el apoyo del gobierno para continuar su exitoso desempeño como pintor, y Luzmila podría viajar a Miami cuantas veces quisiera, dos o tres veces al año, para encontrarse con Zaida, su hija. Pero cuando Mijares le trasladó la oferta a Luzmila la encontró con el corazón cerrado a cualquier otra alternativa que no fuera la ya adoptada por él bajo juramento, es decir: viajar a Miami.

—Qué horror —pensó Mijares.

A la fuerza, obligado por un destino adverso, iba a hacer lo que nunca hubiera deseado: empezar a vivir fuera de su patria. Pero de inmediato pensó con desesperación hacer todo lo contrario para evitar el naufragio de sus mejores sueños. Sí, le quedaba otra opción. En un instante de iluminación ideó regresar a Tamara, pedirle perdón, y hacer desaforadamente el amor con ella para que se percatara de que él continuaba amándola como siempre. Estaba dispuesto a reconocer que había sido un cobarde, no podía negarlo, pero rectificaba a tiempo no sólo porque fuera de Cuba le iba a ser imposible vivir en paz con su conciencia, sino también, créemelo, porque ella era la única mujer con la que había sido feliz en el lecho.

Fue una resolución memorable, que le hubiera inundado de inmenso gozo hasta los últimos latidos de su corazón, pero a la que renunció de inmediato vencido otra vez por el desánimo.

Era obvio: Mijares quería permanecer en su suelo natal, como Teófilo Vega, pasara lo que pasara. Pero no lo hizo. En su memoria persistía el temor de que Luzmila durante una de sus rabietas tomara la decisión de negarse a convivir con su suegra, y la echara de nuevo a la calle. Esa certeza le paralizó los impulsos cada vez que pensó en engatusarla para que variara de opinión y optara por quedarse en Cuba.

Por supuesto, esa una opción que de antemano él sabía con absoluta precisión que Luzmila nunca la iba a adoptar. Sin embargo, no perdió la confianza de que algún acontecimiento imprevisible intercediera a favor de sus deseos. Se levantaba de puntillas a medianoche, cuidándose de que Luzmila no se diera cuenta, para sintonizar a escondidas la radio internacional. Escuchaba las radioemisoras de Miami con la voz del locutor apagada hasta el límite de que a él le costaba escucharla, pero con la esperanza de que alguna noticia espeluznante —tal vez la muerte de una joven destripada por un asesino en serie— hiciera desistir a Luzmila de sus propósitos.

—Porque ése puede ser el lamentable final de tu hija, también a manos de un criminal, ella, la pobre Zaida, que es toda una promesa, ¿no interpreta ya con gran talento a Chaikovski en el piano?

Eso es lo que le hubiera dicho a Luzmila de haber escuchado alguna noticia que produjera pavor. Pero no encontró la oportunidad de decírselo, ni el motivo para asustarla. Contra lo previsto, en Miami todo estaba en calma. Mijares no había oído la noticia de un asesinato a sangre fría, de un asalto a mano armada, de un trasiego de drogas. Todo conspiraba contra sus sueños más vehementes. Así que no le quedaba otra opción que rendirse a la evidencia y viajar con su madre y con Luzmila rumbo a Miami.

El día de su salida llamó por teléfono a Willy Humara para despedirse de él. Fue la única persona a la que le confió la noticia. Willy decidió acompañarlo hasta el último momento. Lo ayudó a subir las maletas al auto que debía conducirlo al aeropuerto. Cuando ya estaba dentro del auto, Mijares hizo descender el cristal de la ventanilla y sacó la mano para apresar, acaso por última vez, la de Willy Humara. Fue un fuerte apretón de manos que ninguno de los dos iba a olvidar nunca. Mijares lo miró a los ojos con un destello de perplejidad, y antes de deshacerse en sollozos aprovechó para trasladarle el peor de los augurios:

—La nostalgia me va a matar. Ya lo verás.

5

Por el espejo retrovisor Mijares vio un pedazo de cielo, un pedazo de acera, un pedazo de árbol, un pedazo de Willy Humara que permanecía con el brazo en alto, diciéndole adiós, ¿para siempre?, a su mejor amigo, José Mijares, que ahora iba rumbo al aeropuerto antes de tomar rumbo a España y por supuesto mucho antes de tomar rumbo a Miami en el vuelo 337 de Iberia, que debía llegar a su destino, si las condiciones atmosféricas lo permitían, a las siete y treinta y dos minutos de la noche de un jueves ocho de octubre. "No volverás a verlo", repicaba su abuelo Wilfredo Humara, quien a sus ochenta y tres años estaba tan lúcido y bruñido como un envase de aluminio. Mientras Willy permanecía con el brazo en alto diciéndole adiós, como un idiota, no a su amigo el flaco Mijares sino al viejo Chevrolet azul que avanzaba dando tumbos entre peatones y bicicletas, en ese mismo instante, visitado por una indisciplinada asociación de ideas, pensó que su abuelo tampoco abandonó el país, justo cuando debió haberlo hecho, es decir: cuando acababa de partir la media naranja de la vida, que son los cincuenta años, y todavía era un hombre con doscientas libras de músculos, no de carne fofa, y con una habilidad tan sorprendente para hacer dinero que sus amigos comentaban en broma que él debía poseer una máquina impresora de billetes de banco escondida en el sótano de su casa. El abuelo de Willy siempre comentó que no quería vivir en el extranjero porque su deseo más cristalino era que lo enterraran en el cementerio de Colón, no con un ramo de flores y una bandera en su tumba, sino con un humilde gajo de albahaca dentro de su ataúd para que no quedaran dudas de que era un cubanazo por los cuatro costados. Nunca confesó la verdadera razón por la cual no abandonó el país cuando en realidad no existían motivos para hacerlo, motivos políticos o de otra índole, es decir: porque supuestamente estuviera siendo perseguido o porque alguien pretendiera darle muerte. En realidad, no lo hizo fue porque tenía una mujer que más que esposa era un grillete, Altagracia Lozano de la Vega, y tres amantes: Dora, Nena y Patricia, a la que apodaban, nadie sabe por qué, Mimí. Pensó que si decidía emigrar no le iba a ser posible conseguir visas para las cuatro, que eran las cuatro patas de la mesa, las cuatro estaciones del año, los cuatro puntos cardinales, las cuatro verijas que más placer le habían proporcionado desde que visitó por primera vez, a los diecisiete años, la zona de tolerancia, que también ostentaba el apellido de Colón, y se acostó, lo recordaba nítidamente, con una prostituta caderuda que tenía un lunar entre los senos.

Con el presagio de su abuelo dándole vueltas incontrolables en la cabeza, Willy esa noche se quedó dormido. Entró en el sueño mientras escuchaba al borde de la almohada las cuatro palabras pronunciadas por su abuelo: "no volverás a verlo". Palabras fatídicas. Como las tres palabras fatídicas que una mano invisible escribió en una pared durante el banquete de Baltasar, rey de los caldeos: *Mené, Tequel, Parsín*. ¿Sería posible? ¿No tendría el flaco Mijares derecho a una segunda oportunidad, es decir: regresar a la patria? ¿Alguien había decretado (como le ocurrió a Baltasar durante el banquete) el final de sus aventuras en la Tierra? Con esas supersticiosas ideas en la cabeza Willy se quedó dormido. Todas las noches, antes de tumbarse en el lecho, deseaba con ahínco, casi con furia, que sus sueños no fueran en blanco y negro, los prefería inundados de color. Con no poca frecuencia lo conseguía. Pero los colores de sus sueños casi nunca respondían a sus expectativas, porque cuando quería tener sueños azules a menudo eran verdes o amarillos, y cuando los deseaba anaranjados tenían más bien ramalazos de violento rojo. Se acostumbró. Tuvo que acostumbrarse para no entrar en pugna con sus sueños. Así ideó una fórmula intermedia, que era como un aullido inaudible, como un maullido de gato escaldado que trepaba todas las noches a su cama: peor hubiera sido tener sólo sueños en blanco y negro.

Esa misma noche soñó, soñé que buscaba al flaco Mijares, que yo hacía esfuerzos desesperados para regresarlo a La Habana. Lo busqué en las cuatro esquinas de Miami, lo busqué a veces a pie y en otras ocasiones rentando un carro que me llevó, sin cobrarme un centavo, lo que sólo puede ocurrir en los sueños, desde Flagler hasta Coconut Grove y desde South Beach hasta Homestead. Lo busqué de noche y de madrugada, antes de que alumbrara el sol, a tientas, revolviendo en los contenedores de basura de la calle 8, y luego seguí buscándolo a pleno día en una playa con turistas canadienses desparramados en la arena, con bañistas tendidos boca arriba para dejarse dorar por el sol. Pero después de tantos afanes interminables y ya convencido de que no iba a encontrarlo en Miami, y también previendo que podía acabárseme el sueño, que podía despertarme antes de encontrarlo, lo que equivalía a perderlo para siempre, decidí regresar a La Habana, donde de seguro podía dar con él si nuestros sueños coincidían, es decir: si él, como era presumible, en ese exacto momento soñaba, como yo, que estaba en La Habana. Mientras lo buscaba sin encontrarlo, recorriendo un largo tramo entre la barriada de Luyanó y la de Miramar, sentí que se me saltaban las lágrimas y busqué un lugar apropiado para llorar a solas, donde nadie me molestara allegándome un pañuelo. Lloré acodado en la barra de *Los Parados* todo el tiempo que quise, con la idea de llorar hasta que se me acabaran las lágrimas, pero me daba cuenta que no lloraba porque me faltaba Mijares sino por el puro gusto de llorar, porque desde que era un niño no había hecho más que llorar a solas, sin que nadie acudiera a consolarme. Lloré gota a gota creyendo que en efecto nadie iba a venir a interrumpir mi llanto, pero en ese mismo momento una mano se posó en mi hombro y me sacudió, no era el flaco Mijares como pensé al principio, era Carlos, mi amigo Carlos, el pintor Carlos Enrico. Me miró directo a los ojos y me dijo: hace tiempo que no me visitas en mi finca *El rincón azul*. Me dijo que él también buscaba a Mijares, me dijo otras cosas que no oí bien porque en lugar de su rostro apareció de repente en mi sueño el rostro del flaco Mijares. Lo repasé con la mirada largamente, le miré las inconfundibles pestañas vibrátiles, los brazos cruzados sobre el pecho, pero no le confesé la verdad, en lugar de decirle qué cansado estoy, en lugar de decirle que lo había estado buscando durante horas y horas, lo mismo en Miami que en La Habana, en lugar de decirle que estaba exhausto, que me dolían las piernas de tanto caminar, lo dejé tomar la iniciativa, al fin lo escuché preguntarme ¿cómo estás, estás bien de salud? porque mi rostro pálido y desencajado era un mal indicio según me dijo. A nadie le gusta que le digan tan campante que en su rostro hay indicios de que alberga en el hígado o en el páncreas una dolencia asesina. A mí, ya se sabe, tampoco me gusta.

Así que por primera vez me sentí molesto con Mijares, con ganas de dar por terminada nuestra amistad. Quise ponerme de pie y darle la espalda y alejarme del lugar para demostrar mi inconformidad con lo que acababa de decirme, para hacerle saber que desde ese momento ya no éramos amigos, pero no lo hice por dos razones perfectamente explicables: porque no necesitaba ponerme de pie, yo no estaba sentado, en *Los Parados* nunca existió una silla, una butaca, un taburete o un sofá donde poner a descansar los huesos, el pobre esqueleto agobiado, y tampoco me puse de pie para darle la espalda a Mijares por otra razón más convincente, porque ya empezaba a ablandárseme la furia o la molestia o lo que fuera, pensando que no era para tanto. Pero de todos modos en mi interior el disgusto seguía siendo como una llaga abierta, desde donde no brotaba sangre pero sí un líquido oscuro, teñido de resentimiento. Entonces, para devolverle la molestia que me había ocasionado se lo dije: Flaco, estás despistado, fuera de órbita: dentro de la realidad que tú buscas se esconde otra realidad. Ya no somos los mismos de antes, demoraste demasiado el regreso. ¿Sabes lo que le ocurrió a Carlos Enríquez durante tu ausencia? Los trabajadores de la finca *El hurón azul*, a través de una de las ventanas de la casa, lo vieron acodado en la mesa, con la cabeza entre los brazos, como dormitando. En esa postura, y no en la hamaca, lo que hubiera sido más lógico, descabezaba Carlos muchas veces una siesta profunda. Entonces los trabajadores de la finca me llamaron para apercibirme de lo que sucedía: Willy, ven acá para que veas. No se atrevían a entrar pero lo habían visto en la misma postura demasiado tiempo y estaban preocupados. Hay que forzar la puerta, decidí. Entramos. Nos acercamos a él. Lo tocamos, y eso que lo tocamos suave, temiendo que no se despertara, y al impulso del toque, y eso que era un toque suave en la espalda, en el hombro, el cuerpo se derramó hasta el suelo: estaba muerto.

Contra lo que yo esperaba, Mijares no se conmovió.

Es lógico, me dijo. Es lo que siempre sucede. Nadie dura toda la vida.

Pero no ha sido sólo Carlos Enríquez, argüí. También muchos otros de nuestros amigos a lo largo de este tiempo han muerto por violencia o de muerte natural. Muchos viejos amigos innumerables, durante tu ausencia, se han convertido en una ceniza irremediable que se esparce en el aire y no nos deja respirar.

Tampoco conseguí que echara una sola lágrima. ¿El tiempo pasado fuera del país lo había endurecido, envenenado, le había secado, extinguido, el manantial de su llanto? Menos para que supiera la verdad que para seguir molestándolo, decidí confesarle que muchas de las cosas que él consideraba parte de la realidad no lo eran, sólo habían sido fabulaciones mías, historias que yo contaba para divertirme a costa de la credulidad ajena. Le dije que de todos los recuerdos que él se llevó al salir de Cuba, el único cierto fue el de Tamara Mejía, que a lo mejor aún seguía esperándolo para hacer un furioso amor de bienvenida en cualquier sitio, en el lúgubre apartamento que había rentado o en el patio de una mansión abandonada. Ahora lo vas a saber. ¿Quieres que te diga la verdad? Alejo Verdecia nunca engañó a su esposa, Nadya Heymans no existió, nunca caminó sobre el cementerio de botellas que daba acceso a la casa de Carlos Enrico, tampoco existió el apartamento de Basarrate 69, tampoco existieron Cuca Sánchez y el cocinero que aderezaba un pargo al horno.

El flaco Mijares se echó a reír. Mentira. Mentira. Sin mucho esfuerzo se daba cuenta que ahora sí, *ahora sí* y no antes, Willy pretendía engañarlo. ¿Te imaginas que yo soy un tonto, le dijo, que puedes engañarme tan fácilmente?

Mijares no estaba dispuesto a despojarse de la única realidad que ya había aceptado, de la que tanto le costó apropiarse. Durante años incontables esa realidad le había servido para enhebrar sus mejores recuerdos boca arriba en la cama. Entonces, sin despedirse de nadie dejó atrás la barra del cafetín *Los Parados,* y mientras huía a campo traviesa para escapar al hechizo pernicioso de Willy Humara, Mijares regresó a ese pasado, que era su única realidad, y lo revivió.

Para su sorpresa, Carlos Enríquez lo invitó aquella tarde de finales de junio: deseaba que lo visitara en su vivienda campestre de *El hurón azul.* Hasta ese momento Carlos había estado tumbado en la hamaca, esperándolo, una hamaca que uno de sus amigos compró en Tahití con el propósito de regalársela, una hamaca con grandes borlas de hilo rojo en el cabezal. Cuando escuchó un golpe de nudillos en la puerta Carlos se incorporó para acudir a darle la bienvenida al visitante. Era Mijares, por supuesto, quién otro podía ser. Lo había invitado para darse unos tragos en el portal o a la sombra de los árboles que circundaban la vivienda. Mijares entró con las pestañas vibrátiles y el pecho oprimido por un pálpito desolador: ¿Carlos lo había invitado, en efecto, para darse unos tragos, o acaso, madre mía, para hablar de pintura, para mostrarle uno de sus cuadros y pedirle la opinión? se dijo Mijares con desasosiego. Él era un pintor, no un crítico de arte. Lo ideal hubiera sido darse unos tragos y conversar de cualquiera otra cosa: de mujeres, por ejemplo, que es el tema recurrente cuando dos hombres destapan una botella de ron. ¿Sabía Mijares quién era Oona? le preguntó de pronto Carlos Enríquez. No, no lo sabía. Mijares no tenía la menor idea de quién era Oona. Entonces, ahora mismo la vas a conocer, le prometió.

Ya estaban consumiendo la tercera botella de ron. Con un vaso colmado de ron en la mano Carlos Enríquez se puso de pie y llamó:

—Oona, Oona, ¡ven acá!

Volar

A la salida del pueblo está la casa donde vive el único herrero disponible en kilómetros a la redonda. Si usted se acerca al lugar con el ánimo de fisgonear puede darse cuenta que la parte delantera de la casa, que años atrás sirvió de portal, la ocupa, ahora, la fragua, y si aún le queda curiosidad para seguir mirando se percatará muy pronto que al final de un largo pasillo casi en penumbras, contigua al traspatio, hay una habitación con una mesa de luz y una cama que el herrero utiliza sólo para dormir, pues es de sobra conocido que Vulcano, así se llama este hombre, no tiene mujer.

Por supuesto que Vulcano no siempre estuvo carcomido por esa carencia. Cierta tarde, en el camino que serpeaba frente a su casa, por donde pasaban apresurados peregrinos, se detuvo una mancha de colores inusuales que fluctuaban dentro de la imagen de una mujer. Haciendo visera con las manos, ya que los últimos rayos del sol caían oblicuamente sobre él, Vulcano se quedó mirándola durante largo rato, hasta que vencido por la conmiseración y acaso también por otras razones menos piadosas que le ardían a lo largo del cuerpo, decidió invitarla a pasar. Según supo después la mujer se llamaba Lilith y por su relato se enteró que había sido repudiada por Adán en el otro confín del Paraíso. Como siempre ocurre, la balanza se inclinó a favor de la mujer y sin necesidad de ver con sus propios ojos lo acontecido, Vulcano consideró que sin duda Lilith había sido golpeada por Adán antes de abandonarla, y sintió lástima de aquella mujer llorosa y desprotegida que para aliviarse de tantas fatigas sólo solicitaba de él que la dejara ocupar un espacio en la cama a su lado.

No había pasado siquiera una semana cuando a Vulcano y a Lilith ya les resultaba imposible evitar que los restos del calor exhalado por la fragua durante el día treparan hasta la cama en horas de la noche, impidiéndoles dormir a satisfacción, si el sueño era entonces en realidad lo más apetecido. Porque desde el mediodía en que la vio sacarse la ropa para ir al baño, Vulcano lo único que deseaba con todos sus ímpetus desordenados era hundirse en el cuerpo de Lilith mientras que Lilith guardaba en su delirio otro instante perturbador: aquella madrugada en la que vio a Vulcano haciendo sus ejercicios matinales, desnudo en el traspatio, con los brazos extendidos apuntando hacia los puntos cardinales que estaban respectivamente a su derecha y a su izquierda, y formando con las piernas muy abiertas, como el hombre de Vitruvio, un triángulo equilátero cuyos vértices inferiores lo ocupaban las plantas de sus pies y el vértice superior el lugar exacto desde donde cuelga el péndulo genital que, aun sin alcanzar toda su posible desmesura, se convirtió desde entonces para Lilith en lacerante tentación.

Desde hace seis meses ya Vulcano tiene mujer, la siente noche a noche entre sus brazos arrebujada de placer, considera haber comprobado que sus ruidos de gozo intenso a Lilith no le salen del cálculo sino del corazón, y además trabaja con más entusiasmo que nunca antes en la forja, porque ha derrotado una persistente soledad que venía enturbiándole poco a poco las antiguas ganas de vivir. Lilith, por su parte, cuando es invadida por Vulcano recuerda a menudo las frenéticas caricias que le prodigaba Adán, lo mismo a cielo abierto, bajo las estrellas, que de día a la sombra cómplice de un sicomoro, y no las rechaza como exige el respeto debido al herrero, y también la gratitud, sino que las añade a las que le deposita Vulcano en la piel, y así son dos los hombres al servicio de aquel antojo que le da vueltas en la cabeza con la idea imperiosa de decírselo cualquiera de esas noches a Vulcano, mientras entrelazan los cuerpos, para averiguar si el secreto compartido puede proporcionarle a él tanto placer como a ella.

Todas las horas del día las gastaba Vulcano trabajando en la fragua, acosado por lengüetadas de fuego, con un mandil de cuero que le llegaba a las rodillas para protegerse de las llamas y del chisporroteo que emanaba del hierro al rojo vivo cuando él le propinaba golpes de martillo. En cambio, las noches eran para Lilith. Después de llegar hasta la cama, envuelto en la penumbra de la habitación, Vulcano la buscaba a tientas, la encontraba, entraba en ella, salía, cuando la tenía encerrada en un abrazo, dentro de sí, cuando se estacionaba encima de ella, nunca se sintió rondado por la idea de calcular el número de veces que debían hacer el amor desde el comienzo de la noche que anunciaban los grillos frotando sus alas bajo la luna hasta el instante en que, de pronto, sin previo aviso, irrumpía en las persianas la luz dorada del amanecer. Con una sola cópula hubiera bastado para demostrar la calidad de nuestro amor, decía Vulcano, creyendo que la halagaba. Pero diez veces es mejor que dos o tres, refutaba Lilith, la noche alcanza para todo, Vulcano, alcanza hasta para acordarnos de las personas con las cuales en algún momento pasado hicimos el amor.

Fue entonces cuando, alternando la confesión con algunas caricias en el cuello y en el pecho del hombre tumbado a su lado, Lilith consiguió acceder a sus ansias más vehementes, tantas veces reprimidas, y al fin, se lo dijo preguntando: ¿Sabes que Adán era insaciable? Sin esperar respuesta, sin asomarse al efecto que sus palabras podían haber causado, refirió Lilith, alborozada, que mientras ella culebreaba bocabajo en un jergón de hierba húmeda y paja recogida en los alrededores, Adán se posesionaba de su espalda, y así, en reversa, como un garañón adherido a las ancas de una yegua, la poseía sin fatiga durante horas, cállate Lilith, no vuelvas a decírmelo.

Después de habérselo confesado se arrepintió, ya era demasiado tarde, el daño estaba hecho. Vulcano abandonó la cama sin decir otra palabra, entretanto ella, sin acudir a la ropa porque era incapaz de un solo movimiento, lo presintió bufando de rabia entre los helechos y los limoneros del traspatio, yendo de un lado a otro con las manos anudadas a la espalda, y siguió inmóvil pensando que era una idea descabellada saltar del lecho para salir en su busca, para caerle atrás y suplicarle, porque después de lo dicho no tenía ningún sentido arrodillarse a sus pies y pedirle perdón. Antes de exponerse a la humillación de ser repudiada por segunda vez, al cabo de muchas conjeturas, Lilith se puso de pie, se vistió como pudo en la oscuridad, llegó hasta la cocina, rebuscó en la alacena y depositó un pedazo de queso en el morral donde también llevaba la única otra muda de ropa para echar sobre el cuerpo durante su próxima y obligada caminata. Pensó que el queso iba a servirle para aliviar el hambre en algún cruce de caminos donde, aleccionada por la fatiga, decidiera detenerse a descansar. Se escurrió por la puerta que no miraba al traspatio, donde todavía daban vueltas de noria las rabietas de Vulcano, sino por la que permanecía entreabierta noche y día, previendo que algún peregrino descarriado experimentara la necesidad de pedirle al dueño de la casa algún favor.

Nadie creyó en esa cándida versión de su partida. Lilith no es una mujer como cualquiera otra, es el mismo diablo, dijo santiguándose uno de los convecinos, es una bruja capaz de volar con el auxilio de una escoba, una bruja como las que el Santo Oficio lanzó a las llamas en otro momento de la historia, decían los lugareños que aseguraban haberla visto volar de madrugada por encima de los techos de sus casas, y después la vieron volar a campo traviesa, proyectando la vertiginosa sombra de su vuelo en las tierras sin roturar, en las guardarrayas y los cañaverales, en las aguas como espejos de las lagunas insomnes, sombras fugares que nadie pudo atrapar para confirmarlo pese a los esfuerzos que hacían, aquí la tengo en la palma de mi mano, yo la atrapé, es la sombra que Lilith proyectaba durante su vuelo, pero aunque la sombra ya no la tengo aquí, en el hueco de mi mano, porque en un descuido la perdí, seguían diciendo que sin la menor duda, sí señor, la vieron volar más allá de la cordillera, siempre rumbo al mar, rumbo a la playa El Ancón, rumbo al valle de Viñales, cada vez más lejos, a horcajadas en la escoba, lo juro, palabra de hombre, todos lo creían menos Vulcano, no es una bruja, es sólo una pobre mujer alucinada, pues Vulcano sabía por experiencia propia que a ninguna persona por muchos artilugios que hiciera le salen alas como a las palomas y a los gavilanes, es imposible, no se hable más de eso.

Claro que lo sabía por experiencia, porque de muchacho le entraron ganas de volar y no pudo. Ahora, a tantos años de distancia, lo recuerda y sonríe mientras arrecian los golpes de martillo y la fragua le incendia el cuerpo de rojo. Tenía entonces alrededor de catorce o quince años, ya le apuntaba el bigote, ya tenía desordenados ímpetus de hombre, deseaba trasponer los linderos de la finca, dar algunas vueltas por el pueblo cercano, ver las farolas del alumbrado público de las que tanto le hablaban, son unas bolas transparentes, le decían, que de noche se encienden como ojos de cocuyos pero así de grandes, quería ver muchachas, enamorarlas, ni más ni menos lo mismo que les ocurría a los de su propia edad, pero Hildebrando, su padre, que con razón tenía fama de autoritario, no se lo permitía, los tontos no deben salir a la calle decía, y argumentaba la negativa refiriendo que a Vulcano cuando le preguntaban su nombre respondía me llamo Vulcano pero cuando le preguntaban cualquier otra cosa también respondía me llamo Vulcano, dando la impresión de haberse grabado a fuego esas únicas tres palabras en la memoria, de modo que creyéndolo un chiflado que andaba por las nubes a trompicones, Hildebrando decidió establecerle límites geográficos a los movimientos del hijo, podía recorrer todo el traspatio, trepar a las matas de mango y avanzar por la galería de platanales acopiando caracoles y poniéndole trampas a las codornices, también lanzarle piedras y sonidos guturales a las auras tiñosas que enlutaban las alambradas y los aleros de la casa. Por supuesto, en sentido contrario, igualmente podía atravesar el portal y el jardín delantero, tupido de gladiolos y azucenas, pero sin dar un paso más en dirección a la verja que daba acceso al mundo de los adultos y de los peregrinos que seguían pasando con sus bártulos en la cabeza hacia ningún lugar. Fue entonces cuando Vulcano pensó que podía iniciar la fuga, volando. Nunca olvidaría doña Amparo, la madre, la tarde en que Vulcano traspuso mediante un salto la verja asegurada con cadena y candado. Alcanzó a verlo desde el portal mientras Vulcano ganaba altura y se mantenía en suprema ingravidez con su camisa blanca inflada por el viento. Siguió mirándolo, alegre de saberlo libre, cuando al fin posó sus pies en un suelo de gravas y empezó a trotar cuesta arriba, y trató nuevamente de verlo cuando las lágrimas que le anegaban los ojos impidieron mirarlo un rato más. Sácate esas ideas de la cabeza, mujer, Vulcano no voló, mascullaba el padre, se escurrió aprovechando un agujero en el cercado.

Sin mujer, para Vulcano la vida carecía de incentivos. No sólo le faltaban ilusiones, también las noches se le poblaron de pesadillas que no estaban hechas de recuerdos sino de sensaciones y paisajes que eran fuente de anticipación, que tal vez él había vivido sin más explicación en un lejano futuro apenas recordado. En una de esas pesadillas incomprensibles él no era Vulcano sino Adán y para más confusión Lilith se llamaba Floriana. En la cocina estaba Floriana, desnuda, fregando los platos del almuerzo, con el vientre salpicado de espumas de jabón, mientras Adán, que ahora era saxofonista en un cabaret de Nueva York, acercaba sus labios al cañuto del instrumento para complacerla. Tal como venía ocurriendo desde meses atrás, Floriana, de espaldas a él, dueña de un código ancestral que Adán sin grandes esfuerzos descifraba, sacudía las nalgas para indicarle la canción que deseaba escuchar. Guiado por el deseo de verla feliz soplé en el saxofón, decía Adán, seguro de haber acertado pero sin dejar de mirarla, buscando otra vez en el activo movimiento de sus caderas una señal de aprobación. Las pesadillas a veces se desordenan y no saben qué rumbo tomar y a menudo aciertan, decía Floriana, pues en todos los reiterados sueños de su adolescencia la nieve caía hasta formar montañas de detergente, y ahora, por lo visto, no vivía en el trópico, fatigada por el sudor, abanicándose furiosamente con una penca de palmera, sino en Manhattan, entre proxenetas y turistas y ancianos fosforescentes que le codiciaban las nalgas de canela en una estación del suburbano. Eso demostraba, decía complacida por el lento fluir de sus palabras, que no había padecido pesadillas sino tenido sueños premonitorios, unos sueños como enormes globos color rosa que se despanzurraban con violencia luminosa cuando en horas de la madrugada iban a dar contra la punta de un alfiler. Pero de regreso a la vigilia, con las pesadillas amontonadas en un rincón polvoriento de la memoria, boca arriba en la cama, Vulcano seguía considerándose el más infeliz de todos los hombres que habitaban el Edén. Al menos así había estado sucediendo sólo hasta el momento en que apareció en el camino frente a su casa, como Lilith años atrás, aquel potro silueteado por las luces anaranjadas del atardecer. Vulcano lo aceptó sin un solo reparo, cortaba hierba y rastreaba tiernos bejucos de río para alimentarlo, le peinaba las crines, lo enjaezaba no para cabalgarlo sino para embellecerlo, se daba cuenta que vencía el desánimo a medida que lo oía relinchar, cada vez era más feliz dejándolo correr cuanto le viniera en ganas, hasta que aconsejado por la extenuación el potro regresaba con espumarajos en los belfos y sudor en los ijares. Pero el mar no estaba lejos, tampoco las rocas que establecían frontera entre las tierras labrantías y el mar, el cielo allá era más azul y más diáfano, parecía acabado de pintar, estaba cruzado de gaviotas, chillaban los pájaros mientras Pegaso, pues ése era el nombre del caballo, como hipnotizado por una repentina sed de aventuras, acercaba sus patas a las rocas y empezaba a trajinar sus bríos sobre ellas, qué dolor debió haber sentido cuando tan pronto le dio por regresar, venía con los cascos manando sangre, qué te pasó le preguntaba Vulcano, las rocas de seguro te han hecho daño. Dios no alcanzó a completar su labor cuando te imaginó en el quinto día de la creación reflexionaba Vulcano, pero de algún modo hay que resolverlo, y enseguida conjeturó que aquel revestimiento córneo insuficiente, del que aún fluía sangre, era necesario recubrirlo con un material duro, resistente, que no pudiera ser penetrado por el dolor, como el hierro por ejemplo pensó Vulcano, porque para algo era herrero, para idear que no sería tarea difícil sujetar con tenazas un trozo de hierro al rojo vivo y golpear hasta que adquiriera la forma de los cascos de Pegaso que él fácilmente recordaba, sin necesidad de ponerse de nuevo a mirarlos. Protegido por su mandil de cuero, sin darse tregua, en pocas horas forjó las herraduras. Ya lo ves, Pegaso, ahora no tendré que atarte con soga a un horcón del portal para evitar que salgas de nuevo a correr sobre las rocas y comiences a sangrar.

Lo que nunca calculó Vulcano fue que Dios sabe lo que hace, no comete errores, no deja ninguna labor a medio camino de su satisfacción. Pegaso era un caballo que no necesitaba herraduras. Hasta entonces Vulcano no había advertido que su caballo tenía unas esplendidas alas que mantenía ocultas, adheridas a los costillares. Lo supo el día en que las desplegó delante de sus ojos asombrados y tomó rumbo al mar, volando, mientras las gaviotas chillaban a su alrededor como indicándole la ruta a seguir. Era un caballo diferente, que había nacido para volar, decían los lugareños. Y sin otras consideraciones se daban a comparar: como también Lilith, si aún estaba viva, era una mujer diferente a las demás.

Oyéndolos, pero no para aceptarles la opinión sino para contradecirlos, a Vulcano lo asaltó la idea de comprar otro caballo. Clausuró la fragua, sepultó las tenazas y el martillo en las honduras del traspatio, convencido de que todos los caballos eran iguales, a todos les nacen alas cuando lo desean y sobre todo cuando más lo necesitan, todos pueden volar, así que no iba a tener que forjar herraduras para su nuevo Pegaso, que buena plata le costó, después de mucho regatear, casi el doble de lo que años atrás hubiera tenido que pagar por el antiguo Pegaso, llegado hasta su casa sin mediación de dinero, por suerte regalo de Dios.

A la salida del pueblo vive un hombre que, en una remota oportunidad, fue el único herrero disponible en kilómetros a la redonda. Si usted se acerca a su casa con ánimo de fisgonear, advertirá que al final de un largo pasillo casi en penumbras hay una habitación con una mesa de luz y una cama que el antiguo herrero utiliza sólo para dormir, pues es de sobra conocido que Vulcano, así se llama este hombre, sigue sin tener mujer. Pero tampoco parece necesitarla. Hace tiempo que dedica todos sus empeños a olvidar los pormenores del cuerpo de Lilith y, en años, tampoco ha tenido el pálpito aritmético de que ella pudiera regresar, de modo que todas sus expectativas más que en los cascos están depositadas en las alas del animal.

Si usted no ha agotado su curiosidad puede seguir mirando la parte delantera de la casa que, ahora, en el mismo lugar que antes ocupaba la fragua, el esfuerzo del dueño ha levantado un amplio portal con horcones de júcaro que sostienen un techo de láminas de zinc. A uno de esos horcones está atado el nuevo Pegaso, que a menudo corcovea y relincha para demostrar su inconformidad. Sentado en un taburete, con un sombrero de paja resguardándolo del sol, Vulcano no le quita de encima los ojos a su caballo. Lamenta tenerlo sometido día y noche a la férrea disciplina de la soga y el horcón para que no se les dañen los cascos si pretende iniciar una desatinada aventura hasta las rocas y el mar, pero contra la opinión de los lugareños, que se burlan de él, Vulcano aguarda por el instante mágico en que a su caballo le broten dos espléndidas alas bruñidas de metal, y una madrugada cualquiera, para pasmo de los descreídos, salga volando por encima de los tejados del vecindario. Como antes lo hizo el primer Pegaso. Y también Lilith.

Casting

A veces ocurre.

Ambrosio Cernuda tenía cierto talento no disimulado para escribir guiones de cine a partir de las historias que, de noche, durante prolongados insomnios, trepaban hasta su imaginación. Además, se había adueñado con tanta pasión de las mañas del oficio como para estar convencido de que ningún productor, director o investigador de *marketing,* en una reducida sala de proyección, dejaría de conmoverse viendo su trabajo, si es que los guiones por él urdidos, lograban acceder, como esperaba, a un primer corte de director. Pero esa posibilidad no existía, es decir la eventualidad de un rechazo, pues Ambrosio Cernuda, para asegurarse el éxito, sabía cuanto necesitó aprender, sabía que la narración de historias en formato de guión deben estar conducidas por convincentes personajes que en ese instante atraviesan el período de mayor conflicto en sus vidas respectivas, sabía que los héroes y heroínas de sus tramas deben aparecer en casi todas las páginas del guión porque según los cálculos más conservadores el mayor compromiso de cada uno de ellos es permanecer asomados a las pantallas cuando menos el noventa por ciento del tiempo de proyección, sabía que los guiones deben tener entre cien y ciento veinte páginas, no más, porque esas páginas están destinadas a consumir como mínimo alrededor de cien minutos, que es una buena duración para cualquier película, sabía que cada una de las páginas con escenas de acción se apropian de cinco minutos de estruendo, quejidos, pólvora y sangre, mientras que las consagradas al diálogo suelen prolongarse sólo veinte segundos ante los ojos del espectador, y sabía también que sin el auxilio de la buena suerte tendría que esperar tal vez una segunda oportunidad para alzarse con el triunfo. Y eso fue lo que a Ambrosio Cernuda le ocurrió.

A menudo, cuando estaba abocado a una sombría esquina contigua a la desesperación, Ambrosio se echaba sus pocos dineros en el bolsillo, entraba en las penumbras del Club 37, se proporcionaba tragos para combatir alguna obsesión, y de regreso se tumbaba en la cama hasta cualquier amanecer. Pero ahora no estaba sentado a la barra de ningún night-club sino en la zona de ávidos fumadores en un avión que lo trasladaba de Ciudad de México a Los Ángeles, California, donde se iba a jugar una última moneda a cara o cruz. Antes de que la aeronave llegara a su destino, el hombre que estaba a su lado, observándolo tan aplicadamente que provocaba inquietud, le preguntó ¿es usted actor? No, pero escribo guiones de cine. Si le interesa, hágame una llamada, por favor —dijo el del asiento contiguo. Le entregó una tarjeta con su número de teléfono, después de informarle que su misión consistía en recolectar personas para que participen en audiciones, gracias a las cuales, explicó, podían calificar para formar parte del banco de talentos de la compañía en la que él trabajaba, pero ahora, de manera excepcional, le prometo, dijo, no una audición sino un *casting*, el primer peldaño para convertirse en protagonista de *Génesis*, una película que muy pronto se empezaría a rodar.

Cuando uno tiene un clavo a qué aferrarse, debe asumirlo como un mensaje cifrado del destino. No era la mejor opción que se procuraba pero, ya se sabe, en las escrituras de Dios menudean los renglones torcidos, y acaso ésa era, sin él saberlo, la línea más corta entre dos puntos porque iba a entrar al mundo del celuloide por una puerta insospechada que le franqueaba el contacto con prominentes ejecutivos de la industria cinematográfica. Por otra parte, me ha alegrado la idea de que en cualquier momento ya cercano, pensó Ambrosio, alguno de esos ejecutivos se sentará en un despacho refrigerado dispuesto a leer mis guiones. Sin embargo, siempre hay una última gota de ron en la botella para anunciar que la fiesta y la noche terminaron, y no hay nada más qué hacer salvo admitir a regañadientes el dictamen impuesto por la realidad. Ambrosio Cernuda tenía prevenciones más que justificadas para aceptar con vago temor el ofrecimiento del hombre de la tarjeta. Un famoso actor brasileño, de apellido Guimaräis como el famoso escritor, interpretó el personaje de un acaudalado hombre de negocios que agonizaba noche a noche en las pantallas del televisor, víctima de una afección cardiaca, y a poco de terminar el serial murió él también fulminado por un infarto. Era lo mismo que les había sucedido a otros muchos actores: se habían adjudicado —¿por ósmosis?— las desgracias que se les avecinaban a los personajes por ellos interpretados. Así que él no tenía ninguna razón válida para convertirse en excepción. Con esas perniciosas ideas rondándole la cabeza, Ambrosio Cernuda descendió en el aeropuerto, y para su beneficio, mientras aguardaba por el equipaje, se topó cara a cara con Eva Laguardia, una antigua amiga que había volado de Caracas a Los Ángeles y llegado algunos minutos antes que él.

Se habían conocido cinco años atrás, y para economizar decidieron pagar entre los dos la renta de un apartamento de dos habitaciones en el mismo centro de Londres. Durante seis meses fueron dos amigos desinhibidos y felices. No hubo entonces una sola sospecha de poder ser asechados de amor por el otro, ni hubo siquiera otro indicio similar de preocupación en ninguno de los dos que allí durmieron con sólo una exigua pared de por medio, obstáculo nada difícil de vencer cuando la sangre joven hierve en las venas, y la noche es larga y mala consejera. ¿Rentamos juntos como la otra vez?, preguntó Eva. Por supuesto, respondió Ambrosio, también sin asomo de malicia. Estaba el apartamento a pocas cuadras del estudio donde debía someterse al *casting*, y mientras Eva se refugió de inmediato en su habitación, tendida en la cama muerta de cansancio, Ambrosio se cambió de ropa, un terno gris en lugar del azul que usó durante el viaje, y por el temor de andar a pie en ciudad desconocida solicitó un taxi por teléfono. Llegó al estudio a la hora prevista. En medio del salón había una alfombra sobre la que estaban diseminados numerosos objetos de la más diversa índole. Lo único que Ambrosio Cernuda debía hacer, después de inspeccionar con la vista el lugar, ya encendidas las candilejas y puesto en marcha el casi apagado rumor de una cámara en su trípode, era agacharse para recoger entre los variados objetos unas gafas ahumadas que trataría de acomodarlas a las distintas partes de su cuerpo sin resultado provechoso y de momento llevárselas a la nariz donde al fin coincidieron con sus ojos, sincronía que, según le explicaron, merecía coronarla con uno o varios gruñidos de satisfacción. Pero mientras un viento de sal y yodo le frotaba las mejillas, ya en Ambrosio se había producido la inevitable transformación, era el personaje que debía interpretar y no el fallido escritor de guiones, y observaba todo lo acontecido no como el presente pretendía reconstruirlo sino como debió suceder en el ayer de los tiempos. Así empezaron a aparecer en las arenas de la playa, arrastrados por el furor de las olas, los objetos más diversos que, durante años, se fueron depositando en las hondonadas de un cementerio marino: platos de aluminio, peines, una casaca color verde oliva, calcetines, dentaduras postizas, la hebilla de un cinturón, un lápiz, botellas de cerveza, un sostén color avellana, unas tijeras, y para detener la interminable enumeración, unas gafas ahumadas que Adán se inclinó para recogerlas, las sacudió esparciendo gotas de arena y de mar, y comenzó a inspeccionarlas con adhesiva curiosidad, pensando, primero, que no eran de origen animal o vegetal, y preguntándose enseguida que, si no era obra de Dios, de quién podía ser. El mayor de los enigmas consistía en reflexionar quién pudo haberlas hecho y para qué, acaso para usarlas como adorno del cuerpo, reflexionó con alegría de alucinado. Trató por consiguiente, de adecuarlas a su cuello, de acomodarlas en un antebrazo, en las pantorrillas, hasta que las aproximó a la punta de la nariz, empujó la armadura con el dedo corazón de la mano derecha y las gafas se deslizaron cuesta arriba, en busca del borde inferior de las cejas, donde para asombro del hombre desnudo frente al mar, coincidieron con sus ojos. Tal como estaba consignado en el guión, Adán, que virtualmente no era ducho en el manejo del lenguaje, emitió un gruñido de satisfacción, rápido indicio de júbilo intenso, sorpresa, fascinación y extrañeza, todo a la vez. De pronto alcanzaba a explicarse por qué habían sido hechas, acaso por la probabilidad de que alguien decidiera ponérselas a la misma altura de sus ojos, pero aún ignoraba para qué, se dijo manando consternación mientras alzaba la vista para interrogar las nubes vagabundas que cabalgaban por el cielo, porque al ponérselas se dio cuenta que servían más para ocultar el sol que para mirar.

Bravo, excelente, casi fue el grito del director sentado en una silla con espaldar de tiras de lona. Gracias a sus características físicas Ambrosio sabía desde cuándo, sin la menor duda, que iba a ser seleccionado, quién sino él. Por lo que cabe inferir a partir de las sagradas escrituras Adán era un tipazo de hombre, más un estereotipo latino que anglosajón pues tenía los ojos negros, la tez enturbiada por el ardiente sol a mediodía en las planicies del Edén, y cuando conversaba, un acento por debajo de la línea ecuatorial. Por esa razón y no por cualquiera otra había aceptado Ambrosio participar en el *casting*. Se dice que quien interpreta a Otelo en el cine no tiene necesariamente que ser celoso en la vida real, un mito elaborado para no desalentar a los actores. Por supuesto que no era cierto. Todo lo que los demás sueñan de nosotros de algún modo modifica nuestro futuro. Pero si a alguien le permitimos la entrada en nosotros, nos reemplaza. Con Adán no existía el menor pábulo de un contagio indeseable. Muy beneficiado de músculos, con derroche de vitalidad, por ser el primero era también el hombre en el que el dios creador más se afanó en dotarlo de perfección corporal. Por supuesto que podían existir entre Adán y él a partir de aquel momento otras equivalencias inquietantes pero ninguna que estuviera referida a la salud y por tanto a su permanencia en este mundo, tema al que Ambrosio Cernuda le concedía una singular prioridad. Cuando llegó el momento de regresar a casa, aconsejado por su interior Adán, decidió no pedir un taxi por teléfono, menos por hacer lo contrario de la vez anterior que por la falta de costumbre, y echó a andar a pie. Mientras devoraba la distancia con zancadas ávidas, se dio a pensar en la primera escena de *Génesis*, para la que no tenía cumplida explicación. Cómo podía sin anacronismo derramar el mar en la arena de una playa del Edén objetos que prefiguraban una inadmisible civilización anterior, suposición que además entraba en conflicto, mejor no desafiar a la Iglesia, con las ideas que desde niño, es decir desde siempre, depositamos en la almohada a la hora de dormir. Si algún ejecutivo de la industria le solicitaba que concluyera el guión tomando como punto de partida aquella escena, se hubiera dado por vencido, ninguna imaginación servía para tanto. La primera escena él la hubiera centrado en el delito de la serpiente que tentó a Eva para perderla y castigarla, pues desde entonces, lástima de mujer, se ha visto obligada a llevar ropa para ocultar sus vergüenzas. Todo lo que después ha colmado de ira, alborozado, abatido, uncido, desgarrado, iluminado, desunido, acariciado y enfurecido nuestras vidas es una prolongación del instante en que la serpiente agitó su lengua bífida para incitar a Eva a comer la fruta del árbol prohibido.

Cuanto más se acercaba a su apartamento más se percataba de la transformación que se operaba en su interior. Gradualmente, paso a paso, había dejado de ser Ambrosio Cernuda para ser Adán, él lo sabía mejor que nadie, para algo estaba dentro de Adán, para averiguar las instancias de aquel proceso alquímico que también a Adán le permitía ahora ser Ambrosio Cernuda en lugar del hombre de *Génesis*, un proceso similar al que se acoge la serpiente para cambiar de piel. Tan a la perfección encarnaba Adán el personaje de Ambrosio que introdujo la llave en la cerradura, empujó la puerta del apartamento con la familiaridad de siempre y entró. Su vida había cambiado para bien o para mal, lo intuyó mientras acariciaba las orejas de un gato salido a su encuentro. Eva llevaba horas tumbada en el sofá aguardando por él con una mezcla de curiosidad y desasosiego, imaginándolo por primera vez desguarnecido de ropa y calculando la desmesura de su péndulo genital, que por regla general se corresponde con el impresionante largo de las plantas de los pies de un hombre de dos metros de alto. Sin necesidad de encimársele y prodigarle una caricia, como antes al gato, Adán sintió en su propia piel la sinuosa descarga eléctrica que emanaba de aquella inmóvil persona expectante, que tampoco era la misma de siempre. Conturbado, reflexionó que el guión estaba llegando a su final. Mentalmente empezó a escribirlo: *ESCENA VIGÉSIMOPRIMERA: interior de un apartamento.* Eva disimula mirándose hasta el fondo las cutículas de las uñas de la mano izquierda mientras la derecha regresa la falda a su riguroso pudor, siempre hasta entonces por debajo de las rodillas, sólo que un poco antes, para afortunada incomodidad de Adán, había estado subida a medio muslo y se replegaba ahora con la debida maliciosa lentitud para que él alcanzara a vislumbrar lo que apenas faltaba para abrir las puertas de entrada al paraíso. Sin saber qué partido tomar pero convencido de que el destino no se puede evadir, lo mismo el merecido por uno que el inducido por otro, aunque sí es posible demorarlo para mejor entender las claves de su designio, Adán acudió a guarecerse en su habitación, qué alivio cuando atrancó la puerta, cuando se tendió boca arriba en la cama para pensar sin estorbo, como antes en el jergón de hierba cruda del Edén, bajo el parpadeo de las estrellas, ahora con una lamparilla de pantalla verde en la pequeña mesa a su lado, hasta que abandonó el lecho mediante un solo salto de gimnasta, alertado por un impulso en el que todas las ideas se habían puesto de acuerdo, las de Ambrosio, que no ignoraba lo que iba a suceder porque esa historia se la sabía de memoria desde su época de preescolar, y las de él, que experimentaba una frenética exaltación como la otra vez. Después de sus muchas conjeturas, ansioso Adán por confirmarlo se apresuró hasta el armario, descerrajó sus puertas, registró aquí y allá como enloquecido, aventando papeles inútiles y toallas y estuches de jabones y un tubo de pasta dental, hasta que la vio: allí estaba la culpable de todo según enseñan los libros canónicos y según el decir de augures y pitonisas, la eterna serpiente, varias veces enroscada sobre sí misma en el fondo de una gaveta.

El espejo multiplicador

Diosdado Paredes viajaba en un vagón de tercera clase rumbo a La Habana cuando se quedó dormido y tuvo una pesadilla tan real que era como si las imágenes de una buena parte de su vida anterior desfilaran otra vez delante de sus ojos. Sin embargo, existía una gran diferencia entre la pesadilla y lo visto en un tiempo remoto, puesto que en la pesadilla y no en la vida real, las cosas se reflejaban, a un tiempo, dos veces en el mismo espejo, es decir cada Diosdado tenía dos rostros y cada rostro dos bocas y cada dos ojos, cuatro ojos.

Dentro de la pesadilla él conservaba la certeza de que eso no podía ser cierto. Apoyó la espalda en su asiento dentro del tren, hizo un esfuerzo para aflojar los músculos, todos, y de un modo especial los del tórax que se le trenzaban alrededor del corazón hasta provocarle dolor, y tras un largo suspiro se doblegó a la idea salvadora de que todas las crispaciones de su cuerpo se derretían y caían sin hacer ruido al piso del vagón. Mientras uno de los dos rostros persistía en el espejo, afeitándose, con la espuma del jabón en las partes aún no rasuradas de las mejillas, el otro rostro, asediado por un rival que intentaba matarlo se echó a reír para simular que no se había acobardado.

Era un jueves l3 de abril, dos y media de la tarde, también la misma fecha y hora, pero cuatro años antes, la memorable fecha en que llevó a la cama a la mujer de su mejor amigo. Nunca había pretendido enamorarla, ya se sabe por qué, acaso por el temor a las consecuencias que acarrea un adulterio, y eso que ella le gustaba hasta la desesperación, cómo no. Pero se dio cuenta que no hubiera tenido la necesidad de enamorarla cuando en un descuido los dos se besaron casi sin saber que se besaban, y aturdidos por el hallazgo de tanta pasión reprimida durante largos años, abandonaron la penumbra de la sala de cine, adonde habían acudido juntos para ver una película con gritos de karate o de judo, ni él ni ella le encontraban alguna diferencia, si es que a ciencia cierta la había, y sin pensarlo dos veces salieron a la calle en busca de un lugar donde pudieran extinguir las urgencias desatadas de pronto en sus cuerpos respectivos. Habían entrado al cine con la inocencia a flor de piel, como dos buenos amigos, ignorando que una pasión que no ocupaba espacio antes en sus vidas se abría paso, sin previo aviso, para urdir otra variante en la trama prevista.

El otro 13 de abril, cuatro años más tarde, el esposo burlado lo estaba esperando para darle muerte. Había necesitado de todo ese tiempo hasta enterarse, de modo que la exasperante longitud del engaño computado en meses, semanas, días y horas durante los cuales nadie, salvo él, ninguno de sus amigos y convecinos lo ignoraba, ahora, de repente se posesionaba de su rabia desesperada para comunicarle que Raquel y Diosdado habían estado desde cuándo multiplicando nalgas y vientres en el espejo que, para incrementar la lujuria, cubría casi todo el techo de una habitación en la posada de otras tantas veces.

Terminó de afeitarse en el otro espejo, el de la pesadilla, y calculó que el otro Diosdado iba a morir antes de que él acudiera a prevenirlo, algo que tampoco lamentaba. Sintió el placer insano de no haberlo alertado, pues mientras se afeitaba mirándose directo a los ojos en el espejo reconoció que él había estado amando a Raquel desde mucho atrás, sin que el Diosdado que la había seducido alcanzara a sospecharlo. Cuando vio que Esteban Lozano, el marido iracundo, depositaba una pistola en el bolsillo trasero de su pantalón en lugar de espanto experimentó la sucia idea de que, gracias a la furia del otro, iba a deshacerse de su rival. En consecuencia, lo dejó actuar. Lo dejó tomar todas las providencias para hacer cada vez más creíble la coartada, lo dejó abordar un autobús, descender en la tercera ocasión en la que el vehículo se detuvo para deshacerse de algunos pasajeros, lo dejó encender un cigarrillo de pie en la acera, lo dejó fumar ávidamente todo el tiempo que duró el cigarrillo, lo dejó caminar varias cuadras ociosas y finalmente diluirse en un pasillo casi en penumbras con la pistola en el bolsillo trasero del pantalón, lo dejó extraerla cuando sintió los pasos de Diosdado que se aproximaba ajeno a lo que iba a suceder y no sucedió porque el otro Diosdado, el que se afeitaba en el espejo, creyó oír dentro de su sueño el chirrido de las ruedas de una locomotora tratando de frenar, y despertó sobresaltado. Ya en el vagón los pasajeros se ponían de pie, miraban por las ventanillas para saber si alguien había acudido a recibirlos y recogían sus bártulos porque el viaje había concluido y el tren acababa de ingresar en la estación ferroviaria de La Habana.

Gato entrometido

En la torre de control de tráfico aéreo se escuchó la voz de un piloto que solicitaba permiso para hacer un aterrizaje de emergencia en el aeropuerto José Martí, de La Habana. El controlador, Jacinto Salavarría, miró la pantalla del radar y respondió que, por favor, le confirmara la naturaleza de la emergencia. Cuando el piloto volvió a hablar, el controlador alcanzó a oír con absoluta nitidez el maullido de un gato. No puede ser, es imposible, murmuró mientras oprimía una tecla del panel. Durante los catorce años que llevaba trepado a una torre de control, nunca había tenido la menor sospecha de que un gato ocupara un lugar en la cabina de mando de ninguna aeronave o un asiento contiguo al de algún miembro de una tripulación en pleno vuelo. ¿Sería posible que una azafata lo hubiera introducido de polizón en su bolso de mano? En lugar de hacerse otras preguntas innecesarias, pensó que debía reclamar cuanto antes la presencia en la pista de una o dos ambulancias y solicitar el concurso de un especialista en traumatología, y también de un neurólogo, el personal médico de emergencia que, según los cálculos dictados por su larga experiencia, debían estar disponibles en situaciones como aquella.

Mientras decidía los próximos pasos a seguir, pensaba con ahínco en su mujer. Si aceptamos como ciertas las conjeturas apresuradas de Jacinto Salavaría, entre las múltiples asechanzas del destino no existe un motivo de mayor preocupación para cualquier hombre que perder el usufructo de una mujer, lo mismo sea propia o ajena. La que ahora le ardía en la imaginación, devorándole el sosiego, se llamaba Eva Madariaga y era propietaria de atrevidos ojos negros, cuello de cisne, torso cincelado en mármol como el de Afrodita, que era griega hasta la última palpitación de su carne, o tal vez romana, un controlador de tráfico aéreo no tiene necesariamente por qué saberlo a ciencia cierta, y a continuación, descendiendo, muslos y pantorrillas de los que dependía el equilibrio del contoneo que enloquecía, pensaba él, a todos los hombres del vecindario.

Durante los primeros meses de casados, a Jacinto Salavarría nunca lo inquietaron demasiado los atributos físicos de su mujer, que desde los tiempos de la otra Eva, la del Edén, tantos conflictos han originado, ni experimentó los celos devoradores que aparecieron más tarde, como tampoco, recordó, en los primeros tiempos de su vida, cuando quiso hacerse piloto, le infundieron miedo las alturas. Sin embargo, después de un par de años de estarlo sometiendo a un riguroso escrutinio dedujo que era un exceso de confianza casi suicida navegar dentro de la vertiginosa cápsula metálica de un avión, aunque dicen que en el cielo ocurren menos accidentes que en las autopistas, y para darle consistencia a las obsesiones colectivas uno debe presumir que las estadísticas no mienten, pero a partir de algún instante inidentificable comenzó a acosarlo el pálpito inexorable de que una turbulencia repentina podía hacer que el avión pilotado por él perdiera el rumbo dentro de una larga noche sideral o se incrustara en el pico de una montaña. Con el tiempo los miedos se exacerban. Por consiguiente, prefirió ocupar la plaza de controlador de tráfico aéreo. Era una ventaja. Desde su puesto de observación podía llegar a conocer a fondo el comportamiento inestable de los aviones, no el de los pilotos, que más o menos saben lo que deben hacer en los momentos de mayor peligro, sino el de los aviones, aparatos enigmáticos que parecen tener un destino particular, a veces aciago, por cualquiera sabe qué oscuros designios de sus constructores. En fin, con el paso del tiempo y de muchas cavilaciones adicionales que desafiaban toda lógica porque carecían de antecedentes, generadoras sin embargo de algunas de sus pesadillas erráticas a media noche, también consideró posible que un avión resentido y malhumorado pudiera descargar su triple ira contra el piloto, la tripulación y los pasajeros, y en un acto de soberbia reducirlos a cenizas.

Casi todo depende del tiempo: hasta la felicidad, pensó Jacinto Salavarría retomando el tema de su mujer, recurrente en todos sus insomnios, inmóvil boca arriba en la cama o ladeando poco a poco, sin un vestigio de ruido, su cuerpo de animal en acecho para sorberle los olores a Eva mientras ella dormía ajena a los pormenores de la indagación. Entre sus olores inconfundibles, pensaba Jacinto Salavarría, podían estar trenzados, para identificarlo, los olores del intruso usuario de los sueños desatinados de su mujer.

Sin una posible explicación válida, sin ninguna señal que lo inculpara pero también porque nadie, ningún otro hombre, podía ser excluido, sintió repentinos celos del piloto norteamericano que solicitaba permiso para un aterrizaje de emergencia. Reflexionó que de haber sido en una vida anterior, o en ésta, Tom Wilson en lugar de Jacinto Salavarría, él hubiera viajado sin demora en cualquier avión desde Miami o desde Chicago hasta La Habana para encontrarse en la cama con Eva Madariaga. Pero esa posibilidad no existía, no entró en ningún cálculo del destino ni antes ni ahora porque sólo ocupaba un espacio en otro de los tantos delirios provocados por sus rabietas de amor. Después de esa ráfaga de locura perniciosa se burló de sí mismo. Qué desatino. El piloto de seguro residía en Chicago o en Iowa, o en un recóndito rancho de Texas, a millas de distancia del cuerpo de su mujer. Y para mayor tranquilidad nunca había visitado La Habana. ¿O sí? De todos modos experimentó la urgencia de preguntárselo:

—¿Has estado alguna vez en La Habana?

—A qué viene esa pregunta idiota. Concéntrate en tu trabajo, y apúrate.

El avión, que hacía un laxo recorrido entre Nueva York y Caracas, había estado avanzando a velocidad de crucero, y el piloto automático controlaba el vuelo con el mayor sosiego, cuando de pronto Tom Wilson, un aviador de pelo en pecho, como él decía para favorecer su autoestima, con doce años de pericia por encima de las nubes, advirtió que la nave, con el morro hacia abajo, por un motivo para él desconocido, iniciaba una brusca caída en picado. El monitor de la consola parpadeaba sus muchas luces inquietantes en señal de advertencia, y alguien —con qué perversa intención— había desconectado el piloto automático. Cómo que alguien, quién puede ser, masculló Tom Wilson a tiempo que apresaba la palanca de mando tratando de estabilizar el avión. Si nadie estaba a su lado, si el copiloto había abandonado el asiento y ahora andaba por el pasillo para desentumecer sus piernas, qué diablos sucedía en un avión que no estaba amenazado por ninguna turbulencia ni sufrido ningún daño estructural.

—Entonces, ¿por qué solicitas permiso para un aterrizaje de emergencia? —preguntó Jacinto Salavaría.

—Por qué va a ser. Porque no sé qué diablos está pasando — respondió Tom Wilson en perfecto español.

—¿Estás drogado?

—Vete al demonio.

Tom Wilson nunca se había drogado. Es más, no fumaba y consumía bebidas alcohólicas sólo en muy contadas ocasiones.

—El drogado debes ser tú, cubano estúpido. ¿Me estás oyendo, bastardo idiota? — preguntó Tom Wilson con una inflexión desenfrenada.

—¿Hay heridos a bordo? —fue la nueva pregunta de Jacinto Salavarría, sin reparar en los insultos desatinados que le caían del cielo.

—¿Heridos? No te lo puedo asegurar, aunque creo haber oído decir que una azafata se desmayó. En medio del tumulto de tantas voces, sólo he podido saber que entre los pasajeros ha cundido el pánico, desde aquí únicamente alcanzo a oír un confuso ruido de cristales rotos, de objetos derribados, ¿los oyes, escuchas como yo esos *tras,pum,ban,zuum,tan,* no oyes los gritos de la gente, sus imprecaciones, llantos y plegarias? Supongo que los pasajeros deben haber salido catapultados de sus asientos, deben haber dado volteretas y rebotado mientras escucho la voz metálica de las alarmas que anuncian la entrada en pérdida, porque el avión continúa descendiendo y descendiendo, ya no volamos en la anaranjada soledad de las nubes fugaces sino casi a ras de tierra, apúrate cubano de mierda, que nos vamos a matar.

Dos días atrás, la víspera de su cumpleaños, Tom Wilson entró al cuarto de baño y abrió el grifo de la ducha sin poder omitir las vicisitudes que le trasmitían la pesadilla de la noche anterior. A las pesadillas se las lleva el agua, pensó, escapan por el tragante de la bañera entre las espumas del champú y del jabón. Pero aquella era una pesadilla difícil de derrotar, y si no encontraba el modo de interpolar otras preocupaciones menores, que le empobrecieran el recuerdo inicial, la pesadilla iba a persistir en su memoria, calculó, por lo menos una semana o dos. En vano Tom Wilson inundó las horas siguientes, después del baño reparador, con el rumor de las olas en una playa solitaria donde pudo hacer el amor con una chica accidental, de muslos macizos y trenzas de oro, que sin embargo no figuraba en su agenda entre otros apretados números de teléfonos para una segunda oportunidad. Pero, ah demonios, ahí estaba el gato empecinado, escapando a la mutación y al olvido. Es intolerable aceptar que uno no tiene dominio sobre la voluntad, y por tanto puede hacer de urgencia un sexo sin amor, sólo para descargar el cuerpo, una contingencia que no premeditó y que acaso tampoco deseó, como intolerable resulta, ahora, sentirse mancillado por una pesadilla cuya eternidad nos puede perseguir más allá de la muerte. Tom Wilson había soñado que un gato —verde por más señas— después de hopar en la parte trasera del avión, en silencio, complacido hasta el delirio porque ninguno de los pasajeros podía observarlo, y también después de relamerse como si alguien le hubiera proporcionado una abundante ración de pescado, se instaló de un solo salto elástico en la cabina de mando, a su lado, y para el mayor asombro, contrariedad y desasosiego de Tom Wilson, el maldito gato empezó a tocar todas las teclas, las que accionaban los alerones, el tren de aterrizaje, los timones de profundidad y el timón de dirección. Vamos a tener un accidente, gato entrometido, tú también te puedes matar, le dijo en tono persuasivo. Como si de pronto se agotaran todas las posibilidades, Tom Wilson conjeturó que la lógica le resultaba inservible, porque aquel gato que él ya empezaba a odiar, aquel gato verde que olía a muerte, a trapos húmedos, a guano de murciélago, *like cat's piss*, ya cumplida su lúgubre misión, mientras la aeronave descendía en picado, comenzaba a desvanecerse, empezaba a suprimirse, a hacerse invisible a todo lo largo de su pelambre verde, desde la cabeza a la cola, sin transición, hasta que Tom Wilson sólo alcanzó a ver el último vestigio del animal: la pezuña felina de la pata izquierda, que simulaba un gesto de saludo o de despedida, antes de desaparecer.

—Apúrate, cubano desgraciado, acaba de dar el permiso para un aterrizaje de emergencia. Mira que ya falta poco, ¿no oyes el presagio de un crujido en el fuselaje del avión?

—Me pareció haber oído el maullido de un gato dentro de la cabina de mando de tu avión —dijo Jacinto Salavarría desde la torre de control.

—*Oh, my God*. Entonces era cierto. El gato terminó por ganarme la partida.

Al día siguiente apareció la noticia en todos los periódicos: la aeronave se había precipitado a tierra en una abrupta zona de la costa norte de la isla de Cuba, a sólo siete millas al este de La Habana. Nadie logró sobrevivir al accidente. Después de intensas averiguaciones, se supo, sin tanto ruido en las agencias cablegráficas, que el controlador de tráfico aéreo, Jacinto Salavarría, no le había prestado la debida atención a la solicitud de emergencia del piloto y como resultado de aquella negligencia que segó tantas vidas había sido separado del cargo.

Seis meses después, Eva Madariaga lo abandonó. Para ponerle punto final a la historia, si en realidad existe final para alguna historia, Jacinto Salavarria se enteró que el nuevo depositario de los sueños desaforados de la que había sido hasta ayer mismo su mujer era un piloto de la Fuerza Aérea, que ostentaba en la solapa el fideo del rango de oficial, Reinaldo Verdecia, treinta y siete años, ojos que verdeaban hasta un fondo marino, tez cetrina, huella azul en las mejillas, casi subliminal, dejada por la barba recién rasurada, y espaldas de remero olímpico. No era que Eva tratara de justificarse, porque además no era necesario y tampoco nadie se lo exigía. Pero el nuevo giro de su vida respondía no a una veleidosa decisión irreflexiva sino a las instancias de su inapelable destino. Desde la adolescencia, los pilotos siempre ejercieron sobre ella una extraña fascinación.

Idéntica a la otra

El hombre se sentó a la mesa y escribió un cuento. Apenas recordaba desde cuándo deseaba narrar la misma historia de una joven campesina que un día se dijo que era demasiado bella para estar obligada hasta siempre a vivir en Mabujina, una parcela de tierra entre palmas reales y cocoteros, alejada de la mano de Dios.

Sin despedirse de los padres, para no ocasionarles tanto dolor, la joven hizo un bártulo con sólo una muda de ropa, un peine y un cepillo de dientes, salió por la puerta trasera sin hacer ruido, bordeó el cuartón de ordeño y se orientó hacia la noche desconocida, guiada por el brillo de algunas estrellas en lo alto. Cuentan que se le facilitó tomar, gracias a la generosidad de alguien, algún vehículo, tal vez un camión de los muchos que conducían caña hasta la fábrica de azúcar, y así, de camión en camión, y a menudo a pie, llegó a La Habana.

Ninguna señora encopetada la aceptó de sirvienta en la casa porque era demasiado bella. Existía la preocupación de que el mayor de los hijos se enamorara de ella con tal vehemencia que decidiera desposarla, o acaso que el marido, viejo garañón que mucho hizo de las suyas, pretendiera cabalgarla.

Así que, como era indispensable, se dio a la mala vida, con colorete en las mejillas. Aunque no llevaba medias, se puso una liga trepada al muslo, centímetros más o centímetros menos por encima de la rodilla, y para mayor exotismo, pensaba ella, una flor prendida a su oreja izquierda.

Cuando se le ajaron las mejillas y se marchitó la flor, la joven tomó el rumbo de regreso a casa, siempre a la inversa de su anterior recorrido, pero dándose cuenta que ahora no eran tantos los que, en un arranque de buen corazón, detenían la marcha de sus vehículos para invitarla a subir. De todos modos una tarde se vio llegar de vuelta a Mabujina. Durante largo rato permaneció en pie, a la entrada del poblado, sin ser vista por nadie, con el susto del susto que podía proporcionarle a los padres cuando la vieran entrar a la casa con semejante facha. Se equivocó. La recibieron con besos y ningún reproche. Un mes y cuatro días después murió, todavía no se sabe de qué enfermedad.

Al hombre le pareció que había escrito su mejor cuento. Una revista se lo publicó y le pagaron veinte pesos, no tanto como esperaba pero así se va consiguiendo la fama. También el tiempo pasa sin que nadie lo procure. El hombre del cuento, que años más tarde aún vendía productos farmacéuticos de puerta en puerta, arribó cierto día a una casa campesina, idéntica a la que él logró describir con fortuna en el cuento de la muchacha encandilada por las luces de La Habana. Lo dejaron entrar y le mostró sus productos a una campesina que debía andar por los setenta pero aparentaba algunos años menos porque era alta y enjuta, magra de carnes hasta en las caderas.

Mientras desempaquetaba sus pomos medicinales, el hombre miró hacia la pared. Su vista de pronto se sintió atraída por una foto ya sin color, desde donde lo escrutaban dos ojos tristes. Aunque no había ningún búcaro con flores debajo de la foto, aquella imagen tenía tal aire de quietud y lejanía que él consideró que la joven asomada detrás del cristal debió haber muerto desde cualquiera sabía cuánto tiempo.

—¿Quién era? —preguntó.

—Mi hija —respondió la mujer, secándose en el delantal las manos que tenían huellas del agua del fregadero.

Más tarde, la anciana, sin una lágrima, le contó que era la foto de su hija, bella como ninguna otra. Se había aburrido de Mabujina, se escurrió en la noche sin decírselo ni a ella, su madre, que le hubiera comprendido las razones, llegó hasta una ciudad grande, de muchas luces, a la que le dicen La Habana. No entiendo todavía por qué se dio a la mala vida, tan preciosa que era y tan ágil para todo. Volvió distinta y se me murió poco después, cuando aún estaba viva.

Dos él

Que algunos, según Hesíodo, eran monstruosos
al ser dos en un solo cuerpo.
Homero, Ilíada, XI 710

Emergió de las aguas, como Venus en un remoto ayer, pero con los brazos ya no mármol sino carne, que levantó hasta llevarlos a la altura de los cabellos desordenados para recogerlos con sus manos y atraparlos en un moño apresurado, pues durante el baño le cayeron sobre los ojos impidiéndoles ver. Entonces lo miró, de pie frente a ella, inmovilizado por el asombro y la fascinación. Nadie, en aquella vasta zona, tenía la ávida costumbre de acercarse al río para fisgonear, aunque a ella tampoco le hubiera importado cuando entre las dos y las tres de la tarde se le antojaba que era la mejor hora para asear el cuerpo. Tenía que ser él, se dijo, no podía ser otro, Prudencio Lizárraga, el recién llegado, después de tantos años fuera del lugar. Eres tú, le preguntó. Sí, el mismo que imaginas. Había conseguido vencer todas las asechanzas del tiempo, menos la nostalgia. Así que regresó, con una sola muda de ropa en el morral porque no iba a estacionarse mucho más allá de una semana. Pero sin previo aviso sucedió lo inevitable. Prudencio Lizárraga, abandonado por sus ropas, la sintió palpitando y aullando de placer cuando se revolcaron en las orillas del río. Después, entre los muslos de la mujer aparecieron dos frescos hilos de sangre apresurada.

En el principio de los tiempos, Adán tropezó y cayó al suelo. Al caer, como si fuera una figura de yeso o de barro, se hizo añicos pero sus innumerables pedazos se irguieron y continuaron caminando. Cada uno de ellos tuvo contacto de ombligo a ombligo con mujeres, y la humanidad se esparció por toda la tierra. A Prudencio le ocurrió algo semejante. Al salir de los brazos de la mujer y ponerse en pie, era dos él. Uno quería cumplir su destino y seguir de pueblo en pueblo, sin detenerse más allá de los siete días previstos, pero el otro deseaba quedarse.

Hasta ese momento, si las dos partes, de haber existido antes, se llevaban bien, ahora, en cambio, entraban en disputa, porque un mismo rostro no garantiza la paz cuando en el interior de la persona persisten, alternándose, diversos modos de ver la vida. Como dos hermanos ganados por intereses opuestos, a menudo los dos que eran un solo Prudencio Lizárraga trataban de ocultarle el uno al otro sus sentimientos respectivos, pero sin conseguirlo porque para algo ocupaban el mismo cuerpo, para que oído y voz estuvieran tan cerca en la misma cabeza que ninguno podía hablar sin que al instante el otro lo escuchara. Una de esas ocasiones se produjo cuando el primer Prudencio, porque de algún modo hay que distinguirlo del otro, regresó a casa rememorando el encuentro con la joven del río. Apenas consiguió disimular que estaba arrepentido para que el segundo Prudencio no lo escuchara cuando se desahogaba con sordos sollozos de lamentaciones al borde de la almohada. Por supuesto, arrepentido pero no sin ganas vehementes de encontrarse otra vez con ella. No vuelvas al río, le aconsejó el segundo Prudencio, si lo haces quedarás atado para siempre al resultado de tu acción. Y si no regreso también, murmuró el primer Prudencio, cuando uno tiene contacto con mujer, la huella de la caricia queda de por vida en su piel, la haga procrear o no.

Sobrexcitado, como cuando uno está en lucha contra sí mismo o contra los demás, el primer Prudencio acudió a refugiarse en su cuarto de dormir, se tendió en el lecho pero no para pensar, como otras veces, sino para desandar sus vidas pasadas, una tras otra, hasta que vio a Juan con su túnica subida por encima de las rodillas, entrando al río para recoger en el cuenco de su mano el agua destinada a bautizar a Jesús. Era tan apacible el lugar que las ramas de los árboles cercanos cuando las sacudía el viento no esparcían un solo rumor, como si le hicieran un homenaje expectante al río, porque sus aguas, que eran ahora las del Jordán, pero eran también como las del Nilo o como las del Ganges, se convertían en oportunidad para un rito de bautismo o de purificación, donde el triple ciclo de vejez, enfermedad y muerte podía interrumpirse mediante abluciones y plegarias. Y uno de esos lugares sagrados el primer Prudencio, pensó, lo había profanado

A los doce años, el hasta entonces indivisible Prudencio Lizárraga salió a trotar por el mundo, sin rumbo fijo y con el propósito de no detenerse más de un semana en ningún lugar, si acaso sólo un mes cuando el rigor de las circunstancias lo aconsejaba. A veces se acordaba de los padres, y de un modo muy especial de la madre, que no dejaría de estar con la cabeza gacha zurciendo los calcetines del esposo ni de guisar codornices en la humareda de la cocina mientras el padre del hijo ausente podaba los naranjos del traspatio. Después de más de quince años de estar dándole vueltas indecisas a las mismas ideas fijas, Prudencio creyó haber perdido los mejores tiempos de su vida tratando de huirle a la realidad porque de pronto, una tarde en que escuchó el lúgubre canto de una siguapa en su habitación, depositó en el morral una navaja de afeitar, un jarro de aluminio para el agua, una camisa blanca y un pantalón de dril, decidido a iniciar el regreso hasta dar con la antigua casa de los padres que, si el inmediato presagio de aquel pájaro de mal agüero no lo engañaba, de seguro acababan de fallecer, el mismo día y a la misma hora, unidos en la tumba como antes habían sorteado las asechanzas del destino contagiándose la felicidad. Al cabo de nueve días con sus noches, andando a cielo abierto y sin darle tregua a los pies, al fin se plantó frente a la puerta de la casa natal, con un sombrero de paja hasta las cejas para impedir que a sus mejillas las tostara en sol.

Convocados por una curiosidad que era más fuerte que cualquier otra obligación, incluso la de prestar ayuda o la de preguntarle el nombre para saber que esa persona era la misma que imaginaban, los lugareños, refugiados en un hermético asombro, lo vieron llegar y abalanzase sobre la puerta hasta sacarla de sus goznes a empellones de hombro, sin paciencia para preguntarle a cualquiera, al primero encontrado a su paso, quién podía ser el depositario de las llaves de la casa y tal vez de algunas otras pertenencias que los padres le habían encargado entregar al hijo apenas regresara al lugar. Mientras estaban a sus espaldas, viéndolo derrumbar la puerta, los lugareños no demoraron en imaginarle una feroz estampa de contrabandista o acaso de pirata que abandonó su guarida en algún archipiélago del Caribe para gastarse sus malos dineros en prostíbulos y tabernas de los pueblos insomnes, entre tahúres de su misma índole perniciosa y mujeres con tatuajes en las encías. Lo que nunca sospechó nadie en Mabujina fue que Prudencio Lizárraga era un ser tan indefenso que se resguardaba de los maleficios de la vida negándose a todo contacto con el prójimo, para que no lo conturbara ninguna preocupación, para que nadie dependiera sentimentalmente de él, para no amar ni odiar ni herir a nadie y tener por tanto que asumir más tarde las consecuencias de sus actos. Había adoptado esa férrea disciplina a fin de que ninguna de las personas que inevitablemente se le cruzaban en el camino consiguiera desviarlo del propósito que se trazó desde la más temprana edad. Empezó por no tener una vocación definida, por no durar más de un mes en el desempeño de cualquier empleo, de modo que para no ser ducho en nada que lo comprometiera había sido carpintero, sastre, albañil, cartero, chofer de un autobús que hacía su recorrido entre La Habana y Trinidad, relojero, pescador, plomero, estibador en los muelles de Regla y Casablanca, y otras actividades más que yacían desperdigadas en la poca memoria con que pretendía olvidarlas, no porque renegara de ellas sino porque era imposible almacenar tantos desperdicios de recuerdos sin hacerse daño. La segunda estrategia que se había diseñado consistía en no permanecer anclado más del tiempo necesario en ninguno de los poblados o ciudades que visitó de un extremo al otro de la Isla; la tercera, extinguir sus conexiones con el pasado, lo que le aconsejaba ahora el regreso a Mabujina, no para quedarse, lo juraba, sino con la idea fija de lanzar a las llamas todos los objetos que le provocaban nostalgias, incluidas las ropas que de niño usó y sus padres guardaban en armarios de cedro, y la cuarta, negarse al amor, que era el más difícil compromiso establecido consigo mismo pues lo obligaba a una constante lucha contra los reclamos de su cuerpo.

A esa cuarta consigna le dedicó sus mejores entusiasmos hasta el momento en que regresó a Mabujina. Para conseguir la victoria contra sí mismo, había acudido con buen éxito a todas las variantes adormecedoras, desde creerse un monje que hacía votos de castidad hasta imaginarse mancillado por la castración. Pero cierta tarde, ya en su tierra natal, emprendió una caminata sin rumbo fijo, y vagó entre platanales y algodonales y cañaverales, y considerándose predestinado a la soledad en medio del silencio que lo circundaba, imaginándose como otras tantas veces a salvo de los azares del porvenir, de la sorpresa del próximo minuto, avistó la corriente de un río. Y allí estaba ella, salida de las aguas, recogiéndose el pelo mechón a mechón, hasta enrollarlo con sabiduría artesanal detrás de la cabeza. Prudencio Lizárraga asomó su mejor sonrisa para restarle tensión a la escena pero calculando el lugar exacto donde la joven concluiría colocando sus manos: con toda probabilidad en el pecho, sobre dos senos tan sólidos que los movimientos del cuerpo no los convulsionaban, o tal vez sobre el triángulo del pubis, negro y preciso, al que el sol le arrancaba a rachas destellos metálicos. Mientras se preguntaba si la joven iba a seguir de pie frente a él sin ocultarle un mínimo pliegue de la piel, sometiéndolo hasta cuándo al delicioso martirio de espectador, cayó Prudencio en la cuenta de que había estado mirándola despacio durante una eternidad, sin evitar un solo detalle del cuerpo que le proporcionaba una desconocida excitación, pero obviando el rostro también mostrado al descubierto sin pudor, desde donde hubiera provenido la mejor explicación, pues allí estaban estacionados unos ojos diáfanos y unos labios que le alargaban una sonrisa sin ninguna doble intención. Tantas veces se había observado Prudencio en el mismo espejo y enfrentado a tentaciones similares que de momento no dudó en sortear con fortuna los hechizos que se repetían como señales de peligro en la piel de una mujer desnuda, que ahora, sin embargo, contra toda previsión, lo obligaba por primera vez a esfuerzos desesperados para extinguir el incendio desatado en las vastedades de su sangre. En cada una de esas situaciones anteriores de conflicto, a él le fue suficiente, para saberse a salvo, con apelar a un recurso por pueril no menos infalible: imaginar que aquella mujer joven y bella puesta por el destino delante de sus ojos se convertiría a la vuelta de algunos años en una anciana desdentada que apoyaba en un bastón su andamiaje de arrugas. Pero si esta vez trató de emplear los mismos recursos de misionero errabundo y de asceta hindú, lo hizo en balde. Antes de completar el inútil ceremonial de solicitud y aceptación, o antes de iniciarlo, ya estaban respirando con turbulencia, derrumbados en el recodo más apartado que encontraron en las orillas del río, sin preguntarse de nuevo hasta cuándo, hasta que ella y él, los dos, se irguieron indagando y se percataron de que el sol empezaba a ocultarse en las crestas de la cordillera, cómo te llamas, Consuelo, cuándo nos volvemos a ver, mañana, a la misma hora interrogó Prudencio, sí respondió Consuelo que había terminado de vestirse.

A la tarde siguiente Prudencio no acudió a la cita. Consuelo pensó que algo malo podía haberle ocurrido, tal vez una enfermedad repentina, o acaso no llegó a ella porque desconocía los exactos caminos que conducían al río y perdió el rumbo, internándose en ciénagas con abundancia de iguanas y culebras, y luego, más allá de los manglares, en tierras de espanto donde habitaban los fantasmas grises de cuantos murieron sin haber sido beneficiados por el bautismo. Aquel era el primer hombre llegado a su vida, y era rubio, alto, espigado y flexible, con el pelo parecido a las hebras del maíz tierno y los ojos como el verde insistente de las pencas del maguey, así lo idealizó Consuelo con algunos brotes de mal humor por no haber llegado a tiempo, y para más enojo por no dar siquiera señales de vida después de haberlo estado esperando durante las dos tardes siguientes hasta que por encima de las palmeras se insinuaba la luna, pero mejor era seguir exhibiendo la alegría de siempre para no perder las esperanzas de amansarlo, que aun los potros más cerriles sucumben a las mañas del dueño.

Aunque la hubiera compartido con el primer Prudencio, aunque sólo hubiera disfrutado una parte de la cópula porque la otra porción de placer le perteneció al primero de los dos, el segundo Prudencio no ignoraba que Consuelo también era de él, pues ella, sin verlo, ignorando que también existía, lo había besado confundiendo su lengua con la de él y con la del otro, las tres reptando entre los ilusorios dientes de los tres, lo había oprimido entre sus brazos, lo había colmado de las mismas caricias que le dispensó al primer Prudencio. Deslumbrado por ese descubrimiento, decidió festejar su media victoria. A escondidas, resguardándose de sí mismo y envuelto en las primeras sombras del anochecer, para que el primer Prudencio no lo viera salir, tomó rumbo a la ciudad más cercana. A la salida de Mabujina estaba la herrería de Vulcano, donde se detuvo el segundo Prudencio a fin de alquilar un caballo. Sobre el lomo de una yegua de crines de azafrán, llegó a la ciudad dos horas después. Recorrió las primeras calles sin prestarle atención a nada, ni a las casas ni a los transeúntes porque tenía la idea fija de entrar a una taberna donde la cerveza era llevada hasta las mesas en profundas jarras de vidrio por manos de las mujeres de más próspero cuerpo en los alrededores. Guardaba el presentimiento de encontrar entre ellas alguna que fuera casi idéntica a Consuelo, si no igual lo que sería muy difícil, pero en caso de no encontrarla con las mismas señas, tal vez con un ligero parecido se podía conformar. Volteó la mirada por el salón y la vio. Estaba agazapada detrás del piano, medio oculta por el cuerpo de un guitarrista cómplice que esa noche metía un ruido necesario, aporreando las teclas una a una, abucheado por la clientela que le reclamaba volver a la guitarra, es lo que tú sabes hacer le decían, pero, señores, entiéndanme, él no había confundido los instrumentos, sólo estaba dispuesto hacer hasta el ridículo para apaciguar tantos temores y proteger a la mujer amenazada de muerte por un amante despechado. Mientras mayor es el peligro más deleite encontramos en desafiarlo pensó el segundo Prudencio cuando se puso en pie y se acercó a la mujer para tenderle la mano y llevarla a su mesa. Le preguntó cómo te llamas y ella respondió Consuelo. No me lo sospechaba, musitó, diablos, es la misma, calcada de la otra.

—Siéntate y cuéntame tu vida —le dijo.

—Ya tú ves, no soy la misma que buscabas aunque me llame igual.

Había nacido en el Callao, a un tiro de escopeta de los Andes peruanos, decía delirando, bisnieta de Atahualpa y para más detalles hija de un pescador y de una mujer que se dio a la mala vida, igual que yo, recalcó, que hasta el oficio y las nalgas suelen heredarse, también el fuego que podía depositarle en la cama en el supuesto caso de que estuviera dispuesto a pagar lo que ella valía.

—¿Cuánto?

— Lo que no tienes en el bolsillo, así que no te hagas ilusiones ahora ni nunca.

—¿Por qué vales tanto? —le preguntó.

—Porque te enamoraste de mí y las cosas que más queremos deben ser pagadas a su justo precio.

—Pero ¿cuánto? —insistió- dímelo, no soy hombre de descifrar jerigonzas.

—Valgo todo lo que puedas ganarte en una sola noche.

—Ah, entonces no hay problema.

Se sentó a otra mesa donde descarriados parroquianos se jugaban el destino a las cartas, puso su dinero a la vista de todos, besó los naipes y se santiguó antes de barajarlos, apostó todo lo que traía y perdió, se sacó el chaleco y lo vendió en cincuenta pesos para seguir jugando y volvió a perder, el pantalón en veinticinco y perdió, el sombrero de paja en diez y perdió, pensó que había olvidado llevar encima una bufanda para venderla y perder, y lo peor fue que se le quedó en una gaveta la leontina con cadena de oro para venderla y volver a perder, de modo que ya no poseía nada más para ponerlo a la venta, estaba reducido a los calzoncillos y eso era lo único que no iba a vender por nada del mundo, el pudor se lo impedía y la preocupación de tener que salir con el trasero al aire. Pero de pronto encontró la solución. Sin hacer mucho esfuerzo, tras un único movimiento de pestañas lo vio: despatarrado en la silla, con la cabeza que se le derramaba hacia atrás por encima del respaldo del asiento en dirección al piso, la espumas de cerveza escurriendo por los bordes de la mesa y aquel borracho indefenso con la boca abierta exhibiendo unos dientes tan perfectos que parecían artificiales. Se le acercó de puntillas, convencido de que nadie lo espiaba, le introdujo la mano en la boca y se apoderó de los dientes de fantasía, con parches de platino para insinuar que eran auténticos y originales, los mismos que tuvo a poco de nacer, y cuando regresó a la mesa donde los otros se seguían jugando hasta los calcetines, le aconsejaron que regresara a casa.

— Basta por hoy, ya no tienes nada más que apostar.

—Sí, sí tengo —dijo.

—¿Qué cosa?

—¡Mis dientes! —y mostró la dentadura postiza. La vendió en cien pesos y esta vez ganó, ganó mucho más de lo que Consuelo podía pedir. Estaba dispuesto a pagarle lo que fuera porque él no conservaba ánimos para regatear, pero cuando regresó a la mesa que ella ocupaba hasta poco antes, encontró la silla vacía.

—Se fue —dijo con desaliento.

—No, no se fue, se la llevó el amante turco, ya no la va a matar —le informó el cartero que había vendido su moto y se daba la gran vida con una mujer dormida, ahíta de sueño y cerveza, sobre sus piernas.

—Pero no te pongas así —le aconsejó-, cualquiera otra sirve igual.

—No después de haber conocido a Consuelo —dijo antes de trepar a la yegua. Cuando regresó a Mabujina su único pensamiento era engatusar al primer Prudencio para que encaminara sus pasos hasta el río lo más pronto posible.

Ajeno a lo que acontecía en el corazón contiguo del segundo Prudencio, el primero de los dos apenas se aventuraba por los alrededores de la casa. Empleaba toda su paciencia revolviendo legajos amarillentos en los que estaba atrapado el pasado de la familia. Así se enteró que sus más remotos antecesores habían llegado a Mabujina a lomo de yeguas piafantes que habían alquilado en la herrería de Vulcano, mucho antes de que Lilith lo hubiera abandonado por miedo a ser repudiada en una segunda oportunidad. Venían huyéndole a una epidemia de cólera, y lo primero que levantaron a plomada y cuchara de albañil fueron las paredes del cementerio, porque antes de erigir las casas donde iban a dormir las noches sucesivas se consideraban obligados a darles sepultura a los huesos de innumerables parientes que habían muerto en guerras punitivas y en reyertas multitudinarias cundo no de muerte natural, y que ahora, desafiando lluvias y tormentas de arena, después de incontables años de estarlos guardando en cofres y en gavetas de armario, los traían en talegos de lona sostenidos a sus espaldas por correajes de cuero. Pero siempre a contracorriente del primero, el segundo Prudencio, para demostrar su autonomía y firmeza de carácter, no se detuvo una sola vez para mirar hacia atrás, no le concedía al pasado la menor importancia, y acaso tenía razón, aunque tampoco el futuro lo inquietaba de tanto saber lo que iba a ocurrir muy pronto, y todos sus apremios los reservaba para garantizar que el presente no se desviara de la ruta que se había trazado.

—¿Vas a ir otra vez al río, a encontrarte con Consuelo? —preguntó el segundo Prudencio.

—No —le contestó el otro, apoyado en el delirio de un repentino amor, sin saber lo que respondía— ya convenimos encontrarnos esta misma tarde en Paita, un puerto ballenero asomado a las inmensidades del Mar Pacífico.

Es decir, por lo que acaba de oír y no debía poner en duda, el primer Prudencio iba a hacer el amor con Consuelo esa misma tarde. Demasiado pronto. Paita era un pueblo que estaba arrinconado al final del mundo. Pero si se apuraba podía llegar a tiempo para impedir el encuentro de los cuerpos, sin él, en la orilla de otro río. Entonces se acordó del cartero que todas las tardes pasaba, haciendo sonar un silbato inútil, por debajo de su ventana. El cartero tenía una moto que se le había convertido en un estorbo porque en años ningún vecino de Mabujina había recibido una sola carta. Ante la insistencia del segundo Prudencio se la vendió a un precio exorbitante, casi el doble de lo que pagó por ella once meses atrás, y a partir de ese momento empezó a distribuir a pie la correspondencia inexistente.

Antes de llegar a tierra firme el segundo Prudencio, con la moto llevada sobre los hombros, tuvo que atravesar el mar a bordo de una canoa. Mientras oía el chillido de las gaviotas, indicio de la cercanía de una costa, avistó una nave que por lo que supo enseguida era la *Trinidad*, donde navegaba el intrépido Fernando de Magallanes al frente de una expedición que le costó a España dos millones de maravedíes, de los cuales casi la mitad se gastó en la compra de las cinco embarcaciones con sus cartas de marear y sus relojes de arena, y el resto se destinó para la adquisición de instrumentos náuticos, víveres cuando menos para dos años, una artillería compuesta de culebrinas, falconetes, bombardas, ballestas y escopetas, y por supuesto algún dinero más para el pago de la tripulación.

—¿A dónde vas? —le preguntó el segundo Prudencio.

—A descubrir el fin del mundo —le respondió Magallanes.

—Suerte. Que todo te salga bien.

Su próximo destino fue Guayaquil. Al segundo Prudencio le contaron enseguida a media voz que después de almorzar una abundante ración de arroz con coco, los generales Bolívar y San Martín se habían encerrado a discutir asuntos importantes de la guerra, y era casi de noche y todavía permanecían allá adentro, encerrados en el mayor silencio para que los lugareños siguieran ignorando el resultado de la conversación. No se sabrá en largo tiempo, ni ahora ni nunca pensó el segundo Prudencio, aunque si tenía paciencia lo iba a leer en los textos de historia algunos siglos más tarde, pero se equivocó, a la salida del pueblo se encontró con Borges, lamentable de ropas pero feliz, quien tratando de dilucidar el enigma ya estaba escribiendo su cuento memorable: *dos reyes juegan al ajedrez en lo alto de un cerro, mientras abajo sus guerreros combaten. Uno de los reyes gana el partido; un jinete llega con la noticia de que el ejército del otro ha sido vencido. La batalla de hombres era el reflejo de la batalla del tablero.*

—¿Una operación mágica? —pregunto el segundo Prudencio imitando a Zimerman.

—En lo absoluto —replicó Borges- en ajedrez, como en la vida, nunca se sabe quién va a ganar.

—Gracias, maestro, por la lección -dijo el segundo Prudencio casi con humildad antes de ponerse otra vez en marcha.

En la fortaleza de La Cabaña, en La Habana, a donde llegó casi extenuado pese al buen servicio prestado por la moto, el segundo Prudencio se encontró con el poeta Juan Clemente Zenea, quien estaba condenado a muerte por ahorcamiento. A los dieciocho años me enamoré de Adah Menken, le dijo Zenea atareado por una de sus frecuentes equivocaciones que lo llevó a confundir al segundo Prudencio con Obregón ("el hombre que me traicionó", murmuró Zenea), quien ya había desaparecido de su vida. Al recordar a Obregón se dio cuenta Zenea que, como siempre, le resultaba fácil entrar en el pasado pero de repente se alarmó de que a Adah Menken, ahora, en ese instante, no pudiera recuperarla como una realidad ansiosa y desafiante, y que su presencia, así le había sucedido antes con sus padres, comenzara a difuminarse y estuviera sonriéndole sólo desde el ámbito amarillo de una foto familiar. Recordó que el padre, quien lo enseñó a tocar la flauta, otra forma más de convocar a Satanás, estuvo siempre al servicio del ejército español y quizá por eso abandonó a su mujer y a su hijo y salió rumbo a España, mientras la madre, que era partidaria del independentismo, no quiso o no pudo irse. A partir de esa separación, comentó Zenea mientras arrastraba el ruido de los grilletes, sólo conoció sinsabores: la miseria, la persecución, el destierro. Pero nunca pensó que todo iba a suceder a causa de la flauta, del hechizo de una flauta tocada a la hora del crepúsculo hasta crisparle los nervios a los demás: Adah Menken le metió el diablo en el cuerpo. Obregón, que había entrado a la cárcel atravesando las paredes, le preguntó algo que ya había ocurrido muchos años atrás: ¿cuándo te entregarán el salvoconducto? Zenea lo miró con recelo. Pensó: en lo último que se puede confiar es en un salvoconducto que el enemigo te extiende para jorobarte la vida. Nunca había sabido lo que era la desconfianza pero al mirar a Obregón, que lo observaba sin pestañear con sus dos pequeños ojos de pájaro aventurero, no pudo evitarla: tuvo la instantánea sensación de que no eran los ojos de un pájaro sino de una rata que deseaba morderlo y arrancarle la piel con una voracidad mezquina. Aterrado, para no asistir a la muerte del poeta en los fosos de una fortaleza militar que daba espanto, el segundo Prudencio se valió de la misma estratagema de Obregón, es decir: atravesó las paredes, se escurrió entre las sombras de la noche y salió corriendo, con el temor de que también Consuelo le hubiera metido el diablo en el cuerpo.

En Argentina, las grandes ciudades y hasta los pequeños pueblos de artificio que nunca aparecieron en el mapa, estaban consternados por la noticia. Un ataque combinado de helicópteros artillados y desembarco de tropas aerotransportadas de la infantería de marina británica en Georgias del Sur, los enfrentaba esa madrugada a un conflicto que tal vez no pudiera resolverse mediante cabildeos diplomáticos, y para evitar daños mayores ya el secretario de Estado norteamericano Alexander Haig ha volado infructuosamente de Washington a Londres y de Buenos Aires a Nueva York, así que si no actuaban rápido podía ser el inicio de la tercera guerra mundial porque Estados Unidos, cuando menos era esperado, anunciaba su apoyo militar y económico a la vieja Albión y ordenaba la salida inmediata de los funcionarios norteamericanos radicados en la Argentina mientras Cuba le ofrecía su brazo amigo a los argentinos, es la hora de la solidaridad con los pueblos de América Latina decían desde La Habana, y para colmo, la gran desgracia, porque ya corrió la sangre, te das cuenta, un torpedo inglés había alcanzado y hundido al crucero argentino *General Belgrano* y hasta el momento, lunes tres de mayo de 1982, ocho y veintinueve minutos de la mañana, qué exactitud, sólo habían sido rescatados de las aguas ciento veintitrés de los mil cuarenta y dos integrantes de la marinería a bordo. ¿Algo más?, preguntó el segundo Prudencio mientras ponía de nuevo en marcha su moto. Ah, sí, dos aviones británicos de despegue vertical *Sea Harrier* fueron derribados por la defensa antiaérea argentina.

Al llegar a Paita se encontró con un espectáculo tan desolador como el de la guerra. Permaneció durante horas junto a la moto, de pie, mirando cómo los últimos lugareños huían a la desbandada. Si no observaba mal, desaparecían también ante sus ojos atónitos los laboriosos árboles copudos que habían estado bordeando una avenida, y las casas de los antiguos moradores, devastadas por el paso de una epidemia de difteria, daban la impresión de que perdían tamaño poco a poco y se quedaban sin portales y cuartos de dormir mientras las calles ociosas sólo las recorría una anciana que vendía ristras de ajo a lomo de un burro de pelambre gris. "Traición", masculló apretando los dientes cuando confirmó que el primer Prudencio lo había engañado, lanzándolo a la desventura de Paita para que los dejaran tranquilos por un tiempo, a Consuelo y a él, a los dos, que a esas horas, calculó, estarían refocilándose de amor mientras la luna derretía su plata en las aguas del río. Para no sucumbir a un espanto mayor, subió de nuevo a la moto, la azuzó con gritos de pastorear vacas en un potrero y siguió escuchando complacido el ruido que el motor dejaba a sus espaldas, coloreado por las frágiles luces del anochecer.

Viajaba en la moto con el zapato ardiéndole en el pedal, huyendo despavorido, impulsado por el temor de que también él estuviera perseguido por las fiebres de los enfermos y los miasmas de las ropas de seguro contaminadas, siempre en dirección contraria a su anterior travesía, guiándose por las huellas dejadas en los terraplenes, para no perder el rumbo que lo devolvía a Mabujina. Tenía el propósito de no detenerse en ningún lugar, ni siquiera para reabastecer el depósito de gasolina o para llevarse un poco de pan con tasajo al estómago, que bien lo necesitaba después de una larga semana sin probar bocado. No obstante, aconsejado por su infalible olfato aventurero, abandonó por un momento los ímpetus de su carrera infatigable, inspeccionó las ruedas de la moto, estaban como nuevas, qué suerte. Al darse cuenta, por el ruido de la gente alborozada a su alrededor, que un nuevo pueblo le había salido al paso con la indispensable iglesia, el prostíbulo y sus muchos bares de toldos azules, y después de dudar entre una taberna, una floristería y un almacén de víveres, entró a una tienda de antigüedades y compró, a sobreprecio, un par de alas que le pertenecieron a un tal Ícaro en los albores de la civilización, se las ensambló con cera, dejó la moto como muerta al borde de un camino, sin importarle lo que había pegado por ella, y echó a volar ahora en la misma dirección por encima de los volcanes asombrados, a tanta velocidad que cuando pasó por los cielos de Mato Grosso, de Quito, de Bogotá y de Caracas nadie alcanzó a verle las alas, pues el vértigo de su vuelo supersónico había conseguido volverlo invisible. Además, volaba más rápido que el tiempo. Había salido de Mabujina un viernes, a las seis de la tarde, y regresó el lunes anterior, a la misma hora pero cuatro días antes de de lo que cabía suponer, cuando aún el primer Prudencio ni por asomo había invadido la piel de Consuelo. De modo que ya estaba demostrado: gracias a la hazaña de su vuelo el segundo Prudencio era el único propietario del tiempo, y no le costaba ningún trabajo razonar que podía suprimir del almanaque, de un solo plumazo, el futuro viernes señalado para el encuentro entre Consuelo y el primer Prudencio. Pero eso equivalía, pensó, a que Consuelo, la verdadera protagonista en el pronóstico de aquel viernes incierto, también desapareciera de la historia, devorada por sus artilugios de mago, algo que nunca entró ni en sus cálculos más desatinados. A regañadientes permitió la llegada del día en que, apenas salida de las aguas del río, Consuelo iba a ser seducida por otro hombre que también era él. En consecuencia, Consuelo le pertenecía, cómo no, tanto como al primer Prudencio, así que no invadía terreno ajeno ni era rival de nadie ni estaba poseído por la envidia que acaso el primer Prudencio le adjudicaba.

Como después de su fallido viaje a Paita, el segundo Prudencio se percató de que había conseguido trastocar el tiempo, instalándose en un lunes anterior al encuentro de los jóvenes, todavía el primer Prudencio no se había revolcado con Consuelo en las márgenes del río. Nadie sabía hasta entonces dónde vivía y cómo se llamaba, era como si aún no existiera porque tampoco había sido tocada por mano de hombre para darle sentido a su vida, de manera que mientras todos aguardaban por ella los padres la engendraron, la alimentaron y la ayudaron a crecer para que el destino pudiera cumplirse. El único que la tenía en la memoria, tal como había salido del agua, sin haberla visto, era el segundo Prudencio, el único que, por ser dueño del tiempo, conocía los pormenores futuros de la trama y podía modificarla a su antojo.

Fueron cuatro días de larga espera, escrutándole el rostro para saber lo que pensaba el primer Prudencio y se dio cuenta que ni siquiera tenía la menor sospecha de lo que iba a ocurrir. Desentrañar el futuro no nos está permitido, como tampoco saber lo que fuimos en vidas anteriores, y es bueno que así sea pensó el segundo Prudencio. Con obstinación persistió en pensar que si cambiaba las reglas del juego y durante la tarde del próximo viernes el que bajaba hasta el río para encontrarse con aquella Venus salida del agua iba a ser él y no el otro. Pero aunque lleguemos a poseer las llaves del tiempo el futuro es inmodificable, reflexionó con desaliento. Todo está escrito en una página que permanece oculta por voluntad de los dioses para darnos la sorpresa. Sin embargo, el único que no se deslumbraría por el hallazgo de la sorpresa iba a ser el segundo Prudencio. Aunque le molestara, tenía que dejarlo todo al arbitrio de los dioses. Cuando despuntó el viernes, el segundo Prudencio sabía todo lo que el primero ignoraba, pero lo dejó hacer. Lo estuvo vigilando durante horas no sin cierta envidia y desagrado, y todavía se sintió más incómodo cuando lo vio asomarse al espejo antes de salir. Nunca lo había hecho antes, de modo que algo intuía, alguna ráfaga de futuro indescifrable lo llevaba a confirmar ante el espejo si su rostro esa tarde tenía algún barniz de seducción. Le siguió los pasos, espiándolo a distancia, ocultándose entre las frondas para no ser descubierto. Cuando llegaron al río, los dos él se confundieron en uno solo. El segundo Prudencio aprovechó un descuido del otro para introducirse otra vez en aquel cuerpo que también le pertenecía. No puedo abandonar el festín se decía, ahora o nunca. Sabía que Consuelo iba a salir muy pronto de las aguas, primero la cabellera desordenada, luego los hombros, los pechos, el vientre, el pubis húmedo y umbrío, los pies descalzos sobre las hojas ardientes desprendidas de los árboles cercanos. Sabía que los ojos se encontrarían, los rostros de los dos muy cerca uno del otro, cada vez más aproximados los labios, un vientre encima del otro vientre. No sería sólo el primer Prudencio, el escogido de los dioses, quien la penetraría. El entrometido también participó en la contienda del amor.

No la amaba, quizás nunca llegaría a amarla, aunque tampoco era su propósito saberlo desde ahora. Pero la deseaba, claro que sí. Todas las noches boca arriba en la cama prescindía de imaginarla como antes, porque ya sabía cómo era ella en la realidad mientras aguardaba con precipitación la llegada de aquel viernes cercano en que los dos, el primer Prudencio y él, la cabalgarían a la sombra de los framboyanes que escoltaban el río. Ahora, en lugar de imaginarla, la colocaba en su memoria y aunque ella lo rechazaba y deseaba sacárselo de encima, él la invadía sin prisa hasta las horas del amanecer. Ya lo dijo Dalí: lo menos que puede pedírsele a una escultura es que no se mueva. A una mujer se le pide lo contrario porque está hecha de carne y no de piedra. Pero Consuelo, obstinada, arañaba, le daba golpes de codo, se defendía de las caricias boca arriba escupiéndole el rostro. El segundo Prudencio debía saberlo: ella nunca sería dócil si el primer Prudencio y el segundo no se unían para ser tres en el amor.

Al principio, el segundo Prudencio había atosigado al primero con sus consejos para que no volviera a encontrarse con Consuelo. Si retornas a ella vas a estar atado de por vida a los resultados de tu acción, le decía una vez y otra. Escapa. No te dejes seducir por un espejismo. Consuelo no existe, le decía, es otro de los tantos fantasmas de quienes murieron sin dejarse bautizar. Ahora era distinto. Entre los dos la habían poseído, y guiado por la experiencia, el segundo Prudencio necesitaba ser auxiliado y completado por el otro para no dejar inconcluso el rumbo adoptado por la pasión. Así que contrariando sus antiguas normas, lo incitaba ahora con argucias de seductor, mírate al espejo, aféitate con cuidado, que la navaja no te vaya a rasguñar, péinate, pero el primer Prudencio no se dejaba convencer, había hecho votos de castidad desde muy joven, la aventura del río fue algo así como una caída al vacío, no quería estar atado emocionalmente a nadie, no quería odiar ni herir y mucho menos amar a nadie, que es el lazo más difícil de desatar, me voy decidió, mañana en horas tempranas me echaré al hombro el morral, no me detendré en ningún cruce de camino para descansar, no me preocuparé de llevar nada para comer, dormiré como un ermitaño en lo profundo de una cueva junto a las culebras, no necesito nada más. Eso es lo que tú te crees balbuceó el segundo Prudencio, de aquí no te vas, no te dejaré ir porque te necesito para estar sobre Consuelo ombligo contra ombligo, sin ti no hay vida para mí, no hay gozo para mí, no hay consuelo para mí.

—Quédate.

—No.

Me vas a obligar a luchar contra ti reflexionaba el segundo Prudencio, casi al borde de sentir odio por el otro. Lo vio echarse el morral a la espalda, se iba, no cabía la menor duda. Como aún era dueño del tiempo no ignoraba lo que la fatalidad le había diseñado, pero qué otra cosa podía hacer, salió antes que el otro rumbo a la cordillera con un paraguas en la mano porque estaba convencido de que muy pronto empezaría a llover. Sabía con anticipación deliberada que el agua caería del cielo a raudales, habría relámpagos y truenos, inundaciones, ríos de fango cubriendo las casas, los molinos de viento, los cuartones de ordeño, las vacas en los potreros, pero nada lo podía detener, ni un exiguo tabique de madera entre su futuro y él, ni la áspera cordillera que creaba una frontera entre las tierras labrantías y el mar, ni las inquietas gaviotas que chillaban para alertarlo y obligarlo a desistir. Nadie podía excitarlo para que se echara atrás, ni siquiera Borges, que se había anticipado a esperarlo en un recodo del camino. Apártate viejo condenado le gritó el segundo Prudencio, pero Borges se aferró al brazo del otro, escúchame le dijo preguntando: sabes cuál fue la página que me faltó escribir, fue un fragmento de página que debió decir que cuando a un hombre se le conceden todos los dones y todos los honores, suele envanecerse, por eso el cielo, que siempre es pródigo, le concede también una larga vida para que pueda envejecer y caer enfermo de resentimiento y soledad. Ay, Borges, siempre tan desmemoriado, no cogía el toro de la verdad por los cuernos, pensó el segundo Prudencio, ni se dejaba aconsejar por la sabiduría que destilaban sus libros anteriores. El destino, lo sabía el segundo Prudencio, no se puede burlar con tretas de desamparo o de miedo, pensando que nos vamos a morir.

Allí estaba él, el segundo Prudencio esperando al primer Prudencio, apoyado en el paraguas sin abrirlo y cobijarse a su amparo ahora que el cielo no se cansaba de derramar su agua desaforada. Estaba lleno de rabia cuando el otro se acercó. Pensó que acaso el primer Prudencio no protagonizaba una fuga a escondidas sino un encuentro consagrado a no dejarlo participar, no en el río como aquella única vez sino entre los matorrales y el viento de la tormenta y el fango aventado por la cólera de los dioses, que ahora estaban sin duda a su favor porque el primer Prudencio quería escapar no de Mabujina sino de las zancadillas de su destino, y eso nadie se lo iba a permitir, ni los dioses ni él.

Lo miró de cerca, abiertamente a los ojos, desafiándolo.

—Quédate —le dijo y lo amenazó con aquel paraguas luctuoso que no había aprovechado para la lluvia.

El primer Prudencio no retrocedió, no dio un paso atrás. El segundo Prudencio aprovechando la ventaja concedida por la sorpresa se echó sobre él, si el otro escapaba nunca más iba a tener a Consuelo entre sus brazos jadeando de placer. Cayeron los dos al suelo tan apretados en la lucha, tan entrelazados que parecían un solo hombre, el segundo Prudencio lo golpeaba enfurecido con sus puños de fango en el rostro, en el pecho, rasgándole la camisa, dibujándole estrías de sangre en la piel, pero de pronto el primer Prudencio lo volteó, a horcajadas sobre él se dio cuenta que acababa de vencer, pero aún así no quería completar el ciclo de las garras de sus manos alrededor del cuello del otro hasta reducirlo a la asfixia, le quiso conceder una segunda oportunidad y se lo dijo.

—Cuando el amor y el odio luchan, alguno de los dos debe vencer -dijo el primer Prudencio con la voz todavía sosegada.

—Hijo de la gran puta vas a saber quién soy yo -le replicó el segundo Prudencio blandiendo el paraguas como un arma de guerra, te voy a sacar los ojos para que no puedas ver de nuevo a Consuelo en tu cochina vida, nunca más, oíste, nunca más.

Estaba con el fango hasta las rodillas pero no se daba cuenta. Se iba hundiendo poco a poco, el torrente de fango que arrastraba gajos tronchados de árboles y pedazos de cartón a la deriva, trepaban hasta llegar a su cuello procurando ahogarlo, hasta sus dientes que él apretaba para que el fango no encontrara el modo de invadirlo. Pero ya era demasiado tarde, el fango que iba tragando conservaba todo el horror del estiércol cuando avanzó cuesta abajo en dirección a su vientre de moribundo.

—Alégrate —le dijo desde lo alto el primer Prudencio-, lo que está muriendo es lo peor de mí, también de ti.

Permanecía con la espalda pegada al suelo, boca arriba, y sin embargo mientras apreciaba el sabor de las bostas de vaca que las aguas conducían, mientras agonizaba, cada vez se sabía menos vencido que vencedor. Fue entonces cuando, iluminado por una nueva descarga eléctrica, por la furia de la tempestad, se puso en pie, dejó el paraguas como muerto al borde del camino, igual que hizo con la moto años atrás, se sacudió de pies a cabeza para que las costras de fango abandonaran su cuerpo, embelleció sus ropas con una flor en la solapa y echó a andar bajo la lluvia. No quería perderse una sola gota del agua que caía del cielo.

Sobre el autor y su obra

Ahora la novela se vuelve americana porque todo concurre a dos líneas cruzadas en un esclarecimiento universal. Y en esa línea está trabajada y lograda la novela *Viento de Enero* de José Lorenzo Fuentes.

JOSÉ LEZAMA LIMA

José Lorenzo Fuentes ocupa un lugar de excepción en la literatura cubana. Siento por su obra una gran admiración.   •

HEBERTO PADILLA

José Lorenzo Fuentes, uno de los pocos —quizás el único— de los íconos de la literatura cubana, proveniente de un pasado casi olvidado por muchos, casi desaparecido de nuestra isla, y que en un futuro mejor para Cuba tendremos que rescatar y colocar en el lugar que se merece.

DAÍNA CHAVIANO

Despuésde la gaviota, lo recuerdo bien a pesar de sus 33 años. Pienso que es uno de los mejores cuentos cubanos.

ANTONIO BENÍTEZ ROJO
(Carta con fecha 2 de agosto de 2001)

José Lorenzo Fuentes, uno de los escritores emblemáticos de la narrativa cubana de hace poco más de medio siglo.

FÉLIX LUIS VIERA

Uno de los más importantes narradores cubanos de todos los tiempos.

ARMANDO AÑEL

A José Lorenzo lo conozco desde el año 1966. Pero la verdad, nunca pensé que este magnífico escritor y periodista cubano, apacible y con una serenidad única, fuera un Aries.

BELKIS CUZA MALÉ

Después de la gaviota es un texto caprichoso que poco antes del final remata abruptamente al lector. *Ya sin color* resulta una pieza irreprochable, buena para iniciar al neófito en los secretos de la cuentística del absurdo... Jorge Edwards ha dicho que este libro se impone por su fantasía auténtica y manejo del lenguaje. Cabría añadir que por algunas cosas más (y no menos importantes).

Revista Encuentro de la Cultura Cubana, Madrid.

Intrigante, dinámica, de una naturalidad asombrosa y con una textura de escritura clásica, *El cementerio de las botellas* atrapa al lector en un viaje desde y hacia los orígenes del ser humano.

RITA MARTÍN

A José Lorenzo Fuentes (sin él saberlo, ni pretenderlo) debo parte de aquel impulso inicial por la escritura cuando empezaba a conocer la técnica, la parte artesanal de esta profesión (en la que todo está dicho y todo está por aprender); Alfredo Galiano me dio un librito pequeño y me dijo: si quieres saber de puntos de vista, lee esto. Lo cierto es que aprendí mucho más: supe a qué aspirar. *Después de la gaviota*, veinte años de salir a la luz (creo quer fue en 1968) seguía siendo un magisterio de escritura y riqueza creativa; casi cuarenta años despúes continúa siéndolo.

JORGE FÉLIX RODRÍGUEZ

Yo no sé si en los años ochenta en algún otro lugar se vivía más bonito que en La Habana. En esos años conocí a Lorenzo. En seguida Osvaldo y yo lo invitamos a nuestra casa. Fueron muchas las dichas que nos dio Lorenzo non sus visitas, con su gran lucidez intelectual, su paz, sus libros. Y desde entonces se convirtió en mi Maestro.

ELENA TAMARGO

José Lorenzo Fuentes no es solo un prolífico escritor de ficciones sino un estudioso de las ciencias orientales. En *Meditación,* su obra cumbre, condensa décadas de estudio y práctica, y traduce milenios de técnicas de sanación.

ALEX RAMÍREZ

Clásicos de la ficción breve en lengua española, como Elíseo Diego y Virgilio Piñera, encabezan la lista de escritores cubanos conocidos a nivel internacional que se dan cita en estas páginas. José Lorenzo Fuentes, Reinaldo Arenas, Guillermo Cabrera Infante, Manuel Díaz Martínez, Pedro Juan Gutiérrez...

REVISTA LITERARIA *PAPELES DE LA MANCUSPIA*, MÉXICO

El fantasma de la libertad en José Lorenzo Fuentes

Alberto Garrandés

Mucho tiempo después de su publicación (y cuando las decantaciones del gusto se explican, de modo sospechosamente invisible, mediante argumentos que aspiran a la objetividad), el destino de ciertos libros se adentra por caminos inesperados o se somete al rigor de las preferencias y discrepancias históricas, dadas con frecuencia a producir espejismos (justificables o no) y convenciones por medio de las cuales el dilema de la verdad sobre una o varias escrituras queda resuelto, ¡ay!, de un plumazo. Como se conoce, en 1968 Norberto Fuentes ganó el premio Casa de las Américas en el género de cuento por su volumen *Condenados de Condado*. Se trata, como he explicado, de una colección valiosa, que todavía le dice bastante al lector cubano de hoy, o a cualquier lector competente del ámbito latinoamericano, aunque no es menos cierto que algo ocurre con la intransigencia de ese hecho si sabemos cuál es la identidad y la naturaleza de la obra finalista, la obra que, ese mismo año, obtuvo la mención del concurso en dicho género: *Después de la gaviota*, de José Lorenzo Fuentes.

Ya se había insertado Lorenzo Fuentes en el contexto narrativo cubano de los sesenta con un libro como *El sol, ese enemigo* (1962), novela sobre la búsqueda de un horizonte moral que hiciera de la vida del sujeto (en especial de las quimeras y realidades de su vida) un orbe configurador de la persona dentro de un mundo hostil, pero manejable. Cinco años más tarde, en 1967, intervino otra vez en ese contexto con los relatos de *El vendedor de días* y con otra novela —*Viento de enero*, premio Cirilo Villaverde de la UNEAC—, cuyo trazado revela los efectos del advenimiento de la Revolución en el espacio doméstico y la conciencia de los personajes. Pero su obra más importante de esos años es, sin duda, *Después de la gaviota*.

Una de las particularidades esenciales de la narrativa en el siglo veinte fue el dibujo de la figura del hombre abocado (a medias o por completo) a la incomunicación, en las circunstancias de un proceso que lo articula con el enfoque del relato *dentro de la conciencia del personaje*. José Lorenzo Fuentes *enturbió* el mundo inmediato de sus criaturas para lograr una difuminación del espacio, y después rompió la delgada frontera que divide la realidad de la ilusión. He aquí las premisas de una escritura que no se parece a ninguna de las que predominaron, o ejercieron algún influjo, en el panorama del cuento y la novela cubanos a lo largo de aquella época.

Hay un gótico esencial, lógico, en *Después de la gaviota*. El cuento homónimo, una de las historias más extrañas que haya producido la literatura cubana contemporánea, muestra la perspectiva de un niño licantrópico, satisfecho de resolver su claustrofobia de espíritu mediante avatares que lo transforman en perro, toro, zunzún, grillo o mariposa, hasta dar con una identidad casi perfecta, la de la gaviota, luego de la cual el niño se inmoviliza en forma de paisaje, un entorno idílico alimentado por el amor de Estela y Raimundo; éste, movido por el interés de perpetuar un instante de felicidad, toma una fotografía de su mujer en medio de ese paisaje que se metamorfosea entonces en retrato. Y cuando la rutina deviene hastío, llegan las discusiones violentas y el acto final que le impide al niño acceder a otras formas de libertad: Raimundo destroza la imagen, la representación de un mundo feliz.

La idea del salto de un reino a otro para lograr la plenitud viene a concrecionarse de modo radical, pues el niño licantrópico —rubio, pecoso; responde precisamente al nombre de Lorenzo— se enamora del amor; la paradoja, sin embargo, reside en esa congelación viva del espíritu, esa suerte de contemplación extasiada —la del paisaje-retrato— que se alimenta de una pasión a punto de expirar. La libertad mayor es la felicidad mayor, una dádiva resuelta en lo inmóvil, o en el apresamiento del momento justo, cuando el amor lo era todo y había conseguido llenar dos vidas (o tres) con una sustancia a primera vista incorruptible.

Pero donde José Lorenzo Fuentes dialoga fuertemente, por así decir, con la tradición fantástica y las tipologías que ella ha dejado en la literatura sobre todo después de los años cincuenta, es en "Tareas de salvamento", "Señor García" y "Patas de conejo", tres narraciones que, junto a "Después de la gaviota", envuelven al libro en esa atmósfera única y capaz de constituirse en un distintivo. Los demás textos —"¿Te das cuenta?", "La sombrilla de guinga", "Ya sin color" y "En la página siete"— matizan el repertorio de gestos y acciones puesto en marcha de manera menos perentoria en aquellos tres relatos, construcciones que acaso poseen mayores dosis de destreza y una saña discursiva que mueve a pensar en una ordenación estilística de primera magnitud.

"Tareas de salvamento" es el relato de una neurosis negadora que se aposenta y apoya en insólitos detalles magnificados de la cotidianidad, como si lo habitual se poblara de acertijos y robusteciera así su depósito de curiosidades. El personaje principal, Reinaldo, alquila una pieza en el hotel de Gonzala; en la pieza hay ratones —cuarenta y cinco exactamente—, pero aun así Reinaldo se siente bien; le es permitido cultivar una soledad juiciosa y socializante, y la habitación cumple el requisito de transformarse en una especie de guarida donde el hombre tiene pesadillas *cultivables*, efables, que se desenvuelven en forma de serie y que se encadenan apenas sin solución de continuidad para armar un sistema donde el verosímil artístico se tensa hasta romperse; en este punto, al saber nosotros que el hotel de Gonzala es una instancia deducible de la mitografía del infierno (Gonzala tiene incluso unos simpáticos cuernos: breves, redondeados, muy femeninos), nos damos cuenta de que el personaje ha estado soñando todo el tiempo y que su verdadero estado es el de una agonía en tránsito hacia la muerte.

El salvamento que se desea merecer con el despliegue de estas tareas del ensueño y con el abrazo de lo irreal representa, desde luego, un antídoto del vacío. Pero más allá de estas "fintas graduales", para usar una frase de Jorge Luis Borges, se encuentra la naturalidad con que Lorenzo Fuentes hace avanzar su prosa. El destino de esa prosa, encargada de allanarle el camino a una ligera impregnación fantástica, es el de un intercambio rápido y normal entre situaciones y personajes; la naturalidad se expresa, incluso, por medio de episodios donde lo sentimental roza el ridículo y lo cómico salpica a veces, fugazmente, alguna escena distinguible a causa de la viscosidad de sus escamoteos.

En "Señor García", que tiene numerosos puntos de contacto con "Tareas de salvamento", topamos de nuevo con un personaje reservado, neurótico, lleno de manías oscuras —olfatear, por ejemplo, el teléfono de la oficina donde trabaja, para sentir el aroma de Dinorah, una joven y estúpida secretaria— y ávido de romper el torpe y barato esquema de su vida, pero incapaz de sobreponerse a su persistente monotonía. Según se lee en el texto, García concluye por *amar la irrealidad de la existencia*; es un iluso sin remedio que realiza acciones tímidas por cambiarla. Se une a María Elena, una chica que llega a abandonarlo por otro hombre. García tiene la costumbre, para él muy excitante, de fotografiarla desnuda, y allí, en los encuadres de la cámara, se desata y pervive un apetito ensombrecido, una sed que ni siquiera tiene el encanto de la perversión. García es un hombre que se enajena de su fracaso; su molde lo hallamos, tal vez, en el Sebastián de Virgilio Piñera, aquel personaje en cuya carne no cabían los compromisos. Lo de García es peor, atrapado en la indefensión de la ingenuidad y en la insolvencia de su visión para aquilatar la índole real de la vida.

Sin embargo, "Patas de conejo" es el texto donde José Lorenzo Fuentes subraya el carácter alevoso de la percepción y expresa las certidumbres de lo real en tanto fluir inapresable. Casi una noveleta, la historia de Artemio Pereda es una de las construcciones más complejas de la década: privilegia el surgimiento de una estructura de ires y venires en el tiempo y funciona como un detector de identidades que va comportándose a la manera de un palimpsesto sicológico. Artemio Pereda vende baratijas —patas de conejo para la buena suerte, anillos de acero níquel— y de repente se ve envuelto en una trama policial que, sin involucrarlo directamente (él es un mero testigo), lo coloca en una situación de observador ensoñado desde la vigilia. ¿Por qué? Porque Artemio se entrega a la inevitable fábula de los hechos, *filtrados* gracias a aquella percepción, y se deja confinar por los atractivos de un señuelo: *el lenguaje en que esos hechos necesitan sobrevivir*. "Patas de conejo" tiene su origen en el juego que determina al sujeto como residuo de varios procesos, algunos de los cuales se relacionan con la vehemencia de la erotización. Este relato cierra *Después de la gaviota* y se ocupa de la sincronicidad mental de épocas distintas —con sus personajes y sus escenografías—, al centrarse en la constancia de actitudes humanas universales, regularizadas, y que desdramatizan los cambios históricos al situarlos en el trasfondo.

El libro de José Lorenzo Fuentes emana, es posible advertirlo, de una inquietud por la libertad, ese fantasma acuciante que aquí, en estos cuentos, conforma una experiencia ligada a la interrogación del yo y la detectación y examen del deseo. Entre el extravío *suave* de lo real —una andadura laberíntica en pos del espejo— y el extravío *intenso* del cuerpo —el sexo como estancia escondida o disimulada, pero siempre crucial—, los personajes de *Después de la gaviota* representan una reactivación de la conciencia amenazada por el caos y el orden.

Cuentos que podrían ser novelas

Cuando en 1992 el escritor cubano José Lorenzo Fuentes llegó al exilio, Guillermo Cabrera Infante dijo que era ''uno de los pocos escritores de renombre que quedaban en Cuba''. Viniendo de Cabrera Infante —prodigioso pero no pródigo— significaba un gran elogio. Después, como muchos otros escritores exiliados, José Lorenzo Fuentes desapareció. Sólo nos dejó el recuerdo de sus premios Hernández Catá y Cirilo Villaverde, y la esperanza de que su interrumpida producción literaria continuase. Y así fue. Algunos años más tarde reapareció con una novela corta titulada "La piedra de María Ramos". Pero aquella novela, para los que conocíamos su obra, no fue suficiente. A pesar de que estaba escrita con una prosa hermosa, era apenas un ejercicio narrativo. Un calentamiento de brazo del autor. Todos esperábamos algo de más envergadura.

Y parece que seguiremos esperando porque acaba de publicar *El hombre verde y otros relatos* (Espuela de Plata, 2005), un libro de cuentos magnífico, pero que no es la obra mayor que anticipábamos. Estos relatos, escritos con tanto aliento literario, no hacen sino confirmar lo que muchos ya sabíamos: José Lorenzo Fuentes es un estupendo escritor, capaz de escribir una gran novela cubana. Oficio no le falta; vivencias tampoco. Fue corresponsal de guerra del Segundo Frente del Escambray y estuvo en la batalla de Santa Clara. Tras el triunfo revolucionario fue fundador de la revista INRA, y jefe de la sección de Arte y Literatura de la revista Bohemia. Por su actitud contestaria fue condenado a tres años de prisión, y al salir de la cárcel se incorporó al Movimiento de los Derechos Humanos, hasta que abandonó Cuba.

El hombre verde y otros relatos —que esperamos sea sólo un anticipo de lo que está por venir— es un libro de cuentos diferente. Sus historias no son de *beginnings, middles & ends*. Son historias complejas que, en ocasiones, rebasan el marco de sus estructuras; algunas, las más fantásticas, se mueven con comodidad entre la irrealidad y el absurdo. En ellas no hay curas que levitan, pero hay un habanero que cree tener dos alas ensambladas en los omóplatos antes de perderse, flotando en el aire, en un horizonte de antenas parabólicas. Son personajes a los que se le adivinan múltiples posibilidades. Muchos de sus conflictos quedan resueltos, pero es evidente que la carga dramática de los mismos merece entornos más amplios. En realidad, cada uno de los cuentos es una novela pidiendo ser escrita. Si hubiese homogeneidad en sus temas, hasta podrían leerse como tal. O mejor aún: si sus personajes apareciesen en una misma historia, tendríamos una saga fantástica, como las de Isabel Allende, pero con La Habana como escenario en lugar de Santiago de Chile.

Pero tienen que estar todos ellos. Desde Esteban de la Caridad, el protagonista de "El verde secular de los Humara", "que vistió en Carabobo la casaca verde y las charreteras doradas de los ejércitos de la República de la Gran Colombia", hasta Eskamanda, la de "El chivo y el brigadier", "una mujer tan fogosa que nunca pudo ser calmada por caricia de hombre". Deben aparecer también el tirano de "El cielo del general", ese que en sus últimos días subió a las azoteas del Palacio Presidencial a empinar "la cometa de franjas amarillas y negras que tenía en la imaginación desde los tiempos remotos de su niñez", y el lujurioso gato Thalo, un onírico felino que se atrevía a soñar con mujeres.

El hombre verde y otros relatos es un excelente libro de cuentos. Pero el tiempo no se detiene. José Lorenzo Fuentes ya no es "uno de los pocos escritores de renombre que quedaban en Cuba". Ahora es uno de los pocos que nos quedan aquí. Se nos han ido casi todos. Dicho esto, una petición: Recuerde que todavía nos debe una novela.

Después de la gaviota,
de José Lorenzo Fuentes

Esa gaviota de vuelo interminable
Félix Luis Viera

Con *Después de la gaviota* José Lorenzo Fuentes escribió un libro de cuentos "para siempre", si es que hay obras de arte que puedan recibir este dictamen. Leí, a medias o tal vez a unos tres cuartos, lo confieso, este libro —que fuera publicado en 1968 luego de que recibiera mención de honor en el concurso Casa de las Américas de ese año— que me prestara alguien, de cuyo nombre no quiero acordarme, en los albores de la década de 1970.

Hoy, gracias a Ediciones Iduna y cuarenta años después de su edición príncipe, puedo leerlo íntegramente y aquel impacto, aquella impronta de una lectura apresurada, que entonces me estremecieran, toman ahora plena conciencia de juicio. Es decir, lo que ya otros han afirmado antes: una obra clave de la literatura cubana, un manojo de cuentos que, en la medida en que pasan los años, se mantiene imperturbable mirándonos desde esa cima adonde la pátina del tiempo no puede llegar.

Ya se ha afirmado, desde Bécquer, que toda obra de la imaginación tiene un punto de contacto con la realidad. Al decir "obra de la imaginación" debe entenderse, específicamente, aquella que el autor encausa, en alguna medida, fuera de los límites de lo que llamamos "realidad" y, en el caso de *Después de la gaviota*, tenemos que hay ese contrapunteo entre lo real y lo onírico que, si bien no resulta un descubrimiento, sí ambos conceptos están trabados de manera tan sólida, tan meridiana, que resulta uno de los atributos más atractivos del libro en cuestión. Creo que esto mereciera un estudio aparte que aportaría otro toque sobre la magnificencia de este libro.

Quizás, como muchos aseveran, la maestría se adquiera; tal vez sea algo innato que, como todo lo innato, necesita en una u otra medida del desarrollo propio de un "oficio". Me arriesgo a exponer que los textos de *Después de la gaviota* están escritos, sobre todo, a partir de la intuición, de ese mandato avasallador que proviene más del espíritu creador que de las ecuaciones cerebrales. Sin embargo, y he ahí lo que pareciera una contradicción, la utilización de las técnicas narrativas son algo de lo más encomiable de esta obra. Pero ahí tienen: las técnicas narrativas, por más que muchos críticos y autores traten de encasillarlas, de definirlas, son también la consecuencia del olfato creador, que las va exprimiendo, adulterando, acoplándolas con los ojos medio cerrados, diríamos. Y ése creo que es el caso de José Lorenzo en este conjunto de cuentos.

Hoy en día el cuento es un género de poca demanda, ya lo sabemos; la novela sigue siendo el más atendido por editores, lectores y por los propios autores. Mi humilde conclusión es que la novela continúa la saga y eso apresa al lector; de modo que para que un libro de cuentos soslaye esa tendencia de un lector promedio de negarse a terminar una historia para verse obligado a empezar la lectura de otra, debe ser, el libro de cuentos, decía, "adictivo". *Después de la gaviota* es adictivo, no es posible soltarlo luego que damos el primer paso en ese mundo donde el autor nos tira de un sitio a otro y burla o sobrepasa constantemente nuestra capacidad de asombro cuando ya creíamos que ésta había llegado al límite.

José Lorenzo Fuentes nos cita locaciones que podemos ubicar en uno u otro sitio de Cuba, pero que de pronto nos damos cuenta de que resultan sólo un trampolín para lanzarnos hacia el vuelo mayor, hacia el dominio de lo indominable: lo Absoluto.

Mucho se ha hablado de la economía de medios necesaria para lograr un buen texto narrativo, aun en ocasiones se ha tratado este asunto de manera hueca y en demasía. Invito al lector para que compruebe que esta condición está lograda de una forma milimétrica en el libro que nos ocupa. José Lorenzo trabaja, como debe ser, no sólo la palabra, sino, con una precisión fuera de serie, los silencios, es decir, esas palabras que no han sido escritas. Y es esto, entre otras razones, lo que proporciona un encuadre casi perfecto en la exposición de la trama.

Ignoro cuánto se habrá tratado el aspecto de la descripción en *Después de la gaviota*, convoco a un estudio minucioso de ésta y se verá, con mucha más profundidad que mediante una lectura típica, que la impresionante concisión en el factor descriptivo está apoyado en la inserción de la metáfora, de un decir metafórico que se inserta como daga en su estuche, que no se aparta ni un ápice del objeto o el proceder aludido en la descripción. Y esto, lo sabemos, no es fácil: describir es uno de los elementos más difíciles para un narrador, aun cuando éste fuera uno de sus recursos más sólidos por naturaleza. En *Después de la gaviota* nos encontramos, aquí y allá, la sublimidad de una metáfora sorprendente que, con sólo dos o tres trazos, nos delinea como en un tiro de flash de qué se trata lo que el narrador quiere mostrarnos.

Otro factor que debemos destacar en este libro es que sabiamente se aparta —o se apartó, hace cuarenta años— de ese rígido concepto de que el cuento debe ser algo que viaja en un solo sentido, una sola vía para narrarnos un anécdota "finita". *Después de la gaviota* nos despega constantemente de lo que parecía el asunto principal y único del cuento y enriquece las anécdotas con más y más personajes, breves subtemas, meandros, afluentes inesperadas, sin que por ello el sentido de totalidad o de universo cerrado mengüe en ningún momento; nos lleva , nos hace regirar, subir, caer, nos trae al principio y de nuevo a lo que creemos que es el final pero que finalmente no lo es, nos cierra un ciclo tempo-espacial, como en el cuento que da título al libro, precisamente cuando pensábamos que la narración iría por otro camino. O sea, la sorpresa, pero la sorpresa caída como al natural, sin rebuscamientos, sin "jalones de pelo". Para lograr esto es poco lo que se necesita: maestría.

Ahora vamos por partes, o por cuentos.

"Después de la gaviota". La muestra quizás suprema de la intensidad que recorre todo el libro, y de la evolución narrativa a partir de lo que suponemos intrascendente hasta alcanzar un contenido de dimensiones insuperables. Rapto de la imaginación, ímpetu del cuentista nato.

"Tareas de salvamento". El mejor ejemplo de algo tan notorio en toda la obra: el movimiento del tiempo y el espacio, ensamblados de manera casi imperceptible y a la vez contundente. Asimismo, clímax de lo onírico basado en lo que llaman "doble personalidad"

"¿Te das cuenta?". Acercamiento, más que en otros cuentos del libro, a lo que llamamos "real"; exposición del Yo cultural de un segmento de la idiosincrasia cubana (del varón) de la mitad del pasado siglo. La línea central del asunto: la Obsesión, trabajada a punta de aguja.

"La sombrilla de guinga". El más "abstracto" de todos, la elucubración se sobrepone y el mensaje, el misterio más bien, queda abierto de manera casuística en correspondencia con el lector que fuere.

"Ya sin color". El cruce de sueños (aparentemente fisiológicos) resulta un recurso sobresaliente que el autor maneja a la perfección y hace que el texto marque todo su presupuesto de modo sintetizado, lo cual no hubiera sido posible si se hubiesen utilizado otros planos narrativos u otros recursos "técnicos". Asimismo, un alegato a favor de la vida.

"Señor García". Más que el erotismo, el sexo en función de una reflexión que tiende a lo universal; además, una buena cuota de existencialismo, del hombre incapacitado para romper con su Yo, tal como un maldecido.

"En la página siete". La síntesis (no la cortedad) expuesta tal vez en su mayor esplendor en toda la obra. El concepto de lo Absurdo cobra una dimensión muy cercana a lo real, valga la aparente paradoja, en una especie de liza entre Suicidio versus Vida, o quizás entre Vida versus Muerte en Vida.

"Patas de conejo". El único cuento en que se utiliza, si bien solo al comienzo, la narración mediante la tercera persona convencional, lo cual se aplica con mucho acierto en lo que se refiere a la intensidad. Asimismo, este cuento rasa la novela y es el exponente más notorio de la capacidad del autor para despegar desde una trama que parecía ya establecida, hasta un entretejido de locaciones y sucesos que cuajan en una historia multifacética abordada fundamentalmente por medio de la fragmentación y la retrospectiva, sin que en ningún momento decaiga la tensión. Otro elemento descollante es el suspense.

José Lorenzo Fuentes es un hombre que, no obstante sus alcances literarios, se destaca por su humildad, como corresponde a un creador de ley. Su estoicismo se puso a prueba en más de una ocasión cuando en su tierra natal fue preterido por la oficialidad y la "jerarquía cultural" —y aun por algunos de sus colegas y contemporáneos—; cuando fue borrado del mapa literario de Cuba; cuando intentaron hacernos creer que, simplemente, no existía. Una ingenuidad propia de los regímenes totalitarios. El autor de *Después de gaviota* sufrió tres años de prisión en la Cuba socialista como consecuencia de su postura contestataria. Posteriormente, se incorporó al Movimiento por los Derechos Humanos hasta que abandonó Cuba en 1992. Hoy, exiliado en Miami, acaba de cumplir 80 años de edad sin abandonar la lozanía del espíritu, y alejado del rencor que otro podría guardar para quienes lo hirieron con fina saña.

Debemos agradecer a Ediciones Iduna esta reedición, cuarenta años después de su primera aparición, de*Después de la gaviota*. Una edición hermosa —si bien empañada por algunas erratas, algunas pícaras, otras de fácil evidencia— que cuenta con un suculento prólogo de Amir Valle, un excelente diseño de portada de Gloria Lorenzo y hasta con un muestrario de las opiniones que sobre el libro han vertido varios escritores de una y otra generación. En fin, honor para quien honor merece.

Después de la gaviota, de José Lorenzo Fuentes, autor invitado a la 25 Feria del Libro de Miami

Luis de la Paz

Hay relatos que desde su aparición dejan una huella imborrable, convirtiéndose en textos claves, de referencia, pues poseen la fuerza necesaria como para convertirse en un suceso, en algo capaz de trazar un rumbo. En la literatura cubana en particular y para mencionar a los más relevantes, tenemos "Conejito Ulán" de Enrique Labrador Ruiz, "Taita digo usted cómo" de Onelio Jorge Cardoso y "Después de la gaviota" de José Lorenzo Fuentes, relato que le da título al libro por el que recibió mención del Premio Casa de las Américas 1968. Desde entonces algunas ediciones han dado cuenta de esta colección de cuentos, la más reciente realizada por Ediciones Iduna, en Miami, ciudad donde reside el autor, y que puede considerarse conmemorativa por el cuarenta aniversario de la aparición del libro.

Tal vez uno de los géneros más difíciles de abordar sea el cuento. En cierta ocasión la escritora Zoé Valdés dijo que: "un cuento debe ser como un collar de perlas ajustado al cuello, el cierre debe estar en su justa medida...". La narrativa de José Lorenzo Fuentes, y en particular *Después de la gaviota*, cumple cabalmente con las pautas que ha de regir y seguir un relato corto. Es un a pieza impecable, que está en los anales de la literatura cubana de la segunda mitad del siglo pasado, como uno de sus más preciados ejemplos.

El cuento en sí, es un canto a la libertad. Su estructura es lineal, aparentemente simple. El personaje que narra cambia sus formas con la frecuencia que lo desea. "Fueron necesarias muchas experiencias como ésa para comprender que podía cambiar de perro a toro o de zunzún a gato, no cuando avizoraba un nuevo peligro sino justamente cuando ya concluía el sufrimiento que me reservaba cada encarnación escogida", se lee en uno de los párrafos. El relato crea una atmósfera cerrada, que describe lo que se ve, creando una suerte de clímax claustrofóbico, pero también mágico. Como todo gran texto ofrece variadas lecturas, pero en todas converge la perfección de una narración que fluye con naturalidad, sin exaltación, pero arrastrando un contexto extraordinariamente bello.

Después de la gaviota tiene otros siete cuentos sorprendentes. Algunos muy breves como "La sombrilla de guinga", claro ejemplo de cómo una curiosa anécdota, de un hombre que colecciona sombrillas, desemboca en un extraño final. Otro con las mismas características es "En la página siete", en la que un hombre pone un anuncio en el periódico para "alquilar presumibles suicidas". Como los anteriores, extraño y misterioso es "Señor García", donde a pesar de las mujeres que rodean a este hombre poco expresivo, hay una gran soledad y falta de compañía. El volumen cierra con "Pata de conejo", otra narración donde lo mágico vuelve a sus andadas.

Ya se advierte en las historias que conforman *Después de la gaviota*, al José Lorenzo Fuentes dedicado a la meditación, a la reflexión profunda. En algunos de los cuentos hay indicios de esos caminos por los que ha transitado el escritor, con tanto éxito y entrega, como lo ha hecho con la literatura. *Después de la gaviota* es un placer exquisito.

Un narrador excepcional

Carlos A. Díaz Barrios

José Lorenzo Fuentes, nacido al lado del mar, ha soñado con el mar en todas sus páginas. Es un gran escritor que describe en sus cuentos y en sus novelas, con un estilo de cronista de las Indias, los portentos, los amores y los desamores del mundo de hoy día, donde el tiempo y los acontecimientos se adentran en el caos infinito de la memoria y el olvido. Él los trae ante nosotros con un brillo y una voz tan peculiares que lo hacen cotidiano y mágico, y a la vez tan antiguo como algo que sucedió antes que todas las cosas y pertenece lo narrado al sueño, a la fulguración y al despertar, al día de hoy y al de mañana, a lo que fue y estuvo siendo, a lo que es y ya no está, pero que es tan presente como el lector que lo lee.

Posee una prosa sin par con muchos ríos desembocando en el océano de las páginas leídas. Muchos registros donde no hay límites para los vivos y los muertos, y ambos deambulan por los reinos del talento y la pasión creadora. Y todo bien dicho, en un susurro, con un énfasis donde lo maravilloso es posible y, por ende, ensancha los límites, el escenario de su mundo, la epifanía de su verbo. Parece decirnos que la pared que separa a los que estamos de los que se fueron está hecha de pétalos y se hace visible, evocadora y sustancial, en cualquier circunstancia de la narración.

Todos los personajes de sus cuentos están en un estado de visitación, entrando a una atmósfera donde en cualquier instante puede saltar la liebre del mundo de las sombras buscando en el salto la luz. De una forma exacta en todos sus relatos hay un viaje iniciático, algo de travesías y algo de sonámbulo conquistador que va abriendo los cerrojos de la gran puerta donde la realidad es un enigma o una experiencia que nos estremece por inédita. Un lugar común con alas volando por un techo lleno de estrellas en una habitación cerrada más allá de la carne, más allá del sufrimiento y el terror.

José Lorenzo Fuentes es uno de esos pocos escritores que saben que la belleza es un caballo blanco cabalgando por las sombras, y nos habla de la primavera que llega sin límites y sin cárceles al país de la memoria recobrada donde el verdadero escritor inventa el paisaje.

Ilusión, sabiduría de los fantasmas que conforman el diario vivir. Fantasmas que habíamos perdido de vista desde que éramos niños y que ahora volvemos a encontrar al abrir un armario y ver con asombro que está lleno de nieves en pleno vértigo del verano. Y saber también que aunque no conocemos la nieve, la estamos sintiendo caer impoluta y maravillosa, como una voz que nada dentro del azogue de los espejos, o como quien regresa de un largo viaje y se da cuenta de que nunca se movió de su lecho, solo con su corazón estuvo de viaje por la pureza del diamante en el día más increíble de la felicidad.

El tiempo mítico en
El cementerio de las botellas

Angel Velázquez Callejas

He estado persuadido de que la narrativa posee también una cualidad poética sobre la conciencia humana, es decir, en cuanto a la meditación. No descarto que, en muchos casos, la tendencia predominante en la narrativa contemporánea expresa un *feeling,* la voluntad emocional del narrador; pero el impulso poético al que asistimos a través de *El cementerio de las botellas* (Azud Ediciones, Buenos Aires-Blacksburg, 2012) de José Lorenzo Fuentes, es de una magnitud diferente.

Lorenzo intenta expresar un estado de conciencia, no un estado emocional, de los sucesos narrados. De modo que lo que pretende con este nuevo libro es adentrarnos en las profundidades del despertar de la conciencia narrativa; es decir, llevar al lector a recobrar la mirada perdida y que pueda darse cuenta del nivel de inconsciencia de la mente humana. Más que motivaciones del corazón, acciones fenoménicas de la conciencia emocional, a Lorenzo le interesa ahora la conciencia meditativa como fuente de superación y transformación humana. En este mismo orden de cosas, podríamos decir, sin riesgo de equivocarnos, que con este libro asistimos al esbozo de una nueva zona de la narración y su lenguaje: al lenguaje de la narrativa meditativa.

En tal sentido, para mí, existen dos modos fundamentales (básicos) de visualizar las utopías humanas: aquellas que, obviamente, abren el espacio imaginativo a las ideologías, y apuntan hacia el futuro, y aquellas otras que retroceden en el tiempo, al pasado de la Historia, y que corresponden a un determinado arquetipo mítico del inconsciente colectivo, en busca de un sentido espiritual del hombre. En este segundo caso, en el mítico, en el que el tiempo se realiza de un modo retrospectivo, toman vidas los personajes del libro *El cementerio de las botellas.*

La dinámica de la narrativa de Lorenzo es de naturaleza mítica, desconocida para el promedio. Y esto es así porque lo mítico se contrae frente a una cultura ideológica —como la latinoamericana y la cubana—, como lo ideológico agoniza ante la cultura mítica que es la europea, por decirlo de algún modo. Uno de los aciertos de este texto es que, evidentemente, contrapone las funciones utópicas del mito en función de una búsqueda espiritual frente a las racionalizaciones de las utopías ideológicas y políticas.

El cementerio de la botellas, en su extensión, constituye un libro esencialmente narrado desde la perspectiva del autor que siente el mundo mítico como perceptivo de la realidad, la cual emerge de los símbolos residuales en el pasado y se visualiza en el entorno donde se desenvuelven los personajes, cuya situación lógica y cultural manifiesta valores humanos a tomar en cuenta desde una conciencia meditativa (trátese de la inocencia y la bondad, trátese también de la compresión de algunos atributos certificados por el despertar de la conciencia).

El libro está conformado por un largo relato, o novela corta, dedicado a la vida del pintor José Mijares, más seis cuentos que abarcan la otra mitad del volumen. Estos últimos son para mí lo más impactantes de su narrativa, y no porque la escritura sea degustar una narrativa en sí —que lo es también—, sino por el conocimiento que revelan sobre la realidad. Lorenzo señala un nuevo espacio que la narrativa insular no ha conocido del todo: la manera de cómo al hombre le suceden las cosas y como una eterna mirada del yo retrospectivo las convierte en hechos de la historia y aspectos de la identidad cultural, sin que nos percatemos que estos hechos son sueños y deseos de un mundo mítico que yace oculto al impulso del inconsciente.

Por otra parte, Lorenzo intenta entregarnos un mensaje que viene guardado dentro de la simbología de la botella. De ahí que se intente mitificar las historias y darle sentido meditativo a todo este asunto, que consiste en averiguar el sentido de la vida humana. No hay otro recurso narrativo para dar a entender este rasgo de la cultura latinoamericana y cubana que no sea el del estudio del mito. ¿Por qué? A mi modo de ver, es en los espacios vacíos del texto, no en la "epifenomenia" narrativa, donde subyace la unidad temática, esa corriente subterránea espiritual que origina un orden, quizás una coherencia oblicua indeterminada, pero que no es visible a la percepción de la conciencia del lector.

Por eso no es descartable que la ensoñación y el mito narrativo puedan venir perfectamente encapsulados dentro de una botella. Como Lorenzo cree que la vida es mito, nace de ahí su predilección por los cuentos, por narrar las historias que le son afines a partir de una perspectiva mito-crítica. Lo que quiero decir es que el impulso narrativo de este libro radica en la estricta condición de que el hombre recrea su vida entre lo mágico y lo que supuestamente considera real. Considera que el sueño es también parte de la realidad. De ahí la inconsciencia y el motivo por el que el narrador se expresa en un leguaje meditativo.

No voy a describir la fenomenología narrativa de los cuentos y el relato largo que conforman este libro. Pero sí quiero dejar una pista del fenómeno narrativo del que he estado hablando. Por favor, no se dejen llevar por la mítica razón de que las historias están bien contadas. Esta es una de las razones para leer *El cementerio de las botellas,* desde luego, pero no tan importante como el mensaje, el conocimiento en sí que encierra, en el fondo, la unidad temática Intenten hurgar en la propuesta oculta, en el mensaje a descodificar simbólicamente. Ese mensaje tiene que ver con la necesidad que siente el hombre de echar alas para volar y dejar atrás el espejismo, la multiplicidad de "yoes", de apartarse de la frivolidad de la pose y de la división del carácter humano, desmitificados por Lorenzo en su esencial categoría social y cultural.

José Lorenzo Fuentes
o la expansión de la conciencia"

Armando Añel

Entrevista de Armando Añel originalmente aparecida en el diario Neo Club Press en marzo de 2012

La contagiosa serenidad, y la elegancia, de José Lorenzo Fuentes, constituyen una escuela, y su literatura no necesita presentación. Autor de varios clásicos de la cuentística cubana, escritor de múltiples intereses, ha publicado, entre otros libros, *Después de la gaviota, El hombre verde, Brígida pudo soñar* y *Meditación.* Su última entrega, *Las vidas de Arelys,* novela que se lee de un tirón, confirma otra vez que estamos en presencia de uno de los escritores más relevantes de Cuba y su exilio.

La siguiente entrevista, que José Lorenzo Fuentes tuvo la gentileza de concedernos, gira precisamente en torno a sus múltiples intereses y la excelencia de su escritura.

Armando Añel. Permítame hacerle directamente la pregunta que una vez formulé en una reseña sobre sus relatos: ¿Cuál es la función de la buena literatura, si la hubiera? ¿Enternecer? ¿Entretener? ¿Enseñar? ¿Una mezcla de todo ello?

José Lorenzo Fuentes. Responder a la pregunta de por qué una obra literaria no envejece, por qué sigue apasionando a los lectores con el paso de los años, es una tarea difícil, a la que William Somerset Maugham no pudo encontrarle una explicación convincente en su libro *Diez novelas y sus autores,* publicado en 1954.

A pedido del editor de la revista Redbook, Somerset Maugham hizo una lista de las que para él eran las diez mejores novelas del mundo. Más tarde un editor norteamericano le sugirió la idea de reeditar esas diez novelas en una forma abreviada, con un prefacio que él debía escribir. Entonces cayó en la cuenta que no era desafortunada la idea de relatar sucintamente la trama de cada una de esas novelas, prescindiendo de aquellos pasajes que el tiempo ha despojado de su valor. Al escribir el prefacio del libro, Somerset Maugham se explayó en describir todas las variantes del arte de novelar, pero insistió en su idea fundamental: la novela no tiene como fin instruir sino agradar, entretener. Por esa razón incluyó en su libro *Orgullo y prejuicio,* la encantadora novela de Jane Austen, porque ningún lector, cautivado por el interés que provocaba su lectura, podía saltarse alguna de sus páginas. En cambio, desestimó a *En busca del tiempo perdido,* la fastuosa novela de Marcel Proust, de gran perfección formal, porque a menudo se tornaba aburrida.

Los escritores latinoamericanos más significativos, desde García Márquez hasta Rulfo, no se han apartado de esa fórmula mágica: entretener. Julio Cortázar comenzó su novela *Rayuela* con una pregunta: "¿Encontraría a la Maga?". Cuatro palabras para electrizar la curiosidad del lector a fin de conocer a la Maga, por saber quién era, si en realidad estaba perdida, si la encontraría, qué historia iba a urdir Cortázar alrededor de la Maga. Esa sola pregunta de Cortázar desataba un proyecto narrativo capaz de entretener al lector durante toda la novela.

AA. En su literatura usted ha mezclado acertadamente el realismo y lo fantástico, como en su relato "Ya sin color", del libro *Después de la gaviota.* ¿Con cuál de esos discursos, el realista o el fantástico, se siente más cómodo? ¿Cuál puede resultar más fértil?

JLF. "Ya sin color" siempre me ha parecido el cuento más logrado del libro *Después de la gaviota,* aunque el relato que le da título al volumen es el que más ha gozado del favor de los lectores. De visita en Cuba, José Caballero Bonald me solicitó autorización para incluir "Ya sin color" en su antología *Narrativa cubana de la Revolución,* que publicó Alianza Editorial, de Madrid, y desde entonces ha sido reproducido en otras muchas muestras de la cuentística cubana.

Yo empecé a escribir al amparo de quienes cultivaban el realismo: de Balzac y Flaubert, de los grandes escritores rusos: Chejov, Dostoievski o Gogol. Entre los latinoamericanos, no me separaba de Horacio Quiroga, cuyo *Decálogo del perfecto cuentista* me sirvió de brújula en la adolescencia. Al amparo de sus consejos escribí "El lindero", un cuento rabiosamente realista, con el que obtuve en 1952 el Premio Internacional "Hernández Catá", que entonces era el galardón literario más importante que podía ceñirse un escritor cubano. Pero un día afortunado me encontré con los libros de Felisberto Hernández, con sus fascinantes cuentos fantásticos, y a partir de ese momento mi vida literaria cambió. De mi primera incursión en lo fantástico debo mencionar el volumen de cuentos *Después de la gaviota,* cuya aparición en 1968 fue saludada con palabras de Jorge Edwards: "Después de la gaviota se impone por su fantasía auténtica y manejo del lenguaje. Porque crea un mundo muy personal y variado".

Actualmente cuando me enfrento a la cuartilla en blanco (es un decir, en realidad a mi computadora), en mi trabajo se mezclan las dos opciones: lo fantástico y lo realista.

AA. Hay quien tacha a la actual narrativa cubana de repetitiva en su realismo quejumbroso... ¿qué opinión le merece esta afirmación? ¿Goza de buena salud la literatura nacional?

JLF. Es cierto que muchas personas opinan que entre los escritores cubanos de hoy no existe un relevo para mitigar la ausencia física de una pléyade de novelistas como Alejo Carpentier, Lino Novás Calvo y José Lezama Lima, o de grandes poetas como Eliseo Diego,

Dulce María Loynaz, Nicolás Guillén y Fina García Marruz, entre muchos otros.

Aunque es cierto que actualmente existe entre nosotros (desiderátum del realismo socialista) una "narrativa repetitiva en su realismo quejumbroso", como usted señala, también están surgiendo en las dos riberas, en la Isla y en el exilio, obras prometedoras, de apreciable fuerza y esplendor. Y para nuestro regocijo, entre los eximios de la "etapa anterior" todavía está vivo, y creando, uno de los grandes: Lorenzo García Vega.

AA. Usted es un ejemplo de lo que el narrador Manuel Gayol Mecías ha llamado "la imperiosa humildad" de la grandeza, en un ámbito (el cubano) en el que precisamente no es común la moderación. También es usted un espiritualista, si cabe el término. ¿Cree que afecte la vanidad o el ego desmedido de un escritor la calidad de su obra, o por el contrario la fortalece?

JLF. Todos tenemos ego, a veces desmedido: los políticos más que nadie; algunos escritores mediocres también. Pero lo imprescindible es amordazarlo para no caer en el ridículo. Existe un antecedente histórico para evitar el pecado de la desmesura: al emperador divinizado de Roma siempre lo acompañaba un esclavo para recordarle que era mortal.

AA. Krishnamurti me parece un pensador clave en estos tiempos de desorientación referencial, y usted lo ha leído exhaustivamente. ¿Cree que sigue vigente?

JLF. Hablando de ego, Krishnamurti es un buen ejemplo de haber evadido el pecado de la desmesura. Casi como en una leyenda, se dice que, de niño, Jiddu Krishnamurti vagaba por una playa de Telugu, el pueblo de la India donde nació, cuando fue divisado por Charles Leadbeater, una de las cabezas visibles de la Sociedad Teosófica Mundial, quien advirtió que el aura de aquel niño tenía el esplendor del aura de un Mesías, "el aura más maravillosa que jamás había visto". En consecuencia, Leadbeater le solicitó al padre del pequeño Jiddu el permiso para ocuparse de la educación de su hijo, a lo que éste accedió. Años después, Leadbeater y Annie Besant anunciaron que Krishnamurti era el "vehículo" que utilizaría a nivel planetario el Instructor del Mundo, y comenzó a ser reverenciado como una encarnación de Maitreya, el Mesías cuyo advenimiento aún se sigue esperando.

Pero un día, para sorpresa de todos, Krisnamurti, visiblemente incómodo con la publicidad desplegada en torno a él, declaró que no quería ser motivo de veneración, que no quería seguidores, porque –subrayó-- "en el momento de seguir a alguien, las personas dejan de seguir la verdad".

Una escritora que se entrevistó en numerosas ocasiones con él, dijo que Krishnamurti nunca había dicho en su presencia una sola palabra de sí mismo, nunca se había referido a ninguna experiencia personal, nunca había manifestado un solo movimiento del "yo". ¿No tiene una enorme vigencia aleccionadora en nuestros días la actitud de un hombre que no se dejó endiosar?

AA. Seguramente... Para un escritor de las características de José Lorenzo Fuentes, además un metafísico, se impone la pregunta de las preguntas: ¿Quiénes somos, de dónde venimos, a dónde vamos?

JLF. Durante años he estado formulándome esas mismas preguntas. Ahora, con el paso de los años y después de infinitas lecturas, me atrevo, abusando de su paciencia y de su tiempo, a intentar algunas opiniones, fertilizadas por la versión bíblica de los ángeles caídos. En el principio de los tiempos, ya se sabe, ocupábamos un lugar alrededor del Trono de Dios: por desobediencia o por arrogancia fuimos despojados de ese privilegio, y mientras descendíamos éramos sólo energía que buscaba transformarse en materia para empezar a extinguir nuestras culpas. ¿Y cómo la energía se transforma en materia durante la involución? Incorporando sentimientos y emociones a nuestro ser. Los campos morfogenéticos –es decir, las plantillas que hacen visibles nuestros próximos cuerpos, tal como un arquitecto elabora los planos de un nuevo edificio-- representan la fuerza formativa que a partir de un embrión crea la forma biológica destinada a diseñar la singularidad del nuevo ser. Ése es el momento en que el ángel caído al adoptar la materia –un cuerpo físico-- empieza su largo proceso evolutivo, transitando (y aquí concordamos con la teoría hindú) todos los chakras. En esos chakras, en efecto, se acumulan todas las informaciones hereditarias que debemos modificar para volver a ser lo que fuimos y ocupar de nuevo, mediante sucesivos saltos cuánticos, el sitio que nos corresponde, con todos los atributos de la divinidad.

Y en esa etapa estamos ahora, estimado Añel, usted y yo, y según el filósofo indio Sri Aurobindo, todos los habitantes de este planeta. Hacia ahí vamos, hacia una expansión de la conciencia que permita la comunión íntima con Cristo, o el acceso a la Unidad, a la Trascendencia de los Sufis, o hacia el estado supramental, para recuperar la carne imperecedera de los dioses.

En efecto, Sri Aurobindo enfatizó que la fase actual de la evolución humana está investida de la capacidad para hacer representaciones físicas de lo supramental. Aurobindo definió la etapa de la involución como "el descenso de los dioses", es decir, de los arquetipos (Zeus, Atenea, Neptuno, etcétera), hasta manifestarse en el plano físico. Cuando a todos nos sea posible hacer una representación física de los arquetipos supramentales --del amor, de la justicia, de la belleza, de la sabiduría-- habremos dado el salto cuántico hasta nuestra perfección espiritual y --¿por qué no?-- hasta ocupar un cuerpo físico no sólo capaz de experimentar la longevidad sino también la inmortalidad.

Las fuentes fidedignas
de José Lorenzo Fuentes

Ileana Fuentes

El período de la Cuba republicana que abarca *El cementerio de las botellas* de José Lorenzo Fuentes —los años '40 y '50— es un tiempo que la mayoría de nosotros solo conoce a través de las referencias, o de novelas (me viene *Tres Tristes Tigres* a la mente) que abundan en el repertorio literario cubano... En el reprtorio literario cubano *masculino*, para ser exacta. Nacida el año en que asume Carlos Prío Socarrás la presidencia, y habiendo pasado mi niñez precisamente en esos años cincuenta, no tuve acceso a la dolce vita (entiéndase: la decadencia) habanera de la cual la literatura cubana —mayormente escrita por hombres— hace exagerado alarde. Es como si Cuba hubiera sido exclusivamente La Habana; el país, una cadena de prostíbulos; y las cubanas, lo que describió en febrero de 1956 la periodista Helen Laurensen en su artículo "The sexiest city in the world" en la revista *Esquire* de Nueva York:

"Las hembras cubanas son tan castas como las chicas de cualquier lugar, pero están conscientes de que el sexo es lo más importante. Ellas viven para el amor y a veces se rigen por el amor. Hay algo en el aire de La Habana que intensifica la libido, especialmente de los extranjeros, que caen en una especie de trance y pierden el conocimiento. Puede que sea la música, o la selva africana, el ron, el aire, o la actitud cubana hacia el sexo..."

"...la selva africana". No sabía mucha geografía esa señora. Puede que haya caído en trance en una visita de exploración periodística al cementerio de las botellas.

Esa era, aparentemente, La Habana de los años '50 que yo *no* conocí, metida de lleno en una escuela de monjas, estudiando piano en el conservatorio, y protegida en el seno de una familia española-cubana en la que mi abuela, una gallega triste y férrea, repetía *ad nauseum* que los muchachos solo estaban interesados en toquetear a una niña y arruinarle la reputación. Si soy una mujer a quien le gustan los hombres, es porque la genética es más terca que la socialización.

Por eso, un libro como éste de José Lorenzo, que sí vivió esa época y conoció a los personajes que en él se manifiestan, es de suma importancia para todos en general, pero mucho más para mí, una feminista empedernida que apenas cree en la paz de los sepulcros, y que se ha dedicado en los últimos 25 años a poner de cabeza todos los prejuicios del patriarcado machista y hetero-sexista cubano que hemos heredado. Y miren si lo hemos heredado, y no nos libramos de su yugo, que ahí está el Máximo Macho en Jefe todavía jodiéndonos la existencia por más de medio siglo.

Los detalles e interioridades de la vida sexual —¿hay otra?— de los personajes de carne y hueso que José Lorenzo esconde en esta historia-biografía novelada bajo nombres como Alejo Asencio y Carlos Enrico, nos dan un contexto muy real de las actitudes sexistas y racistas de *la crème de la crème* de la cultura cubana de esos años. Hoy, luego de leer *El cementerio*....entiendo mejor el documental *PM* de 1960 de Sabá Cabrera Infante y Orlando Jiménez-Leal; entiendo mejor el contexto del imaginario delirante de protagonistas de novela siempre rodeados de mujeres despampanantes y multi-orgásmicas que se usaban y luego se desechaban como pañuelo untado de mocos.

Confieso que mucho antes de este libro, las primeras explicaciones feministas alternativas que articulé incluyeron la de-construcción de *El rapto de las mulatas* de Carlos Enríquez —el Carlos Enrico de El cementerio de las botellas.

Inspirado en el concepto —y las varias pinturas y esculturas— del rapto de las Sabinas, Carlos Enríquez vislumbra un rapto tropical con guardia-rural-rifle-en-mano y mulatas esculturales, que re-crea la narrativa europea tradicional del secuestro heroico como repertorio erótico, corregido y aumentado por las caras sonrientes y extasiadas de las mulatas que están siendo secuestradas y violadas a la vez.

Valga la aclaración: las obras de los pintores Reubens y Paussin, ambas realizadas alrededor de 1635, muestran a unas mujeres —las de la Tribu Sabina de la época del emperador romano Flavio Romulo Augusto (fines del siglo V de nuestra era)— avasalladas, golpeadas, arrastradas por el pelo, despojadas de sus hijos, llorando y suplicando misericordia, con la angustia y la inminente agonía en sus rostros. Nada de goce erótico, ni de múltiples orgasmos. Pero no en el rapto tropical. Las mulatas de Carlos Enríquez son otra cosa… eso, una cosa.

¡Cuántos orgasmos habrá logrado Carlos Enríquez mientras ejecutaba su obra maestra! ¿Cuántos orgasmos masculinos habrá provocado desde entonces ese óleo considerado como una de las mejores obras de la plástica cubana de todos los tiempos? ¿Son mujeres, o son hombres, los expertos que la han calificado como tal, esta obra que glorifica la violación milenaria de las mujeres de todas las razas, y particularmente de las negras y mulatas en lo que respecta a Cuba?

En 1991 discursé sobre la convergencia del racismo y el sexismo en una conferencia universitaria. Titulado "*Este es para ti, Mariana Grajales*", ha sido publicado en tres antologías de ensayo desde entonces. En aquella ocasión, dije:

"La mujer negra ha sido objeto de la peor lascivia, de la peor deshumanización. Lo que en la mujer negra el patriarcado blanco identificó —y se dispuso a disfrutar— como sensualidad ardiente, en la mujer blanca había sido amordazado por el catolicismo durante siglos. A la negra se le atribuyeron proezas y cualidades casi sobrenaturales por concepto de su etnia. En ningún otro contexto han sido las mujeres de ambas razas tan humilladas y utilizadas contra sí mismas, como en éste."

Y ustedes dirán: ¿No es la vida privada de cada artista SU vida, sin que ella influya en la importancia y valoración que se le dé a su obra? En efecto, yo comparto esa opinión. Pero desde una óptica feminista, se ha establecido que lo personal es politico (y por tanto, público)... y en el arte, como en la literatura, las nociones particulares y las acciones privadas de un artista, cuando se reflejan —además con cierto orgullo— desde su propia "mirada masculina", entonces la obra es predio público y está sujeta a los análisis que facilita la de-construcción.

Esta novela de José Lorenzo Fuentes, por lo real, es muy útil, y estoy segura de que algunos lectores la considerarán estimulante en el plano erótico. Nos asoma a un Alejo Carpentier en funciones donjuanescas conquistando lechos de todos los colores, ¡con gonorrea y todo! Nos describe al Carlos Enríquez de los cuadros —no los plásticos, los sexuales— en la hamaca, en la playa, en el techo, y su malvada utilización de una diosa viviente que trajo de Haití, como centro de mesa y trofeo de potencia fálica. Interioridades memorables. ¡Hasta el pintor Mijares —que a todos nos parecía un santo varón— le disputaría a su amigo Carlos el usufructo de la haitiana Oona!

El cementerio de las botellas saca muchos esqueletos del closet. Es una historia de supermanes artísticos en la que abundan las Consuelos, las Anas, las Cucas, las Doras, las Nenas, las Mimís, las Nadyas y otras mujeres "efímeras que pasaban por su hamaca —la de Carlos Enríquez— sin dejar siquiera el rastro de sus olores".... Fuentes ha confeccionado, con humor y soltura, un encaje de desenfreno sexual, agotamiento físico, amantes intercambiadas, compartidas y también robadas, de enfermedades venéreas, de hígados cirróticos, de falos en alto y protagonistas en baja. A devorarla, entonces. ¿Por qué no?

En otros momentos, probablemente no hubiera leído *El cementerio de las botellas*. ¿Otra historia más sobre las masturbaciones mentales —y reales— de los machos reinantes de la cultura cubana? No, qué va, ¿quién puede con eso? Hacerlo fue una decisión de índole personal: solidaridad con un fecundo y talentoso cubano sin cuya presencia no puede escribirse la verdadera historia literaria cubana del siglo XX. Era obligatorio rendir mis respetos al talento y la pluma de uno de nuestros escritores contemporáneos más importantes, símbolo de la persistencia y de la entereza que necesita un pueblo para sobrevivir los embates de la tiranía.

José Lorenzo Fuentes
o el misterio como leitmotiv

Sindo Pacheco

Estaba en un evento de jóvenes narradores en La Habana, a finales de los ochenta, cuando en compañía de Jorge Luis Arzola, llegué al Palacio del Segundo Cabo y allí me encontré a mi amiga, la poetiza Cora Ramírez, que trabajaba entonces en la editorial Letras Cubanas. No recuerdo en qué momento de nuestra conversación salió el nombre de José Lorenzo, asociado con su libro de cuentos *Después de la gaviota*, que tanto Arzola —excelente narrador, hoy residente en Alemania— como yo, habíamos leído y por el cual sentíamos una profunda admiración. Para sorpresa nuestra, Cora nos dijo que José Lorenzo era tío suyo y que podía conducirnos a su casa, muy cercana a la de ella, en El Vedado. Le dijimos que hablara primero con su tío a ver si nos podía recibir; pero ella nos aseguró que ya estaba decidido, que pasáramos por su casa (anotó en un papel su dirección), que esa noche nos llevaría ante el escritor, al cual le agradaba mucho conversar con jóvenes autores.

Así lo hicimos. Y por primera vez conocimos al hombre detrás del escritor, que resultó ser un conversador insaciable, idéntico a cada uno de sus narradores, con el misterio flotando en cada una de sus intervenciones. Vivía en un pequeño apartamento, acompañado por su esposa Lida, una anfitriona increíble que, entre tazas de café y copas de vino, no nos dejaba marchar cada vez que el reloj emitía sus urgen-

413

cias. Entre anécdotas, cuentos, relatos de la vida, y de la literatura sentimos las primeras guaguas del amanecer ronroneando su presencia por las calles habaneras.

Casi treinta años después, un José Lorenzo Fuentes, con la misma energía de entonces, sigue escribiendo y publicando en Miami; y hoy, siento el honor de estar entre los presentadores de *El cementerio de las botellas*, un libro compuesto por la novela que le da título y por seis relatos de exquisita factura.

Si voy a mencionar algún elemento que unifica los textos que componen este libro, diría que es el misterio quien los marca. No importa los temas que aborden cada uno de ellos, si son fabulosos o fantásticos, hay siempre un enigma, un entresijo flotando en el hilvanar de las palabras, como ocurre también con casi toda su obra anterior: el misterio como forma de lo inesperado o de lo predestinado, el misterio como reflejo de la vida misma. ¿Y acaso no es la vida, o lo vivo, el misterio más insondable para el hombre...?

Otra cosa en común es que el lector no abandonará las lecturas hasta el final, cosa un poco olvidada en estos tiempos digitales. Veamos un fragmento de prosa sabrosa y exquisita:

> Si usted se acerca al lugar con el ánimo de fisgonear puede darse cuenta que la parte delantera de la casa, que años atrás sirvió de portal, la ocupa, ahora, la fragua, y si aún le queda curiosidad para seguir mirando, se percatará muy pronto que al final de un largo pasillo casi en penumbras, contigua al traspatio, hay una habitación con una mesa de luz y una cama que el herrero utiliza solo para dormir, pues es de sobra conocido que Vulcano, así se llama este hombre, no tiene mujer.

O este otro:

Ambrosio Cernuda tenía cierto talento no disimulado para escribir guiones de cine, a partir de las historias que, de noche, durante prolongados insomnios, trepaban hasta su imaginación.

José Lorenzo Fuentes sabe lo que quiere y cómo lograrlo. Envuelve al lector con varias oraciones seductoras, con el misterio como ente seductor, y luego, tomándolo del cuello, lo sumerge en la lectura hasta que, finalmente, lo deposita al otro lado del punto final, pero metido en otra metáfora que ha escapado del relato hasta la imaginación de quien lo lee.

No siempre uno dispone de la posibilidad de acceder a un libro como este. Libro alimento que ensanchará dulcemente nuestra imaginación, hacia la zona misteriosa del saber y del interrogar.

Ahora recordaba que en aquella conversación inicial con el autor allá en La Habana, me había dicho: *No escribas cosas tristes que luego te pasan.* Y dejó esa profecía misteriosa rondando mi cabeza. Todavía actualmente, cuando voy a abordar algún asunto escabroso, evoco aquella frase como si estuviera conjurando un maleficio. Tampoco he sabido si José Lorenzo es tío o no de Cora Ramírez (se sabe que uno tiene una familia natal, y otra que va haciendo en el camino); y ese misterio, como agradecimiento a mi amiga, también lo dejo en el terreno de lo misterioso.

El cementerio de las botellas, un tipo de realismo mágico

Aldo Menéndez

El cementerio de las botellas, de José Lorenzo Fuentes (Santa Clara, Cuba, 1928), publicado recientemente por Azud Ediciones, de Buenos Aires, Argentina, está inspirado en un amigo entrañable del escritor, el gran pintor cubano José María Mijares, cuyas peñas en su casa, en bares y cafetines habaneros todavía se recuerdan. Mijares fue un tertuliano como ningún otro, que además de poseer una memoria de elefante, gozaba en vida de una inagotable fantasía con la que manipulaba lo que contaba, cargándolas siempre de pícara maledicencia. Las cuidadas descripciones de Lorenzo Fuentes, a través de los siete relatos del libro, suelen transformarse en misteriosas y sorprendentes leyendas, donde si aquilatamos justamente el influjo de lo onírico y lo absurdo, de las obsesiones y alucinaciones en convergencia con lo verídico, nos encontramos frente a un tipo de realismo mágico.

El relato inicial es una composición fabricada a la medida por José Lorenzo, quien supo compartir y escuchar a Mijares como pocos, y que involucra a otro artista, tan extravagante, mitómano y fabulador como Mijares, en una trama donde bulos, inventos y chismorreos sellan perfectamente ciertos agujeros de una historia real. Un pequeño juguete literario de alguien como Fuentes, celebrado por Cabrera Infante y Gabriel García Márquez; quien ha escrito una serie de novelas y cuentos ya que posee el don de la palabra fácil y amena, vertida siempre con sabrosa naturalidad criolla.

"Según me contó Mijares acodado [...] en la barra de Los Parados —describe Lorenzo Fuentes, dando inicio a la aventura, otro pintor Carlos Enríquez lo invitó a visitarlo en su finca El Hurón Azul". Y aclara que no fue para charlar de arte si no para "...darse algunos tragos a la sombra de los tupidos naranjales que circundaban su vivienda campestre".

El resto de los cuentos del libro: "Volar", "Casting", "El espejo multiplicador", "Gato entrometido", "Idéntica a la otra" y "Dos él", penetran en esencias ancestrales y en territorio de la casualidad, de la locura controlada, de la pesadilla y la doble personalidad. Estas parábolas, como podrían definirse, parten de un personaje incluido en el libro, Alejo Carpentier, quien seguramente fue el primero entre los cubanos en hablar de un Viaje a la Semilla. Según Rita Martín, *El cementerio de las botellas* atrapa al lector en un viaje desde y hacia los orígenes del ser humano", que revela también la vertiente esotérica de Lorenzo Fuentes, amante de la alquimia y la parapsicología, que incluso lo llevaron en un momento de su vida a estudiar medicina tibetana y autocuración tántrica, junto al Lama Gangchen Rimpoche.

José Lorenzo Fuentes, autor de uno de los mejores libros de cuentos cubanos, *Después de la gaviota*, se graduó de periodismo en La Habana. También ejerció como profesor de Historia del Arte. Ha sido galardonado con el Premio Internacional de Cuentos Hernández Catá 1952, con el Premio Nacional de Novela Cirilo Villaverde 1967, y con el Premio Internacional Plural de Cuentos, 1983. Lorenzo Fuentes, radicado en Miami desde 1992, vio convertirse en un verdadero *best seller* su libro, *Meditación* (Editorial Llewellyn). El mismo ha sido traducido al inglés, ruso, checo, portugués, hindú y griego.

artsituation@gmail.com

Mística de José Lorenzo Fuentes

Elizabeth Mirabal y Carlos Velazco

Estábamos conversando con Marta Calvo. Ella rememoraba su luna de miel con "Guillermito" (Cabrera Infante para la mayoría) en el hotel frente al parque Vidal de Santa Clara, cuando nos contó que después de comer en el restaurant del lugar, exactamente un día antes de partir hacia Trinidad, su esposo había salido a visitar a José Lorenzo Fuentes. Por eso, en uno de los primeros correos que le escribiríamos más tarde a aquel señor, le comentamos que su nombre nos había llegado como un eco, y de nuestro empeño por perseguir los ecos hasta el sitio del cual proceden.

Convencidos del privilegio que implica leer a un escritor y sostener un diálogo a pesar de las distancias geográficas, repasamos *Después de la gaviota*, "El lindero", su texto "Horacio Quiroga" publicado en *Lunes de Revolución*. Y sin saber muy bien cómo, ya intercambiábamos correspondencia con el autor de "El coime y el ocho" que Cabrera Infante presentara en la sección *Cuentistas cubanos* de la revista *Carteles*: "José Lorenzo es de los que desde dentro de Cuba lucha por hacerse oír. Como Raúl González de Cascorro en Camagüey o Alcides Iznaga en Cienfuegos, José Lorenzo Fuentes debe pelear contra el dragón apático de la provincia, de tierra adentro, "del campo", como se le llama en Cuba todo lo que no sea La Habana , groseramente".

Emilio Ballagas, quien fue determinante para varias generaciones de poetas en Cuba, era profesor de la Escuela Normal para Maestros de Santa Clara cuando leyó la historia que José Lorenzo puso en sus manos. Tres palabras fueron aliento suficiente para quien dudaba tomar el angustioso camino de la creación. Después tuvo la suerte de colaborar en las revistas *Bohemia* y *Carteles*, estimulado en ambos casos por quienes a su vez trascenderían como grandes de las letras: Lino Novás Calvo y Guillermo Cabrera Infante.

Tras recorrer caminos tan disímiles como el espiritismo, la teosofía, los textos de Helena Petrovna Blavastski y San Agustín, el hinduismo y la doctrina de Buda en busca de una explicación para la muerte, José Lorenzo Fuentes no cede a la incomodidad cuando su obra recibe una crítica negativa e insiste en apreciar el éxito o fracaso de un libro por el sonido de las palabras.

La condena que el autor hace pender sobre sus primeros cuentos bajo el influjo de Quiroga, no impide que todavía pueda encontrarse entre los estantes de una librería habanera, el volumen *Maguaraya arriba*, publicado en 1963 por la editorial de la Universidad Central de Las Villas que dirigía Samuel Feijóo. Son esos los recursos que simulan burlar el tiempo y traspasar las fronteras reales e imaginarias para permitir la aproximación a quien reconoce que optar por el destino de escritor fue una decisión providencial.

EM & CV: ¿Cuándo y cómo supo José Lorenzo Fuentes que podía abrirse camino en el espinoso mundo de la literatura?

JLF. Casi consigo recordar que una tarde inesperada me senté a escribir mi primer cuento. Después de leerlo y releerlo, decidí vencer las exigencias de la timidez (entonces tenía quince o dieciséis años, no más) y someterlo a la consideración de Emilio Ballagas, quien vivía en La Habana pero viajaba cada semana a Santa Clara, mi pueblo natal, donde se desempeñaba como profesor de la Escuela Normal para Maestros. Diestro como pocos en desentrañar los mensajes secretos de la poesía, en aquellos momentos Ballagas se dejaba conquistar por una lucha librada con muy buena fortuna contra sus demonios interiores, puesto que sus ojos, de un color indefinido, tenían el brillo acogedor de las personas que han conseguido el dominio de todos sus ímpetus, y sus gestos pausados eran los de un monje extraído de una abadía medieval. Ballagas prometió leerlo con detenimiento y al día siguiente me devolvió el original con tres palabras destinadas a fortalecer mi autoestima: "Excelente. Siga escribiendo". El cuento, que era un verdadero bodrio, tuvo su merecido destino en el cesto de la basura. Fue lo mejor que hice para no tener que arrepentirme más tarde de haberlo publicado. Pero la indulgencia de Ballagas me ayudó a seguir adelante, convencido de que mi destino era llegar a convertirme en escritor.

Realmente fue una decisión providencial. Poco después logré confirmar que yo no era capaz de ganarme la vida en ninguna otra ocupación. En 1952 mi cuento "El lindero" obtuvo el Premio Internacional Hernández Catá, el más prestigioso certamen literario del país, cuyo jurado lo integraban Fernando Ortiz, Juan Marinello, Jorge Mañach y Raimundo Lazo. A partir de ese momento se me abrieron las puertas en los medios de comunicación habaneros. Lino Novás Calvo, que entonces se desempeñaba como jefe de información de *Bohemia*, me invitó a colaborar en las páginas de la revista, y más tarde Guillermo Cabrera Infante me acompañó hasta el despacho de Antonio Ortega, el director de *Carteles*, donde empecé a trabajar como redactor de la sección de crónica roja. De manera que periodismo y literatura han sido desde muy temprano las dos actividades centrales de mi vida.

EM & CV: Para algunos críticos a partir de 1959 usted potencia en sus cuentos una vertiente imaginativa y una modernización de los recursos expresivos. ¿Coincide o discrepa con ellos?

JLF. A partir del estallido revolucionario de 1959 caí en la cuenta de que la nueva realidad obligaba al escritor cubano a asumir el proyecto de remodelación de un lenguaje literario que de pronto se había hecho inoperante. Intuí que la literatura que hasta entonces todos cultivábamos (digamos Dora Alonso, Onelio Jorge Cardoso o Raúl González de Cascorro) estaba condenada a su transformación, pues el presupuesto que la animaba, el compromiso social, la denuncia de los males que aquejaban a hombres y mujeres en las zonas rurales, había sido sustituido por un nuevo discurso y una nueva problemática nacional. Pensaba que a partir de ese momento nuestra misión consistía en abordar la narrativa con una conciencia de más profundidad y mayor variedad temática, es decir menos constreñida como hasta entonces por los agobiantes mecanismos del diario vivir, que ya resultaban insuficientes para explicar la nueva realidad. Coincidía entonces plenamente con la opinión de Alejo Carpentier cuando destacaba que el método naturalista-nativista-tipicista-vernacular, propio de la novela latinoamericana durante tantos años de tanteos previsibles, nos legó una novelística regional y pintoresca que muy pocas veces había llegado a lo hondo, a lo trascendental, obviamente incapacitada para alcanzar la apetecible universalidad. Así que encaminado por esas reflexiones, era lógico que a partir de 1959 potenciara mi trabajo literario "con una vertiente imaginativa y una modernización de los recursos expresivos", que se hizo evidente en obras que respondían a las exigencias del realismo mágico, entre ellas mi novela *La piedra de María Ramos*, o de la literatura fantástica, como es el caso del libro de cuentos *Después de la gaviota*.

EM & CV: El volumen *Después de la gaviota*, ¿fue un alto en el camino de José Lorenzo Fuentes?

JLF. *Después de la gaviota* más bien representó un brusco giro en mi trabajo literario. Hasta entonces había seguido dócilmente las normas del más puro realismo. Había escrito mis primeros cuentos bajo la tutela de Chéjov y Maupassant, y seguido los consejos que Horacio Quiroga legó en su *Decálogo del perfecto cuentista*. Sin embargo, un día afortunado cayeron en mis manos los libros de Felisberto Hernández, quien llenaba las cuartillas en blanco escribiendo con engañosa facilidad algunos de los cuentos fantásticos que más se aprecian aún en el continente. Yo había ganado en 1952 el Premio Internacional Hernández Catá con "El lindero", cuento rabiosamente realista, pero a partir de Felisberto Hernández mi vida literaria cambió. *Nadie encendía las lámparas*, una colección de sus mejores cuentos, me afiebró la imaginación hasta el delirio. Tal vez fue por eso que vio la luz en 1968, mi libro *Después de la gaviota*, volumen de cuentos que en opinión de Jorge Edwards "se impone por su fantasía auténtica y manejo del lenguaje" y que ha sido reeditado por la editorial Iduna , de Estados Unidos, cuarenta años después de haber obtenido mención de honor en el concurso Casa de las Américas, en La Habana.

EM & CV: En un trabajo sobre Horacio Quiroga reconocía en ese escritor una preocupación constante por destacar el relato corto dentro del campo de las letras. ¿Cuál es la importancia que le concede usted al género?

JLF. La segunda etapa literaria de Horacio Quiroga comienza cuando el cuentista logró emanciparse del influjo de Edgar Allan Poe y dejó de obsesionarle lo anormal a medida que iba descubriendo a los grandes cuentistas rusos. Es la época en que se establece en San Ignacio, en la región de la selva de Misiones, de donde extrae ambiente y tipos, color y angustia, todo un mundo poderoso que él describe con frase directa, desnuda, sin una palabra de más o de menos. Así nacen sus mejores libros: *Cuentos de amor, de locura y de muerte* (1917), *El salvaje* (1920), *Anaconda* (1921), *La gallina degollada y otros cuentos* (1925) y *Los desterrados* (1926).

La tercera y última etapa literaria de Quiroga, realmente pobre, se inicia cuando publica en 1929 su novela *Pasado amor*. A esa misma etapa pertenece también la colección de cuentos que da a la estampa bajo el título harto significativo de *Más allá* (1935). Es una etapa de desaliento, de derrota, que va abriéndole camino a la fecha del 19 de febrero de 1937 en la que voluntariamente el cuentista desaparece de la vida.

La publicación de *Pasado amor* le gana a Quiroga la crítica más despiadada que pueda imaginarse. Por supuesto que había motivos para el comentario adverso pues esta novela era lo peor que salió de su pluma. Pero experiencia tan desagradable al menos le sirve a Quiroga para responder con prontitud al desafío, para reafirmar sus ideales literarios, para encontrar en el cuento "sofocado", en el "cuento corto, que es cuento de verdad", la forma artística insuperable que posee "la triple capacidad para sentir con intensidad, atraer la atención y comunicar con energía los sentimientos". Quiroga postulaba que el cuento es síntesis mientras la novela es análisis, y acaso justificando su fracaso como novelista expresó: "Tan preciso es este límite de aptitudes que nadie ha podido salvarlo con gloria. Ni Tolstoi, ni Dostoievsky, ni Zola, ni Conrad, ni novelista alguno de garra ha descollado en el cuento corto. Pero tampoco Bret Harte, ni Maupasant, Chéjov ni Kipling han expresado más en la media tinta de sus novelas que en el aguafuerte de sus cuentos".

Todo este largo exordio me sirve para contestar la pregunta de ustedes, para decir que como Quiroga le asigno una especial importancia al relato corto dentro del campo de las letras. De modo que cuando algún escritor joven se me acerca solicitándome consejos lo remito al *Decálogo del perfecto cuentista*, que Quiroga publicó por primera vez en la revista *El hogar*, de Buenos Aires, decálogo que casi íntegramente lo tengo grabado en la memoria: "No empieces a escribir sin saber desde la primera palabra a dónde vas...No adjetivos sin necesidad; inútiles serán cuantas colas adhieras a un sustantivo débil...Resiste cuanto puedas a la imitación, pero imita si el influjo es demasiado fuerte...No pienses en los amigos al escribir, ni en la impresión que hará tu historia. Cuenta como si el relato no tuviera interés más que para el pequeño ambiente de tus personajes, de los que pudiste haber sido uno".

EM & CV: Reinaldo Arenas desde La Gaceta de Cuba advertía en su novela Viento de enero otro intento apresurado de llevar

el hecho reciente a la literatura, y al mismo tiempo reconoció una obra valiosa, con un ritmo ascendente en la narración, en la que destacaba la estructura y la construcción del protagonista Virgilio Mora. ¿Cómo recibió esta crítica? ¿Le incomodó de algún modo viniendo de alguien tan joven?

JLF. No ignoro que Reinaldo Arenas escribió y publicó en *La Gaceta de Cuba* un trabajo sobre mi novela *Viento de Enero* pero por razones inexplicables nunca llegué a leerlo. Si como ustedes señalan Reinaldo opinó que mi novela había sido un intento apresurado de llevar un hecho tan reciente a la literatura, sin duda tuvo razón. En esa novela, cuando aún no se había producido una zona sagrada, neutral, entre mi mirada y los acontecimientos, es decir, el imprescindible distanciamiento que aconsejaba Carpentier, relaté la vida de un oficial del ejército de Batista durante los primeros quince días del poder revolucionario. Lo describí huyendo, escondiéndose, refugiándose en distintos lugares hasta que fue apresado por la policía revolucionaria.

Ya Jorge Luis Borges había advertido que el empeño de modelar la materia vertiginosa de que se componen los sueños es el más arduo que pueda acometerse, y que el fracaso puede ser inevitable. En efecto, demasiado cercano en el tiempo estaba aquel acontecimiento cuando me dispuse a escribir *Viento de enero*. La novela, que alcanzó el Premio Nacional Cirilo Villaverde en 1967, despertó en su momento las más opuestas (pero tal vez complementarias) opiniones. Recuerdo que Reinaldo Arenas, conversando conmigo, elogiaba la estructura de la novela. Otros escritores de mi generación, entre ellos Lisandro Otero, opinaban que era la novela cubana mejor estructurada. Reynaldo González, con la lógica imposible de molestarme, dijo que era la mejor estructurada pero la peor escrita. En cambio, José Lezama Lima, quien rara vez escribió sobre la obra de sus contemporáneos, expresó: "Ahora la novela se vuelve americana porque todo concurre a dos líneas cruzadas en un esclarecimiento universal. Y en esa línea está trabajada y lograda la novela *Viento de Enero* de José Lorenzo Fuentes".

De regreso al punto central de la pregunta debo decir que mi ego, contra cuyo desbordamiento tanto lucho, no llega al extremo visceral (porque el disgusto se aposenta en la boca del estómago) de que una crítica negativa me produzca incomodidad. Mucho menos si provenía de Reinaldo Arenas, que era mi amigo, y a quien siempre consideré una persona de gran honestidad intelectual.

EM & CV: ¿Qué relación existe entre el relato "El cielo del general" y el acercamiento al tópico del tirano que reeditan algunos autores en el continente americano?

JLF. Seducido por los recursos expresivos del realismo mágico concebí la idea de escribir una novela que abordara el tema del dictador latinoamericano, en el que ya habían incursionado desde Valle-Inclán con *Tirano Banderas*, hasta Augusto Roa Bastos con *Yo el Supremo* y Gabriel García Márquez con *El otoño del patriarca*.

Aunque ya tenía acopiada, en notas y en la memoria, la suficiente información para sentarme a escribir, pensando en quienes me habían tomado la delantera, cancelé la idea de la novela y me conformé con las escasas cuartillas que necesitaba para darle vida a un cuento, que en 1983 obtuvo del Premio Literario Plural, de México.

EM & CV: ¿En qué medida el periodismo le resultó útil en su carrera como escritor?

JLF. Medio en broma y medio en serio, he dicho que hacía periodismo para ganarme la vida y literatura para darme gusto. No es totalmente cierto. El periodismo ha sido también una de mis grandes pasiones, y todavía aprovecho cualquier oportunidad, cuando los acontecimientos me son propicios, para redactar una crónica periodística o para hacerle una entrevista a algún personaje cuya vida o cuya obra despierta mi interés.

En una de las tantas oportunidades en que conversamos en La Habana Gabriel García Márquez me dijo: "El oficio del periodismo ayuda al escritor, no sólo porque mantiene vivo su trabajo, porque lo mantiene en permanente contacto con las palabras, sino principalmente porque lo mantiene en permanente contacto con la realidad. El periodismo es siempre una gran ayuda que lo obliga a uno a bajar de la torre de marfil y darse cuenta de la clase de mundo en que vive".

Yo suscribo la misma opinión. De modo que en Cuba, aparte de escribir ficción, mi trabajo siempre estuvo vinculado al periodismo: fui responsable de la sección de crónica roja de la revista *Carteles*, secretario de redacción del periódico *El Mundo*, sub-director de la revista *INRA*, jefe de la sección de arte y literatura de la revista *Bohemia*, y redactor de la emisora COCO. Y al llegar a los Estados Unidos redacté hasta hace poco, semanalmente, para el periódico *El Nuevo Día*, de Puerto Rico, una sección sobre parasicología, misticismo, magia y medicina alternativa.

EM & CV: ¿Por qué se confiesa una persona de índole aventurera? ¿Qué le ha permitido a la hora de hacer literatura esa característica suya?

JLF. En una entrevista que recién me hizo la revista hispanoamericana *Otro Lunes*, el entrevistador escribió: "A José Lorenzo Fuentes se le recuerda en La Habana como un hombre tranquilo". Y en una entrevista posterior declaré: "No obstante, mi vida ha estado sembrada de acontecimientos complejos y a veces contradictorios, propios de una persona de índole aventurera. Como la gran mayoría de los jóvenes de mi generación, aunque sin militar en ningún partido político, estuve guiado por las ideas revolucionarias, participé junto al Che en la batalla de Santa Clara y durante casi dos años me desempeñé como periodista personal de Fidel Castro, pero también sufrí el presidio político y finalmente tuve que salir al exilio".

Los cabalistas dicen que la imagen del Hombre Celestial, de la persona verdadera que somos, es la de un rey de frondosa barba, visto de perfil. Sólo muestra el lado derecho de su rostro para confirmar que hay un aspecto oculto, negado a nuestra comprensión a menos que pongamos en el empeño todos los recursos de nuestra voluntad. Por eso es tan difícil conocerse a sí mismo. De modo que si no me

427

engaño, porque uno constantemente se crea paradigmas imposibles, tal vez mi más rotundo deseo hubiera sido permanecer en mi hogar, entre libros, escribiendo, pero en última instancia sólo el destino decide el curso de nuestra historia personal. Y a menudo para bien. Todo ese proceso lleno de turbulencias, retrocesos y afirmaciones, lo he asumido como una experiencia literaria, como un abundante proveedor de temas y personajes. Así acabo de escribir una novela titulada *Foto a la deriva* en la que relato peripecias enmarcadas entre el asalto al Palacio Presidencial y acontecimientos más cercanos en el tiempo.

EM & CV: ¿Puede considerársele el más místico de los escritores cubanos?

JLF. No necesité de la lectura del *Apocalipsis* de San Juan para encontrar una fuente de reflexión en la precariedad de la vida humana, en ese final *individual* de los tiempos que es la muerte física: tres de mis compañeros de las aulas primarias murieron en el mismo curso y casi el mismo mes, antes de que hubieran cumplido los quince años de edad. La muerte siempre tiene un componente de misterio pero a tan tierna edad el misterio es aún más insondable y lacerante. "Desear el bien de los demás es desear que no mueran", ha escrito el filósofo Manlio Sgalambro. En aquellos instantes, en plena adolescencia, me preguntaba cómo era posible que Dios hubiera podido permitir la muerte de mis condiscípulos. ¿O es que la noción que de momento tuve de Dios equivalía a confirmar que el bien era impracticable? Para buscarle respuestas a mi angustiosa pregunta, recorrí todos los caminos que me fueron posibles, desde el espiritismo hasta la teosofía, desde los textos de Helena Petrovna Blavastski hasta los libros de San Agustín, y desde el hinduismo hasta la doctrina de Buda. Gracias a Buda logré reafirmarme en la idea de que nadie puede escapar al ciclo de nacimiento y muerte, y que la muerte no sólo es inevitable sino también ilusoria, algo que confirma la física cuántica cuando nos dice que los últimos ladrillos constitutivos del universo son las partículas subatómicas, y esas partículas, ya se sabe, son pura energía, es decir, son sólo "tendencias a existir".

Gracias al budismo me inicié desde hace años en la práctica de la meditación. Pero además estaba al tanto de las numerosas investigaciones que se realizaban en Harvard, Stanford, Yale y otras importantes universidades, investigaciones que confirmaban que la meditación no es sólo efectiva para reducir la presión sanguínea, bajar los niveles de colesterol y fortalecer el sistema inmunológico, sino para combatir todo tipo de dolencias, incluida una enfermedad tan agresiva como el cáncer. Tales investigaciones confirmaban que la meditación no sólo era efectiva para proveernos de un apetecible estado de salud corporal sino también para desatar el potencial humano, liberando las inagotables reservas de energía y creatividad que la persona necesita para responder al desafío que le impone el creciente desarrollo tecnológico de la sociedad. A partir de esas ideas empecé a practicar la meditación y muy pronto me di cuenta de los beneficios que esa práctica aportaba. Decidí por tanto contribuir a que los demás también se beneficiaran de esa técnica. Escribí el libro *Meditación*, que inicialmente se publicó en español y en inglés en los Estados Unidos, y posteriormente en Rusia, República Checa, Portugal, Grecia y la India.

Con todo, esas infinitas búsquedas no me permiten afirmar, presuntuosamente, que soy el más místico de los escritores cubanos. Para salir del paso acudo a una frase acuñada por Cabrera Infante: "Franz Kafka es el único verdadero escritor metafísico del siglo". Diez palabras que le sirvieron para obviar a Melville, o para permitirse reiterar que Kafka entró al arte del siglo XX por la pantalla del cinematógrafo, "invención que proyecta figuras fotografiadas en constante movimiento", la única y verdadera pasión de Cabrera Infante.

¿Aún considera pretencioso alcanzar la iluminación?

La iluminación, para el budismo, es una experiencia personal. "Haced de vosotros una lámpara, apoyaos en vosotros mismos, no dependáis de nadie más", sentenció Buda. Pero eso no quiere decir que el propósito de un budista sea lograr un estado contemplativo que lo aleja del mundo, desentendiéndose de los problemas y angustias de los demás. Todo lo contrario. Para el budista la noción de interdependencia no puede soslayarse: lo que me afecta a mí, te afecta a ti y al resto de la humanidad.

Un *koan* del Zen dice que antes de llegar al Zen las montañas sólo son montañas, cuando se profundiza en el Zen las montañas ya no son montañas, pero cuando se alcanza la iluminación las montañas vuelven a ser montañas. Este *koan* postula el regreso a la condición humana enriquecida por la experiencia de la iluminación. Por eso el iluminado logra percibir su papel en la sociedad con gran claridad, y en lugar de sentirse perturbado por el egoísmo encuentra su mayor gozo en el servicio desinteresado a los demás. Sin duda, los grandes hombres que le han abierto rutas de gloria a la humanidad, gracias a sus obras han merecido la iluminación.

Para Buda el destino final de las personas debe ser alcanzar la iluminación. No es, por tanto, pretencioso trazarse esa meta. Es el resultado inevitable de su crecimiento espiritual, intelectual y mental.

EM & CV: ¿En qué pensaba con mayor constancia cuando decidió marcharse de Cuba?

JLF. Sólo pensaba con ahínco en lo que dejaba atrás mientras viajaba hacia lo desconocido: en los libros de otros autores que había acumulado durante años, en mi papelería, en los miembros de mi familia que acudieron a despedirme, y en los amigos que acaso nunca más volvería a ver.

EM & CV: ¿Existe algún libro publicado fuera de Cuba que le interesaría especialmente que se leyera en la Isla?

JLF. Sus coterráneos son los lectores naturales de cualquier escritor. De mis libros publicados fuera de la Isla tal vez me gustaría más que circulara en Cuba *Hierba nocturna*, colección de cuentos que publicó la editorial Iduna. Muchos de esos cuentos ya habían visto la luz en Cuba; otros los escribí en Miami, donde actualmente resido. Pero todos están perneados del amor a la realidad, a los colores, olores y sabores de la tierra, ya se sabe, más hermosa que ojos humanos han visto.

EM & CV: ¿Cómo consuela la tristeza que impone la lejanía?

JLF. Durante años he combatido la nostalgia con la esperanza repetida de que algún día se me haga posible regresar a mi país. Pero desde hace poco, a esa esperanza se ha añadido la alegría de saber el interés que mi obra, y en especial mi libro de cuentos *Después de la gaviota*, ha despertado entre los escritores cubanos de las nuevas generaciones. Siempre había pensado que por razones obvias no habían tenido acceso a mis libros. Apenas ayer (es un decir) supe que un novelista y ensayista de la más reciente promoción, Alberto Garrandés, escribió, desde La Habana, que *Después de la gaviota* es "una de las historias más extrañas de la literatura cubana contemporánea" y agregó que en ese libro se encuentran "las premisas de una escritura que no se parece a ninguna de las que predominaron, o ejercieron algún influjo, en el panorama del cuento y la novela cubanos a lo largo de aquella época". Por su parte, Amir Valle, un brillante novelista de las últimas generaciones, opinó desde Alemania, donde reside, que *Después de la gaviota* "es uno de los libros de cuentos más filosóficamente reflexivos de nuestras letras" y que los cuentos que lo integran "pueden leerse en estos momentos del siglo XXI, es decir cuarenta años después de haber sido publicados, sin que hayan envejecido". Otro escritor joven, residente en México, Félix Luis Viera, opinaba: "Con *Después de la gaviota* José Lorenzo Fuentes ha escrito un libro de cuentos para siempre, si es que hay obras de arte que puedan recibir este dictamen", en tanto que Jorge Félix Rodríguez, desde España, ha dicho que "*Después de la gaviota* a veinte años de salir seguía siendo un magisterio de escritura; cuarenta años después continúa siéndolo".

¿No es motivo suficiente para que se disipen "las tristezas que impone la lejanía de la Isla", como ustedes muy bien resaltan?

La Habana-Miami, abril de 2009

Libros recientes de José Lorenzo Fuentes
(Se pueden adquirir en www. amazon.com)

Del sexo al amor
(Alexandria Library)

La conexión deseo-realidad
(Alexandria Library)

Printed in Great Britain
by Amazon

32716316R00240